JULIA KRÖHN
Die Alster-Schule
Jahre des Widerstands

JULIA KRÖHN

Die Alster Schule

Jahre des Widerstands

ROMAN

blanvalet

Sollte diese Publikation Links auf Webseiten Dritter enthalten, so übernehmen wir für deren Inhalte keine Haftung, da wir uns diese nicht zu eigen machen, sondern lediglich auf deren Stand zum Zeitpunkt der Erstveröffentlichung verweisen.

Penguin Random House Verlagsgruppe FSC® N001967

1. Auflage
Copyright © 2021 by Julia Kröhn
Dieses Werk wurde vermittelt durch die Literarische Agentur Thomas Schlück GmbH, 30161 Hannover
© 2021 by Blanvalet in der Penguin Random House Verlagsgruppe GmbH, Neumarkter Str. 28, 81673 München
Redaktion: Margit von Cossart
Umschlaggestaltung und -motiv: © Johannes Wiebel | punchdesign, unter Verwendung von Motiven von Shutterstock.com (Everett Collection; portumen; peter jesche; Valentin Agapov) und Richard Jenkins Photography
Flugblätter Nr. 3 und 6 der Weißen Rose: BArch, R 3018/18431
Mit freundlicher Genehmigung des Bundesarchivs
KW · Herstellung: sam
Satz: Uhl + Massopust, Aalen
Druck und Bindung: CPI books GmbH, Leck
Printed in Germany
ISBN 978-3-7341-0965-2

www.blanvalet.de

Was bisher geschah

Als Dr. Felicitas Marquardt 1930 als junge Studienrätin für Latein und Geschichte an der Hamburger Alsterschule ihren Dienst antritt, befindet sich nicht nur die Welt im Umbruch – auch die Gestaltung des Unterrichts. Bis kurz zuvor hat dieser vor allem einem Zweck gedient: Tugenden wie Gehorsam, Opferbereitschaft und Selbstüberwindung notfalls mit dem Rohrstock einzubläuen. Doch die Stimmen, die sich der »schwarzen Pädagogik« entgegensetzen, werden immer lauter, und Felicitas ist glühende Verfechterin der sogenannten Reformpädagogik, die mit Namen wie Montessori, Pestalozzi und Steiner verbunden ist. Hier steht das Wohl des Kindes im Mittelpunkt, das mit all seinen Neigungen und Begabungen gefördert werden soll und sich frei entfalten darf. Prügelstrafe und Sitzenbleiben werden abgeschafft, Mädchen und Jungen gemeinsam unterrichtet.

Einen Bruder im Geiste findet Felicitas in ihrem Kollegen Levi Cohn, den seine gute Beobachtungsgabe und die große Liebe zur Literatur auszeichnen und der für jede Situation das passende Zitat parat hat. Und auch Emil, der an der Alsterschule Turnen und Englisch unterrichtet, scheint ein Verbündeter zu sein. Die selbstbewusste Felicitas hat es ihm schon in Berliner Studienzeiten angetan, offen bekennen konnte er seine Gefühle dennoch nicht. Bei einem ausgelassenen Tanzabend kommen sich die beiden erstmals näher, doch das, was Emil instinktiv anzieht, ist zugleich das, was ihn, beherrscht wie er ist, zutiefst verschreckt – Felicitas' unkonventionelle Art. Während er ein bürgerliches Leben anstrebt, ist für sie, die ihre Freiheit und Unabhängigkeit nicht riskieren will, eine Ehe undenkbar. Männer spielen in ihrem Leben nur als unverbindliche Affären eine Rolle. Felicitas kann sich vorstellen, auch mit Emil eine Affäre zu beginnen, aber der ist schockiert von ihrem Lebenswandel und ihrer freizügigen Sichtweise auf die Sexualität und wendet sich von ihr ab.

Als Emil wenig später Anneliese kennenlernt, Felicitas' Freundin aus Kindertagen, die nach Hamburg kommt, um dort eine Stelle als Hauswirtschaftslehrerin anzutreten, scheint er eine Frau ganz nach seinem Geschmack zu finden – sanft, weiblich, anpassungsfähig. Doch auch in den folgenden Jahren kann er sich der Faszination, die von Felicitas ausgeht, nie ganz entziehen, selbst wenn er das hinter vermeintlicher Gleichgültigkeit und Verachtung gut zu verbergen weiß.

Anneliese und Felicitas sind einander sehr verbunden. Allerdings treiben sowohl Annelieses Beziehung zu Emil als auch ihr unterschiedliches Weltbild einen Keil in ihre Freundschaft. Für Anneliese ist der Lehrberuf nur eine vorübergehende Station, eigentlich hofft sie auf Heirat und Kinder, und sie wartet ungeduldig auf Emils Antrag.

Felicitas kann das nicht verstehen, sie empfindet Annelieses Verhalten als Verrat an der Sache der Frau. Die Entfremdung von Anneliese führt dazu, dass sich Felicitas noch enger Levi anschließt. Da sie ihn nie als potenziellen Liebhaber, nur als Vertrauten betrachtet, dem sie alles über ihr wildes Leben berichtet, entsteht eine tiefe Freundschaft zwischen ihnen. Außerdem findet sie Erfüllung in ihrem Beruf: Dank ihrer fortschrittlichen Unterrichtsmethoden fliegen ihr die Herzen der Schüler zu, insbesondere jenes von Paul Löwenhagen, einem besonders aufrührerischen Jungen.

Das freie Leben endet abrupt, als die Nazis 1933 die Macht ergreifen und nicht nur die Welt, auch das Schulsystem auf den Kopf stellen. Auf dem Schulhof weht nun die Hakenkreuzfahne, regimekritische und jüdische Lehrer werden entlassen. Während der Konferenzen dürfen sich Lehrerinnen und Lehrer nicht länger zu Wort melden, stattdessen halten Gauleiter stundenlange Vorträge. Klassensprecher, Elternvertreter und Koedukation werden abgeschafft, die Prügelstrafe wird wieder eingeführt. Jüdische Schüler müssen mit schlechten Noten bedacht werden, eine HJ-Mitgliedschaft bewahrt vor dem Sitzenbleiben.

Und nicht nur der Schulalltag ändert sich – auch die Unterrichtsinhalte werden zensiert. Etliche Schriftsteller, die im Fach Deutsch behandelt werden, stehen auf dem Index, in Geschichte gilt es den Fokus auf den »Freiheitskampf der Germanen« zu legen, in Physik ist Albert Einsteins Relativitätstheorie von nun an verpönt, stattdessen wird Rassenlehre ein wichtiges Fach.

Felicitas muss nicht nur all das fassungslos hinnehmen, sondern auch, dass Levi, er ist Halbjude, entlassen wird und künftig nur an der jüdischen Talmud-Tora-Schule unterrichten darf. Umso mehr empört es sie, dass sich Emil als Opportunist erweist und Oscar Freese, den sozialdemokratischen Schulleiter der Alsterschule, ablöst. Dass ihr einstiger Kommilitone sein Amt letztlich nutzt, um sie, die aufgrund ihrer hartnäckigen Weigerung, der NSDAP beizutreten, immer wieder kurz vor ihrer Entlassung steht, zu schützen, macht das nicht wieder gut. Nicht minder setzt es ihr zu, dass Anneliese an nichts anderes denkt als an ihre baldige Eheschließung. Emil hat ihr endlich den ersehnten Antrag gemacht – allerdings nicht aus Liebe zu ihr, sondern um sich Felicitas endgültig aus dem Kopf zu schlagen.

Nach Emils und Annelieses Hochzeit meidet Felicitas die Freundin für lange Zeit. Erst 1935 kommt es zu einer Wiederannäherung der beiden, wenn auch aus traurigem Anlass. Oscar Freese wird verhaftet, nachdem er sich in der Hilfsschule, wo er mittlerweile unterrichtet, geweigert hat, dem neuen Gesetz zur Erbgesundheit Folge zu leisten und vermeintlich erbkranke Kinder anzuzeigen. Im KZ Fuhlsbüttel verliert er unter dubiosen Umständen sein Leben, seine Frau versinkt daraufhin in eine Depression, die gemeinsame Tochter Elly braucht dringend Fürsorge. Obwohl die Kleine Vierteljüdin ist, sind Anneliese und Emil bereit, sie bei sich aufzunehmen – Emil, weil er Felicitas diesen Gefallen nicht verweigern kann, Anneliese, weil sie seit Jahren unter ihrer ungewollten Kinderlosigkeit leidet.

Anneliese bekommt endlich, was sie sich so sehr gewünscht hat – eine kleine Familie –, und ist so glücklich wie nie zuvor, Felicitas dagegen fühlt sich schrecklich einsam. Schon lange zieht sie keinen Trost mehr aus ihren Affären, und auch ihre Freundschaft mit Levi droht zu zerbrechen, weil dieser nach der Verkündigung der Nürnberger Gesetze auf Distanz zu ihr geht, um sie vor dem Verdacht der Rassenschande zu schützen.

Für kurze Zeit findet Felicitas Ablenkung, als sie sich gemeinsam mit ihrem ehemaligen Schüler Paul Löwenhagen, der seit Langem für sie schwärmt, den Swing Kids anschließt – tanzhungrigen Jugendlichen, die das Verbot von amerikanischer Musik nicht hinnehmen. Doch auch diese haben unter immer stärkeren Repressionen zu leiden, und ein Tanzabend findet ein abruptes Ende, als die HJ mit der Gestapo auftaucht. Paul wird verhaftet, nach einem mehrwöchigen Aufenthalt im Konzentrationslager Fuhlsbüttel scheint er gebrochen.

Felicitas ergibt sich ganz der Verzweiflung und Hoffnungslosigkeit – doch Pauls Schwester Helene vermag ihr einen Weg aus der Dunkelheit zu weisen. Erna Stahl, eine den Nazis offen kritisch gegenüberstehende Lehrerin, lädt nach ihrer Entlassung von der Hamburger Lichtwarkschule, einem Zentrum der Reformpädagogik, regelmäßig eine Gruppe Schüler zu einem Lesekreis in ihre Wohnung ein, wo sie die humanistischen Bildungsideale hochhält und den jungen Leuten vermeintlich entartete Kunst und von den Nazis verbotene Bücher näherbringt. In dieser Runde erfährt auch Felicitas Rückhalt und Geborgenheit. Vor allem spürt sie, dass hier ein Geist der Freiheit weht und dass ihr die Nazis zwar viel, aber nicht alles genommen haben: nämlich nicht die tiefe Überzeugung, dass Bildung der Weg ist, der Diktatur zu trotzen.

Aufgrund der neu gewonnenen Stärke kann sie auf Levi zugehen, seine Ängste, ihr zu schaden, ausräumen, und ihn sogar dazu überreden, in ihre Wohnung zu ziehen, nachdem sein Vermieter ihm gekündigt hat. Auch diese ist nun ein Ort, wo der Liebe zur deutschen Literatur gefrönt und die immer düsterere Welt nach draußen verbannt wird.

Der Friede währt allerdings nicht lange. Als im Oktober 1938 alle polnischen Juden aus Hamburg deportiert werden, verstecken Felicitas und Levi ein Kind – die zehnjährige Charlotte. Emil deckt Felicitas, Anneliese dagegen wird massiv von ihrer Freundin

Carin Grotjahn, einer glühenden Nationalsozialistin und Gattin des Schulsenators Dr. Waldemar Grotjahn, unter Druck gesetzt. Sie stellt einen Ariernachweis für Elly, die Anneliese wie eine eigene Tochter ans Herz gewachsen ist, in Aussicht – doch dafür muss Anneliese ihre Gesinnungstreue beweisen.

Felicitas ahnt nichts davon. Über die gemeinsame Rettungsaktion von Charlotte erkennt sie allerdings, dass Levi nicht einfach nur ein guter Freund ist, sondern ihr Seelenverwandter, den sie seit Langem liebt. Leider können sie ihr Glück nur wenige Tage genießen. Sie verbringen eine Liebesnacht, als sich am 9. November 1938 die SA zusammenrottet und die Hamburger Synagogen und Kaufhäuser zu zerstören beginnt…

Bald stehen die braunen Horden auch vor ihrer Tür und bezichtigen Levi der Rassenschande. In letzter Sekunde kann er aus dem Fenster fliehen, und obwohl Felicitas eisern an ihrer Hoffnung auf eine gemeinsame Zukunft festhält, fühlt sie doch, dass dies ein Abschied für lange Zeit, wenn nicht sogar für immer ist…

»Um eines bitte ich: Ihr, die Ihr diese Zeit überlebt, vergesst nicht. Vergesst die Guten nicht und nicht die Schlechten. Sammelt geduldig die Zeugnisse über die Gefallenen. Eines Tages wird das Heute Vergangenheit sein, wird man von der großen Zeit und von den namenlosen Helden sprechen, die Geschichte gemacht haben.

Ich möchte, dass man weiß, dass es keine namenlosen Helden gegeben hat, dass es Menschen waren, die ihren Namen, ihr Gesicht, ihre Sehnsucht und ihre Hoffnungen hatten, und dass deshalb der Schmerz auch des Letzten unter ihnen nicht kleiner war als der Schmerz des Ersten, dessen Name erhalten bleibt. Ich möchte, dass sie Euch alle immer nahe bleiben, wie Bekannte, wie Verwandte, wie Ihr selbst.«

Julius Fučík, tschechischer Widerstandskämpfer

1938

November

Ich bin Deutschlehrer, ich habe kein Unrecht getan.«

Seit seiner Verhaftung hatte Levi diese Worte ständig wiederholt, immer war er auf taube Ohren gestoßen. Diesmal ignorierte ihn sein Gegenüber nicht, doch in dem Blick, der sich auf ihn richtete, stand Verachtung.

»Ein Deutschlehrer willst du sein? Ein Saujude, das bist du!« Levi wollte einwenden, dass das eine das andere nicht ausschloss, aber dazu kam er nicht. »Los!«, brüllte der SA-Mann ihn an, der Stahlhelm und Gewehr trug. »Du gibst alles ab, was du bei dir hast: Uhr, Geld, persönliche Gegenstände!«

»Ich habe keine Uhr ... kein Geld ... ich habe nur ...«

Sein Buch! Er hatte doch ein Buch bei sich getragen, als er vor der wütenden SA-Truppe geflohen war, als man ihn schließlich gestellt und verhaftet hatte. Doch als er erklären wollte, dass er das unmöglich abgeben könne, prasselten Hiebe auf ihn ein.

Ein Schlag traf seine Nase, einer sein Kinn. Er rieb es benommen, während fremde Hände ihn betasteten, ihm nicht nur das Buch abnahmen, auch seinen Bleistift. Hilflos streckte er seine Hände danach aus, doch was der SA-Mann in diese drückte, war nicht sein Eigentum.

»Los, lies!« Er hielt einen Zettel. Schwarze Punkte tanzten darauf, die Punkte waren offenbar … Buchstaben. »Los, lies!«, brüllte der Mann wieder.

Levi konnte nicht lesen, obwohl man ihm die Brille gelassen hatte. Buchstabe fügte sich an Buchstabe. Aber es wurden keine Worte daraus, keine, die Sinn machten.
Schutzhaftbefehl.
Rassenschande.
Die Buchstaben wurden größer, das Gesicht in seinen Erinnerungen wurde größer. Er lächelte das Gesicht an. Das, was Felicitas und ich haben, ist doch keine Rassenschande. Was wir haben, ist etwas Besonderes … etwas Einzigartiges … etwas …

Jemand riss ihm den Schutzhaftbefehl aus der Hand und das Lächeln aus dem Gesicht.

Bis jetzt hatten ihn Faustschläge getroffen, doch dabei blieb es nicht. Levi hatte kaum hochgeblickt, als ein Schulterriemen, der Teil der SA-Uniform war, in sein Gesicht schnalzte. Er spürte, wie seine Unterlippe platzte, hatte auch das Gefühl, sein Auge würde platzen. Der dritte Schlag wurde ihm auf die Stirn versetzt, der vierte auf den Hinterkopf. Aus dem roten Bild wurde ein schwarzes. Nicht nur er versank in der Schwärze, auch Felicitas' Gesicht.

Die Welt lag in Scherben, aber irgendwann konnte er Konturen sehen, von Bettgestellen, etwa einem Dutzend, von Garderobenhaken, Bänken, einer Toilette. Und da war ein Wasserhahn, aus dem es tropfte. Plitsch, platsch. Erst als er sich aufrichtete, bemerkte er, dass er auf einer stinkenden Matratze lag. Blut tropfte auch. Plitsch, platsch.

Wie von weither nahm er einen schrillen Ton wahr, dem endlosen Echo einer Trillerpfeife gleichend. Nach einer Weile wurden Stimmen daraus. Auch seine Stimme war zu hören.

»Deutschlehrer...«

Es blieb das einzige Wort, mehr brachten seine verkümmerten Gedanken nicht zustande. Ehe er ihm eine Bedeutung geben konnte, wurde es zerrissen – von Schmerzen, die von seinem Kopf in den ganzen Leib jagten, von Erinnerungsblitzen.

Die schreckliche Nacht vom 9. auf den 10. November, als das jüdische Hamburg in Scherben zerfallen war... die Tage danach, als er auf der Flucht gewesen war... der Moment, als man ihn verhaftet hatte...

Auf dem Polizeiwachtlokal in der Humboldtstraße hatte er zum ersten Mal beteuert, dass er nichts Unrechtes getan hatte. Im Alten Stadthaus, dem Präsidium der Hamburger Polizei, hatte er es wiederholt. Er war nicht der Einzige, den man dorthin gebracht hatte, so viele Männer mit verstörten Blicken, Schrammen und blauen Flecken hatten auf ihr Verhör gewartet. Levi hatte nicht verstanden, warum der Strom der Inhaftierten nicht abriss, man offenbar alle Juden der Stadt eines Verbrechens anklagte.

Die Frage schwebte immer noch über ihm, doch die Antwort war unerreichbar. Er sah nach oben, wo ein Lichtpunkt hin und her schaukelte. Seit wann bebt die Sonne?, fragte er sich. Allerdings: Wie sollte die Sonne auch über dem neuen Deutschland scheinen, ohne zu beben?

Er presste die Augen ganz fest zusammen, versuchte, sie wieder zu öffnen. Es war nicht die Sonne, sondern eine Glühbirne, die über ihm schaukelte, vor allem, wenn sich die Tür öffnete und weitere Gefangene in das Verlies gestoßen wurden.

Einer von ihnen trug nur einen Schlafanzug, man hatte ihn wohl aus dem Bett heraus verhaftet.

Als er begann, die Menschen zu zählen, schien die Glühbirne

auf seinen Kopf zu fallen, dort zu zerspringen. Etwas stieg ihm säuerlich die Kehle hoch, trat über seine Lippen, brannte. Nur das Wort, das er ausstieß, brannte nicht, es war die einzige Labsal.

»Deutschlehrer...«

Schemenhaft wie die Glühbirne war das Gesicht, das sich vor seines schob. Er nahm den Geruch von Angst wahr.

»Sag das nicht zu laut. Auf die Intelligenten haben sie es besonders abgesehen. Wer eine Brille trägt, wird nicht nur mit Schlägen malträtiert, auch mit Peitsche, Stock und Rundschläger. Einen haben sie drei Tage lang in einen Spind gesperrt, gerade mal einen Meter breit, weil er ein Gesetzesbuch dabeihatte und daraus zitierte.«

Levi fühlte sich auch wie in einem Spind gefangen. »Sie können doch nicht allen Hamburger Juden Rassenschande vorwerfen.«

»Sie müssen uns gar nichts vorwerfen. Schon seit Jahren wird Schutzhaft ohne richterliche Mitwirkung verhängt. Es genügt, dass sie uns hassen, und nach dem Attentat tun sie das noch mehr als früher.«

Richtig, das Attentat. Ein polnischer Jude hatte es auf einen deutschen Botschaftsmitarbeiter verübt, hatte sich rächen wollen für die Vertreibung der polnischen Juden aus Deutschland. Die Deutschen hatten es nicht nur ihm heimgezahlt, hatten Synagogen und jüdische Geschäfte verwüstet und alles kurz und klein geschlagen... Menschen.

Wieder schaukelte die Glühbirne.

»Wo sind wir hier eigentlich?«

»Im Polizeigefängnis Fuhlsbüttel.«

»Und was passiert mit uns?«

Der Mann gab ihm keine Antwort, nur noch mehr Ratschläge.

»Verhalte dich unauffällig, sieh ihnen nicht ins Gesicht, befolge jeden Befehl, auch den lächerlichsten. Wenn sie uns Essen bringen, iss es so schnell wie möglich, leck den Napf blitzblank, vor allem den Löffelstiel, wenn wir Glück haben, gibt es nicht nur Brot, manchmal auch Salzhering und Eier.«

Levi konnte sich nicht vorstellen, dass er Salziges noch schmecken konnte. Und um satt zu werden, wirklich satt, brauchte er etwas anderes als Salzhering und Eier.

Er sah das Gesicht des Mannes, der zu ihm gesprochen hatte, nun etwas deutlicher.

»Schreiben...«, brachte er mühsam hervor, »dürfen wir schreiben?«

»Einmal haben sie uns vermeintlich erlaubt, Briefe zu verfassen. Aber hinterher haben sie sie zerrissen und erklärt, sie hätten keine Lust, Judenschweine zu zensieren.«

Levi richtete sich ein wenig auf, und inmitten von all dem Grauen nahm er plötzlich etwas Weißes wahr – ein Stück Toilettenpapier, auf dem ein Häftling die schwarzen Linien eines Damespiels gezeichnet hatte. Kleine Steine aus der Mauer dienten als Spielsteine und Würfel.

»Womit... womit hast du diese Linien eingezeichnet?«

Der Häftling holte hinter seinem Ohr einen Bleistiftstummel hervor. Sein Lächeln war triumphierend, das von Levi auch. Mit diesem Bleistift konnte man nicht mehr viele Linien malen, erst recht nicht viele Worte aufschreiben, aber einige wenige doch. Sie würden für einen Satz reichen, den Satz, den er auf die Rückseite des Toilettenpapiers zu schreiben gedachte.

»Darin besteht die Liebe: dass sich zwei Einsame beschützen und berühren und miteinander reden««, murmelte er.

Der andere starrte ihn stirnrunzelnd an. »Vielleicht kann man einen Brief hinausschmuggeln, ein paar der Aufseher sind bestechlich, aber willst du nicht lieber schreiben, was dir widerfahren ist?«

Levi schüttelte den Kopf. Wenn es eine Chance gäbe, Felicitas eine Nachricht zukommen zu lassen, hatte er nichts hinzuzufügen. Sie hatten das, was sie füreinander waren, immer mit den Worten von Rilke ausgedrückt. Alles, was sie wissen musste, war, dass er noch immer Deutschlehrer war. Und ein Liebender.

Felicitas ging mit gesenktem Kopf durch das Grindelviertel. Knapp drei Wochen waren seit jener Nacht vergangen, in der die mageren Reste eines weltoffenen, liberalen Deutschland zertrümmert worden waren oder sich in Rauch aufgelöst hatten. Es tat immer noch weh, die Spuren der Verwüstungen zu sehen, zerstörte Geschäfte und Wohnungen, mit Hakenkreuzen beschmierte Bürgersteige. Es tat immer noch weh, dass die gegrölten Lieder in ihr widerhallten. *Halli, die Synagoge brennt, das Judenvolk, es flieht und rennt.* Es tat immer noch weh, an den Orten vorbeizukommen, wo sie sich einst mit Levi aufgehalten hatte, schon damals oft in Sorge um die Zukunft, aber zumindest mit ihm vereint.

Ein Hupen ließ sie zusammenschrecken, Abgase drangen ihr in Kehle und Nase. Wurde das Automobil, das eben von seinem Stellplatz im Innenhof an ihr vorbei auf die Straße fuhr, noch von seinem rechtmäßigen Besitzer gelenkt? Oder gehörte es eigentlich einem Juden, dem man es geraubt hatte? Erst am Tag zuvor hatte sie erfahren, dass nicht nur deren Führerscheine sämtlich für ungültig erklärt worden waren, sondern man ihre Kraftfahrzeuge eingezogen hatte.

Und das war nicht einmal der größte Diebstahl. Als Entschädigungssumme für den Mord an Eduard vom Rath war insgesamt eine Milliarde Reichsmark angesetzt worden. Jeder einzelne Jude hatte das, was er an Edelmetallen, Juwelen und Kunstwerten besaß, zu verkaufen und den Erlös auf ein Sperrkonto einzuzahlen.

Wer hatte sich wohl diese Milliarde ausgedacht? Jene monströse Zahl mit den unzähligen Nullen ließ sie an den Mob denken, auch Nullen, die nur an Wert gewonnen hatten, weil sie sich an eine Eins hefteten.

Gut, dass ich nicht reich bin, hätte Levi gescherzt, und gut, dass ich nie einen Führerschein gemacht habe und kein Auto besitze. Aber es hätte ihn getroffen, dass Juden nun auch der Besuch von Theatern und Konzerten verboten worden war – und auch der Anblick der Synagoge am Bornplatz hätte ihm zugesetzt oder das, was von ihr geblieben war: verkohlte Wände, die nicht stolz gen Himmel wuchsen, sondern sich unter den grauen Wolken duckten. Die Talmud-Tora-Schule gleich gegenüber hatte man zwar nicht angezündet, aber Felicitas sah, dass fast sämtliche Fenster eingeschlagen worden waren. Auch im Inneren erwartete sie der Gestank von Rauch – und Stimmen, vor allem Kinderstimmen.

Als Felicitas wenige Tage zuvor die Schule betreten hatte, hatte sie noch gähnende Leere empfangen, jetzt tummelten sich im Eingangsbereich nicht nur Knaben, auch Mädchen, obwohl diese die Talmud-Tora-Schule bislang nicht besucht hatten.

Das erste Kind, das sie fragte, was sie hier machten, gab ihr keine Antwort. Das zweite bekundete knapp, dass der Unterricht wieder aufgenommen worden sei.

Als sie unter der Kinderschar eine junge Frau entdeckte, konnte sie sich vage daran erinnern, dass Levi diese einmal als seine Kollegin Rahel vorgestellt hatte.

»Ist es wahr?«, fragte Felicitas.

Die Lehrerin hielt eine Liste in der Hand. Eine Weile rief sie die Namen von Kindern auf und notierte sie, ehe sie hochblickte.

Die Erleichterung, die Felicitas kurz gefühlt hatte, schwand unter ihrem düsteren Blick.

»Ja«, sagte sie traurig, »die Schule hat so viele Schüler verloren, etliche haben Deutschland fluchtartig verlassen. Deshalb ist geplant, die Israelitische Töchterschule aufzulösen und die verbliebenen Schülerinnen künftig in der Talmud-Tora-Schule zu unterrichten.« Sie unterdrückte ein Seufzen. »Da zugleich sämtliche jüdischen Schüler aus den allgemeinen und höheren Schulen ausgeschlossen wurden, müssen wir nun etwas Ordnung ins Chaos bringen.«

Wieder wandte sie sich an die Kinder, ließ sich Namen und Alter nennen.

»Aber dass der Unterricht wieder aufgenommen wurde, bedeutet doch, dass ein Großteil des verhafteten Lehrerkollegiums freigelassen wurde«, rief Felicitas.

Diesmal verharrte Rahels Blick etwas länger auf ihr, sie nickte zögerlich. »Die meisten, das stimmt... aber nicht Levi. Er wurde ja auch nicht hier an der Schule verhaftet.«

»Ich weiß«, sagte Felicitas knapp und kaute auf ihrer Unterlippe.

Ob Rahel wusste, dass man Levi verhaftet hatte, weil man ihn der Rassenschande bezichtigte?

Schon richtete sich die Lehrerin wieder an die Kinder, und Felicitas musste allein mit ihren Erinnerungen fertigwerden.

Nach jener schrecklichen Nacht hatte es tagelang gedauert, bis sie einen von Levis Vettern, Friedrich Pohlmann, ausfindig gemacht hatte. Er war der Sohn eines Bruders von Levis nichtjüdischer Mutter, der – wie alle seine Angehörigen – schon seit Jahren vermieden hatte, Kontakt zu Levi zu halten. Die jüdische Verwandtschaft war ihm peinlich. Nicht peinlich war es dem Vetter dagegen, vor Felicitas zuzugeben, dass Levi tatsächlich versucht hatte, bei ihm Unterschlupf zu finden, er ihn aber der Gestapo ausgeliefert hatte. Der deutschen Volksgemeinschaft fühle sich ein aufrechter Deutscher nun mal mehr verpflichtet als einem Vetter, den es nicht geben würde, hätte sich dessen Mutter nicht aus reiner Geldgier von einem buckligen Juden verführen lassen.

Levis Vater war ein angesehener Kaufmann!, hatte Felicitas ihm ins Gesicht schreien wollen. Wie konnten Sie einen feinen Mann wie Levi verraten?

Aber die Worte waren wie Scherben. Sie würde sich den Mund daran blutig schneiden, während sie eine stumpfe Waffe blieben, wenn sie sie gegen diesen selbstgefälligen Mann richtete.

»Auch wenn Levi bislang noch nicht entlassen wurde«, wandte sie sich jetzt an Rahel, »hat denn irgendjemand vom Kollegium etwas von ihm gehört?«

Rahel zuckte mit den Schultern. »Ich... ich weiß es nicht, fragen Sie am besten Direktor Spier.«

Felicitas stieg die Treppe hoch zu den Verwaltungsräumen.

Als sie Arthur Spier einige Jahre zuvor kennengelernt hatte, hatte sie einige Ähnlichkeiten mit Levi festgestellt. Auch er trug eine runde Brille, in seinem Blick stand ebenso viel Wachheit wie Klugheit. Sein dunkles Haar war allerdings viel strenger zurückgekämmt gewesen und von grauen Strähnen durchzogen. Als sie ihn jetzt hinter seinem Schreibtisch sitzen sah, hätte sie ihn fast nicht wiedererkannt. Sein Haar war nicht nur gänzlich grau, es stand ihm regelrecht zu Berge, das Gesicht war zerschunden, und er hielt sich die Hand schützend vor die Augen, als gälte es, sie vor dem grellen Licht einer Verhörlampe zu schützen. Nur seine Stimme war noch die alte. Er sprach unaufhörlich in einen Telefonhörer, allerdings nicht auf Deutsch, sondern auf Englisch.

Felicitas beherrschte diese Sprache nicht gut genug, um viel zu verstehen, doch sie musste keine Vokabeln kennen, um zu spüren, dass er sein Anliegen ebenso verzweifelt wie hilflos hervorbrachte.

Irgendwann ließ er den Telefonhörer sinken. Sie stand schon vor seinem Tisch, als er endlich ihrer gewahr wurde, kaum merklich zusammenzuckte.

»Ich habe mit dem Movement for the Care of Children from Germany telefoniert«, murmelte er. »Sie... sie nehmen Kinder auf, aber... aber viel zu wenige.« Felicitas starrte ihn verständnislos an. »Eine Londoner Organisation«, erklärte er, »sie sorgt dafür, dass jüdische Kinder aus Deutschland nach England reisen können und dort bei Pflegefamilien unterkommen.«

»Ohne ihre Eltern?«, rief Felicitas entsetzt.

Er nickte. »Aber mit der Hoffnung auf ein normales Leben... auf Bildung... auf eine Zukunft.« Seiner Stimme war der Zweifel anzuhören, wie man eine solch unmenschliche Entscheidung treffen konnte, ohne daran zu zerbrechen. »Entschuldigen Sie«, sagte Arthur Spier, »Sie denken gewiss, ich hätte keinerlei Manieren, eigentlich müsste ich aufstehen, aber...«

Die nächsten Worte, die er murmelte, waren kaum hörbar. »Polizeigefängnis... Treppe... gestolpert... Bein nicht belasten.«

Felicitas vermutete, dass er nicht gestolpert, sondern gestoßen worden war. Sie vermutete auch, dass er nicht darüber sprechen würde. Viele Inhaftierte wurden erst entlassen, wenn sie eine Erklärung unterschrieben, über alles, was ihnen widerfahren war, zu schweigen.

»Ich bin Felicitas Marquardt, Levi Cohn hat uns vor einiger Zeit einander vorgestellt. Haben Sie irgendetwas von ihm gehört? Ist ein anderer Ihrer Lehrer ihm jüngst begegnet? Er ist einfach... verschwunden.«

»Ich weiß, wer Sie sind. Sie versorgen unsere Schule seit Jahren mit Büchern und Unterrichtsmaterialien.«

Verletztes Bein hin oder her, plötzlich stützte er sich mit beiden Händen am Schreibtisch ab, kämpfte sich hoch.

»Um Himmels willen!«, entfuhr es Felicitas. »Sie sollten sich nicht so anstrengen!«

Ein schmerzliches Lächeln verzog seinen Mund. Er ließ sich zwar wieder auf den Stuhl fallen, erklärte dennoch entschlossen: »Ohne Anstrengung wird es aber nicht möglich sein, die Kinder aus Deutschland herauszubringen. Und ohne Anstrengung wird es nicht möglich sein, die Hoffnung zu bewahren, dass sie bald wieder zurückkehren werden.«

Sie kannte diesen Kampf um die Hoffnung. Auch das Gefühl, diese unaufhörlich schrumpfen zu sehen.

Direktor Spier seufzte. »Die meisten Lehrer der Talmud-Tora-Schule, die verhaftet wurden, auch die älteren Schüler, wurden ins Polizeigefängnis Fuhlsbüttel gebracht. Ich vermute, Levi Cohn befindet sich ebenfalls dort. Die Frage ist nur, wie lange noch …«

»Sie denken, er wird bald freigelassen?«, rief Felicitas.

Der Schulleiter nahm die Hände von der Tischplatte, faltete sie auf seinem Schoß. »Es gibt verschiedene Gerüchte. Die Juden, denen man nichts anderes vorwirft, als dass sie Juden sind, hat man bald wieder entlassen. Aber die, denen man obendrein eine falsche politische Gesinnung vorwirft oder gar ein Verbrechen, bringt man in Konzentrationslager – sei es Oranienburg, Neuengamme oder Sachsenhausen. Dort sollen sie für diverse Arbeitskommandos eingesetzt werden. Ich vermute, es ist weitaus schwerer, von dort jemanden freizubekommen als von Fuhlsbüttel. Aber wie gesagt, das sind nur Gerüchte. Und ich weiß nicht, ob dieses Schicksal auch Levi Cohn droht.«

»Ich verstehe«, murmelte Felicitas wie betäubt, obwohl sie nichts verstand. Wie war es möglich, jahrelang nicht zu bemerken, dass Levi mehr war als ein Freund, als ein Vertrauter? Wie war es möglich, dass sie ausgerechnet, als sie endlich zueinandergefunden hatten, auseinandergerissen worden waren wie in einem düsteren Märchen, wo Flüsse oder gar Ozeane und meistens sieben Jahre zwischen Prinz und Prinzessin standen?

Nun, Levi war kein Prinz, Levi war ein Deutschlehrer.

Plötzlich griff auch sie nach der Tischplatte, plötzlich klammerte auch sie sich daran, weil sie sonst gewankt wäre. Sie hatte keine Hand frei, um ihr Gesicht zu verbergen, als ihr Tränen in die Augen schossen.

Arthur Spier kämpfte sich wieder hoch. So schwer es ihm fiel, er schaffte es nicht nur, stehen zu bleiben, sondern sogar, ein paar humpelnde Schritte zu machen. Felicitas sah, dass sein rechter Fuß unnatürlich nach außen verdreht war.

»Ich ... ich brauche kein Taschentuch«, beeilte sie sich zu sagen, weil sie vermutete, dass er ihr eins anbieten würde.

Doch was er ihr im nächsten Augenblick in die Hände drückte, war kein Taschentuch, sondern ein Notizbüchlein. Sie erkannte die Schrift sofort. Die eleganten Buchstaben waren sehr klein, schmal, als dürften sie einander nicht zu viel Platz wegnehmen, zugleich gestochen scharf.

»Das ... das hat sich bei den Unterlagen von Levi Cohn befunden«, murmelte er. »Sie können es gern haben.«

Sie blätterte es durch. Zitate bedeckten die Seiten, so viele Zitate. Die meisten von ihnen kannte Levi auswendig, aber er musste sie aufgeschrieben haben, weil sie ihm so gut gefielen.

»Darin besteht die Liebe: dass sich zwei Einsame beschützen und berühren und miteinander reden«, stand auf der letzten Seite.

Sie hatte diese Worte von Rilke oft aus seinem Mund gehört, und sie sagten mehr als jedes »Ich liebe dich«, drückten sie ihre Geschichte doch perfekt aus – die Geschichte von zwei einsamen, verlorenen Menschen, die sich übers Reden gefunden hatten.

Sie schloss das Büchlein, drückte es an sich. »Danke...«

»Nichts zu danken.« Der Schulleiter ließ sich wieder auf den Stuhl fallen. »Besser, Sie kommen künftig nicht mehr her. Ich weiß nicht, wie lange unsere Schule überhaupt noch bestehen wird.«

»Solange es sie gibt, werde ich weiter Bücher bringen, Papier, Stifte, was immer Sie brauchen. Ich kann nicht nichts tun. Viel zwar auch nicht, aber immerhin ein bisschen. Levi wollte nie etwas anderes als ein Deutschlehrer sein. Und wenn er schon nicht unterrichten kann, will ich dafür sorgen, dass die Kinder auf andere Weise Zugang zum Stoff erhalten. Sie können mich nicht davon abhalten. Sie müssen mich auch nicht zur Tür geleiten. Schonen Sie Ihr Bein.«

Der Schweißfilm auf Spiers Stirn verriet, wie viel es ihn gekostet hatte aufzustehen.

»Wenn ich etwas von Levi höre...«, setzte er an.

»Ich werde alles tun, um ihn freizubekommen, ehe er in einem dieser Lager landet.« Ihr entging der Zweifel in seinem Blick nicht, und entschlossen fügte sie hinzu: »Es ist schließlich nicht so, dass ich keine Beziehungen habe!«

Nach einem knappen Abschiedsgruß verließ sie das Bureau. Die Gänge waren leerer, Rahel war verschwunden. Felicitas umklammerte das Büchlein. Sie ging zumindest nicht mit leeren Händen.

Dezember

Es schneite unaufhörlich. Der Schnee rieselte von den dürren Ästen der Ulme, die gleich vor der Alsterschule stand, blieb auf dem Dach der Turnhalle und auf dem Schulhof liegen, verfing sich in den Haaren der Schüler, die dort ihre Kreise zogen, halb nackten Schülern – nur ihre Unterwäsche hatten sie anbehalten dürfen.

Emil hatte das Fenster geöffnet, um in der frischen Luft ein paar Turnübungen durchzuführen. Nun konnte er seinen Blick nicht von dieser Klasse lösen und erst recht nicht von Walther Domnitz, seinem jungen Kollegen, der den heutigen Turnunterricht ins Freie verlegt hatte. Wie er es nur schaffte, seinen Schülern diese Disziplin abzuringen! Früher waren sie schon nach wenigen Laufrunden im Turnsaal außer Atem geraten, nun marschierten sie durch den Schnee. Aber vierzehn-, fünfzehnjährige Burschen, die vertrugen schon was. Immer schneller mussten sie laufen, dann rennen, eine Runde folgte der nächsten, und sie wurden nicht mit aufmunternden Worten angespornt, sondern mit Warnungen.

»Der Letzte wird ein Bad in der Alster nehmen!« Graue Wolken stiegen vor den geröteten Gesichtern hoch. »Kein Schwächeln!«, brüllte Kollege Domnitz. »So ist die Natur. Jedes erwachsene Leben ringt um sein Bestehen, und niemand hilft ihm dabei. Das ganze Leben ist ein Kampf.«

Emil erlebte nicht zum ersten Mal, wie Kollege Domnitz, der auch Biologie unterrichtete, die Turnstunde nutzte, um Inhalte seines anderen Faches zu veranschaulichen. Kuh und Ziege tragen ihre Hörner nicht zum Vergnügen. Werden sie belästigt und beim Fressen gestört, setzen sie sich zur Wehr. Die Pflanzen müssen Erde zum Wachsen haben, ebenso Licht, und sie rauben es sich gegenseitig. Damit das Dasein eines Volkes möglich wird, braucht es ebenfalls Erde und Licht, und es muss jene zurückdrängen, die es knapphalten wollen. Das gelingt wiederum nur, wenn die Gemeinschaft zusammenhält. Die Familie der Wiesenblumen rückt auch zusammen, um das Austrocknen des Bodens zu verhindern.

Was Emil dort unten auf dem Schulhof sah, war allerdings keine Familie, keine Gemeinschaft. Bemerkte Domnitz nicht, wie sich die entkräfteten, durchgefrorenen Schüler gegenseitig ein Bein stellten? Keiner wollte der Letzte sein.

Es entging dem jungen Kollegen jedenfalls nicht, dass einer der Schüler stolperte und hinfiel. So dick die Schneeflocken auch fielen, auf dem Boden war nur Matsch, und der Junge schrammte sich am nassen Asphalt die Knie blutig. Das Blut war von so kräftigem Rot, die übrige Welt schien in bläulich-gräulichen Schlieren zu zerlaufen.

Domnitz trat zu seinem Schüler, ließ seine Faust auf dessen Nacken sausen.

Er drosch nicht zum ersten Mal zu, einmal hatte Emil erlebt, wie er einem Schüler fast die Nase gebrochen hätte, und ihn daraufhin zur Rede gestellt. Natürlich, er sei sich im Klaren darüber, dass der Turnunterricht einem übergeordneten Zweck diene, dass die Methodik darauf abziele, die Jugend zum Wagnis zu erziehen, dass man kleine Unfälle, Blessuren und Schmerzen zu akzeptieren habe. Aber es gälten doch gewisse Regeln. Auf einen wehrlosen

Jungen schlage man nicht ein. Domnitz hatte seinem Blick getrotzt und erwidert: »Nimmt der Feind etwa Rücksicht auf den wehrlosen Soldaten, der vor ihm auf dem Boden liegt?«

Emil hatte nichts dagegen zu sagen gewusst. Der geschundene Schüler hatte gleichfalls nichts zu sagen, brauchte alle Kraft, um sich aufzurappeln, hinkend weiterzulaufen, während Domnitz ihm und den anderen nachbrüllte: »Durch die moderne Medizin konnten sich leider auch Minderwertige und Kranke fortpflanzen. Umso wichtiger sind die Prinzipien des Auslesens und Ausmerzens. Wer nicht mitkommt, hat es nicht verdient, auf diesem Boden zu stehen, auf deutschem Boden. Wer nicht Sinnbild deutscher Kraft ist wie die Eiche oder die Edelkastanie, hat das Schicksal von Maulbeere und Weinstock zu teilen – beides Fremdlinge, die samt ihren kläglichen Wurzeln ausgerissen werden müssen.«

Emil gab sich einen Ruck und zwang sich wegzusehen. Domnitz war der Turnlehrer, er wusste schon, was zu tun war. Er selbst wiederum war Schulleiter, er wusste auch, was zu tun war. Er setzte sich wieder an den Schreibtisch, betrachtete die Liste, die er erst am Morgen mit seiner Sekretärin zusammengestellt hatte, glich sie mit der vom vergangenen Jahr ab. Die Liste erfasste alle nichtarischen Schüler, und die diesjährige war zwar deutlich übersichtlicher, aber immer noch nicht leer. Bis jetzt hatten die Kinder von jüdischen Frontkämpfern im großen Krieg noch die Alsterschule besuchen dürfen, doch nun war die Anweisung erfolgt, sämtliche verbliebenen jüdischen Schüler mit sofortiger Wirkung vom Unterricht an den deutschen Schulen auszuschließen.

Er war gerade dabei, die Liste ein letztes Mal zu überprüfen – er durfte keinen einzigen Namen übersehen –, als es klopfte. Entgegen seiner Erwartung stürmte nicht die Sekretärin herein, sondern seine Frau Anneliese.

Jedes Mal, wenn sie sich an seinem Arbeitsplatz begegneten, musste er sich wieder mühsam in Erinnerung rufen, dass sie seit einiger Zeit an der Alsterschule als Hauswirtschaftslehrerin arbeitete. Da sich die Mädchenklassen – ebenso wie das Lehrerinnenzimmer – in einem gesonderten Trakt befanden, liefen sie sich nicht oft über den Weg, und Anneliese hatte von Anfang an erklärt, dass sie keine Begünstigungen erwarte und von ihm wie ihre Kolleginnen behandelt werden wolle.

Ihre Kolleginnen würden es allerdings nicht wagen, mit gehetztem Blick auf ihn zuzustürzen und ihn am Oberarm zu packen.

»Wir müssen sofort nach Hause gehen!«

»Was ist denn los?«

»Bitte ...«, ihr Blick war nun ebenso panisch wie flehentlich, »wir müssen sofort nach Hause gehen.«

»Ist etwas passiert? Mit Elly?«

Sie senkte den Blick. »Es hat tatsächlich mit Elly zu tun, aber ... aber ich kann das nicht hier erklären.«

Als sie versuchte, ihn hochzuzerren, versteifte er sich kurz, befremdet von einer Nähe, die sie seit langer Zeit nicht mehr eingefordert hatte. Dann spürte er, wie dringlich ihr Anliegen war, löste sich energisch aus ihrem Griff, langte dennoch hastig nach Mantel und Hut und beschied die Sekretärin, die Briefe an die Eltern der jüdischen Schüler, die auf der Liste standen, zu verschicken.

Als sie ins Freie traten, hatte das Schneetreiben etwas nachgelassen. Die Flocken waren kleiner, schienen auf der Haut nicht zu schmelzen, sondern zu platzen. Auf halbem Weg nach Hause hörte es ganz auf zu schneien, doch für Anneliese war das kein Grund, den Kopf zu heben. Sie hatte ein Tuch über die dunklen Zöpfe gezogen, umklammerte es mit vor Kälte roten Fingern, hielt den Blick beharrlich auf den Bürgersteig gerichtet. Erst war sie zügig vorangegangen, nun überließ sie ihm die Führung. Nicht nur er drehte sich mehrmals um – auch sie blickte immerzu hinter sich, als hätte sie Angst, dass jemand sie verfolgen könnte.

Emil war das Gefühl, dass jeder seiner Schritte überwacht wurde, nicht fremd – nicht seit jener unruhigen Novembernacht, als die SA plündernd und zerstörend durch die Straßen gezogen war. Kurz nach Mitternacht hatte damals plötzlich Schulsenator Dr. Grotjahn vor seiner Wohnungstür gestanden, sein Förderer, mehr noch, sein väterlicher Freund. In diesem Augenblick war er allerdings eher der strenge Lehrer von früher gewesen, der ihn am Gymnasium in Deutsch unterrichtet hatte und der keinen Fehler hatte durchgehen lassen. Mit schneidender Stimme hatte er ihn dafür zur Rede gestellt, gemeinsam mit Felicitas Marquardt ein polnisches Judenkind an seiner Schule versteckt zu haben, hatte mit einer Untersuchungskommission gedroht, schlimmer noch, mit seiner Entlassung.

Bis eben hatte Emil vermutet, dass Anneliese nichts davon mitbekommen hatte, doch als ihm nun aufging, dass sie ihm seit Wochen nicht mehr richtig in die Augen sah, war er plötzlich sicher, dass sie das Gespräch belauscht, auch seine Lügen vernommen hatte: Nein, nein, er habe keine Ahnung von der Abstammung dieses Kindes gehabt und Felicitas Marquardt ebenso wenig.

Grotjahn hatte diese Worte nicht angezweifelt, jedoch auch nicht bekundet, dass er ihm glaubte. Und erst recht hatte er nicht versprochen, die Sache aus der Welt zu schaffen, Emil vielmehr mit dem Gefühl zurückgelassen, dass von nun an ein Damoklesschwert über ihm schwebte.

Als sie eben die Bieberstraße erreichten, fühlte er einmal mehr dessen kalten Hauch.

»Sag mir endlich, was los ist!«

Anneliese drängte sich schweigend an ihm vorbei, nahm die Stufen in den zweiten Stock im Laufschritt. Auch nachdem sie die Wohnung betreten hatten, wollte sie ihr Tuch nicht loslassen.

»Sie kommen jetzt schon nach Hause?«

Frau Anke betrachtete sie verwirrt, doch auch ihr gegenüber brachte Anneliese kein Wort hervor. Emil beschied die Haushälterin knapp, dass sie gehen könne, und ignorierte die Fragen in ihrem Blick. Frau Anke wunderte sich ja über so vieles – vor allem darüber, dass Anneliese der kleinen Elly fast alles durchgehen ließ, sogar mit ihrer Puppe unter dem Esszimmertisch zu spielen, weswegen man dann dort nicht kehren konnte.

Anneliese stürzte zum Esszimmertisch, nachdem Frau Anke gegangen war, und als Elly von dort hervorgekrochen kam, ließ sie endlich das Tuch los, um das Kind zu umarmen.

Das Tuch flatterte auf den Boden. Anneliese sank auf die Knie und zog das Mädchen an sich, als hätte sie es monatelang nicht gesehen.

»Kannst du mir jetzt endlich erklären…«, begann Emil.

Eine Weile hielt Anneliese Elly an sich gedrückt, forderte sie dann jedoch auf, in ihr Zimmer zu gehen und etwas zu häkeln.

»Und später holen wir gemeinsam den Weihnachtsschmuck aus dem Keller, ja?«

Elly fügte sich, in Emil erwachte Ungeduld. »Was soll das alles?«, fuhr er sie an.

Anneliese atmete schwer. Ihre Hände verkrampften sich ineinander, die Fingerknöchel färbten sich nunmehr weiß.

»Ich … ich musste Elly erst sehen, bevor ich es dir sagen kann.«

»Was sagen?«

»Felicitas glaubt mittlerweile zu wissen, wo Levi steckt. Offenbar wurde er ins Polizeigefängnis Fuhlsbüttel gebracht. Viele Lehrer der Talmud-Tora-Schule kamen dorthin, aber man hat sie wieder entlassen. Nur ihn nicht, und...«

»Was haben denn Levi und Felicitas mit Elly zu tun? Wenn wieder einmal das Gerücht aufkommt, die beiden wären ein Paar, musst du das bestreiten, es als gemeine Verleumdung abtun und...«

Er biss sich auf die Lippen, bereute es augenblicklich, so viel Eifer in die Stimme gelegt und solcherart verraten zu haben, dass es ihm nie nur darum ging, den eigenen Ruf zu schützen, auch den Felicitas'.

Aber Anneliese hatte gar nicht richtig zugehört, begann nun unruhig, Kreise im Wohnzimmer zu ziehen. »Felicitas hat mich vorhin um Hilfe angefleht. Es könnte sein, dass Levi von Fuhlsbüttel in ein Konzentrationslager verlegt wird. Die Zeit drängt, ihn freizubekommen. Sie selbst kann natürlich nichts erreichen, du kannst es vielleicht schon. Du könntest dich bei Grotjahn für ihn starkmachen, als Schulsenator hat er durchaus Beziehungen, und diese Beziehungen könnte er nutzen, um...«

Sie brach ab, rang hilflos die Hände.

Emil begriff, weshalb die Sache so dringlich war, nicht dass sie ausschließlich in der eigenen Wohnung darüber reden konnte.

»Wenn du willst, suche ich Grotjahn sofort auf.«

Er hatte Hut und Mantel noch nicht abgelegt, wandte sich zum Gehen. Doch Anneliese stellte sich ihm in den Weg, und ihre Hände krallten sich jäh an seinen Mantelkragen. Als wollte sie sich daran festhalten. Nein, als wollte sie ihn festhalten.

»Ich will es aber nicht.«

»Anneliese...«

»Weißt du, warum ich es dir nur hier sagen konnte? Warum ich erst Elly sehen musste? Ich wäre mir sonst so schäbig vorgekommen, weil ich... weil ich...«

»Weil du was?«

»Weil ich dich anflehen werde, nichts zu tun. Rein gar nichts. Weil ich dich bitten werde, Levi seinem Schicksal zu überlassen.«

Mit jedem Wort wurde ihre Stimme leiser. Nur ihr Blick schrie ihn an. Er las Schuldgefühle darin, auch Angst.

»Carin...«, brach es plötzlich aus ihr hervor, »Carin Grotjahn hat mir erzählt, dass du und Felicitas, dass ihr eurer Entlassung nur knapp entgangen seid. Wenn ihr Mann dich nicht beschützt hätte, hättest du womöglich nicht nur deine Stelle verloren, vielleicht hätte man uns auch die Vormundschaft für Elly entzogen.«

»Und das hast du Felicitas so gesagt?«, fragte er wie betäubt.

»Natürlich nicht. Ihr habe ich beteuert, dass wir alles tun werden, damit Levi freikommt.«

»Du hast also deine Freundin belogen.«

Der Griff um den Kragen wurde fester. »Ich habe sie nicht nur belogen, ich... ich habe sie verraten.«

»An wen verraten?«

So wie sie ihn unerbittlich hielt, packte er nun auch sie an der Schulter, schüttelte sie. Selten waren sie sich so nah gekommen, selten hatte er den warmen, stoßweisen Atem so intensiv gespürt. Sie war die Erste, die aufgab. Die Hände lösten sich von seinem Kragen, blieben schlaff hängen, und plötzlich lag ihr Gesicht auf seiner Brust. Sein Griff lockerte sich, als sie ihm unter Schluchzen gestand, was sie getan hatte, damals, in jener Nacht im November, als alles auf dem Spiel gestanden hatte. Er ahnte, dass er sie trösten sollte, über ihren Rücken streicheln, ihr vergewissern, dass es nicht so schlimm war. Er konnte es nicht – sie wegschieben allerdings ebenso wenig.

Ihre Tränen versiegten erst, als sich die Tür öffnete und Elly zurück ins Wohnzimmer kam.

»Guck mal, wie weit ich gekommen bin.« Sie hielt eine Häkelnadel in der einen Hand und ein kleines Deckchen in der anderen. Es war nicht sehr groß, aber sauber gearbeitet.

Anneliese verharrte kurz mit dem Gesicht an Emils Brust, ehe sie sich von ihm löste, verstohlen über ihre Wangen wischte. Ihre Augen waren gerötet; als sie zu Elly trat und das gehäkelte Deckchen bestaunte, kämpfte sie trotzdem um ein Lächeln.

»Das ist ja wunderschön geworden.« Sie wandte sich an Emil. »Findest du das nicht auch?« Reglos stand er da, trug immer noch Hut und Jacke. Er hatte keine Ahnung, ob dieses gehäkelte Ding schön war. Er hatte keine Ahnung, ob er Levi seinem Schicksal überlassen konnte... Felicitas... »Findest du nicht auch, dass es schön geworden ist?«, fragte Anneliese wieder, ihre Stimme klang schrill.

Er brachte weiterhin kein Wort hervor, nickte nicht einmal. Aber er nahm den Hut vom Kopf und zog seinen Mantel aus.

Felicitas ging unruhig in ihrer Wohnung auf und ab. Der Glockenschlag der angrenzenden Kirche St. Johannis war immer laut, doch diesmal dröhnte er noch in ihr nach, als er längst verstummt war. Die letzten Tage hatte sie sich am liebsten im Bett verkrochen, sich die Decke über den Kopf gezogen und den Erinnerungen an die Stunden hingegeben, die sie mit Levi gemeinsam in ihrer Wohnung verbracht hatte, an diesem Abend war die Unrast zu groß.

Ob Anneliese schon mit Emil geredet hatte, Emil mit Grotjahn, Grotjahn mit...? Ach, sie hatte keine Ahnung, mit wem dieser reden konnte. Hauptsache, er bekam Levi frei, Hauptsache, er konnte verhindern, dass Levi in ein Konzentrationslager verlegt wurde, Hauptsache, Levi würde bald vor ihrer Tür stehen und...

Es klopfte tatsächlich, sie stürzte zur Tür. Mit Levi rechnete sie nicht, so weit verstieg sich ihre Hoffnung nicht, aber mit Emil. Emil würde Neuigkeiten bringen, gute Neuigkeiten!

Vor ihr stand nicht Emil, sondern eine fremde Frau. Der Kragen ihres zerknitterten Wintermantels war hochgeschlagen, bedeckte fast den Mund, die Pelzmütze war tief ins Gesicht geschoben, bedeckte fast die Augen. Sobald Felicitas geöffnet hatte, drehte sie sich um und vergewisserte sich, dass niemand ihr gefolgt war. Erst danach wagte sie gehetzt zu fragen: »Sind Sie Fräulein Dr. Felicitas Marquardt?«

Kragen und Mütze verrutschten etwas. Felicitas hätte schwören können, dieser Frau noch nie begegnet zu sein, aber ihre Züge kamen ihr plötzlich dennoch vage bekannt vor. Schon drängte sie sich an ihr vorbei in die Wohnung und schloss an ihrer statt die Tür hinter sich.

»Ich bin tatsächlich Felicitas Marquardt, aber...«

»Ich will Sie nicht in Schwierigkeiten bringen, wirklich nicht, ich muss nur unbedingt mit Ihnen sprechen«, nuschelte die Fremde in den Mantelkragen.

So entschlossen sie eben noch über die Schwelle getreten war – als Felicitas sie mit einer Handbewegung aufforderte, ins Wohnzimmer zu kommen, verharrte sie zögerlich im Flur.

Felicitas ging indes die Bedeutung ihrer Worte auf.

Schwierigkeiten! Natürlich!

»Sind Sie Jüdin?«, rief sie. »Kennen Sie Levi Cohn? Wissen Sie etwas über ihn? Hat er Ihnen eine Botschaft zukommen lassen können?«

Die andere schien mit dem Namen tatsächlich etwas anfangen zu können. Doch umso bitterer schmeckte die Enttäuschung, als sie erklärte: »Levi Cohn wollte ich noch vor Ihnen um Hilfe bitten. An der Talmud-Tora-Schule sagte man mir allerdings... sagte man mir allerdings...«

Sie kaute auf ihrer Unterlippe.

Man kann es nicht sagen, ging es Felicitas durch den Kopf. Es nicht aussprechen... es nicht in Wort fassen... dieses Unrecht, diese Schande, diese...

Sie verdrängte den Gedanken. »Wofür brauchen Sie Levis Hilfe?«

»Er hat sich damals doch um meine Schwester gekümmert, nicht wahr? Und Sie haben das auch getan.«

»Ihre Schwester?«

»Mein Name ist Henriette Goldenthal.«

Felicitas hatte diesen Namen nie gehört, aber die rotblonden Locken, die unter der Mütze hervorlugten, sagten ihr, an wen die Frau sie erinnerte. An Elly. Emils und Annelieses kleine Ziehtochter.

»Sie sind die Schwester von Elise Freese?«

Henriette nickte, nahm die Mütze ab, knetete sie in ihren Händen.

»Wie geht es Elise?«, rief Felicitas. »Sie wohnt doch noch bei Ihnen, oder? Sie haben sie bei sich aufgenommen... damals.«

Ein so kurzes Wort. Aber aufgeladen mit so vielen Erinnerungen. Daran, dass ihr einstiger Schulleiter Oscar Freese in Fuhlsbüttel inhaftiert worden und dort unter mysteriösen Umständen zu Tode gekommen war. Dass seine Frau Elise darüber in eine schwere Depression verfallen und unfähig gewesen war, sich um die kleine Tochter zu kümmern. Dass sie das völlig verwahrloste Kind in ihrer Not Anneliese anvertraut hatte.

Henriette blickte sie zögerlich an.

»Ich bin nicht wegen meiner Schwester hier, sondern wegen... Elly.«

»Elly geht es gut. Sie wissen doch, dass das Ehepaar Tiedemann die Vormundschaft für sie übernommen hat. Sie ist sehr glücklich in der Familie, auch... sicher.«

Henriette ließ ihre Mütze zu Boden fallen und legte ihre Hände auf Felicitas' Schultern. Der Griff war fest, fast schmerzhaft.

»Niemand ist sicher, nicht jetzt... nicht... nach dieser Novembernacht.«

Henriette holte tief Luft, sagte noch mehr, sagte es immer schneller. Felicitas kam kaum nach mit dem Begreifen. Doch noch ehe sie das Gesagte verarbeitet hatte, breitete sich Entsetzen in ihr aus.

»Aber... aber das ist unmöglich!«, platzte es aus ihr heraus. »Das kann ich nicht tun. Niemals!«

Kurz rechnete sie damit, dass sich Henriettes Finger noch schmerzhafter in ihre Schultern bohren würden. Stattdessen ließ sie sie abrupt los. Als sie auf die Knie sank, dachte Felicitas, ihre Kräfte wären geschwunden, doch sie war nicht gefallen, sie bückte sich nur nach der Mütze, konnte sich danach wieder erheben, mit fester Stimme sagen: »Bitte! Denken Sie wenigstens darüber nach.«

Sie richtete einen beschwörenden Blick auf sie, ehe ihre Lider zu zucken begannen und sie sich rasch abwandte, um die Wohnung zu verlassen. Ihre Schritte wurden von neuerlichen Glockenschlägen übertönt. Wieder dröhnten sie in Felicitas nach. Auch Henriette Goldenthals Worte dröhnten in ihr nach, die eigene abschlägige Antwort.

Am Ende verkroch sie sich doch noch im Bett, zog die Decke

über den Kopf, konnte die Welt dennoch nicht aussperren, nicht Henriettes Bitte, nicht die bange Frage, ob Anneliese schon mit Emil gesprochen hatte, Emil mit Grotjahn, Grotjahn mit...

Sie schlug die Decke zurück, schnappte nach Luft, griff wahllos nach einem Buch. Einmal mehr verschwammen die Buchstaben hinter einem Tränenschleier, aber sie wusste ja, was dort stand, Levi hatte es ihr oft vorgelesen, und sie glaubte seine Stimme zu hören.

»Der Menschheit Würde ist in eure Hand gegeben, bewahret sie! Sie sinkt mit euch! Mit euch wird sie sich heben!«

Sie war nicht sicher, ob Schillers Worte ein Trost waren oder ein Hohn.

1939

Februar

Levi trug den Bleistiftstummel immer noch bei sich. Damit niemand ihn fand, steckte er ihn sich oft zwischen die Zehen. Es fühlte sich an wie ein zusätzliches Körperglied, manchmal sogar wie das, in dem das meiste Blut zirkulierte. Allerdings gab es da noch etwas anderes, das nicht aufhörte, in ihm zu pochen. Das ihn dazu zwang, den Stummel immer wieder hervorzuziehen und wenn auch nicht auf Papier – das besaß er nicht –, so doch auf den staubigen Boden Worte zu schreiben. Die Buchstaben glichen den zerbrechlichen Körpergliedern alter Menschen, zitterten beim ersten Lufthauch, wurden beim zweiten davongeweht wie Asche. Aber er hörte nicht damit auf.

»Der Menschheit Würde ist in eure Hand gegeben, bewahret sie! Sie sinkt mit euch! Mit euch wird sie sich heben!«

Er schrieb die Worte nicht einfach nur auf. Er setzte sie den schwarzen Zahlen, die auf den Rücken seiner Häftlingsuniform genäht worden waren, entgegen. Die Zahlen behaupteten, dass er keinen Namen mehr trug, nur eine Nummer war. Und obwohl er sich meldete, wenn diese Nummer gerufen wurde, und nicht mehr darauf bestand, ein Deutschlehrer zu sein – er wusste noch, dass er einer war und wie er wirklich hieß. Er hatte sich ja auch Schillers Worte gemerkt, hatte sie noch im Kopf, als eines Tages seine Nummer aufgerufen wurde, er aufgefordert wurde mitzukommen.

Eine Frage hatte er ebenfalls im Kopf, und er war so leichtsinnig, sie laut zu stellen: »Wohin bringen Sie mich?«

Die Antwort war ein Schlag auf den Mund. Er schmeckte Blut, er schmeckte Angst. Die Angst wuchs, als er in einen Wagen gestoßen wurde, wo er dicht gedrängt mit anderen Häftlingen zu sitzen kam. Die Luke war zu weit entfernt, um zu sehen, wohin die Fahrt ging, zumal es bald finster wurde.

In dieser ewigen Nacht sieht man nicht einmal mehr Staub, nicht einmal mehr Asche, dachte er kurz. Aber dann fühlte er den Bleistiftstummel zwischen den Zehen und mit ihm die Hoffnung, dass keine Nacht ewig währte. Manchmal musste man sich in die Finsternis fallen lassen, irgendwann sank man doch auf festen Grund.

Die Fahrt war nach einigen Minuten zu Ende. Oder nach Stunden. Oder nach Tagen. Draußen war es immer noch dunkel, aber die schwarze Nacht wurde vom grellen Licht einiger Scheinwerfer zerrissen. Sie blendeten ihn, sodass er die SS-Männer, die sie empfingen, kaum sehen konnte. Er konnte sie nur hören, ihre Fußtritte spüren, die Kolbenstöße.

Levi hob ein einziges Mal kurz den Kopf, sah Stacheldrahtzaun, ein großes Tor. Stapfte er auf Sand oder auf Schnee? Sie wurden auf den Lagerplatz getrieben, wieder von Scheinwerfern geblendet, in seine Ohren schnitt sich eine Stimme.

»Ihr seid hier als Sühne für die feige Mordtat eures polnischen Rassengenossen Grynszpan«, brüllte ein Mann, offenbar der Lagerkommandant. »Ihr seid hier als Geiseln, damit das Weltjudentum nicht weitere Morde plant. Denkt nicht, ihr seid in einem Sanatorium gelandet, eher ist es ein Krematorium. Jedem Befehl der SS ist augenblicklich Folge zu leisten, bei einem Fluchtversuch wird sofort geschossen. Eure Verpflegung müsst ihr abarbeiten. Wir werden schon dafür sorgen, dass eure dicken Bäuche verschwinden.«

Als das Brüllen endlich ein Ende gefunden hatte, war Levis Blick immer noch starr auf den Boden gerichtet, der so schwarz war, als wäre der Nachhimmel auf die Welt gefallen, hätte sie unter sich vergraben.

Irgendwann wurden sie in eine Baracke geführt, wo sie sich vollkommen ausziehen mussten. Er kniff die Zehen zusammen, um den Bleistiftstummel nicht zu verlieren. Im nächsten Raum wurden ihnen die Köpfe geschoren. Im dritten händigte man ihnen primitive Unterwäsche und blau-weiß gestreifte Häftlingsuniformen aus.

Erst als er wenig später mit den Mithäftlingen in einen anderen Block getrieben wurde, wagte Levi es, wieder eine Frage zu stellen. »Wo sind wir hier?«

Etwas verspätet murmelte ein Häftling eine Antwort. »Man muss der Hölle keinen Namen geben, um wissen, dass man in ihr gelandet ist.«

Die Luft wurde stickiger, es wurden nicht nur immer mehr Männer gebracht, auch Essen. Nein, es war kein Essen, es war lediglich ein Blechnapf mit Spülwasser, in dem Schalen von Gemüse schwammen. Auf das Essen folgte der Befehl zu schlafen. Betten gab es nicht, sie lagen zusammengepfercht auf dem hölzernen Fußboden. Als er einnickte, fühlte er den warmen Atem seines Hintermannes im Nacken, als er mitten in der Nacht aufwachte, war aus dem Atem ein Röcheln geworden. Mit jeder Minute klang es gequälter, trockener, bald wurde ein verzweifeltes Japsen daraus.

Levi musste sich anstrengen, um sich aufzurichten, erhielt prompt einen unwilligen Stoß von seinem Vordermann, drehte sich dennoch weit genug um, um dem Hintermann ins Gesicht zu sehen. Mondlicht fiel durch Ritzen, ließ den kalten Schweiß auf dessen fahler Haut silbrig schimmern. Die Lippen waren bläulich, die Augen riesengroße Löcher, in denen Todesangst und Verzweiflung längst ertrunken waren. Immer gleichgültiger wurde der Blick – nur Levi war es nicht.

»Er ... er stirbt!«, rief er. »Wir müssen ihm helfen! Er braucht einen Arzt.«

Jener, der ihm zuvor den Stoß versetzt hatte, richtete sich nun auch auf, warf einen kurzen Blick über seine Schultern. »Der Lagerarzt hat gesagt, dass er für Juden nur Totenscheine ausstellt.« Schon rollte er sich zusammen, machte sich ganz klein, legte die Hände über den Kopf, schlief weiter.

Levi konnte nicht schlafen, Levi konnte dem Kranken auch die Hand nicht entziehen, als der sie nach seiner ausstreckte, er konnte nicht aufhören, ihm in die Augen zu sehen. Das Schwarz der Pupille schien sich nach und nach über die Iris auszubreiten, dann über das Weiße. Ob der andere ihn sehen konnte, wusste er nicht. Aber er sah den anderen – nicht als röchelndes, japsendes, keuchendes Etwas, sondern als Mensch.

»Nichts ist quälender als die Kränkung menschlicher Würde««, flüsterte er gegen das Röcheln und Japsen und Keuchen an, »nichts erniedrigender als die Knechtschaft. Die menschliche Würde und Freiheit sind uns natürlich. Also wahren wir sie, oder sterben wir mit Würde.‹«

Wer genau diese Worte aufgeschrieben hatte, fiel ihm nicht ein. Der Name verlor sich im Schwarz der erlöschenden Augen, im Schwarz der sterbenden Nacht. Erst als sie zum Morgengrau gerann, wusste er es wieder. Es war ein Zitat von Marcus Tullius Cicero.

Der Atem des anderen verstummte endgültig, die Augen waren weit aufgerissen. Sie waren gar nicht schwarz, sondern grau wie Nebel. Levi versuchte, sie zuzudrücken, es gelang ihm nicht.

»Komm mit zum Morgenappell!«, schrie ihn jemand an.

Er ließ den Toten liegen, warf einen letzten Blick auf die Häftlingsnummer. Wenigstens die wollte er sich merken, wenn er auch nie den Namen des Mannes erfahren würde.

Im Laufe des Tages schrumpften die Zahlen. Er konnte sie zwar noch wiederholen, aber er war nicht sicher, ob eine Acht mehr wert war als eine Eins, eine Fünf mehr wert war als eine Drei.

Sie alle waren ja nichts wert, nicht die Toten, nicht die Lebenden.

Ein paar der Häftlinge trieb man nach dem Morgenappell auf Wagen. Sie waren angeblich zur Arbeit im Klinkerwerk bestimmt worden, was immer das war.

»Wir Glückspilze«, hörte Levi irgendjemanden murmeln, »wir müssen keine Baumstämme schleppen.«

Sie mussten etwas anderes schleppen... Schnee... mussten ihn mit bloßen Händen zusammenschieben, ihn auf Tragen laden.

Der Schnee war leichter als Bäume, der Schnee war aber auch kälter. Levi spürte die Hände bald nicht mehr, nicht seine Füße, er spürte auch den Bleistiftstummel nicht, er spürte nichts von seinem Körper. Nur das klägliche Weinen eines anderen spürte er, es ging ihm durch und durch.

»Ich bin doch Violinist... Wenn meine Hände erfrieren... wenn man mir die Finger abschneidet... dann kann ich nie wieder ein Instrument halten.«

Levi wollte etwas Tröstliches sagen, konnte es nicht. Mit Worten verhielt es sich wie mit Zahlen. Sie glichen Schneeflocken, die im Wind trieben. Wenn er versuchte, eine zu schnappen, schmolz sie.

»Der Mensch mag tun und leiden, was es auch sei, er besitzt immer und unveräußerlich die göttliche Würde.«

Es war ein Zitat von Christian Morgenstern. Die Buchstaben schmolzen nicht, sie tanzten an ihm vorbei, stiegen hoch in den Himmel. Der Himmel war so fern, er selbst fiel in ein schwarzes Loch.

Am dritten Tag – oder war es der dreizehnte, der dreißigste, der dreihundertste? – war kein Schnee gefallen, den sie zusammenschieben mussten.

Nach dem Morgenappell wurde eine Gruppe Häftlinge über den Hof getrieben. Levi gewahrte erst, dass er zu ihnen gehörte, als jemand in sein Ohr bellte: »Nun lauf schon!«

In einer Baracke erwarteten sie nicht nur SS-Männer, auch ein Mann mit einem Fotoapparat.

»Alle Welt soll sehen, wie ihr Untermenschen aussieht.« Levi blickte die anderen an, die man hergeholt hatte. Ihre Köpfe waren sämtlich kahlgeschoren, die zu große, zerknitterte Kleidung schlackerte an dürren Leibern, in den Blicken standen Angst, Panik.

»Keine Menschen seid ihr, sondern Läuse, und Läuse zerdrückt man.«

Niemand wurde zerdrückt, jedoch ein Mann vor den Fotoapparat gestoßen. Es setzte Schläge, damit sein Gesichtsausdruck noch gequälter wurde ... er noch erbärmlicher wirkte ... hässlicher ...

Ein flüchtiger Gedanke streifte Levi, ein Satz, den Dostojewski geschrieben hatte – über die Freiheit des Menschen, über den Unterschied zwischen Mensch und Laus. Die Worte verhakten sich in seinem Kopf, und als es ihm gelang, sie zu entwirren, waren es keine ganzen Worte mehr, nur noch halbe.

Was hier geschah, war nicht recht.

Er konnte das nicht laut sagen. Aber er konnte etwas tun. Als er vor den Fotoapparat gestoßen wurde, als auch er Schläge erhielt, verzog er nicht sein ganzes Gesicht, nur seinen Mund. Sein Mund lächelte. Solange Untermenschen lächelten, auch an einem Ort wie diesem, waren sie vielleicht Übermenschen.

»Was gibt es da zu lachen?«, brüllte jemand.

Seine Mundwinkel zuckten, selbst wenn er es nicht gewollt hätte, sie ließen sich nicht hinunterziehen, sie strebten hoch. Alles in ihm strebte hoch, selbst als wieder Schläge auf ihn einprasselten, weil er nunmehr regelrecht lachte, als er auf den Boden gezerrt wurde, man auf ihn eintrat.

»Drei Dinge helfen, die Mühseligkeiten des Lebens zu tragen: die Hoffnung, der Schlaf und das Lachen.«

Immanuel Kant.

Die Worte flohen aus seinem Kopf, blieben eine Weile im Raum hängen, verflüchtigten sich dann. Hatten sie den Weg durch die Ritzen der Holzwände ins Freie genommen, oder waren sie auf den Boden gerieselt wie Regen?

Sein Lächeln wirbelte zur Decke, verlor sich in unerreichbarer Höhe. Er hörte das Klicken des Fotoapparats, hörte das Gelächter der SS-Leute, die ihn dort hatten, wo sie ihn haben wollten. Es stimmte nicht, dass Untermenschen nicht lachen konnten. Es stimmte nicht, dass sich die Mühseligkeiten des Lebens irgendwie tragen ließen.

Jemand zerrte ihn auf die Füße.

»Wer bist du?«

Ein Deutschlehrer… Levi Cohn… 7842.

Nichts davon überstand den Weg vom Kopf in den Mund, vom Herzen in den Mund.

Er erbrach Blut, aber keine vernünftigen Silben.

Der Apparat klickte wieder, das Gelächter schwoll an. Es hallte an den leeren Wänden seines Verstandes wider, laut wie Donnerschläge, schmerzhaft wie Faustschläge. Eigentlich waren da keine Wände mehr, war da kein Verstand. Auch der Bleistiftstummel zwischen seinen Zehen war nicht mehr da.

»Wer bist du?«, wurde er wieder angebrüllt.

Ein Deutschlehrer... Levi Cohn... 7842.

Das Wort, das er schließlich auskotzte, war ein anderes. Es schien zu gefallen, die SS-Männer lachten schon wieder oder immer noch.

Als Felicitas die Agentur des Rauhen Hauses, einer Buchhandlung am Jungfernstieg, betrat, atmete sie tief ein. Sie genoss den staubig-süßlichen Geruch von Büchern, der ihr in die Nase stieg. Und erst recht das, was man nicht riechen konnte, aber mit jeder Faser des Körpers fühlte: Widerstandsgeist.

»Fräulein Lehrerin!«

Der junge Mann, der auf sie zutrat, war Paul Löwenhagen – einst ihr Schüler, später ihr Tanzpartner in Swing-Nächten, nach abgeschlossener Lehre mittlerweile ein Buchhändler. Mit dem adretten schwarzen Anzug, der dunklen Krawatte, dem gescheitelten und hinters Ohr gekämmten Haar, war ihm nicht anzusehen, dass zwischen all diesen Lebensphasen eine Kluft stand – zunächst sein Verweis von der Schule, später die Wochen im Polizeigefängnis Fuhlsbüttel. Was er sich jedoch über all die Brüche in seinem Leben bewahrt hatte, war seine Schwärmerei für sie, Felicitas.

»Wir kennen uns doch schon so lange, duzen uns mittlerweile«, murmelte sie. »Du kannst Felicitas sagen.«

»Das würde ich mich nie trauen.«

Ein breites Grinsen verzog seine Lippen, erreichte aber seine Augen nicht, und es schwand, als sie ihm anvertraute, dass sie immer noch nichts über Levis Verbleib wusste und Emil bislang nichts für ihn hatte tun können.

Seine Anteilnahme rührte sie – und zugleich war es ihr unerträglich, über ihre Gefühle zu sprechen. »Wie geht es deiner Schwester in München?«, lenkte sie rasch ab.

»Helene ist das, wozu ich nie getaugt hätte: eine strebsame Studentin. Sie hat einen Freundeskreis gefunden und kommt kaum noch heim. Ich vermute, wenn wir sie wiedersehen, wird sie schon ein Fräulein Doktor der Medizin sein.«

Felicitas kannte einige von Helenes Kommilitoninnen. Sie hatte sie in jenen Jahren kennengelernt, da sie einen geheimen Lesekreis besucht, sich dort der Lektüre verbotener Bücher hingegeben, ausländischen Rundfunksendern gelauscht und Diskussionen geführt hatten. Dessen Initiatorin – die Lehrerin Erna Stahl – hatte sie seit Längerem wieder einmal besuchen wollen, aber sie würde wohl jene Frage stellen, die gleichfalls in Pauls Blick stand: »Wie geht es Ihnen?« Und darüber wollte sie nicht nachdenken.

»Wie auch immer, ich bin hier, um …«

»Aber natürlich«, fiel Paul ihr ins Wort, »Sie wollen die neuen Geschichtsbücher für den Unterricht abholen.«

An seiner veränderten Tonlage und dem förmlichen Sie erkannte sie, dass jemand hinter ihr den Laden betreten haben musste – sie hatte die Türglocke gar nicht wahrgenommen. Prompt ging sie auf sein Spiel ein.

»Endlich wurden die Geschichtsbücher von jenem schleichenden Gift bereinigt, das die deutsche Seele zu zerfressen droht und die jungen Menschen dazu bringen will, international zu denken.

Warum sollten wir uns denn mit der Geschichte anderer Völker beschäftigen? Wir wollen schließlich nationale junge Deutsche erziehen und nicht junge Griechen und Römer.«

Paul nickte eifrig, nahm schnell ein Buch. »Hierin wird der große Krieg als das geschildert, was er war, als ein tragischer Zusammenbruch, der allein auf artfremde marxistische Spitzel und Landesverräter zurückgeht, die zur Zermürbung des deutschen Widerstandswillens beigetragen haben.«

Während er sich in Rage redete, suchte die fremde Frau ein paar Bücherregale ab, schien aber nichts zu finden, und noch ehe Felicitas sich dazu zwingen musste, die Gefallenen als »blutende Ziegel am Fundament des neuen Reiches« zu benennen, hatte sie den Laden schon verlassen.

Wieder atmete Felicitas tief durch, wieder labte sie sich an dem süßlichen Geruch. »Gott sei Dank ist sie weg. Ich bin also hier, um...«

Einmal mehr ertönte die Türglocke, diesmal betrat ein junger Mann die Buchhandlung. Er sah sich mit prüfendem Blick um, und Paul begann vermeintlich überschwänglich zu erklären: »Natürlich haben wir die *Große Herdersche Schulbibel* nicht mehr im Angebot. Dort ist schließlich die Stelle aus Johannes 4,42 noch nicht gelöscht, worin es heißt, dass das Heil von den Juden kommt. Wir haben nur mehr die Neuauflage, aus der diese grässlichen Worte getilgt wurden.«

Der junge Mann stierte an ihnen vorbei, als hätte er nicht zugehört, aber Felicitas beeilte sich trotzdem zu sagen: »Die Verherrlichung des jüdischen Verbrechervolkes kann man in den deutschen Schulen natürlich nicht dulden. Ich verstehe nicht, warum überhaupt noch Religion unterrichtet wird, aber solange jene Texte aus dem *Neuen Testament* nicht behandelt werden, die dem Sittlichkeitsempfinden der germanischen Rasse widersprechen, mag es erträglich sein.«

Der junge Mann tat weiterhin so, als nähme er sie nicht wahr, doch sein Gesichtsausdruck war deutlich wohlwollender. Er bezahlte bei Paul ein Notizbuch, ehe er verschwand.

Danach winkte Paul sie rasch mit sich. »Besser, wir ziehen uns zurück. Sonst taucht der nächste Spitzel auf, um zu prüfen, ob unsere evangelische Buchhandlung auch wirklich treu dem Vaterland dient, und ich müsste dir womöglich ein Liederbuch zeigen und *Lacht Kameraden, unser Tod wird ein Fest* singen.«

Wieder grinste er, wieder erreichte das Grinsen seine Augen nicht.

Rasch folgte sie Paul in den Kellerraum der Buchhandlung, wo sich das Lager befand – und ein Schatz jener Bücher, die als verboten galten.

Felicitas entdeckte in einer Kiste Stefan Zweig, Lion Feuchtwanger, Heinrich Mann, und nahm gleich mehrere Exemplare an sich.

»Als Buchhändler sollte ich mehr lesen als du, nicht umgekehrt«, meinte Paul spöttisch.

Eigentlich ging es ihr nicht ums Lesen, zumindest nicht nur. Es war lediglich Mittel zum Zweck, um Levi nahe zu sein, ein Universum zu betreten, in dem zwischen ihr und ihm keine Gefängnismauern standen, keine uniformierten Männer mit Knüppeln, keine Ungewissheit.

Aber das konnte sie nicht aussprechen, ohne dass den Worten Tränen gefolgt wären, also sagte sie nur: »Ich fürchte, meine Tasche ist zu klein für all die Bücher. Ich nehme erst mal zwei und dann...«

Sie brach ab, weil einmal mehr Schritte ertönten. Schon begann Paul *Lacht Kameraden* zu intonieren, doch er hatte den Tod noch nicht zum Fest erhoben, als er wieder abbrach. Von der jungen Frau, die ihnen ins Lager gefolgt war, drohte keine Gefahr. Ihr flackernder Blick verriet zu deutlich, dass sie selbst große Angst hatte.

»Rahel!«, stieß Felicitas den Namen der jüdischen Lehrerin aus. »Warum kommen Sie her? Ich hätte Ihnen das neue Unterrichtsmaterial doch gebracht. Noch hatte ich keine Möglichkeit, es zu beschaffen – das Papierkontingent der Schulen wird mittlerweile streng überwacht, auch Bleistifte sind...«

Rahel hatte die Tür hinter sich geschlossen, sie lehnte sich an sie, fühlte sich erst jetzt sicher genug, um zu reden. »Es ist zu gefährlich für Sie, zur jüdischen Schule zu kommen.«

»Deswegen treffen wir uns ja seit geraumer Zeit bei einer Bank an der Außenalster. Und das werde ich mir nicht nehmen lassen. Sie mit Material zu versorgen ist das Einzige, was ich...«

»Aus dem Grund bin ich nicht hier.« Der Blick der jungen Frau richtete sich starr auf sie. Und die Angst, die Felicitas darin las, galt nicht ihr oder sich selbst, jemand... anderem. Diese Angst schwappte nicht einfach nur auf sie über, sie zog ihr den Boden unter den Füßen weg. Sie schwankte, fühlte, wie Paul sie stützte, wollte es verhindern, aber konnte es nicht. Sie brauchte ja schon alle Kraft, um zuzuhören, als Rahel zu reden fortfuhr. Levi sei wie befürchtet in ein Lager gekommen, nach Sachsenhausen. Ein anderer jüdischer Lehrer, der mittlerweile wieder frei sei, habe ihn dort gesehen. Eigentlich hätte auch Levi bald entlassen werden sollen, man habe ja die meisten wieder entlassen, weil sie sich im Grunde nichts zuschulden hätten kommen lassen. »Doch dann...«

Rahel brach ab.

Zuerst drang nur die gute Botschaft dieser Worte zu Felicitas. Er lebt noch, immerhin lebt er noch. Aber das, was sich kurz wie ein gleißendes Licht anfühlte, war lediglich ein bläuliches Flämmchen, das alsbald erlosch.

»Er... er hat sich einmal zu oft gegen die Wachtposten aufgelehnt... hat protestiert... den Schlägen, den Schreien getrotzt.«

»Er... er hat sich gewehrt?«, fragte Felicitas beklommen.

»Er hat gelächelt.«

In welcher Welt ist das ein Verbrechen?, fragte sich Felicitas und kannte die Antwort doch selbst. In der, in der wir leben. Überleben.

Levi hatte auch überlebt, mehr aber nicht. Man hatte ihn mit einem Ochsenziemer geschlagen, sich nicht damit begnügt, dass er nicht mehr lächelte und blutend auf dem Boden lag, dass er auf die Frage, wer er sei, die Häftlingsnummer nannte.

Etwas anderes wollte man hören, und irgendwann hatte er es gesagt.

»Ein Niemand sei er, ein Niemand.«

Rahel flüsterte die Worte nur.

Lauter, schneidender mischte sich Paul ein. »Nun hören Sie schon auf mit diesen Schauergeschichten!«

Rahel war verstummt, die Worte echoten dennoch in Felicitas. *Ich bin ein Niemand. Ich bin ein Niemand.*

Irgendwann fügte Rahel leise hinzu: »Wie es weiterging, hat mein Kollege nicht mehr erlebt. Er selbst wurde wie gesagt entlassen. Ich... ich wollte es Ihnen so schnell wie möglich persönlich sagen. Und da ich weiß, dass Sie jeden Dienstag hier sind...«

Felicitas konnte kaum atmen. Hätte Paul sie nicht gestützt, wäre sie auf die Knie gesunken. Sie suchte nach Worten, nickte Rahel am Ende nur zu, anstatt zu bekräftigen, dass sie sich am folgenden Freitag wieder bei der Bank an der Außenalster treffen würden.

Zwischen ihr und diesem Freitag stand eine Mauer, zwischen ihr und dem nächsten Moment stand eine Mauer.

»Atme«, sagte Paul leise, nachdem Rahel hinausgehuscht war. »Atme.« Er atmete ihr vor, sie atmete nach, seine Stimme klang noch wärmer, sanfter. »Es tut mir so leid, ich würde dir so gern helfen.«

Zwischen ihm und ihr stand keine Wand, und kurz war das tröstlich. Doch als sein Kopf dem ihren ganz nah kam, sie das Mitleid so deutlich in Pauls Miene lesen konnte, es so unerträglich war, erlosch die Wärme. Sie stieß ihn zurück. Ihre Stimme klang, als würde man mit Metall über Stein kratzen.

»Alle Welt würde dich dafür bemitleiden, dass du, ein so junger, schöner Mann, ein altes, verhärmtes Frauenzimmer trösten musst.«

»Du bist nicht alt, und ich bin längst nicht mehr jung«, hörte sie ihn sagen. »Aber ich weiß schon. Was zwischen uns steht, ist nicht unser Alter. Nicht die Tatsache, dass ich dein Schüler war. Es ist deine Liebe zu... ihm.« Felicitas nickte nur, wandte sich zum Gehen, setzte Schritt vor Schritt. »Die Bücher...«, rief Paul ihr nach.

Sie brauchte keine Bücher, sie ertrug keine Bücher, nicht jetzt. Sie waren die Sterne gewesen, die selbst am Nachthimmel glühten. Aber was nutzte es, wenn Levi den Kopf nicht mehr heben konnte, sich an ihrem Leuchten laben.

Ich bin ein Niemand.

Die Worte echoten noch in ihr, als sie die Buchhandlung verließ, sich auf den Heimweg machte. Ich will auch ein Niemand sein, dachte sie, dann habe ich keine Geschichte mehr, keine Erinnerung, keine Gefühle...

Nur noch wenige steinerne Schritte trennten sie von ihrer Wohnung, der Wohnung eines Niemands. Vielleicht löste sich ein Niemand auf, wenn er lange genug in der Dunkelheit des Treppenhauses verharrte.

Plötzlich erklang eine Stimme.

»Fräulein Dr. Marquardt?«

Für diese Frau war sie kein Niemand, für diese Frau war sie eine Hoffnung.

Das Licht im Treppenhaus ging an, Felicitas blinzelte. »Was machen Sie denn schon wieder hier?«, fragte sie Henriette Goldenthal, die Schwester von Elise Freese, die Tante der kleinen Elly, die Frau, die so flehentlich auf sie eingeredet hatte, so verzweifelt.

»Ich weiß, dass es Elly bei Ihrer Freundin gut geht«, erklärte sie hastig, »zumindest im Moment... Aber... aber wenn es noch schlimmer wird... wenn noch mehr Schikanen folgen? Wissen Sie, dass die Menschen weiterhin jüdische Geschäfte verwüsten, den Männern die Locken abschneiden, dass sie selbst kleine Kinder bespucken?«

Felicitas hob abwehrend die Hand. Es war zu viel, sie konnte das nicht auch noch hören, nicht an diesem Tag. Zugleich wusste sie, dass sie es erst jetzt wirklich verstand.

Sie sperrte die Wohnungstür auf, winkte die andere herein, traf in diesem Augenblick die Entscheidung, Henriette Goldenthal zu unterstützen, obwohl sie das noch nicht zugab, lediglich sagte: »Lassen Sie uns in Ruhe darüber reden.«

März

Emil wusste nicht genau, wohin er seinen Blick wenden sollte. Sollte er Felicitas betrachten oder Anneliese? Peinvoll war beides, genauso peinvoll, wie Felicitas zu lauschen, die ihrerseits auf den Boden starrte. Das war gegen ihre Gewohnheit, sie reckte sonst immer selbstbewusst ihr Kinn. Für gewöhnlich stockte sie auch nicht so oft beim Reden. Sie hatte damit begonnen, kaum dass Anneliese ihr die Tür geöffnet und sie ins Wohnzimmer gebeten hatte, jedoch so unsicher wie eine Schauspielerin, bei der der Text nicht saß. Immer wieder fehlten einzelne Worte. Doch die, die sie hervorbrachte, genügten, um zu verstehen.

Henriette Goldenthal hatte sich an sie gewandt. Als Schwester von Elise Freese hatte sie alles richtig gemacht, schließlich hatte sie diese nach dem Tod des Mannes bei sich aufgenommen. Als Tante von Elly nicht. Damals im Jahr 1935 hatte sie sehr deutlich bekundet, dass sie sich um ein kleines Kind nicht auch noch kümmern könne. Nun war es ihr wieder eingefallen, dass es dieses Kind gab. Und auch, wozu man als Tante verpflichtet war.

»Sie haben einen Verwandten… er lebt mittlerweile in der Schweiz«, fuhr Felicitas stockend fort. »Er ist Geschäftsmann, sehr reich, hat deshalb ein Visum bekommen. Er könnte auch Henriette eines verschaffen, damit sie in die Schweiz reisen kann.«

Sie hielt kurz inne. Reisen. Dieses Wort war zu harmlos. »Damit sie in die Schweiz fliehen kann«, korrigierte sie sich. »Mit Elly.«

Nun hob sie doch kurz den Blick. Er verweilte nicht lange bei Emil, glitt dann zu Anneliese. Nicht zum ersten Mal dachte Emil, dass Felicitas mutiger war als er. Er wagte es nicht, Anneliese anzusehen, wahrzunehmen, wie ihr Lächeln schwand – jenes Lächeln, mit dem sie zuvor Felicitas begrüßt, ihr die kleine Elly vorgeführt hatte. Sieh, wie groß sie mittlerweile ist, sieh, was für ein hübsches Kleidchen sie trägt, blau, mit Puffärmelchen, ich habe es genäht, aber ein paar Stiche hat sie selbst gemacht.

Noch klang das Lächeln durch ihre Stimme, kein freundliches, ein ungläubiges, spöttisches. »Du denkst doch nicht ernsthaft, dass ich mein Kind hergeben werde.« Ein Auflachen folgte, schien im Raum zu schweben.

Anneliese wandte sich ab, als wäre damit alles gesagt. Sie wollte wohl Elly zurück ins Wohnzimmer holen oder mit ihr im Kinderzimmer weiternähen, weiterstricken, weiterspielen. Doch da machte Felicitas einen Schritt auf sie zu, stellte sich ihr in den Weg.

»Es ist nicht dein Kind.«

Ihre Stimme klang deutlich fester. Tiefer. Selbst Anneliese entging das nicht. Rötliche Flecken erschienen auf ihren Wangen – ein Zeichen von Unsicherheit, nein, von Ärger.

»Natürlich ist Elly mein Kind!«, sagte sie schroff. »Und natürlich bin ich ihre Mutter, die einzige, die sie kennt. Frag sie doch mal, ob sie irgendeine Erinnerung an diese Verrückte hat.«

Noch nie hatte Anneliese Elise Freese so bezeichnet. Die wenigen Male, da sie sich über sie unterhalten hatten, hatte sie Mitleid mit der »armen Frau« bekundet. Wie schlimm, dass der Mann gestorben war. Wie schlimm, dass sie unter dieser seltsamen Krankheit litt, die einem alle Lebensfreude nahm.

»Henriette Goldenthal ist alles andere als verrückt«, sagte Felicitas. »Sie erkennt ganz klar, was hier in Deutschland geschieht und in welcher Gefahr sich ihre Familie befindet... Auch Elly.«

Wieder folgte dieses Auflachen, nur dass es diesmal wie ein Kreischen klang. Es verstummte abrupt, und als sie es noch einmal ausstieß, klang es schon wie ein Schluchzen. Anneliese packte Felicitas, schüttelte sie mit einer Kraft, die Emil ihr nicht zugetraut hätte.

»Elly ist mein Kind! Ich bin ihre Mutter!«

Felicitas' Kopf flog vor und zurück. Sie machte keine Anstalten, sich gegen Anneliese zu wehren, zumindest nicht mit ihrem Körper, mit Worten schon.

»Das siehst du so, sehen es auch die Nazis so?«

Anneliese schüttelte sie noch heftiger, Felicitas' Kinn stieß gegen ihre Brust.

»Anneliese!«, entfuhr es Emil.

Schon Felicitas hatte ihren Text nicht perfekt beherrscht. Er taugte weder als Souffleur noch war er ein leidiger Statist. Und in der Rolle des Onkels, wie Elly ihn bezeichnete, hatte er sich nie eingefunden. Das Kind war irgendwie da, genauso wie der Herd in der Küche stand und die Blumenvase auf dem Wohnzimmertisch. Der Herd war nützlich, die Blumenvase hübsch, und Elly war irgendwie beides. Jedenfalls störte sie nicht, nicht mal, wenn er zu Hause arbeitete. Er hatte auch jetzt Arbeit. Auf seinem Schreibtisch lag die Verordnung zur Jugenddienstpflicht. Eltern, die ihre Kinder nicht in der HJ oder dem BDM anmeldeten, mussten demnach mit einer Geld- oder Haftstrafe rechnen. Ihm erschien das übertrieben. Felicitas übertrieb ebenfalls.

»Ich weiß, dass es Elly bei dir immer gut hatte. Aber du weißt, dass sie Jüdin ist.«

»Doch nicht Jüdin!«, rief Anneliese. »Vierteljüdin. Das ist ein Unterschied. Und Carin Grotjahn hat mir versprochen, ihr einen Arierausweis zu beschaffen!«

Emil hörte zum ersten Mal davon, Felicitas wohl auch, denn sie machte sich plötzlich ganz steif, löste sich aus Annelieses Griff, packte sie ihrerseits.

»Und wo ist er, dieser Ausweis? Wann genau hat sie ihn dir versprochen? Himmel, versteh doch! Bislang hat man sich mit der einen oder anderen Schikane begnügt. Aber jetzt ... jetzt wurden die Juden allesamt zum Feind erklärt. Jetzt werden sie allein ihrer Abstammung wegen in Lager verschleppt!« Ihre Stimme war nun wieder brüchig, nur diesmal beherrschte sie ihren Text. »Ich will Elly doch nur beschützen ... sie retten. Wenn ich schon Levi nicht beschützen, nicht retten kann, ihn nicht davor bewahrt habe, dass er ins Lager von Sachsenhausen kam ...«

»Das ... ist nur deine Rache«, fiel Anneliese ihr ins Wort.

»Anneliese«, sagte Emil wieder.

Es war das falsche Wort. Er sollte nicht ihren Namen nennen, sollte sie lieber zu schweigen heißen. Es war alles schon schlimm genug. Warum nun diese Andeutung, die Felicitas stutzen ließ, ihre Stirn furchte?

»Warum ... warum soll ich mich denn rächen wollen?«, fragte sie gedehnt.

Anneliese schwieg nicht. »Na, du gibst doch mir die Schuld daran, dass Levi verhaftet wurde! Schließlich war ich es, die Carin Grotjahn erzählt hat, dass er bei dir wohnt, dass ihr euch liebt. Aber ... aber ich musste es tun! Nur deswegen hat sie mir den Arierausweis versprochen.«

Felicitas ließ Anneliese so abrupt los, als hätte sie sich verbrannt. Nein, nicht verbrannt, als würde sie erfrieren.

»Du hast… *was* gemacht?«, fragte sie tonlos.

»Ich wollte doch das Gleiche wie du, Elly schützen, Elly retten«, Anneliese klang nun jämmerlich. »Ich wollte…«

»Ich… ich habe dir vertraut, als ich dir von Levi und mir erzählte!«

»Dich wollte ich auch schützen! Carin Grotjahn hat damit gedroht, dass du deine Stelle verlieren würdest, dass dir noch Schlimmeres zustieße. Aber… aber wenn ich ihr die Wahrheit anvertraue, sagte sie, dann könne man ein Auge zudrücken, und das nicht nur bei dir, auch bei… bei Emil. Er hat dich gedeckt, all die Jahre schon, erst recht während der Polenaktion. Warum denkst du denn, dass sie nur Levi wegen Rassenschande verhaftet haben, du dagegen keinerlei Konsequenzen zu spüren bekamst? Nur weil ich mich für dich bei Carin starkgemacht habe!«

Felicitas wandte sich ab. Ihre Schultern bebten kurz, dann umschlang sie sie mit den eigenen Händen, so fest, als wollte sie sich selbst fesseln. Mehrere Augenblicke lang waren nur heisere Atemzüge zu hören, von denen Emil nicht wusste, wer sie ausstieß. Felicitas konnte es nicht sein. Als sie sich ihnen wieder zuwandte, war alles an ihr reglos. In ihrer Miene stand nicht einmal Kälte, nur tiefste Gleichgültigkeit.

»Oscar Freese war ein überzeugter Sozialist«, sagte sie ausdruckslos. »Du erwartest doch nicht, dass ich Elly bei einer Frau lasse, die sich mit dieser braunen Kanaille gemeingemacht und ihre Freunde denunziert.«

Kurz flammten echte Schuldgefühle in Annelieses Miene auf, doch sie schlugen alsbald in Wut um. »Elly ist mein Kind, ich bin ihre Mutter!«, wütete sie. »Ich lasse sie mir von niemandem nehmen, auch nicht von dir.«

Sie hob die Hände, als wollte sie Felicitas schlagen. Aber da gab es keine Stelle, wo sie sie hätte treffen können. Felicitas' Arme umschlangen immer noch ihren Oberkörper, einem Panzer gleich. Emil machte einen schnellen Schritt auf Anneliese zu, umschlang sie von hinten, versuchte sie wegzuziehen. Nun fanden Annelieses Wut und Ohnmacht endlich ein Ziel. Sie fuhr herum, schlug ihm ins Gesicht, es war kein echter Schlag, eher ein Klaps, es schmerzte dennoch.

»Jetzt sag doch auch endlich was! Sag, dass Elly mein Kind ist, *unser* Kind! Wir haben die Vormundschaft übernommen, es ist alles seinen Rechtsweg gegangen, wir ... wir haben nichts Verbotenes getan, nur wir können darüber entscheiden, wo Elly künftig lebt. Jetzt sag doch endlich was!« Emil sagte nichts, starrte sie nur an, hielt sie immer noch umschlungen. Wann hatte er sie das letzte Mal umarmt, wann das letzte Mal Wehmut gespürt, weil ihm ihr warmer, weicher Körper nichts gab, wann Schuldgefühle, weil er ihr nichts geben konnte, nicht das, was sie verdient hätte, einen Mann, der sie liebte. Nun, sie wollte nicht mehr geliebt werden. Dass er Ellys Vormund, ihr Vater war – das wollte sie. Sie schlug wieder auf ihn ein. »Schick Felicitas fort! Erklär ihr, dass Elly hierbleibt, dass wir sie nie und nimmer fremden Leuten anvertrauen.«

»Aber es sind keine fremden Leute«, hörte er sich sagen. »Es sind ihre Verwandten ... ihre Blutsverwandten.«

Aus weit aufgerissenen Augen starrte Anneliese ihn an. »Wie oft haben sie sie gebadet? Wie oft gefüttert? Wie viele Kleider haben sie für ihre Puppe genäht? Als Elly ankam, war sie ganz und gar verwahrlost, stand unter Schock. Sie hat gestunken, als wäre sie in eine Kloake gefallen. Wer hat ihr das Kleid von ihrem Körper geschält? Wer einen Zugang zu ihr gefunden, wer dafür gesorgt, dass sie etwas Anständiges zu essen bekam? Wer ...«

Sie japste nach Luft, Emil fiel es dagegen plötzlich leichter zu atmen. Für niemanden wurde die Sache erträglicher, wenn er weiter zögerte, wenn er so tat, als hätte er sich nur auf diese Bühne verirrt, nicht mal als Nebenfigur, als Hilfskraft, die die Requisiten heranschaffte. Er war doch der Herr in diesem Haus, der Schulleiter der Alsterschule, er war der Regisseur, der bestimmte.

»Das wissen wir alles«, sagte er schneidend, »aber es geht nicht um das, was geschehen ist. Es geht um das, was geschehen wird… geschehen könnte.« Er zögerte ein letztes Mal, fügte entschieden hinzu: »Den Ariernachweis für Elly haben wir bis heute nicht bekommen, Carin Grotjahn hat dir was vorgemacht oder sich für mächtiger gehalten, als sie ist. Ihr Einfluss reicht nicht so weit, wie sie glaubt. Und deswegen denke ich, Felicitas hat recht. Elly ist in der Schweiz besser aufgehoben.«

Er machte sich auf den nächsten Schlag gefasst, diesmal einen kräftigen, einen, der zumindest blaue Flecken hinterlassen würde, unter dem womöglich gar seine Lippe aufplatzte. Aber Anneliese wankte, als hätte sie selbst solch ein Schlag getroffen. Hätte er sie nicht gehalten, sie wäre gestürzt. Kurz hing sie schlaff in seinen Armen, dann begann sie, um sich zu treten, traf sein Schienbein, trommelte auf seine Brust. Er war nicht sicher, ob sie sich einfach nur aus seinem Griff befreien wollte oder ihre Wut in Bahnen lenken musste… nein, ihren Schmerz.

Irgendwann hörte sie auf und ließ die Hände sinken, auch ihre Füße standen still. Aber sie war nicht mehr schlaff, sie machte sich hart, so hart wie Felicitas.

»Warum hilfst du ihr ausgerechnet jetzt?«, rief Anneliese heiser. »Du hast ihr doch auch nicht geholfen, Levi freizubekommen, hast keinen Finger dafür krummgemacht, hast nicht verhindert, dass er nach Sachsenhausen kam. Und ich weiß sogar, warum. Du hast es nicht getan, weil du Angst um deine Stelle hattest. Auch jetzt hast du Angst. Es genügt dir ja nicht, Schulleiter zu sein, du willst noch mehr werden, vielleicht ein Amt im Unterrichtsministerium ergattern. Und deswegen willst du Elly loswerden. Du hast sie ja nie gewollt, sie war dir immer ein Dorn im Auge, und nun musst du dich nicht einmal schlecht deswegen fühlen. Du kannst Felicitas gegenüber sogar den Helfer mimen. Aber mich... mich lässt du im Stich... mich opferst du... Elly opferst du.« In den letzten Jahren hatten sie oft wie Fremde nebeneinanderher gelebt. Jetzt erst fühlte er, dass sie doch noch etwas verbunden hatte. Sonst gäbe es nicht so viel, was sie mit jedem weiteren Wort, das sie hinzufügte, kaputtschlug, sonst würde es nicht wehtun, auf diese Scherben zu blicken. Sonst würde sich zum üblichen Hader – dass er ihr nicht geben konnte, was sie brauchte – nicht die Trauer fügen, dass sie ihn nicht im Geringsten zu kennen schien, wenn sie ihm dergleichen zutraute. Schon fuhr sie schonungslos zu reden fort. »Du denkst nur an dich. Du willst nicht wieder der kleine Turnlehrer sein, den ein Oscar Freese zurechtstutzt, weil er einen Schüler zu hart rangenommen hat. Ich glaube aber, dass du genau das bist. Klein... mickrig... erbärmlich.«

Er wollte ihr über den Mund fahren, tat es indes nicht. Er wich zwar unwillkürlich einen Schritt zurück, nahm aber zugleich die starre Haltung eines Soldaten ein.

»Wenn du meinst«, sagte er mit einer Stimme, die nicht die seine war. »Jedenfalls werden wir Elly ihrer Familie anvertrauen und sie in die Schweiz reisen lassen. Diese Entscheidung habe ich zu treffen, und du hast dich ihr zu fügen.«

Er hatte jeden Muskel unter Kontrolle, er wusste nur einmal mehr nicht, wohin mit seinem Blick. Sollte er Anneliese ansehen? Felicitas?

Annelieses Schatz an giftigen, zerstörerischen Worten hatte sich verbraucht, sie brach wieder in Tränen aus. Felicitas wiederum betrachtete ihn kalt. Da war keine Spur von Dankbarkeit, weil er sich auf ihre Seite schlug. Da war nur Verachtung, weil er nichts für Levi getan hatte.

Am Ende wollte er sich weder dem Vorwurf der einen noch dem der anderen aussetzen. Er wandte sich ab, ging im Stechschritt ins Arbeitszimmer, nahm sich vor, sich in den nächsten Stunden allein der Jugenddienstpflicht zu widmen.

Anneliese hatte Küsterkuchen gebacken. So wie sie sich fühlte, hatte sie erwartet, dass die Kruste verbrannt und das Innere noch nicht gar sein würde. Doch ihre mechanisch hantierenden Hände wussten, was zu tun war. Der Kuchen war saftig und süß und außen kross. Elly wollte gleich ein Stück haben und den Rest als Proviant eingepackt bekommen. So wie sie sich fühlte, hatte sie erwartet, dass sie Elly den blauen Faltenrock über den Kopf stülpen würde und den selbst gestrickten Pullover über die Beine.

Aber am Ende hatte sie ihr gar nicht helfen müssen, Elly hatte sich allein angezogen, nur die Zöpfe konnte sie sich nicht flechten. Anneliese hätte am liebsten eine Schere genommen, um eine große Locke abzuschneiden, damit ihr wenigstens diese von dem Kind blieb, aber am Ende hatte sie sie sorgfältig frisiert und darauf geachtet, dass es nicht ziepte.

Selbst das Kleid, das sie noch für Ellys Puppe Viktoria genäht hatte, obwohl in Ellys kleinem Köfferchen nicht einmal genug Platz für die eigene Kleidung war, war hübsch geworden, hatte lange Ärmel und eine Spitzenborte. Auch da hatte sie sich auf ihre Hände verlassen können, ihr Augenmaß, ihre Erfahrung.

Sie hatte allerdings keine Erfahrung damit, wie man sich von seinem Kind verabschiedete. In den zwei Wochen, die seit Felicitas' Besuch vergangen waren, hatte sie sich alles Mögliche vorgestellt, hatte vermutet, dass sie in Tränen ausbrechen würde, sich an Elly klammern, dass man sie gewaltsam von ihr lösen müsste, sie hinterher auf den Boden sinken und nie wieder aufstehen würde. Doch als es so weit war, zwang sie die Liebe zu dem Mädchen dazu, ein Lächeln aufzusetzen.

»Ich habe dir ja erzählt, dass du eine Reise machen wirst«, verkündete sie. »Deine Tante Henriette wird die ganze Zeit über bei dir sein und Viktoria natürlich auch. Bald kommst du wieder zurück, und dann werden wir einen neuen Kuchen backen und ein weiteres Puppenkleid nähen.«

Wenn sie weint, weine ich auch, dachte sie.

Aber Elly weinte nicht. Sie war nicht mehr das Kind von damals, das mit schreckgeweiteten Augen in die Welt starrte und sich am liebsten irgendwohin verkroch. Damals war Anneliese ihr stets nachgekrochen, hatte ihr Vertrauen gewonnen, hatte dafür gesorgt, dass Elly der Welt offen und unvoreingenommen begegnete – und mit ihren fünfeinhalb Jahren schon vernünftig genug war. Sie hatte sich in aller Ruhe erklären lassen, dass sie noch eine Familie hatte, dass diese etwas Zeit mit ihr verbringen wolle, eine Reise in ein fremdes Land unternehmen, in dem es Almen und auf den Almen Kälbchen mit rauen Zungen gebe, die kitzelten, wenn sie ihr die Hand ablecken würden, ebenso Ziegen und Lämmchen. Aus der anfänglichen Angst des Kindes war Neugier geworden. Und aus der anfänglichen Scheu bei ihrem ersten Treffen mit Henriette war – mit Schokoladenpralinen, freundlichen Worten und liebem Lächeln erworben – Zuneigung geworden.

Bevor Anneliese Henriette kennengelernt hatte, hatte sie sich insgeheim gewünscht, sie wäre ein bösartiges Weib, so gnadenlos, streng und furchteinflößend, dass selbst Emil Einspruch erheben würde, dieser Hexe das Kind anzuvertrauen. Aber dann hatte es sie doch mit Erleichterung erfüllt, wie verständnisvoll und behutsam Henriette vorgegangen war. Sie hatte Elly nicht sofort mitnehmen, hatte sie erst kennenlernen wollen. Nicht dass die Erleichterung Anneliese den Kummer erspart hätte. Einmal, als Elly auf Henriettes Schoß gesessen und diese ihr aus *Nesthäkchens Märchenbuch* vorgelesen hatte, war sie in die Küche geflohen und dort niedergesunken. Sie hatte ihr Gesicht an den Küchenschrank gepresst und lautlos geweint.

An diesem Tag weinte sie nicht, sie durfte nicht weinen, nicht solange Elly da war, so vergnügt von Lämmchen und Zicklein und Kälbchen sprach, nicht solange Henriette vor ihr stand, ihr die Hand reichte, ihr, Anneliese, in die Augen sah und erklärte, dass sie sofort schreiben würde, sobald sie angekommen wären.

Anneliese hörte nicht nur diese Worte, auch jene, die Henriette dachte. Danke... danke, dass Sie sich meiner Nichte angenommen haben, ihr all die Jahre eine Mutter waren, aber nun übernehme ich die Verantwortung.

Sie weinte nicht mal, als sie Elly ein letztes Mal an sich zog, sie umarmte, zwischen sich und dem Kind die Puppe fühlte. Bitte, lag es ihr auf den Lippen zu flehen, bitte lass wenigstens Viktoria bei mir. Aber sie wusste, Elly würde Viktoria mehr brauchen als sie, wenn sie erst einmal begriff, dass die vermeintliche Urlaubsreise kein Ende fand, und wenn die kleinen Kälbchen doch nicht an ihrer Hand leckten, sondern vor ihr davonliefen.

Dann waren Elly und Henriette und Viktoria fort, und Anneliese kniete immer noch im Wohnungsflur. Nun durfte sie weinen, alle schienen es zu erwarten, vor allem Felicitas, die mit Henriette gekommen, aber nicht mit ihr gegangen war. Sie hob die Hand, als wollte sie sie auf ihre Schulter legen, wagte es dann doch nicht. Ihren Namen zu sagen wagte sie dagegen.

»Anneliese.«

Anneliese ertrug es nicht, ihren Namen aus Felicitas' Mund zu hören, diesen mitleidigen Blick zu spüren. Sie erhob sich, starrte der Frau ins Gesicht, die keine Freundin mehr war, sondern eine Feindin. Sie weinte immer noch nicht.

»Scher dich zum Teufel, Felicitas«, zischte sie. »Und tu nicht so, als täte es dir leid. Du wirst mir nicht verzeihen, dass ich Levi verraten habe. Und ich werde dir nicht verzeihen, dass du mir Elly genommen hast, obwohl ich mich nur deinetwegen dieses Kindes angenommen und es zu lieben begonnen habe.« Sie atmete tief durch, das Atmen klang wie ein Schluchzen, aber ihre Stimme war schneidend, als sie wiederholte: »Scher dich zum Teufel, Felicitas.«

Sie starrten sich lange an. Erst schwand die Sorge aus Felicitas' Blick, dann das Mitleid, zuletzt waren nicht mal mehr die Schuldgefühle zu erkennen. Ganz leer wurde er, ausdruckslos. Als Felicitas gegangen war und sich Anneliese Emil zuwandte, war dessen Blick ebenfalls leer. Warum auch nicht? Er trug ja stets seine undurchschaubare Maske.

Nur seiner Stimme entnahm sie Mitgefühl und schlechtes Gewissen.

»Anneliese.«

Sag auch du meinen Namen nicht, ging es ihr durch den Kopf. Der Name gehört mir allein, der Schmerz gehört mir allein, der Hass auf euch gehört mir allein.

»Willst du dich von mir scheiden lassen?«, fragte sie knapp. Seine Maske bekam Sprünge. Vielleicht bekam ihre Seele gleichfalls Sprünge, ein Lachen quoll hervor. »Was starrst du mich so belämmert an?«, rief sie. »Wir sind seit über fünf Jahren verheiratet und haben immer noch kein Kind. Und das, das wir hatten, hast du soeben fortgeschickt. Ich weiß, dass du deswegen höhere Steuern zahlen musst wie jeder, dessen Ehe fünf Jahre kinderlos bleibt. Und ich weiß auch, dass Unfruchtbarkeit ein guter Grund für eine Scheidung ist.«

Sie wandte sich ab, ging in die Küche. Auf der Anrichte stand noch etwas Kuchen, weich und fluffig und mit goldbrauner Kruste. Es hatte nicht alles in Ellys Proviantkörbchen gepasst.

Emil folgte ihr. »Ich möchte mich nicht scheiden lassen«, sagte er mit dieser etwas heiseren Stimme, die sie einst geliebt hatte, einer Stimme, die nicht laut werden musste und doch Autorität verhieß, einer Stimme, die zu einem Mann passte, der zwar nicht schön, aber athletisch war, der es einem manchmal so schwer machte, ihn zu lieben, und dennoch so leicht, stolz auf ihn zu sein. »Ich möchte mich nicht scheiden lassen«, wiederholte er, »ich möchte neu anfangen. Ich möchte, dass wir wieder zueinanderfinden, dass wir Kinder bekommen, dass wir glücklich sind. Es tut mir unendlich leid, was geschehen ist. Ich weiß, dass du eine wunderbare Mutter bist, eine tadellose Hausfrau, dass jeder Mann sich glücklich schätzen kann, mit dir verheiratet zu sein. Ich gebe zu – ich habe es nie richtig zu würdigen verstanden. Aber ... aber es ist nicht so, dass ich nicht erkenne, was ich an dir habe. Und ich wünsche mir durchaus, dass wir uns nahe sind ... wieder nahe ... endlich nahe ...«

All die Jahre hatte sie sich nach diesen Worten gesehnt, doch irgendwann war zwischen ihr und diese Sehnsucht Elly gerückt, und die Sehnsucht war verstaubt. Wie sollten sie denn zueinanderfinden, wenn sie das Glück mit ihm nicht mehr suchte?

Als sie ihn ansah, hob sie die Hand. Er spannte sich unwillkürlich an – ein Zeichen dafür, dass er sich auf ihren Schlag gefasst machte, dass er nicht zurückweichen, es über sich ergehen lassen würde.

Aber sie schlug nicht in sein Gesicht. Mit weit ausholender Bewegung fegte sie den Kuchenteller von der Anrichte. Der Teller zerbrach, dem Kuchen war dagegen nichts anzuhaben. Sie hätte schon auf ihn treten müssen, um die goldbraune Kruste zerstören.

»Scher dich zum Teufel.«

Seine Lider zuckten, ehe er ging.

Sie bückte sich, um die Scherben aufzusammeln, um den Kuchen aufzuheben, ihn mit ihren Händen zu zerkrümeln. Von ihrer Seele krümelte auch etwas – Wut, Schmerz, Enttäuschung, Verbitterung. Irgendwann blieb nichts davon zurück, sie war nur noch eine leere Kuchenform, die man mit allem füllen konnte, was man sich aussuchte.

Sie wollte nichts aussuchen, sie wollte leer bleiben, aber da war jemand, der das anders sah.

»Guten Abend«, ertönte eine Stimme.

Wenn sie Anneliese sagt, dann schreie ich.

Aber Carin Grotjahn sprach ihren Namen nicht aus. Sie war die Einzige, die kein Mitleid hatte, keine Schuldgefühle. In ihrer Miene stand nur Härte, die Härte war wohltuend.

»Es war die richtige Entscheidung, sie fortzuschicken. Eine bitter notwendige sogar. Mit der Vernichtung der reinen Rasse stirbt zugleich der Begriff Mensch und Volk in höherem geistigem Sinne. Aus dem Sumpf der Verbastardisierung quillt bloß der Unrat des Untermenschentums, des Tieres.«

Carin ging neben ihr auf die Knie. »Lass mich das machen«, murmelte sie und hob die Scherben des zerbrochenen Tellers auf, fegte den zerkrümelten Kuchen auf, warf alles in den Müll.

»Eine gute deutsche Hausfrau verschwendet doch nichts.«

War das wirklich sie, Anneliese, die gesprochen hatte? Mit dieser neuen, fremden Stimme? Die Stimme gefiel ihr, sie klang so wie eine leere Kuchenform, blechern.

»Das ist richtig, aber manchmal gibt es Ausnahmen. Du kannst dich auf andere Weise für den richtigen Gebrauch von Lebensmitteln einsetzen.« Immer noch nannte sie ihren Namen nicht, fuhr stattdessen dozierend fort: »Ein Mitverschulden an der zurzeit in den Großstädten entstehenden Fleischverknappung trägt der jüdische Schwarzhandel, der verschiedentlich beim Ankauf von Schweinen durch besondere Intrigen betrieben wurde, sodass eine gleichmäßige Verteilung nicht möglich ist. Ein solcher Schwarzhandel ist sofort zu melden. Ebenso Preisüberschreitungen. Wir müssen ein wachsames Auge haben, alle Läden kontrollieren. Du ... du kannst dabei helfen.«

Carin wusch sich die Krümel von den Händen, auch Anneliese hielt ihre unter den Strahl. Das Wasser war so kalt, die Hände waren so kalt, alles war kalt.

»Und überhaupt, du musst eine Flickstube der NS-Frauenschaft unterstützen. So wichtig es ist, den Mädchen das Nähen beizubringen, so unerlässlich ist es, dass sie die Wäschestücke auch auszubessern imstande sind und dadurch ihre Lebensdauer verlängern.«

»Ich weiß«, murmelte Anneliese. »Man darf ein Hemd erst wegwerfen, wenn es so voller Flicknähte ist, dass es sieben Pfund wiegt.«

Carin Grotjahn lachte, sie selbst lachte mit.

Wer hatte sich die sieben Pfund ausgedacht? Wer dachte sich aus, einer Frau ein Kind wegzunehmen, das ihres war?

Ihr Lachen brach entzwei, ihre Stimme nicht.

»Es gibt so viele Flicktechniken«, sagte sie, »es gibt aufgesetzte, eingesetzte, durchgezogene und eingestopfte Flicken, es gibt Strickstopfen, Handstopfen, Knopflöcher, Blenden, Verschlüsse.« Gab es auch eine Technik, das eigene Leben zusammenzuflicken? Aber sie war ja nicht aus feinem, glattem Stoff, sie war aus Blech. Das Blech spürte das kalte Wasser nicht, spürte auch nicht Carin Grotjahns Berührung. »Ich habe noch ein Buch über Flicktechniken«, bemerkte sie, »ich kann es der Flickstube zur Verfügung stellen.«

Sie hatte es gekauft, um Elly beizubringen, wie man Kleidung ausbesserte. Sie war nicht mehr Ellys Mutter, aber eine starke deutsche Frau, die sich in den Dienst der Gemeinschaft stellte, gerade in Zeiten, da Feinde das Reich bedrohten. Ja, das war sie.

September

Im Laufschritt!«, ertönte der Appell.

Levi wusste nicht, wie er das schaffen sollte. Er konnte entweder langsam laufen oder schnell kriechen. Nur schnell laufen konnte er nicht, nicht mit diesen Holzschuhen, die als »Holländer« bezeichnet wurden und neuerdings statt Lederschuhen ausgegeben wurden. Sie waren so hart, dass die Füße stets wundgerieben waren. Andere Gefangene hatten sich ein Stück Papier herumgewickelt, vor allem, als der Verbandsstoff knapp geworden war. Aber Levi wollte das wenige Papier, das er hatte ergattern können, sparen. Von seiner Häftlingsuniform hing ein Fetzen – er könnte ihn abreißen, damit die wunden Füße einwickeln, aber Stehenbleiben war ein noch größeres Vergehen, als zu humpeln und zu wanken. Und das größte war es hinzufallen wie einer der Männer. Ein Kranker, ein Alter, beides? Er war mit dem Gesicht voran auf dem Boden aufgeprallt, blieb dort liegen, als ein SS-Mann ihn brutal mit Ohrfeigen und Tritten malträtierte.

Aus dem Schatten von einem Menschen wurde eine Kugel, als er versuchte, sich einzurollen. Levi musste unwillkürlich an ein zerknülltes Taschentuch denken, von jemandem benutzt und fallen gelassen, ehe ein anderer mit dem Fuß darauf trat.

Zu seiner Überraschung hielt der SS-Mann aber plötzlich inne. Nicht aus Mitleid. Es war nie Mitleid. Es gab nur hin und wieder etwas, das noch wichtiger war, als Gefangene zu quälen.

»Stillgestanden.«

Levi blieb stehen, kämpfte darum, dass die wunden Füße mit so wenig Holz wie möglich in Berührung kamen, dass sein Körper nicht schwankte. Beides misslang, doch jemand umfasste seinen Nacken, sorgte dafür, dass er gerade stand. Es musste ein Mitgefangener sein.

Levi sah nichts von ihm, hörte nicht einmal den Atem, war nur dankbar, dass ihm einer half, da sie immer länger stehen mussten, warten, bis sich der Appellplatz nicht nur mit der kompletten Wachmannschaft füllte, auch mit den Außenkommandos. Etwas musste in der riesigen Welt da draußen passiert sein, das in ihrer stecknadelkopfkleinen von Bedeutung war. Wobei er manchmal dachte, dass es umgekehrt war – dass die Welt da draußen geschrumpft war, während die im Lager anschwoll wie eine vom frischen Blut genährte Zecke.

»Was ist heute für ein Tag?«, fragte er.

Man durfte nicht sprechen. Aber es war ja kein richtiges Sprechen. Es war eher ein krampfhaftes Ausatmen von Wörtern.

»Freitag, 1. September.«

Stille folgte, blähte sich auf, wurde zerrissen von Worten, die aus dem Lautsprecher kamen. Die Welt da draußen wurde wieder riesig. Deutschland war dabei, riesig zu werden.

»Polen hat heute Nacht zum ersten Mal auf unserem Territorium auch mit bereits regulären Soldaten geschossen. Seit 5:45 Uhr wird jetzt zurückgeschossen!«

Die Worte waren auch riesig, er konnte sie mit seinem geschrumpften Geist nicht fassen. Sie stolperten in seinem Kopf durcheinander, schlugen sich an den scharfen Rändern seines zerbrochenen Verstandes an.

Worum ging es? Um Krieg? Oder Sieg? Der Mann mit der schrecklichen Stimme war offenbar der Meinung, dass beides das Gleiche war.

»Und von jetzt ab wird Bombe mit Bombe vergolten!«, brüllte es aus dem Lautsprecher. »Wer mit Gift kämpft, wird mit Giftgas bekämpft. Wer sich von den Regeln einer humanen Kriegsführung entfernt, kann von uns nichts anderes erwarten, als dass wir denselben Schritt tun. Ich werde diesen Kampf, ganz gleich, gegen wen, so lange führen, bis die Sicherheit des Reiches und seine Rechte gewährleistet sind.«

Dass Krieg kam, war für Levi nicht überraschend. Er kam nicht nur, er fiel vom Himmel. Manchmal, wenn er in den letzten Wochen in den Heinkel-Werken in der Nähe des Lagers hatte arbeiten müssen, hatte er den Kopf in den Nacken gelegt, weil er wissen wollte, was dort oben pfiff und heulte und die Wolken zerfetzte. Es waren Flugzeuge gewesen, die den Sturzflug erprobt hatten, laut röhrend, sodass hinterher die Ohren schmerzten. Das Gemurmel seiner Mitgefangenen, die die Flugzeuge ebenfalls betrachtet hatten, hatte nicht minder geschmerzt. »Wenn der Russe angreift, werden sie alle kommunistischen Gefangenen massakrieren.«

Die Angst in den Stimmen war nie auf Levi übergeschwappt – nicht, weil er kein Kommunist war, sondern weil ein Massaker nach einem schnellen Tod klang.

Die Stimme aus dem Lautsprecher verkündete soeben einen schnellen Krieg.

»Wenn wir diese Gemeinschaft bilden, eng verschworen, zu allem entschlossen, niemals gewillt zu kapitulieren, wird unser

Wille jeder Not Herr werden. Wenn unser Wille so stark ist, dass keine Not ihn mehr zu zwingen vermag, werden unser Wille und unser deutscher Stahl auch die Not meistern. Deutschland – Sieg Heil!«

Die Rede war zu Ende, das Gebrüll nicht.

»Du da!«, schrie einer der SS-Männer.

Kurz dachte Levi, er richtete sich an ihn. Dann merkte er, dass er den Mann meinte, der seinen Nacken umfasst, ihn gestützt und somit verhindert hatte, dass er schwankte.

»Du da, warum hast du die Augen geschlossen gehalten, während der Führer gesprochen hat?«

Levi drehte sich nicht um, er konnte es nicht, er durfte es nicht. Niemand wagte es, in die Richtung des Häftlings zu starren, auf den der SS-Mann nun zornig zuschritt. Aber alle konnten hören, wie der sich mit fester Stimme verteidigte.

»Ich habe nicht geschlafen, ich habe mich nur konzentriert. Zum Beweis kann ich Ihnen die Rede wiederholen.« Und dann begann er tatsächlich, einzelne Passagen zu zitieren. »Es ist gänzlich unwichtig, ob wir leben, aber notwendig ist es, dass unser Volk lebt, dass Deutschland lebt.« Allerdings tat er es nicht in bellendem Tonfall, sondern in einem heiteren Singsang, als trüge er ein Liebesgedicht vor.

Die Worte zerplatzten, als ihn der erste Faustschlag traf, unter dem zweiten riss wohl die dünne Haut der Lippen.

Wie viele Schläge genau auf den Unglücklichen einprasselten, zählte Levi nicht. Es waren zu viele, als dass der andere sich hätte aufrecht halten können. Er selbst stand noch, zitternd, folgte dem neuerlichen Befehl.

»Im Laufschritt!«

Als endlich das ersehnte »Stillgestanden« ertönte, fühlte er sich erschöpft, uralt. Vorsichtig warf er einen Blick in Richtung seines Retters, der gekrümmt, blutüberströmt auf dem Boden lag. Levis Gedanken dagegen krümmten sich nicht. Einer ragte klar aus ihnen heraus, ein Gedanke, der Trost spendete, der Kraft gab. Rund um ihn wurde getuschelt: Was, wenn sie uns nun, da Krieg ist, noch mehr knechten, unsere Rationen kürzen, ihre Wut über eine Niederlage an uns auslassen? Aber er fühlte nicht eine dieser Sorgen. Er fühlte nur eine tiefe Gewissheit: Dieser Tag wird keiner der schwarzen Tropfen sein, die im Elend versickern. Dieser Tag wird mein letzter sein.

Der Tod würde nicht von selbst kommen, er würde ihm entgegengehen, erleichtert, lächelnd, ein wenig wehmütig. *Versteh es, Felicitas. Ich kann nicht mehr. Ich kann nicht mehr graben und Steine schleppen und auf blutigen Füßen humpeln, ich kann nicht mehr so tun, als wäre es irgendwann vorbei.*

Die Zukunft war längst im Morast stecken geblieben. Selbst wenn er noch so tief darin wühlte, war alles, was man aus diesem hervorholte, mit Dreck vollgesogen. Er wollte nicht mehr wühlen, er wollte nicht mehr hoffen. Das Einzige, was er noch tat, war zu warten, bis sich dieser Tag dem Ende zuneigte, die Abendsonne in einem kalten Violett leuchtete. Er verschenkte sein karges Abendbrot, er brauchte es nicht mehr, wartete, bis aus dem Violett ein bleiches Blaugrau geworden war, die Scheinwerfer ein diffuses Licht spendeten, nicht das grelle, das die schwarze Nacht zerriss. Dann tat er, was man eigentlich nicht tun durfte: Er verließ seinen Block. Und er tat es noch nicht einmal geduckt und im Laufschritt. Er ging ganz langsam, würdevoll, spürte in den wunden Füßen keinen Schmerz.

Ob man ihn schon vom Eingangsturm oder von den acht weiteren Wachtürmern aus, auf denen mit Maschinengewehren ausgerüstete SS-Männer Tag und Nacht standen und das Lager beobachteten, gesehen hatte? Wie lieb es ihm wäre, würde ihn eine Kugel treffen. Allerdings war er auf diese Kugel nicht angewiesen. Nicht weit entfernt befand sich ein Grünstreifen, die einzige Stelle im Lager, wo Gras wuchs. Gleich dahinter war ein Warnschild angebracht, mit Totenkopf und gekreuzten Knochen. Der Totenkopf lächelte ihn an, der Tod lächelte ihn an. Nur ein paar Schritte noch, dann war es geschafft, dann konnte der Tod ihn umarmen oder er den Tod. Ein paarmal noch die Füße heben, über den Stolperdraht steigen, den Stacheldraht erreichen. Wenn er ihn umfasste, würden ihm die Stacheln die Hände blutig reißen, aber das würde er nicht mehr spüren. Bis die Blutstropfen auf den Boden fielen, wäre er schon tot. Der Stacheldraht war elektrisch geladen.

Er fühlte, wie nah er war, fühlte ihn und die Verheißung. Etwas anderes hingegen fühlte er noch stärker. Eine fremde Hand, die seinen Arm packte. Wie er weggezerrt wurde vom Draht... von der Erlösung.

Ein Ächzen verriet seine Enttäuschung. Aus dem Ächzen wurde ein Nein, aus der anfänglichen Starre ein Sichwinden. Der Griff war zu fest, zu unerbittlich, und einen Moment später wurde er schon in den nächsten Block gezogen, den Block, in dem die politischen Häftlinge untergebracht waren und den die Juden eigentlich nicht betreten durften. Stand nicht die Todesstrafe darauf, wenn man es trotzdem tat?

Die Männer, in deren Gesichter er starrte, waren nicht bereit, ihm den Tod zu schenken, sondern etwas, das viel bitterer und schwärzer und quälender und furchteinflößender war als dieser: das Leben.

»Bist du der Deutschlehrer?«

Das Wort rief eine Erinnerung hervor, die nicht wie ein schillernder Tropfen anmutete, sondern ätzend war. Sie zerfraß den schützenden Kokon. Er weigerte sich zu nicken, zuhören musste er trotzdem.

»Der Mann, den sie heute zusammengeschlagen haben, war Karl Schirdewan, unser Bibliothekar. Wir wissen nicht, wann er wieder auf die Beine kommt.«

Levi japste nach Luft, vielleicht war es auch ein Versuch zu lachen. Es gab in Sachsenhausen keine Deutschlehrer. Es gab keine Bibliothekare.

Aber die Männer hier logen in einem fort, sprachen von Geldsammlungen unter den Häftlingen, um Bücher anzuschaffen – manch einem schickten Angehörige Geld ins Lager –, von einer Liste, die belesene Menschen zusammengestellt hätten und die an die tausend Titel lang sei. Sprachen davon, dass ein in der SS-Postzensurstelle tätiger Hauptscharführer für den Bücherkauf verantwortlich gewesen sei. Von den tausend Titeln sei nicht einmal die Hälfte angekommen. Von den zehntausend Mark, die gesammelt worden seien, habe die SS viertausend einbehalten. Obwohl es weniger waren, als erhofft, gab es nun Bücher im Lager.

Wieder plumpste ein Lachen aus ihm heraus, fiel auf den dreckigen Boden.

Wen gab es denn im Lager noch, der Bücher lesen konnte? Er zumindest war sicher, dass er es verlernt hatte.

Sterben konnte er allerdings auch nicht mehr. Nicht, als die Männer behaupteten, es gebe nicht nur diese Bücher, zudem illegale Kurse, wo die, die keine Zeit zu lesen hatten, mit deren Inhalt vertraut gemacht würden. Als sie erklärten, dass sie jemanden bräuchten, der diese Kurse gab, der die Zeitschriften, die ebenfalls kursierten, abschrieb. Als sie meinten, es erschwere die Sache zwar, dass er Jude sei, aber es gebe Abhilfe, man könne eine Jacke ohne jüdische Markierung organisieren.

Er hörte die Worte nicht nur, sie trafen ihn wie Gewehrkugeln, er hob die Hände, um sie abzuschmettern, fühlte sich dennoch wie durchsiebt.

»Ich bin ... kein Deutschlehrer, kein Buchhändler, kein Bibliothekar, kein Lesender, k... kein Literaturliebhaber«, stammelte er. Irgendwann lockerte sich der Griff. Aber die Worte der Männer waren wie Fesseln, die ihn ans Leben banden, und diese lockerten sich nicht. »Ich bin kein ...«, setzte er wieder an.

In ihren Gesichtern las er nicht nur Enttäuschung, auch Nachsicht, Geduld. »Du kannst nun gehen.«

Als er nach draußen trat in die Finsternis, im Schatten der Baracken schnell in Richtung seines Blocks huschte, aufpasste, dass er nicht in den Kegel des Scheinwerferlichts geriet, wusste er, dass zu jener langen Liste in seinem Kopf, auf der aufgezählt war, was er nicht zu sein glaubte, noch etwas hinzukam.

Er war auch kein Selbstmörder.

»Es tut mir leid, dass ich Sie verliere«, erklärte Grotjahn. »Als Schulleiter hätten große Aufgaben auf Sie gewartet.«

Emil war in den letzten Jahren im Bureau des Schulsenators ein- und ausgegangen, meist war es um die Reform der Schulen gegangen. Über so vieles hatten sie diskutiert, um so viele Details gerungen. Doch aus der Reform war mittlerweile ein »Kriegsplan für die Schulen« geworden – zumindest Reichsjugendführer von Schirach nannte ihn so –, und er bestand im Wesentlichen darin, dass Volksschule und Gymnasium um ein Jahr verkürzt wurden, das Abitur nun schon im sechzehnten Lebensjahr abgelegt werden konnte, und das war nichts mehr, wofür sich Emil zuständig fühlte.

»Ich bin sicher, Sie werden die Leitung der Alsterschule in gute Hände legen«, sagte er leise.

Auf Grotjahns Lippen erschien ein Lächeln, wie er es sich noch nicht oft verdient hatte. Wenn überhaupt, fiel es gönnerhaft aus. Doch jetzt las Emil in der Miene ehrlichen Respekt.

»Sie liegen mit Ihrer Entscheidung natürlich richtig«, erklärte er. »Die Schule ist nicht so wichtig, der Krieg vielmehr die eigentliche erzieherische Macht, die dem deutschen Mann alles Unnütze abschlagen, ihn formen und stählen wird.« Emil nickte. Er hatte sich freiwillig für den Kriegseinsatz gemeldet, um seine Gefühle abzuschütteln – Hader und Schuld, Trotz und Trauer –, und die waren wahrscheinlich das Unnützeste von allem. Er dachte, das Gespräch wäre vorbei, und erhob sich, aber Grotjahn hörte nicht zu reden auf. Nicht nur, dass er gern dozierte, er wollte wohl zum Abschied bekräftigen, dass er Emil endgültig jenen Anflug von Schwäche verziehen hatte, der ihn bewogen hatte, sich schützend vor Felicitas und – schlimmer noch – vor ein jüdisches Kind zu stellen. »Um die Alsterschule müssen Sie sich keine Sorgen machen. Der Krieg erlaubt, dass wir nun selbst die radikalsten Maßnahmen umsetzen können. Niemand mehr hat nun das Recht, sich zu beschweren, am allerwenigsten die Lehrer.«

Er beugte sich vor, stieß mit dem Bauch, der in den letzten Jahren an Umfang zugelegt hatte, an die Tischplatte.

»Ich wusste immer schon, was in Ihnen steckt, Tiedemann. Ich hatte nur manchmal den Eindruck, dass Sie es selbst nicht wissen. Aber nun… nun legen Sie für Ihren ganzen Berufsstand Ehre ein. Der Führer hat nicht verhehlt, dass der Lehrer oft unfähig zum Lebenskampf erscheint, ein ganz besonderes unselbstständiges geistiges Proletariat darstellt, viele Vertreter dieses Berufsstandes keine Persönlichkeiten sind, sondern Drecksfinken. Obwohl ich ebenfalls Lehrer bin, kann ich nicht mit dem Brustton der Überzeugung widersprechen, wenn ich mir so manchen Kollegen ansehe. Aber dann kommt jemand wie Sie und sagt: Das ABC habe ich lange genug gelehrt, jetzt geht es an die Front.« Emil verzichtete, darauf hinzuweisen, dass er nie das ABC gelehrt hatte, aber Grotjahn wollte ohnehin auf etwas anderes hinaus. »Wussten Sie, dass der Führer Pläne hatte, große Teile der Volksschullehrerstellen mit früheren Unteroffizieren zu besetzen? Jeder Feldwebel der Wehrmacht leistet schließlich bessere Erziehungsarbeit und vermag es, den Schülern Zucht und Ordnung einzubläuen. Nun ja, Sie beschreiten den umgekehrten Weg, werden vom Lehrer zum Feldwebel, das gefällt mir ... das gefällt mir gut.« Sein Lächeln wurde breiter. »Unterrichten können jetzt die Frauen. Insbesondere jene, die unverheiratet durchs Leben gehen. Sie müssen ja irgendwo ihre mütterlichen Empfindungen ausleben.«

Emil wandte sich schweigend ab. In der Zeit, da er in den Mantel schlüpfte, sich den Hut aufsetzte, war Grotjahns Lächeln geschwunden und sein Blick nachdenklich auf die Tischplatte gerichtet. Emil hatte ihn in fast sämtlichen Stimmungslagen gesehen – wenn er geifernde Reden gehalten, ihn ermahnt oder angespornt hatte, mal gutmütig, mal mit beißendem Spott. Nie hatte er ihn aber ... verzagt erlebt.

»Ich hoffe, mein Sohn wird an der Front so viel Ehre einlegen wie Sie«, sagte er leise.

Emil sah etwas in seinen Augen schimmern, das er ebenfalls noch nie an dem anderen wahrgenommen hatte – Sorge. Sorge um Willys Leben? Sorge darüber, dass er an der Front versagen würde?

Emil wusste, dass Grotjahn seit Jahren mit seinem Sohn haderte. Zu schlaksig erschien er ihm, zu ungeschickt, zu verweichlicht, zu feige. Einmal war ihm sogar herausgerutscht, dass er sich viel lieber einen Sohn wie Emil wünschte.

In Emil wohnte durchaus eine tiefe Sehnsucht nach einem Vater, der ihn dafür lobte, ein guter Turnlehrer zu sein, ihn nicht dafür verachtete, wie Gustav Tiedemann es getan hatte. Doch das Maß an Wertschätzung im Blick des anderen war ihm ein wenig peinlich.

Er hatte sich nicht nur freiwillig gemeldet, weil er tapfer war, den Kampf suchte, sich stählen wollte und sich beweisen. Er hatte sich auch gemeldet, weil ihm die Front nur als zweitschlimmster Platz auf Erden erschien – der Schlimmste war sein Zuhause. Er wollte nicht tatenlos zusehen, wie ein tristes Leben an ihm vorbeirauschte, er wollte es packen, ihm eine Richtung geben.

Durch Grotjahn ging ein Ruck. Er vollführte eine militärische Geste, die an einem so dicken Mann etwas lächerlich anmutete, doch seine Stimme klang geschliffen wie die eines Generals, als er nicht etwa den Hitlergruß ausstieß, wie Emil es erwartete, sondern zu einem längeren Spruch ansetzte.

»Und handeln sollst du so, als hinge von dir und deinem Tun allein das Schicksal ab der deutschen Dinge, und die Verantwortung wär' dein.«

Fichte, natürlich. Seit er als Schüler einen Aufsatz über das Zitat des Philosophen geschrieben hatte, wiederholte Grotjahn es bei jeder Gelegenheit, um zu zeigen, was er von ihm erwartete: Der Verantwortung für das deutsche Volk gerecht zu werden – bis jetzt als Lehrer, künftig als Soldat.

Emil nickte knapp, wandte sich endgültig zum Gehen.

»Genießen Sie noch die letzte Zeit mit Ihrer Frau«, rief Grotjahn ihm nach.

Emil nickte wieder, obwohl an diesem Satz alles falsch war. Der

Mensch, mit dem Emil in der Bieberstraße wohnte, war nicht seine Frau. Ein Schatten ihrer selbst war Anneliese nach dem Abschied von Elly zunächst gewesen, ein waidwundes Tier, das sich am liebsten unter dem Wohnzimmertisch verkroch. Doch als sie irgendwann darunter hervorgekommen war, war sie ihm nicht als die alte Anneliese gegenübergetreten, sondern als glühende Nationalsozialistin. Erst am Tag zuvor hatte sie ein mehrgängiges Menü gekocht, Krebssuppe, garniertes Ochsenfilet, Kaffeepudding. Die Zutaten hatte sie von Carin Grotjahn bekommen, die Parolen, mit denen sie auf ihn eingeredet hatte und in denen immer wieder die Worte Kameradschaft, Tapferkeit und Treue bis in den Tod gefallen waren, hatte sie wohl auch von ihr. Er hatte sich zum Essen gezwungen, sie dagegen nicht mal gekostet.

Ob sie heute wieder gekocht hatte?

Anstatt vom Curiohaus in der Rothenbaumchaussee, dem Sitz des Nationalsozialistischen Lehrerbundes, den schnellsten Weg nach Hause zu nehmen, brach er in Richtung Alsterschule auf. Er könnte noch Unterlagen ordnen, den Schreibtisch räumen... irgendetwas tun. Als er ankam, betrat er das Gebäude jedoch nicht, sondern starrte auf den Schulhof. Anders als an jenem Wintertag ein Jahr zuvor, als Kollege Domnitz die bibbernden Schüler angetrieben hatte, wurde er an diesem von der Septembersonne beschienen. Die militärischen Befehle des Turnlehrers hallten trotzdem zu ihm herüber, musste sich doch eine Gruppe Knaben an einem Hindernisparcours beweisen und eine andere das Keulenwerfen üben. Ihre roten Gesichter bewiesen, dass eine Hitze sie durchglühte, die man nur erreichte, wenn man jeder Faser das Letzte abverlangte, wenn man den Körper nicht nur beherrschte und anspornte, ihn zudem knechtete und quälte, wenn man Sport nicht als Vergnügen, sondern als Kampf betrachtete – den Kampf gegen den gefährlichsten aller Feinde, sich selbst. Hatte man diesen Gegner bezwungen, wie sollte man dann je vor einem anderen kapitulieren?

»Ist es wahr?«, riss ihn eine Stimme aus den Gedanken. »Du ziehst in den Krieg? Wurdest nicht einberufen, aber hast dich freiwillig gemeldet?«

Felicitas stand hinter ihm, die Hände in ihren Manteltaschen versteckt. Er hielt dem Blick nicht lange stand, starrte lieber auf die Ulme, die einen Schatten auf die weißen Sprossenfenster warf. Felicitas würde keinen Schatten werfen – zumindest nicht auf sein Leben. Jenen Zwiespalt, sie zugleich beschützen als auch bestrafen zu wollen, ihr genehm zu sein und sie zu verachten, ihre Nähe zu suchen und diese zu fürchten, würde er nun endlich hinter sich lassen. Schwitzen würde er, keuchen, bluten. Ein Teil des Deutschland werden, das über seine Grenzen drängte, nicht in der Defensive, nein, in der Rolle des Eroberers.

»Es ist wahr«, sagte er knapp. »Fortan musst du auf dich selbst aufpassen.«

Ihr entfuhr weder ein Laut der Betroffenheit oder der Verblüffung noch einer der Genugtuung oder der Sorge. Zu hören waren einzig die Befehle, denen sich die Knaben zu fügen hatten.

»Dreißig Liegestütze!«

Emil zählte mit. Als er bei zehn angekommen war, glaubte er, Felicitas doch noch etwas murmeln zu hören. »So kämpft jeder von uns an einer anderen Front.« Aber vielleicht hatte er das falsch verstanden. Als Domnitz bei zwanzig angekommen war, hatte sie sich abgewandt, bei fünfundzwanzig murmelte sie wieder etwas. »Pass ... pass auf dich auf. Trotz allem.«

Obwohl sie die Worte so leise gesprochen hatte, gruben sie sich in seine Seele ein. Er würde in den nächsten Jahren ihrem

Echo nicht oft lauschen. Aber die Erinnerung daran würde nur versteckt, verschüttet sein, nicht getilgt. Genauso wenig wie die Hoffnung, dass sie ihm eines Tages verzeihen konnte, ihm dann nicht als unnahbare, kühle Felicitas gegenübertreten würde.

Als die Dreißig voll war, war Felicitas verschwunden und einer der Jungen mit dem Gesicht voran aufs Pflaster gestürzt.

Schwächling, dachte er. Als Strafe sollte er noch einmal dreißig Liegestütze machen müssen, besser noch vierzig. Aber es oblag nicht ihm, das anzuordnen, sondern dem Turnlehrer. Während Domnitz prompt den Fuß auf den Nacken des Jungen stellte, warf Emil einen letzten Blick auf die Alsterschule. Er war kein Lehrer mehr.

Oktober

Felicitas stand vor einer Obertertia. Erst kürzlich war diese mit der Nebenklasse zusammengelegt worden, hatten sich doch wie Emil weitere Lehrer für den Dienst an der Front gemeldet. An die sechzig Schüler drängten sich an viel zu wenigen Tischen, es gab kaum Luft zum Atmen geschweige denn Raum zum Denken. Müde ermahnte Felicitas einen, der seinen Ellbogen in den Bauch des Sitznachbarn rammte. Er hörte nicht auf sie, boxte weiter. Was in ihren Augen eine Disziplinlosigkeit war, war in seinen vielleicht sein gutes Recht: sich Lebensraum zu erobern.

»Werden wir bei Ihnen auch Europa verteilen?«, rief ein Junge aus der letzten Reihe.

Sie blickte in aufgeregte Gesichter, die meisten Namen dazu kannte sie noch nicht.

»Europa verteilen?«, fragte sie gedehnt.

»Bei Herrn Peters tun wir das.«

Herr Peters war der Geografielehrer.

»Wie genau geht ihr dabei vor?«, fragte sie.

»Nun, wir rollen die Europakarte auf und legen fest, welche Länder unter deutsche Herrschaft fallen werden«, erklärte der Junge eifrig.

»Genau!«, sekundierte sein Sitznachbar. »Norwegen wird gemeinsam mit den skandinavischen Ländern das große Nordreich bilden.«

»Und die Hauptstadt«, meldete sich der dritte, »wird Thorsgard heißen.«

»Das wird ein Musterprotektorat des Deutschen Reiches sein. Sollen wir die Karte nun holen?«

Felicitas konnte sich vage erinnern, dass die Schule erst wenige Monate zuvor mit neuen Landkarten ausgestattet worden war. Eine von ihnen zeigte die Verbreitung des Weltjudentums. Länder wie Indien, in denen dieses fast ausgemerzt worden wäre, waren mit drei Ausrufezeichen versehen.

»Krieg«, hörte sie sich plötzlich sagen, obwohl sie für gewöhnlich alles, was sie vor einer Klasse verkündete, sorgfältig abwog, »Krieg ist etwas anderes, als auf einer Landkarte Länder zu verteilen. Krieg geht einher mit großen ... Opfern.«

»Gewiss!« Der Junge, der nach der Karte gefordert hatte, nickte entschlossen. »Im Zweifel müssen wir unser Leben hergeben. Aber es ist ja nicht nötig, dass wir leben, nur dass Deutschland lebt.«

Felicitas atmete tief durch. »Packt eure Hefte aus.«

Die meisten hatten das längst getan, in der letzten Reihe folgte man ihrem Befehl allerdings nur zögerlich. Ihr entging nicht, dass unter den leicht angeschrägten Pulten etwas hin und her gereicht wurde.

»Was habt ihr denn da?«, fragte sie.

Zwei Jungen fühlten sich ertappt, sprangen sofort auf und nahmen stramme Haltung ein. Was immer sie sich gereicht hatten, hatten sie unter den Pulten versteckt. Es dauerte eine Weile, bis sich Felicitas durch die engen Reihen gekämpft hatte, die stickige Luft machte es nicht leichter.

»Zeigt es mir!«, forderte sie streng.

Sie erwartete, dass die beiden *Schiffe versenken* gespielt hatten, doch was sie hervorzogen war ein Quartett, bei dem es galt, vier Karten der gleichen Kategorie zusammenzubekommen. Die Kategorien waren Rassen. Auf den Karten mit der arischen Rasse waren blonde, blauäugige, muskulöse Männer abgebildet, unter denen Attribute wie treu, tatkräftig, mutig standen. Auf den Karten mit den Juden hatten die Gesichter krumme Nasen und verkniffene Augen, und die ihnen zugeschriebenen Attribute lauteten faul, hinterlistig, feige.

Es fiel ihr noch schwerer zu atmen. »Im Unterricht wird nicht gespielt«, sagte sie, und obwohl niemand widersprach, glaubte sie, die trotzige Antwort zu hören: Das ist doch kein Spiel. Nichts ist mehr ein Spiel. Alles ist Krieg, auch der Unterricht.

Sie nahm das Quartett an sich.

»Kriegen wir es in der Pause wieder?«

»Jetzt widmen wir uns der Geschichte unseres Landes«, sagte sie nur.

»Sollen wir denn nun eine Europakarte holen?«

Müdigkeit kroch in ihr hoch, nistete sich in sämtlichen Fasern ein, erfüllte sie mit bleierner Schwere. Es war noch nicht einmal zehn Uhr morgens, und schon jetzt erschien ihr der Tag endlos. Alle Tage seit Kriegsbeginn erschienen ihr endlos, zumal sie schon im Morgengrauen, lange vor der ersten Schulstunde, begannen. Sämtliche Lehrer waren dazu verpflichtet worden, gemeinsam mit ihren Schülern durch die Stadt zu ziehen. An diesem Morgen waren sie zur Lombardsbrücke und wieder zurück marschiert, hatten dabei laut gebrüllt: »*Heil Hitler! Du sollst Führer sein! Wir folgen Dir aufs Neue, von Memel bis zum deutschen Rhein schwören wir den Eid der Treue. Heil Deutschland! Deine Jugend ruft, will kämpfend für dich sterben. Wer uns nicht folgt, der ist ein Schuft, soll wie ein Hund verderben.«*

Es war ihr unendlich schwergefallen – aber sich zu weigern mitzumachen, hatte sie gleichwohl nicht gewagt. Schon Emil hatte ihr immer klargemacht, dass für jedes Fehlverhalten die Entlassung drohte. Ohne ihn war sie gänzlich schutzlos.

Sie verkniff es sich deshalb auch zu erklären, dass sie Europa nicht zu verteilen beabsichtigte, zumal plötzlich eine Sirene erklang. Der heulende Ton überlief sie wie dunkle Wellen, und sie konnte nicht verhindern zusammenzuzucken.

Einer der Jungen lachte verächtlich. »Das ist doch nur eine Übung!«, rief er.

Es war nicht die erste. Am 4. September war erstmals Fliegeralarm gegeben worden, die Entwarnung aber schon nach dreizehn Minuten erfolgt. Jetzt sollte offenbar geübt werden, wie man sich in der Schule im Falle eines Bombenangriffs zu verhalten hatte.

»In Zweierreihen aufstellen«, befahl Felicitas.

Es funktionierte trotz der Enge, alle strebten in Richtung Keller, obwohl der alles andere als ein bombensicherer Schutzraum war. Als sie ihn erreichte, stand Otto Matthiessen, der neue Schulleiter der Alsterschule, am Eingang und drückte jedem Schüler etwas in die Hand.

»Ihr müsst lernen, die Volksgasmasken so schnell auf- und abzusetzen, bis ihr es im Schlaf könnt.«

Aus Felicitas' Müdigkeit wurde ein bohrender Schmerz, der sich vom Brustkorb aus ausbreitete, über Unterarme und Beine rieselte. Anstatt die Gasmaske zu nehmen, ging sie einfach weiter.

»Hiergeblieben!«, bellte Matthiessen ihr nach, als wäre sie keine Lehrerin, sondern Soldatin. »Wie kommst du auf die Idee, dass du dich nicht auch vor dem Feind schützen musst?«

Sie nahm die Gasmaske mit tauben Händen entgegen, betrat den Keller, wo es noch stickiger als in der Klasse war. Ein Teil der Schüler hatte die Masken gekonnt angelegt, ein paar schafften es nicht, die Mädchen der unteren Klassen waren verängstigt, eines weinte sogar.

»Ich… ich helfe dir«, sagte Felicitas, obwohl sie selbst nicht wusste, wie man am besten mit dieser haubenartigen Konstruktion, die über zwei getrennte Sichtgläser und einen runden, aufschraubbaren Filter verfügte, am schnellsten aufsetzte.

Sie klemmte die eigene Gasmaske unter die Achsel und wollte die des Mädchens ergreifen, als sich jemand einmischte.

»Das brauchst du nicht. Ich kümmere mich darum.« Die Stimme war leise, übertönte dennoch den Lärm. Wie sie sich gesehnt hatte, diese Stimme zu hören. Gesehnt, dass sie Verwünschungen, Beschimpfungen ausstieß. Alles wäre leichter zu ertragen als dieses Schweigen, nicht nur eiskalt, regelrecht giftig.

»Ich kümmere mich darum«, wiederholte Anneliese. Sie hatte wohl gerade Hauswirtschaft unterrichtet, denn sie trug noch eine weiße Schürze. Der Körper darunter war dünn, das Gesicht, sonst immer rund und voll, verhärmt, die Haare waren zu einem Knoten hochgesteckt, den Felicitas noch nie an ihr gesehen hatte. »Pflege deine Volksgasmaske noch besser als deine Kleidung, denn sie soll dir gegebenenfalls das Leben retten«, belehrte Anneliese das Mädchen mit blecherner Stimme.

Sie zog ihm die Gasmaske mit kundigen, nein groben Handgriffen über das Gesicht, als wäre das Mädchen ein Ding, das es luftdicht zu verpacken galt. Felicitas konnte nicht sehen, ob es noch weinte. Aber als Anneliese sich von dem Mädchen abwandte, sich ihre Blicke trafen, da konnte sie sehen, dass sie sie hasste. Sie konnte es auch fühlen – genauso wie ein tiefes Bedauern.

Sie grollte Anneliese, weil sie Levi verraten hatte. Sie grollte auch Emil, weil er sich nicht für ihn eingesetzt hatte. Aber sie wünschte trotz allem, dass Emil unversehrt aus dem Krieg zurückkehrte – und sie wünschte sich, dass Anneliese und sie sich noch etwas zu sagen hatten, sich nicht länger feindselig oder wie Fremde gegenüberstanden.

»Davor«, sagte Felicitas plötzlich, »davor habe ich mich gefürchtet... Dass es Krieg gibt... dass alles schwerer wird... nur deshalb habe ich...«

»Du hast dich vor dem Krieg gefürchtet?«, fiel Anneliese ihr mit kalter Stimme ins Wort. »Warum das denn? Er ist nun mal notwendig zur Wiederherstellung der deutschen Souveränität über die Reichsgebiete. Der Führer hat endlose Versuche unternommen, um die Sache friedlich zu klären, doch das wurde nur mit verstärktem Terror gegen die Volksdeutschen beantwortet. Dass wir uns nun wehren, ist unser gutes Recht.«

»Anneliese! Das bist doch nicht du, die so spricht. Es ist für dich sicher schwer, dass Emil...«

»Was soll denn daran schwer sein? Die Welt des Mannes ist der Staat, der Kampf, die Gemeinschaft. Er gehört seiner Pflicht und soll sich von Sorgen um sein Frauchen nicht davon abhalten lassen, sie zu erfüllen. So wie man als deutsche Frau keine Sorgen um den Mann kennt, nur Stolz auf ihn.«

Die Worte kamen mechanisch, klangen wie auswendig gelernt. Felicitas ahnte, dass es wenig Sinn hatte zu widersprechen, versuchte es anders.

»Wir sind vielleicht keine Freundinnen mehr, aber wir sind immer noch Kolleginnen, und als solche sollten wir versuchen...«

»Bald bin ich nicht mehr deine Kollegin«, fiel Anneliese ihr erneut ins Wort. »Ich stelle mich ganz in den Dienst der NS-Frauenschaft.«

Felicitas starrte sie überrascht an. »Hat dir Carin Grotjahn das eingeredet?«, fragte sie fassungslos.

»Carin Grotjahn muss mir nichts einreden. Ich weiß schon selbst, welchen Platz mir die Vorsehung zugewiesen hat.«

Wieder verkniff Felicitas sich einen empörten Einspruch, auch ein Seufzen. »Lass nicht zu, dass sie dich ganz und gar für sich vereinnahmen«, sagte sie leise. »Lass dir nichts einreden, woran du nicht selbst durch und durch glaubst.«

»Ich glaube jedenfalls, dass die Frau den Heldenmut, den der Mann auf dem Schlachtfeld beweist, mit ewig geduldiger Hingabe und ewig geduldigem Leiden und Ertragen belohnt.«

Die Worte saßen, sie musste nicht um sie ringen. Die Gasmaske, die sie nun aufsetzte, saß auch. Und dann ließ Anneliese sie stehen. Nein, nicht Anneliese, nicht die jahrelange Gefährtin und Freundin, dieses fremde Wesen, das sich neuerdings stolz als deutsche Frau, als überzeugte Nationalsozialistin bezeichnete und das eine Maske trug, die noch dicker, noch sperriger als eine Gasmaske war.

»Nun machen Sie schon!«, zischte jemand. »Solange wir nicht alle korrekt die Gasmaske tragen, kann der Unterricht für heute nicht fortgesetzt werden.«

Felicitas stand da, die Maske in den Händen, rührte sich nicht. Es war nicht ihr Bestreben, dass der Unterricht so schnell wie möglich fortgesetzt wurde. Es war ja kein Unterricht, es war das Einbläuen von Propaganda.

»Nun machen Sie schon!«, ertönte wieder die Stimme.

Jemand riss ihr die Gasmaske aus den Händen und zog sie ihr über den Kopf. Sie war nicht sicher, ob diese richtig saß, nicht vielmehr falsch herum aufgesetzt worden war. Sie war nicht einmal sicher, ob ihr Kopf richtig saß, nicht vielmehr falsch herum an ihrem Leib festgemacht worden war.

Als Felicitas nach Schulschluss durch Hamburg eilte, herrschte an allen Ecken und Enden Betriebsamkeit. Das war nichts Neues, die letzten Jahre über waren immer Bauarbeiten im Gange gewesen, doch jetzt wurde nichts Bleibendes errichtet. Sämtliche Gitter um die Grünanlagen wurden herausgerissen, wurde doch das Eisen für die Rüstungsindustrie gebraucht. Und Teile der Außenalster bekamen eine provisorische Holzabdeckung – eine Tarnanlage, die vom Hauptbahnhof ablenken sollte.

Befand sich unter der falschen Stadt noch eine echte? Befand sich – nach diesem unsäglichen Tag – unter der angepassten Felicitas noch die alte?

An ihrem Ziel konnte sie diese noch sein, das glaubte sie zumindest, bis sie die Agentur des Rauhen Hauses erreichte. Dann entdeckte sie die unzähligen Bücher, die auf dem Boden lagen, und dass viele Regale halb leer waren.

»Willst du mitmachen?«, vernahm sie eine Stimme.

Paul trat auf sie zu, hielt noch mehr Bücher auf dem Arm. Sein Grinsen war fahler Abglanz des spöttischen, überheblichen Lächelns von früher, das Funkeln in seinen Augen blieb kalt, seine Bewegungen gerieten fahrig.

»Mitmachen? Wobei?«

»Wir haben Besuch von den Herren der Gestapo erhalten. Alle Bücher, die wir künftig verkaufen, müssen daraufhin geprüft werden, ob sie den Interessen der Wehrmacht entsprechen. Ich weiß allerdings nicht genau, ob die Wehrmacht irgendein anderes Interesse hat, als in ein Land einzufallen und die Bevölkerung zu massakrieren. Und erst recht nicht, ob man dafür Bücher braucht.«

Felicitas blickte sich um, stellte erleichtert fest, dass niemand im Laden war, der seinen Worten hätte lauschen können. »Sogenanntes außenpolitisches und historisches Schrifttum ist künftig anmeldepflichtig«, fuhr Paul fort. »Kein Verlag darf mehr ein Manuskript ohne vorherige Prüfung drucken, und kriegswichtige Neuerscheinungen bekommen den Vorzug vor Neuauflagen alter Bücher. Wenn sich ein Verlag nicht daran hält, wird die Papierzufuhr gekürzt.«

Er stellte den Stapel ab und strich darüber, als gälte es, sich bei den Büchern zu entschuldigen.

»Und was genau sind kriegswichtige Neuerscheinungen?«, fragte sie.

»Ich vermute mal *Das Lied der Getreuen*, das Baldur von Schirach geschrieben hat und das mit einem Buchpreis, den Goebbels gestiftet hat, ausgezeichnet wurde. Natürlich auch Bouhlers *Kampf um Deutschland. Ein Lesebuch für die deutsche Jugend* oder Wilfried Bades Beschreibung, wie die SA Berlin eroberte und Deutschland erwachte.«

Felicitas hob abwehrend die Hände, konnte das nach dem Wortwechsel mit Anneliese, der Übung mit den Gasmasken, dem Unterricht, der nur mehr aus Propaganda bestand, nicht auch noch ertragen.

»Ich glaube, das reicht.«

»Ich fürchte, das tut es nicht. Es reicht nicht, die richtigen Bücher in die Regale zu stellen. Die falschen müssen wir aussortieren. Unsere arme, holde Jugend muss schließlich vor Schund- und Schmutzschriften bewahrt werden.«

Während er gesprochen hatte, hatte er einige Bücher aus dem

Regal gezogen, mal auf den einen Stoß, mal auf den anderen gelegt. Er beugte sich leicht vor, und als ihm die Strähnen seines haselnussbraunen Haars ins Gesicht fielen, musste sie an einen anderen Tag denken, da Bücher zum Feind erklärt worden und verbrannt worden waren. Paul hatte sich damals den Horden der SA entgegengestellt, ein Gedicht von Erich Kästner auf den Lippen und im Herzen so viel Widerstandsgeist. Doch das war gewesen, bevor man ihn als Swing Kid verhaftet hatte.

Plötzlich stützte sie sich auf einem Tresen ab, weil den Beinen die Kraft fehlte, und plötzlich stiegen ihr jene Tränen, die sie seit Kriegsbeginn beharrlich geschluckt hatte, in die Augen.

»Felicitas.«

Ganz dicht an ihrem Ohr ertönte die Stimme. Sie hatte nicht gehört, dass er sämtliche Bücher abgelegt hatte, nicht gehört, dass er zu ihr getreten war. Aber sie spürte, wie er über ihren Oberarm strich, so sanft wie zuvor über die Bücher. Mit den Tränen kamen Worte.

»Ich ertrage es nicht länger... ich weiß gar nicht mehr, was ich da tue in der Alsterschule... und auch sonst. Ich habe so gehofft, dass Levi freigelassen wird... aber jetzt im Krieg... vielleicht... vielleicht ist er schon tot.« Durch die Bruchstücke der Sätze schimmerte ihre Verzweiflung. Dass sie in Silben zerfielen, half nicht dabei, den Schmerz zu zerstückeln. Er blieb unermesslich. »Hab gelesen... in seinem Notizbüchlein... das war mir ein Trost... aber jetzt nicht mehr... jetzt nicht mehr... nichts bringt Trost...«

»Felicitas«, sagte er wieder, und verspätet ging ihr auf, dass er ganz selbstverständlich ihren Namen aussprach, obwohl er das bislang nie gewagt, sie weiter mit spöttischem Unterton »Fräulein Lehrerin« genannt hatte. Jetzt wagte er sogar noch mehr. Erst fühlte sie seinen warmen Atem nur an ihrem Ohr, dann an der Wange. Es war nicht nur der Atem, es waren auch seine Lippen. Die Lippen waren weich und warm. Sie spürte sie auf der Haut ihres Gesichts, spürte sie bis in ihr Innerstes. Da war jemand, der sie hielt. Da war jemand, der sie küsste. Und kurz fühlte es sich richtig an, auch als Pauls Lippen sich nun bis zu ihrem Mund vortasteten, sich auf ihn pressten. Wie ein Stromschlag fühlte sich das an, gefolgt von einem Zucken, als säße ihr das Herz nicht in der Brust, sondern in ebendiesen Lippen. Das Zucken bewies, dass da noch Leben in ihr war. Und zudem etwas anderes: ein fester Wille.

Entschieden löste sie die Lippen von seinen, ihren Körper aus der Umarmung. Sie hatte Verrat an der Hoffnung verübt, dass Levi noch lebte. Sie konnte nicht auch an dem Versprechen Verrat verüben, das sie damals, in jener scheußlichen Novembernacht, ihm und sich selbst gegeben hatte. *Unsere Geschichte ist noch nicht zu Ende.*

Und in dieser Geschichte hatte ein Paul Löwenhagen keinen Platz.

»Nein«, rief sie, und es klang schärfer als beabsichtigt. »Nein, das geht nicht.«

Er fuhr zurück. »Weil du zu alt für mich bist? Wenn einer zu alt ist, dann bin das ich! Ich denke oft, dass bei mir zwischen Jugend und Greisenalter nur eine einzige schwarze Sekunde liegt. Ich... ich habe es versucht... mit Mädchen, die im gleichen Jahr wie ich geboren wurden. Es funktioniert nicht, sie leben in einer anderen Welt. Ob du und ich in der gleichen Welt leben, weiß ich nicht, aber zumindest leben wir im gleichen Exil.«

Wieder trat er dicht an sie heran, wieder kamen seine Lippen den ihren so nah. Diesmal wandte sie sich rechtzeitig ab. Und diesmal brachte sie nicht nur zerstückelte Sätze heraus, sondern ganze.

»Es... es geht nicht. Es geht einfach nicht. Ich weiß, Levi könnte tot sein. Aber solange ich ihm die Treue halte, ist er das nicht, nicht für mich.« Vielleicht klang das widersinnig, er widersprach hingegen nicht, nickte nur, und was sich nun in seiner Miene ausbreitete, war Mitleid, auch Verständnis, das Wissen, wie diese grenzenlose Einsamkeit sich anfühlte, dieses ziellose Warten auf eine Erlösung, die ausblieb, diese vergebliche Suche nach einem sinnvollen Leben, einer sinnvollen Arbeit. »Selbst wenn es keinen anderen gäbe«, fügte sie schnell an, »hättest du keine Chance. Egal, wie alt du bist – ich werde in dir immer nur den Schüler sehen.«

Eigentlich sah sie ihn in diesem Moment nicht an wie einen Schüler, sondern voller Sehnsucht. Allerdings sah er sie nun, wohl um seine Enttäuschung zu verbergen, wie eine Lehrerin an, frech, herausfordernd, aufmüpfig.

»Wenn ich dein Schüler bin, was genau bringst du mir dann bei?«

Ich habe nichts zu lehren, lag es ihr nach dem heutigen Schultag auf den Lippen zu sagen. Stattdessen wich sie seiner Frage aus. »Werdet ihr euch von der Gestapo einschüchtern lassen? Werdet ihr die Bücher wirklich ausmisten, wie gefordert? In den letzten Jahren habt ihr doch auch immer heimlich verbotene Literatur verkauft.«

Das Grinsen zuckte wieder an Pauls Lippen. »Je mehr Eifer wir beim vermeintlichen Ausmisten an den Tag legen, desto mehr können wir in den Hinterzimmern und Kellerräumen lagern, weil wir dann unverdächtig sind. Das sieht Reinhold auch so.«

»Reinhold?«

»Du kennst ihn noch nicht? Das ist der Sohn von Johannes Meyer, der bald seine Buchhändlerlehre hier beginnen und wohl zum Juniorchef aufsteigen wird, wenn sie abgeschlossen ist.« Felicitas wusste nur, dass Johannes Meyer der Besitzer der Buchhandlung war.

»Verbotene Bücher heimlich zu verkaufen ist das eine«, murmelte sie. »Etwas anderes ist, sie zu lesen.«

»Ich lese sie doch!«

»Aber... allein.« So wie sie allein las, seit Levi fort war. »Und ich finde, wir machen schon genug allein.« So entschieden sie Paul zurückgestoßen hatte, so entschlossen sie auch war, weiterhin allein zu leben, Levi treu zu bleiben und für ihn zu hoffen – eine Sache konnte sie mit anderen teilen, ohne zur Verräterin an ihrer Liebe zu werden. »Es ist so wichtig, dass wir Bücher nicht nur lesen, zudem darüber sprechen«, fuhr sie eifrig fort. »Du weißt doch, dass Helene lange jenen Lesekreis besucht hat, den ihre ehemalige Lehrerin Erna Stahl mit ihr und anderen Schülern in ihrer Wohnung abgehalten hat. Diese Schüler haben sich mittlerweile in alle Himmelsrichtungen zerstreut, studieren in verschiedenen Städten – wir könnten so etwas Ähnliches initiieren, regelmäßige Treffen, um über Literatur, insbesondere die verbotene, zu diskutieren.«

»Zu zweit?«, fragte er und zog vielsagend die Brauen hoch.

»Mit Reinhold Meyer wären wir schon drei. Und wenn Helene in den Ferien heimkommt, würde sie sich sicher auch gern beteiligen, ebenso ihre Freundin Traute, mit der sie in München studiert. Beide haben noch Kontakte zu anderen Mitschülern. Ich denke an weitere Buchhändler und Buchhändlerinnen in Hamburg, die verbotene Bücher verstecken und heimlich verkaufen. Nicht nur Felix Jud, auch Hannelore Willbrandt oder Conrad Kloss. Jeder von ihnen kennt gewiss noch mehr Menschen, die sich gern zu solchen Runden gesellen würden.«

Sie brach ab, weil sie sah, dass sie Paul nicht mühsam überzeugen musste. Nicht nur Schalk blitzte in seinen Augen, auch die Hoffnung, dass sie es sich irgendwann doch anders überlegen und seinem Werben nachgeben würde, wenn sie regelmäßig Zeit miteinander verbrächten. Felicitas wusste, er hoffte vergebens, sie würde nie seine Geliebte werden. Aber seine Lehrerin wollte sie sein, eine, die Wissen und Überzeugungen und Erfahrungen weitergab. Die vielleicht nicht in der Alsterschule, jedoch hier ihrer Berufung folgen konnte. Die über der Beschäftigung mit Literatur sich selbst treu bleiben konnte – und Levi nah.

»Ich hätte zwar lieber ein Rendezvous mit dir als ein konspiratives Treffen im Hinterzimmer der Buchhandlung, aber auch dazu sage ich nicht Nein.«

Sie lachte, gab ihm zugleich einen Klaps.

»Aua, das hat wehgetan«, spöttelte er.

Mich zu küssen hätte auf Dauer noch viel mehr wehgetan, dachte sie, weil du am Ende viel zu wenig von mir bekommen hättest. Aber das heißt nicht, dass ich dir nichts zu geben habe.

Sie verabschiedete sich später erst, nachdem sie ihn gebeten hatte, möglichst bald mit Reinhold Meyer über ihre Pläne zu sprechen.

Dezember

Levi schälte Kartoffeln. Eigentlich war es kein Schälen, sondern ein Drücken. Die Kartoffeln waren erst erfroren, dann verfault – vielleicht auch in umgekehrter Reihenfolge –, und um zu retten, was zu retten war, musste man aus der weichen bräunlichen Masse eine gelbliche quetschen. Diese nahm spätestens wieder den bräunlichen Farbton an, wenn sie im Eintopf landete, einer stinkenden Brühe, in der neben den faulen Kartoffeln Steckrüben, Mohrrüben und Kohlblätter schwammen.

In der Woche zuvor hatte es einmal geheißen, es werde Fleisch geben, und Levi hatte zu jenen gehört, die den Kühlwagen entladen sollten. Kaum hatten sie diesen geöffnet, war ihnen Gestank entgegengeschlagen. Der Wagen war tatsächlich randvoll mit Fleisch gewesen, allerdings in Form von Rinderköpfen. Als Levi sie angestarrt hatte, hatte er sich unwillkürlich gefragt, aus welchen Augen mehr Gleichgültigkeit und Leere blickte – aus denen der toten Rinder oder aus seinen. Trotzdem hatte er sich einen Ruck gegeben, die Köpfe entladen, später das ranzige Fleisch abgeschabt, sich einmal mehr gewundert, woher sein Lebenswille kam. Mehr als ein zuckendes Flämmchen war er nicht – zugleich aber auch nicht mehr gänzlich erloschen wie am Tag des Kriegsbeginns.

Davon, dass man Lebensmittelrationen von Woche zu Woche kürzte, rührte das sicher nicht. Auch nicht davon, dass die Kälte ein angriffslustiges Raubtier war, das nach jedem nackten Fleckchen Haut gierte. Dass er zum Küchendienst abberufen worden war, hatte immerhin sein Leben erleichtert, und er vermutete, dass das einer jener Häftlinge bewirkt hatte, die ihn für die Bibliothek hatten gewinnen wollen. Er hatte sich dem Anliegen verweigert, Bibliothekar zu werden, weil ihm die Vorstellung zu schmerzhaft erschien, und diese Bibliothek deshalb nie gesehen. Aber wenn er manchmal nachts angestupst und gebeten wurde, einen Artikel aus einer Zeitschrift abzuschreiben, widersetzte er sich nicht. Die Buchstaben verschwammen meist vor seinen Augen, wenn man sie ihm vorlas, konnte er sie allerdings mühelos aufschreiben. Auch die Kartoffeln konnte er mit geschlossenen Augen schälen – zumindest die faulen. Anders verhielt es sich mit dem Eimer voller frischer, großer, glatter, die man ihm brachte, als er damit fertig war. Obwohl sie roh waren, konnte er sich kaum beherrschen, nicht eine zu nehmen und hineinzubeißen.

»Du weißt, was zu tun ist«, sagte der Häftling, der die Kartoffeln gebracht hatte.

Levi sah nur seine Pantinen, nicht sein Gesicht. Die schlechten ins Kröpfchen, die guten ins Töpfchen.

Die Kartoffeln waren fürs SS-Führerheim bestimmt, und dort begnügte man sich nicht nur damit, dass sie ohne Makel waren, nein, sie mussten in mundgerechte Stücke geschnitten werden, die genau gleich groß waren und nicht die winzigste Spur eines dunklen Auges aufwiesen.

Levi hatte irgendwen mal scherzen hören, dass nur arische Kartoffeln serviert werden durften, deren Form so genau vermessen wurde wie bei Menschen der Schädel. Aber gescherzt wurde nie lange. Geklagt auch nicht, obwohl es bitter war, derart viel von den Kartoffeln zu verschwenden, sodass von hundert Pfund am Ende gerade mal vierzig übrig blieben und die Reste weggeworfen werden mussten, anstatt sie ins Essen der Häftlinge zu geben.

Er nahm die erste Kartoffel, begann zu schälen, schnitt sich in den Daumen. Es trat kein Blut hervor, vielleicht war der Daumen vereist wie das Gemüse, ihm entkam dennoch ein Fluch.

Manchmal fluchte er auf Deutsch, manchmal auf Hebräisch, gerade hatte er es auf Polnisch getan. Als der Fluch verklungen war, ertönte ein scheppernde Geräusch. Der Häftling hatte noch einen weiteren Eimer Kartoffeln vor ihm abgestellt.

»Du sprichst Polnisch?«

Levi hob den Kopf etwas weiter, sah diesmal den Hosenbund der gestreiften Häftlingsuniform.

»Was ist daran so überraschend?«, entfuhr es ihm.

Seit Kriegsbeginn waren immer mehr Gefangene aus Polen gebracht worden. Viele von ihnen hatte man im besetzten Warschau von der Straße weg verhaftet und mit Kolbenschlägen auf Lastwagen getrieben, weil sie sich unerlaubt im Freien aufgehalten hatten.

»Du sprichst Deutsch *und* Polnisch?«, fragte der andere nun.

Levi nickte, wollte hinzufügen, dass er Lehrer gewesen war und die Sprache jener Schüler hatte beherrschen wollen, die von polnischen Juden abstammten. Aber mit den Worten hätte er eine Vergangenheit beschworen, die der matschigen Kartoffel glich, die er in den Händen hielt. Man konnte nichts Schmackhaftes hervorpressen, nur Verdorbenes.

Deswegen nickte er nur, schälte die Kartoffel, bis sie klein und rund war und kein SS-Mann daran ersticken würde. Der Häftling ging immer noch nicht.

»Komm«, zischte er vielmehr jäh, »du kannst später weiterschälen. Erst müssen wir Essen ausliefern. Unser Blockältester hat's befohlen.«

Levi gehörte nicht zu denen, die Blöcke belieferten. »Ich soll doch...«, setzte er an.

»Komm!«, ertönte es wieder. »Es ist ein Befehl.«

Etwas lag in der Stimme, das zwar nicht vertrauensselig klang, aber eindringlich genug, um den Inhalt des großen Topfes in eine Schüssel zu füllen und dem anderen mit dieser zu folgen. Im Hof galt all sein Trachten, nichts von der stinkenden Brühe zu verschütten, sodass er das Ansinnen des anderen nicht hinterfragte.

Kalter Wind pfiff ihnen um die Ohren, die Schüssel war ausgekühlt, als sie eine Baracke betraten. Durch deren Ritzen drang der Wind auch, die paar Jugendlichen, die dort auf dem Boden kauerten, schlotterten.

Nur der Mann, der vor ihnen stand und von dem Levi zunächst nur dunkles Haar erkannte, schien nicht zu frieren, er belehrte sie mit fester Stimme.

»Redet die Wachleute nie mit ihrem Dienstgrad an. Dabei könnt ihr zu viel falsch machen. Wenn man Scharführer oder Untersturmführer zu einem Hauptscharführer sagt, zieht das sofort Ohrfeigen nach sich. Wenn einem Häftling ein SS-Mann entgegenkommt, muss er drei Schritte vor ihm die Mütze mit der rechten Hand ruckartig vom Kopf reißen, sie zwischen Daumen und Zeigefinger halten. Erst wenn der andere drei Schritte an ihm vorbeigegangen ist, setzt er die Mütze wieder auf. Hütet euch, dabei die Miene zu verziehen. Ein flüchtiges Zucken der Mundwinkel reicht, und der SS-Mann könnte sich ausgelacht fühlen. Manche sind schon für Geringeres totgeprügelt worden. Wenn ihr wiederum seht, wie ein anderer verprügelt wird, zieht den Kopf ein und seht weg. Wer Gewalt bezeugt, wird schnell selbst ein Opfer von dieser.«

Ein Glucksen stieg in Levi hoch, kam ihm aber nicht über die Lippen. Wie war es denn an diesem Ort möglich, keine Gewalt zu bezeugen? Nun gut, sich blind zu stellen hatte er auch gelernt, sich rechtzeitig zu ducken, so zu tun, als ginge einen das eigene Leben nichts an. Nur jetzt konnte er den Kopf nicht einziehen, jetzt starrte er den anderen an, und ihm ging etwas verspätet auf, dass er Polnisch gesprochen hatte.

Warum belehrte er polnische Jugendliche?

Obwohl er die Frage nur gedacht, nicht laut ausgesprochen hatte, drehte sich der Mann zu ihnen um. Der Häftling, der Levi in die Baracke gebracht hatte, raunte ihm etwas ins Ohr.

»Du bist also der Deutschlehrer«, stellte der Fremde danach fest. »Weißt du auch, wer ich bin?«

In den letzten Wochen hatte Levi selten jemandem ins Gesicht geblickt. Selbst wenn, hatte er kaum jemandes Blick wahrgenommen, nur graue Löcher anstelle der Augen. Den des Mannes erwiderte er aber nun. Wie aufmerksam er ihn musterte. Wach. Anteilnehmend. Und dieser Blick blieb nicht an der Sträflingskluft hängen, nicht an den wunden Füßen, nicht an verschorften Händen, nicht an dem müden, hohlwangigen Gesicht. Der Blick ging tiefer, tat kurz noch mehr weh als Kälte und Hunger.

Unwillkürlich hob Levi den Suppenkessel, als könnte er sich dahinter verstecken, machte einen Schritt zurück.

»Ich bin Franz Bobzien«, nannte der andere seinen Namen. Levi hatte diesen Namen schon öfter gehört. Franz Bobzien gehörte offenbar zu jenen, die die Bücherei am Leben erhielten, er war überdies Mitglied der illegalen Lagerleitung – dem Zusammenschluss jener Männer, die versuchten, die Not der Häftlinge bestmöglich zu lindern. Wie alt er war, konnte Levi nicht sagen, die Markierung, ein rotes Dreieck, wies ihn als politischen Gefangene aus. »Kürzlich wurde ein Jugendblock eingerichtet und ich zum Blockältesten ernannt«, fuhr Bobzien fort. Die Suppenschüssel war zu schwer, um sie lange zu halten, gemahnte Levi auch daran, weshalb er gekommen war. Er stellte sie ab, wandte sich zum Gehen. »Wir brauchen Lehrer«, rief Franz Bobzien ihm nach. »Wir brauchen Lehrer, die Deutsch und Polnisch sprechen.«

Levi verharrte. Die Worte des Mannes glichen einer Schlinge, die sich um seinen Hals legte. Wenn er zu laufen begann, würde sie sich ruckartig zuziehen.

Ich bin doch kein Lehrer mehr, wollte er sagen. Aber die Schlinge saß schon zu eng. Und dann stand Franz Bobzien bei ihm.

»Auf die ersten polnischen Häftlinge werden in den nächsten Monaten weitere folgen, wahrscheinlich Tausende. Das Lager reicht für sie nicht aus, es werden zehn Baracken hinzukommen, alle Insassen unter achtzehn kommen in einen eigenen Block.«

Bobziens Blick war nicht einfach nur wach, er wurde fordernd. »Wir brauchen Lehrer, die Polnisch sprechen«, wiederholte er.

Das Glucksen stieg erneut in Levi auf, ein leiser Laut, der es diesmal durch die enge Kehle schaffte. Als er verklungen war, ging ihm auf, dass es kein Lachen gewesen war, sondern ein Schluchzen. Dabei wusste er doch, dass Tränen noch schmerzhafter als Hunger und Kälte waren, fast so schmerzhaft wie Hoffnung.

»Wozu?«, stieß er aus. »Will man den jungen Leuten beibringen, wie man Schiller zitiert?«

Er bereute prompt, den Namen ausgesprochen zu haben, denn schon beschwor dieser die Erinnerung an ein Zitat herauf. »›Etwas fürchten und hoffen und sorgen muss der Mensch für den kommenden Morgen, dass er die Schwere des Daseins ertrage.‹«

Aber was sollte er damit anfangen, das Zitat gehörte ihm nicht, es war wie die mundgerechten Kartoffelstücke, die andere sättigen würden, während er zum Darben verdammt blieb.

»Die Deutschen malträtieren die Polen schon allein, weil sie ihre Befehle nicht verstehen«, sagte Bobzien ruhig. »Diese Befehle sind folglich das Erste, was die Jugendlichen lernen müssen. Antreten, Ausrichten, Abzählen, Mütze ab. Je besser sie Deutsch beherrschen, desto weniger Anlass bieten sie, von einer Ecke in die nächste geprügelt zu werden. Jedes einzelne deutsche Wort ist so etwas wie ein Pflasterstein auf dem Weg, der ins Leben führt, nicht in den Tod. Ja, sie müssen Deutsch verstehen und sprechen und denken lernen.«

Verstand er selbst denn noch Deutsch? Wollte er diese Sprache sprechen ... denken?

»Ich muss Kartoffeln schälen.«

Bobzien machte ihm nicht den Weg frei. »Wir können nicht alle retten. Aber die Jungen ... die Jungen lernen schnell. Wir versuchen, der Lagerführung einzureden, dass man ihnen die notwendige Disziplin leichter einbläuen kann als Erwachsenen und dass sie wertvolle Hilfe in den Lagerwerkstätten und SS-Betrieben leisten können.«

»Ich muss Kartoffeln schälen.«

Levis Stimme klang nun schärfer, und diesmal ließ Bobzien ihn an sich vorbeigehen. Doch seine Worte hallten nach, glichen keiner Schlinge mehr, die sich schmerzhaft ins Fleisch bohrte, eher einem Streicheln. Dieses Streicheln schmerzte ebenfalls, aber zugleich tat es zu gut, um darauf verzichten zu wollen. Levi blieb stehen.

»Wir müssen ihnen mehr beibringen, als Deutsch zu sprechen«, rief Bobzien. »Vor allem, dass es nicht nur die Sprache der Mörder ist. Wir müssen ihnen beibringen, dass wir, nur weil sie uns zu Tieren machen, keine Tiere sind. Wir müssen ihnen beibringen, Hilfe anzunehmen und zu gewähren. Wir müssen ihnen beibringen, dass es selbst in der Hölle Orte gibt, an denen man sich kurz sicher fühlen kann, geborgen und frei. Denn der Geist ist frei und bleibt frei. Dieser Block soll mehr als nur ein Block sein, er soll eine Schule werden. Gewiss, zunächst gilt es, die Kommandos der SS zu lehren, aber später wollen wir ihnen auch Gedichte beibringen, von Schiller, Goethe, Heine, wollen sie in Mathematik belehren, wollen ihnen Musikstunden geben, wollen mit ihnen Bücher lesen, wollen aus Ziegelsteinen Schachfiguren schnitzen und ihnen das Schachspiel beibringen. Wir müssen ihre Lehrer sein, die sie im Kampf gegen die Ungeheuer unterstützen, die ihnen den Glauben an das wahre, edle Deutschland zurückgeben und somit auch den Glauben an die Menschheit.«

So fühlt es sich also an, dachte Levi. So fühlt es sich an, wenn man amputierte Finger und Zehen hat und trotzdem vor Schmerzen in diesen Körpergliedern schreit. Er wollte nicht vor Schmerzen schreien, er wollte lieber vor Freude juchzen, nur der Teil der Seele, den diese gebar, war gar nicht mehr vorhanden.

»Das ist unmöglich«, hörte er sich wie von weit her sagen.

Wieder trat Bobzien zu ihm, deutete auf eine Schramme an seiner Schläfe.

»Gestern hat mich ein SS-Mann verletzt. Er hat gehört, dass ich Unterricht gebe, drehte ein Bein aus einem Schemel, warf es auf mich. ›Die einzige Sprache, die die Polacken verstehen, ist die hier‹, brüllte er, und dann prügelte er erst auf mich ein, später auf die jungen Leute. Einer von ihnen sagte plötzlich in perfektem Deutsch: ›Bitte schlagen Sie mich nicht!‹«

»Hat er daraufhin von ihm abgelassen?«

»Er war vom vielen Prügeln jedenfalls zu erschöpft, um den Deutschunterricht zu verbieten.«

Was für ein lächerlich geringer Erfolg. Schon am kommenden Tag konnte die SS dieses Verbot nachholen. Aber zwischen dem Heute und dem Morgen war noch Zeit... Zeit, die man nutzen, füllen konnte, mit etwas anderem als bloßem Dahinvegetieren.

»Wir brauchen Lehrer, die Deutsch und Polnisch sprechen«, sagte Bobzien ein drittes Mal, und sein Blick bohrte sich in seinen. Er schien etwas zu suchen, schien etwas zu finden, etwas, das kribbelte und schmerzte und juckte und brannte und glühte.

»Ich muss Kartoffeln schälen.«

»Gewiss. Aber morgen bringst du wieder Suppe.«

»Ich darf das eigentlich nicht.«

Bobziens Blick ging tiefer, blieb beim Judenstern hängen. Bis vor Kurzem hatten die jüdischen Häftlinge ihren Block im kleinen Lager nicht verlassen dürfen. Mittlerweile war dieses allerdings zu eng für sie alle geworden.

»Dafür finden wir eine Lösung.«

Levi konnte sich nur zwei Lösungen ausmalen. Er hatte erlebt, wie Häftlingsuniformen ausgetauscht wurden und Juden für ein paar Stunden die Rolle von politischen Gefangenen übernahmen, um sich etwas freier bewegen zu können. Und er hatte von Fällen gehört, da jemand dauerhaft seine Identität geändert hatte. Die Leichname der Häftlinge wurden nicht sofort begraben, weil die SS-Ärzte ihre inneren Organe untersuchen wollten. Es war nicht unmöglich, die Häftlingsuniform eines Toten an sich zu bringen. Auch nicht unmöglich, dass man auf den Listen, die in der Häftlingsschreibstube geführt wurden, die Namen eines Toten und eines Lebenden austauschte.

Ihm war es egal, ob er noch Levi hieß. Ihm war es egal, welches

Kennzeichen er trug und welche Nummer. Ihm war nur plötzlich nicht mehr egal, was er im Innersten war, sein wollte, wieder, immer noch.

Bobzien wartete seine Zusage nicht ab, sondern wandte sich den Jugendlichen zu, erklärte eben auf Polnisch, dass sie ihn nicht siezen müssten. Die SS habe ihn zum Blockältesten bestimmt, er wolle hingegen etwas anderes sein, ihr Beschützer, ihr Freund.

»Ich bleibe so lange bei euch und setze mich so lange für euch ein, wie ihr mich akzeptiert oder die SS das duldet«, schloss er.

Levi konnte das Gesicht der Jugendlichen, zu denen er sprach, nicht sehen, aber als er sich umdrehte, sah er, dass weitere Kindergestalten die Baracke betraten, in übergroßen Streifenanzügen, die Augen noch von jener Angst geweitet, die nur fühlte, wer eben erst angekommen war und die wichtigste Lektion noch nicht gelernt hatte – dass Gefühle, vor allem starke, das Leben nur erschwerten.

Levi verlernte diese Lektion eben, denn er konnte sich nicht gegen das Gefühl wehren, das in ihm hochstieg – tiefes Mitleid.

Misstrauisch starrte ihn einer der Jungen an. »*Kim jesteś?*«, fragte er. Wer bist du?

»*Chciałbym być twoim nauczycielem*«, erwiderte Levi. Ich würde gern dein Lehrer sein. Der Junge runzelte die Stirn. »*Ale teraz muszę obrać ziemniaki.*« Aber jetzt muss ich erst mal Kartoffeln schälen.

Der Junge lächelte.

1942

Juni

Anneliese wartete im Innenhof. Obwohl der Korb schwer war, wollte sie ihn nicht abstellen, sie hielt ihn vielmehr mit beiden Händen fest. Gewiss, die Gefahr, dass ihn ihr jemand entreißen könnte, war gering. Schon in seinen besten Tagen hatte dieses Gebäude nur Kranke beherbergt, und der Einzige, den sie hinter einem der Fenster sah, war ein zittriger Greis. Und wer soeben in den Hof gehastet kam, hatte nichts mit einem Dieb gemein. Es war eine junge Frau in Schwesterntracht, die mit gesenktem Kopf auf sie zueilte.

Unwillkürlich umklammerte Anneliese den Korb fester. Noch war die Entscheidung, der anderen zu helfen, nicht besiegelt. Doch als die Krankenschwester in den Korb lugte, begeistert aufzuzählen begann, was sich alles darin befand – Zucker, Mehl, Pflaster, sogar Maggiwürfel –, konnte sie gar nicht anders, als ihn vor sie auf den Boden zu stellen.

»Nehmen Sie sich alles, aber den Korb brauche ich noch«, murmelte sie.

Die junge Krankenschwester hatte Mühe, alles an sich zu bringen, und kurz kam sich Anneliese kaltherzig vor, weil sie abwartend stehen blieb, anstatt anzubieten, beim Tragen zu helfen. Allerdings hatte sie sich geschworen, dieses Gebäude nie und nimmer zu betreten. Und die Krankenschwester erwartete ihre Unterstützung nicht, war schon für die Lebensmittel ungemein dankbar, wie sie wieder und wieder bekundete.

»Ohne Leute wie Sie... oder den Herrn Berenberg-Gossler würden etliche der Menschen während der Fahrt verhungern. Er hat uns unlängst in großen Mengen Wein, Schokolade, Wurst und Zucker liefern lassen.«

Anneliese wusste, dass Cornelius von Berenberg-Gossler ein angesehener Hamburger Bankier war. Und wenn sich dieser zu spenden entschloss, konnte es nicht falsch sein, wenn auch sie Lebensmittel abzweigte. Sie fühlte sich dennoch mulmig, als die junge Krankenschwester mit den Lebensmitteln im Gebäude verschwand und sie mit dem nunmehr leeren Korb auf die Straße trat. Ein wenig kam sie sich wie ein Kind vor, das heimlich in der Speisekammer der Mutter von der frischen Erdbeermarmelade genascht hatte, obwohl ihre Kehle so eng war, dass sie im Moment nicht einmal Marmelade herunterbekommen würde. Und so wie sich ein ertapptes Kind vergebens um einen unbekümmerten Gesichtsausdruck bemühte, zuckte auch sie zusammen und reagierte schuldbewusst, als ein scharfes »Anneliese!« ertönte.

Nicht nur, dass ihr ein Lächeln gründlich misslang. Sie hatte sich überdies noch nicht weit genug vom Krankenhaus entfernt, um die andere glauben zu machen, sie wäre nur zufällig vorbeigelaufen.

»Ich gehe gerade einkaufen und...«

»Du hast es nicht schon wieder getan!«, rief Carin Grotjahn. »Du kannst doch nicht so blind sein!« Als Carin sie ein Jahr zuvor dabei erwischt hatte, wie sie einer jungen Frau, die um Essen für ihre Patienten gebettelt hatte, etwas zugesteckt hatte, hatte sie sich noch herausreden können. Nein, nein, sie habe nicht gewusst, dass die junge Frau im jüdischen Krankenhaus arbeite, das sich, nachdem die Stadt Hamburg das ursprüngliche Gebäude als Kriegslazarett beschlagnahmt hatte, in der einstigen Calmann'schen Privatklinik befand. Heute aber konnte sie sich nicht naiv stellen. Wie alle Gebäude, in denen Juden ein- und ausgingen, war auch dieses mit einem großen, von Weitem schon sichtbaren gelben Stern markiert worden. »Wie kannst du nur!«, tobte Carin Grotjahn.

Verlegen trat Anneliese von einem Bein aufs andere. »Diese Krankenschwester hat mir erzählt, dass so viele ihrer Patienten demnächst eine... Reise antreten. Es sind auch Familien mit kleinen Kindern dabei, sie haben kaum Proviant und...«

Carin packte sie am Unterarm und zerrte sie ein paar Schritte mit sich, bis das Gebäude nicht mehr zu sehen war.

»Es ist schlimm genug, dass du so gutgläubig bist. Aber obendrein bist du strohdumm.«

Anneliese konnte das nicht abstreiten, sie fühlte sich tatsächlich strohdumm. Es ging ihr nicht in den Kopf, warum alle Hamburger Juden plötzlich im Osten leben mussten und noch dazu so überstürzt aufbrechen, dass ihnen keine Zeit blieb, sich mit ausreichend Proviant einzudecken. Sie konnte sich auch nicht erklären, warum ihre Begegnungen mit Carin Grotjahn seit geraumer Zeit so unerfreulich verliefen.

Wann genau hatte ihr Zerwürfnis begonnen? Ob schon vor ein, zwei Jahren, als ihr aufgegangen war, dass der Krieg kein permanenter Siegeszug war, sondern eine Prüfung? Ob erst vor ein paar Wochen, da sie diese verstörende Nachricht von Emil aus Russland erreicht hatte? Oder während der vielen Bombennächte?

Die ersten, die sie manchmal mit Carin gemeinsam im Luftschutzkeller verbracht hatte, waren noch kurz gewesen, hatte sich das Heulen der Sirenen doch stets als Fehlalarm erwiesen. Dagegen war der Elan, mit dem sie tagelang nicht nur die eigenen Dachböden und Keller auf mögliche Bombardierungen vorbereitet hatten, noch groß gewesen. Entsprechend der Vorschriften hatten sie beschwingt Luken und Schächte abgedichtet, zusätzliche Stützen angebracht, Luftschutztüren bestellt, Sandsäcke gefüllt. Und Anneliese hatte für die NS-Frauenschaft längst nicht mehr nur Kochkurse gegeben, auch Vorträge gehalten, um über die Verdunkelungsmaßnahmen zu informieren: Die Fenster mussten abgedeckt, Verkehrsleuchten blau eingefärbt, die Gehwegkanten weiß gestrichen werden.

Nachdem alles erledigt war, hatte sie sich regelrecht gefreut, als es endlich »ernst« wurde, die Tommys am 18. Mai 1940 erstmals Bomben über der Hansestadt abgeworfen und solcherart – wie Joseph Goebbels es ausdrückte und Carin Grotjahn nicht müde wurde zu wiederholen – einen ruchlosen Terrorangriff auf die Zivilbevölkerung verübt hatten. Es war nicht viel Zeit bis zum ersten Jubiläum vergangen, dem insgesamt fünfzigsten Fliegeralarm, und dieses war in guter Stimmung gefeiert worden. Carin hatte sogar eine Flasche Schaumwein in den Luftschutzkeller mitgebracht.

Größere Schäden hatte es bis dahin nicht gegeben. Und die Empörung, als es wenig später mit Petroleum getränkte Lumpen über der Stadt geregnet hatte – Goebbels sprach von einem ungeheuerlichen Brandstiftungsplan, Carin spottete über »Churchills alte Socken« –, war noch nicht mit Furcht gepaart gewesen. Vielmehr wurde aus der Empörung Schadenfreude, als die englische Stadt Coventry von den deutschen Bombern regelrecht »coventrisiert« wurde. Carin hatte sich dieses von der deutschen Wehrmachtsleitung kreierte Wort auf der Zunge zergehen lassen, als genösse sie einen weiteren Schluck Schaumwein, während Anneliese eine Weile gebraucht hatte, um zu verstehen, was coventrisieren bedeutete – eine Stadt fast komplett auszuradieren. Im Rundfunk war fortwährend das Marschlied *Bomben auf England* gelaufen. Im *Völkischen Beobachter* hatte sie gelesen, dass es unter der britischen Bevölkerung Tausende von Opfern gegeben hatte. *Was für ein Sieg!*

»Warum nennt man es in diesem Fall einen Sieg, jedoch einen Terrorangriff, wenn die Bomben auf uns fallen?«, hatte Anneliese unwillkürlich gefragt.

Damals hatte sie Carin Grotjahn für so eine Bemerkung noch nicht als dumm beschimpft, eher amüsiert gerufen: »Mein Gott, mach dir nicht so viele Gedanken!«

Dann hatte sie Lachsbrötchen und Sanddornlikör zum Champagner gereicht. »Lasst uns gebührend feiern.«

Im Laufe des Jahres 1941 hatte es keinen Schaumwein mehr gegeben. Die Luftschutzräume waren mittlerweile mit Betten und Heizungen ausgestattet, das Luftschutzgepäck, in dem sich nicht nur Kleidung befand, in dem jeder auch seine wichtigen Urkunden und natürlich Lebensmittelkarten verstaut hatte, stand immer bereit. Man sprach kaum noch von Churchills alten Socken, sondern nannte die Bomben Blockräumer, Wohnblockknacker und Badeöfen. Anneliese war nicht sicher, wer sich das ausgedacht hatte. Sie wusste jedoch, dass jede Bombennacht etliche Tote mit sich brachte, großflächige Brände, zerstörte Straßenzüge.

Auf sämtlichen Litfaßsäulen waren nun Plakate angebracht, auf denen stand: DER FEIND SIEHT DEIN LICHT! VERDUNKELN! Darunter war ein Flugzeug abgebildet, in dem ein Skelett in der Uniform der Engländer saß.

»Hieß es nicht früher, das englische Volk sei uns artverwandt?«, war es Anneliese herausgerutscht. »Dass wir an ihm beispielhaft erkennen könnten, wie durch die Jahrhunderte hindurch ein überwiegend nordisches Volk um seine völkische Form ringt? Dass die nationalsozialistische Politik immer auf ein Bündnis mit dem arischen Brudervolk ausgerichtet sein sollte?«

Es war das erste Mal, dass Carin Grotjahn richtig wütend auf sie geworden war. »Du bist zu dumm, um solche Dinge zu verstehen.«

Seitdem hatte Carin das noch öfter gesagt, und an diesem Tag hieß sie sie nicht einfach nur dumm, sondern strohdumm. Sie sagte es nicht nur einmal, sie sagte es mehrmals.

»Ihnen etwas zu essen bringen, das fehlt ja noch! Weißt du, was eine gute deutsche Frau macht? Was ich erst vor wenigen Tagen gemacht habe?« Anneliese wusste es nicht, sie wollte es auch nicht wissen, aber Carin zog sie fester an sich, raunte ihr ins Ohr: »Bevor das Judenpack vor dem Hannover'schen Bahnhof auf Lastwagen getrieben wurde, musste es erst an der Menge vorbei. Ich stand auch dort, ich habe mit den anderen Beifall geklatscht und gerufen: ›Jetzt marschieren sie ins Ghetto! Gut, dass das Pack ausgekehrt wird! Es sind ja doch nur unnütze Esser! Sie gehören alle nach Palästina!‹«

Anneliese hatte sich eigentlich vorgenommen zu schweigen, aber jetzt konnte sie nicht anders, als einzuwenden: »Sie werden doch nicht nach Palästina gebracht.«

»Gewiss nicht. Weil sie nicht rechtzeitig dorthin aufgebrochen sind. Jetzt geht's halt in den Osten. Mir ist es gänzlich egal, wo sie leben und ob sie leben, Hauptsache, mir bleibt ihr Anblick erspart. Und Hauptsache, Hunderte von Hamburgern, die ihre Wohnungen verloren haben, finden nun neue. Oder willst du, dass die armen Ausgebombten auf der Straße hausen und sich der Jude in den Häusern breitmacht? Und überhaupt! Wie viele

Hamburger müssen hungern, weil sie alles verloren haben, und du wirfst diesem Gesindel Essen nach. Du solltest dich schämen, Anneliese, wirklich schämen.«

Anneliese schämte sich tatsächlich – aber nur, weil sie einfach nicht begreifen wollte, was ihr Carin Grotjahn da einzubläuen versuchte. Dass die Klagen der vielen obdachlosen Hamburger für Reichsstatthalter Karl Kaufmann tatsächlich der Anlass gewesen waren, mit dem zu beginnen, was man Evakuierungen nannte, wusste sie. Daran, dass viele Hamburger obdachlos geworden waren, waren dagegen doch nicht die Juden schuld, sondern die Engländer. Von den Engländern wiederum konnte man nicht erwarten, dass sie die Hände in den Schoß legten oder Däumchen drehten, während ihre Städte coventrisiert wurden.

»Eigentlich hätten sie schon im letzten Herbst alle verschwinden sollen«, fuhr Carin fort, »ein paar Tausend sind wir damals ja losgeworden. Sie wurden nach Minsk, Łódź und Riga geschickt. Warum danach so lange nichts passierte, ist mir unbegreiflich. Aber Hauptsache, Hamburg ist in ein paar Wochen judenfrei.«

Anneliese konnte sich nicht erinnern, die Namen dieser Städte im Osten jemals gehört zu haben. Wieder ahnte sie, dass es besser war, den Mund zu halten, aber wieder platzte es aus ihr heraus: »Wenn das alles rechtens ist, warum ist dann nichts davon in der Zeitung zu lesen? Im September letzten Jahres wurde berichtet, dass fortan alle Juden einen Stern tragen müssten, von diesen ... Reisen in den Osten dagegen ist nirgendwo die Rede. Eine jüdische Krankenschwester hat mir übrigens erzählt, dass die alten Menschen nicht auf Lastwagen, sondern auf Möbeltransporter geschafft werden, weil diese weniger auffallen. Und dass die meisten in der Nacht abgeholt werden, damit eben keine Menge Spalier stehen kann wie am Hannover'schen Bahnhof.«

Carin Grotjahn ließ sie unwillkürlich los und stampfte auf. »Himmel, Anneliese! Nimmt das Lamentieren denn gar kein Ende mehr? Ich kenne dich zu gut, um dich für eine Judenfreundin zu halten! Aber viel zu neugierig bist du auf jeden Fall. Das alles hat dich nicht zu interessieren, das haben sich klügere Menschen als du ausgedacht.«

Sie stampfte noch einmal auf, und diesmal widersprach Anneliese nicht. Es war zu schmerzhaft zuzugeben, dass nicht die Neugier sie antrieb, sondern die Trauer. Eine Trauer, die in den letzten Jahren manchmal aus ihr schrie und manchmal zu einem rauen Schluchzen verkam. Eine Trauer, die sie manchmal packte wie ein Raubtier, und die manchmal durch die Adern kroch wie ein schleichendes Gift. Eine Trauer, die manchmal zu einem zaghaften Pochen verkam, und die sie dann wieder schüttelte wie schlimme Krämpfe. Eine Trauer, mit der sie kaum leben konnte, aber ohne die sie nie wieder leben würde. Die Trauer um Elly.

Kurz vor Kriegsbeginn hatte sie einen Brief erhalten – den ersten und zugleich letzten. Den wenigen, recht allgemein gehaltenen Zeilen mochte sie nicht recht trauen. Doch das beigelegte Foto bestätigte es: Elly ging es gut. Es zeigte sie vor einem See, im Hintergrund weiß verschneite Berge. Das Kleidchen, das sie trug, war zwar etwas zu klein, die Puppe hielt sie ein wenig zu fest, die Augen waren etwas zu weit aufgerissen, aber es glänzten keine Tränen darin, und ihr Lächeln war breit, wirkte fröhlich, nicht erzwungen.

Kinder gewöhnen sich schnell an ein neues Leben, sagte sie sich oft. Nur sie selbst würde sich nie daran gewöhnen, dass Elly ihr fehlte. Der Schmerz war zu groß.

Obwohl sie den Namen nicht aussprach, schien ihre Miene den Kummer zu spiegeln, denn als Carin sie an sich zog, tat sie es nicht roh, sondern sanft wie nie.

»Ach, Anneliese«, sagte sie und klang plötzlich mitleidig. »Es tut mir ja so schrecklich leid ... wegen Emil.« Wieder blieb Anneliese stumm. Wie hätte sie der anderen auch erklären können, dass ihr ein Kind, das Vierteljüdin war, weitaus größeren Kummer bereitete als Emil. »Umso wichtiger finde ich, dass du dich ablenkst«, fuhr Carin Grotjahn hastig fort. »Dass du es damals aufgegeben hast, an der Alsterschule zu unterrichten, finde ich immer noch richtig, weil du dich so der Arbeit für die NS-Frauenschaft vollumfänglich widmen konntest. Allerdings hast du darin jüngst etwas nachgelassen, nicht? Du musst wieder mehr Kurse geben, vor allem jetzt, da es kaum noch frische Ware gibt. Kennst du schon Wiking-Eiweiß? Man kann damit hervorragend Kuchen backen, vorausgesetzt, man weiß, wie man es einsetzt. Du musst es lernen ... musst es lehren! Und hast du schon gehört, dass es nun auch Kochkurse für Männer gibt, die sich allein versorgen müssen, weil die Ehefrau mit den Kindern aufs Land gefahren ist? Dort erfahren sie zum Beispiel, wie man Pellkartoffeln mit Quarktunke zubereitet, das kriegt jeder hin. Die NS-Frauenschaft veranstaltet überdies regelmäßig Plätzchenbacktage. Der Soldat im Felde freut sich doch über einen süßen Gruß aus der Heimat.«

Ob man in die Plätzchen auch Wiking-Eiweiß gibt?, fragte sich Anneliese. Und ob sie ganz blieben, nicht zerkrümelten, während des weiten Transports an die Ostfront? Der Weg dorthin war ja so lang ... Die armen Menschen waren mit ihren Kindern auch tagelang unterwegs ... und sie hatten keine Plätzchen dabei, meist überhaupt keinen Proviant.

Sie schüttelte den Gedanken ab, schüttelte auch Carin Grotjahns Arm ab.

»Ich fürchte, dafür habe ich keine Zeit, ich muss mich um Emil kümmern. Und zuvor muss ich mich noch mal um Lebensmittel anstellen.«

Falls sie Carin enttäuschte, zeigte diese es nicht. Sie lächelte wieder nachsichtig. »Das verstehe ich natürlich. Ich bin sicher, er kommt bald wieder auf die Beine.«

Anneliese glaubte nicht so recht daran, aber als Carin Grotjahn sie bat, ihm die besten Wünsche auszurichten, nickte sie mechanisch.

»Haben Sie die Übungen gemacht, die ich Ihnen gezeigt hatte?«

Emil blickte starr vor sich hin. Dr. Schwedler musste die Frage zweimal wiederholen, bis er sie überhaupt vernahm. Er besuchte ihn regelmäßig, sein langjähriger Nachbar… Nein, der Arzt, der seine Betreuung übernommen hatte. Nein, der Narr, der dachte, dass ihm seine Armverletzung zu schaffen machte, es diese war, von der er sich einfach nicht erholte.

»Ja«, brachte er mühevoll hervor.

»Brauchen Sie noch mehr Eukodal?«

»Nein«, erwiderte Emil, diesmal klang es scharf.

Am Anfang hatte es noch gutgetan, den Schmerzen zu entfliehen, sich diesem Zustand von Benommenheit zu ergeben, die Welt durch einen Schleier zu betrachten. Aber es ließen sich nur die Schmerzen verbannen, die Erinnerungen blieben wach, nahmen sogar noch monströsere Gestalt an. Es gab kein Medikament gegen die Erinnerungen. Er würde ihnen nur mit festem Willen beikommen. Allerdings war sein fester Wille in einem ähnlichen Zustand wie sein rechter Oberarm.

Nicht nur, dass er dort eine Schussverletzung hatte. Überdies war die Operation zu spät erfolgt und hatte etwas hervorgerufen, das man Narkoselähmung nannte. Er hatte nie davon gehört, konnte die Folgen aber nun deutlich spüren, auch sehen: die zur Kralle verzogenen Klein- und Ringfinger, die Einklemmung des Nervus ulnaris im Ellbogenkanal, die damit einhergehende Kraftminderung der Hand, das Fehlen jeglichen Gefühls. Der Regenerationsprozess, so hatte Dr. Schwedler ihn wissen lassen, könne bis zu einem Jahr dauern. Und das vernarbte Gewebe würde bleiben, die überflüssige, dünne Haut für immer schlaff über nunmehr fehlenden Muskeln hängen. Der Arm baumelte an ihm, als gehörte er nicht zu ihm, als wäre er nur lose festgenäht worden – mit einem dünnen Faden, der jederzeit reißen konnte.

»Sagen Sie mir, wenn ich Ihnen helfen kann«, murmelte Dr. Schwedler.

Emil war aus dem Arzt noch nie schlau geworden. Das machte nichts, er wollte ja auch nicht, dass er aus ihm schlau wurde. Er fragte sich trotzdem, warum er sich so beharrlich um ihn kümmerte, obwohl er meist einsilbig war, ihm nicht einmal erzählt hatte, dass er ein paar Tage zuvor versucht hatte, in seinem alten Turnverein am Reck zu trainieren. Er hatte die Sporthalle am Abend betreten, um dort allein zu sein, hatte es nicht mal mit dem gesunden Arm geschafft, sich hochzuziehen, geschweige denn mit dem kranken, hatte wütend auf den Arm eingeschlagen, auch auf die Reckstange. Einen so großen Unterschied machte es nicht, es war alles gefühllos. Das, was er traf. Das, womit er traf.

»Werden Sie nicht im Universitätsklinikum von Eppendorf gebraucht?«, fragte er.

Der lange, dürre Mann erhob sich zwar, blieb aber an der Schlafzimmertür stehen. Emil verkroch sich nun oft in diesen Raum. Manchmal sperrte er sogar ab. Schmerz und Erinnerungen fanden zwar ihren Weg durchs Schlüsselloch – jedoch selten gleichzeitig.

»Sie haben Ihren Arm nicht verloren«, sagte der Arzt leise, »das ist viel.« Nein, das war wenig. Lieber würde er ohne Arm leben als mit seinen Erinnerungen. Sie kreisten ständig über ihm, ließen sich nicht mit dem schlichten Satz verjagen: Ich habe nur meine Pflicht getan. »Herr Tiedemann?«, fragte Dr. Schwedler leise. Was wollte er denn noch? Man sah ihm doch nicht an, was er erlebt hatte! Seine Haare waren zwar etwas grauer geworden, aber seine Augen hatten nicht ergrauen können, sie hatten schon immer die Farbe von Stahl gehabt. »Herr Tiedemann... Stimmt es eigentlich?«

»Was?«

»Was man so hört... aus dem Osten. Was man sich so erzählt.«

Wer es erzählt, der hat es nicht erlebt, ging es Emil durch den Kopf. Man kann es nicht erzählen. Man kann auch nicht zuhören, wenn es einer tut. Die ersten Male, als er selbst die Gerüchte vernommen hatte, hatte er sie als Feindpropaganda abgetan. Wir Deutsche kämpfen gegen den Russen, gegen die bolschewistische Weltherrschaft, wir kämpfen doch nicht gegen Alte, Frauen, Kinder.

Nun, was sie diesen antaten, war denn auch kein Kämpfen. Noch nicht einmal ein Töten. Sein Offizier hatte behauptet, sie würden sie wie eine Wanze zerquetschen. »Was schert es den deutschen Recken, was an seiner Fußsohle haftet?«, hatte er geblafft, »welchen Unterschied gibt es schon zwischen Wanze und Staub?«

»Herr Tiedemann«, wie von weit her kam nun die Stimme, »man munkelt von Erschießungen... in großen Massen... dass die Opfer die Gräber selbst ausheben müssen... dass ganze Dörfer vernichtet werden...«

Emil hatte eben noch im Bett gelegen. Im nächsten Augenblick stand er vor Dr. Schwedler, wollte ihn packen, am besten an der Kehle. Aber womit konnte er ihn packen? Mit der Hand, die an seinem Arm baumelte wie der Arm an seinem Körper? Treten könnte er ihn. Anstatt es zu tun, blieb er starr stehen und nahm soldatische Haltung an. Auch Worte konnten Tritte sein.

»Dieser Krieg ist ein ehrenvoller Krieg, und wer etwas anderes behauptet, ist ein Verräter. Erst kürzlich wurde ein Hamburger Lehrer, der Ähnliches wie Sie andeutete, wegen Heimtücke zu einem Jahr Gefängnis verurteilt.« Wo immer er ihn traf, in Dr. Schwedlers Gesicht zuckte nichts. In seinem Blick stand nicht mal mehr eine Frage, kein Vorwurf, nur ... Mitleid. »Die gigantische Schlacht im Osten ist von weltgeschichtlicher Bedeutung«, fuhr Emil eisig fort. »Die Entscheidung, ob wir das Abendland und all seine Werte retten können, steht unmittelbar bevor.«

Dr. Schwedler senkte den Blick. »Ich würde Ihnen sehr gern helfen.«

Kurz wollte er sich helfen lassen. Die Wahrheit benennen, die Worte ausspucken: Wir kämpfen nicht, wir töten nicht, wir morden. Aber welchen Wert hatte eine Beichte, wenn der Priester fehlte, eine Aussage, wenn kein Richter da war, ein Schmerzgeheul, wenn es keine Medikamente gab? Das Einzige, was er tun konnte, war, den anderen zu schonen, ihm zu ersparen, dass sich gleiche Bilder wie bei ihm in sein Gedächtnis frästen.

»Gehen Sie, ehe Sie sich um Kopf und Kragen reden«, zischte Emil.

Er packte den Arzt mit der linken Hand, in der etwas mehr Kraft wohnte, schob ihn durchs Zimmer, durch den Wohnungsflur, über die Schwelle. Danach wollte er zurückeilen, zweimal den Schlüssel der Schlafzimmertür umdrehen, Erinnerungen und Schmerzen aussperren. Aber er hatte das Schlafzimmer noch nicht einmal betreten, als jemand seinen Namen rief.

Anneliese brachte einen Schwall warmer Luft mit. Richtig, es war Sommer im Hamburg. Er hatte noch kein einziges Mal geschwitzt.

»War das eben Dr. Schwedler?«, fragte sie. Sie klang so ... munter. Fröhlich. Sorglos. Als wäre er nicht nur auf Heimaturlaub, bis die Verletzung kuriert war, als wäre er damals nicht eingerückt, weil er Elly hatte gehen lassen, als würden sie nahtlos an die ersten Jahre ihrer Ehe anschließen können. Nun gut, vielleicht nicht nahtlos. Aber das Loch dazwischen ließ sich mit spitzer Nadel und Faden so kunstvoll stopfen wie ein Socken. Bei Anneliese sah das hinterher so aus, als hätte es nie ein Loch gegeben. Oh, wie gern würde er ihr Lächeln mit ähnlich spitzer Nadel zerstechen, das Lächeln der Nationalsozialistin, die den verletzten Soldaten aufopferungsvoll zu pflegen hatte. »Du bist aufgestanden, wie schön! Hast du es dir anders überlegt? Wollen wir doch etwas gemeinsam unternehmen? Die Theater spielen wie eh und je. Hab ich dir eigentlich schon erzählt, dass ich letztes Jahr an Weihnachten die *Meistersinger* gesehen habe? Es war so schön. Wir könnten auch ins Kino gehen, wenn dir das lieber ist, es läuft gerade *Quax, der Bruchpilot*, mit Heinz Rühmann.« Quax... Quax, was für ein Name. War das X spitz genug, um ihrem Lächeln zu Leibe zu rücken? Er schwieg immer noch. »Möchtest du etwas essen?«

Erst jetzt sah er den Korb an ihrem Arm. Anstatt ihn in der Küche auszupacken, stellte sie ihn im Flur vor dem Schlafzimmer auf den Boden und tat es dort. Alles, was zum Vorschein kam – Brot, Butter, Wurst, Zucker, Rotwein, Schokolade, Mehl –, benannte sie, als könnte er die Waren nicht sehen. Dabei konnte er sie sehen. Nur schmecken würde er sie nicht können.

»Wozu?«, fragte er, die Stimme schlaff wie die Haut über den fehlenden Muskeln.

»Du musst doch wieder zu Kräften kommen.«

»Wozu?«, fragte er erneut, etwas angespannter nun.

»Um gegen den Feind zu kämpfen. Carin sagt, die gigantische Schlacht im Osten gibt unserer Zeit eine weltgeschichtliche Bedeutung. Es stünde die große Entscheidung über die Zukunft des Abendlandes und die Rettung aller Werte an.«

Sie klang immer noch munter. Fröhlich, sorglos.

Er stieß mit dem Fuß den Mehlsack und die Weinflasche um. Er fand nun doch Worte, denen die Spitze nicht fehlte.

»Du bist so dumm, Anneliese, so schrecklich, schrecklich dumm.« Er hätte nicht weiter zustechen müssen, das Lächeln war prompt geschwunden, er tat es dennoch, wieder und wieder. »Du bist der dümmste Mensch, den ich kenne. Du hast überhaupt keine Ahnung von dem, was im Osten geschieht. Du denkst, wir kämpfen in einem ehrenvollen Krieg. Dabei hört man es doch auch in Hamburg, es spricht sich doch herum. So viele erzählen, was im letzten Winter dort geschehen ist, müssen es erzählen, wie sollen sie denn anders fertigwerden mit den Leichenbergen... mit den wimmernden Alten... mit den Müttern, die ihre kleinen Kinder zu schützen suchen... mit den Bäumen, an denen Tote hängen statt Laub... mit dem Schnee, der nicht weiß ist, sondern rot... mit dem Rauch, dem süßlichen Rauch...« Er brach ab, merkte erst jetzt, dass er nicht länger auf die Lebensmittel eintrat, sich stattdessen an der Wand abstützte, diese anschrie. Wie dumm, die Wand anzuschreien, Anneliese anzuschreien und nicht Dr. Schwedler. Dr. Schwedler hätte mit den Worten immerhin etwas anfangen können, sie besser verkraften, Anneliese tat das nicht.

»Dumm! Dumm! Du bist so dumm!«

Er beschimpfte sie weiter, bis er heiser war, schwitzte nun doch in der Sommerhitze. Annelieses Gesicht glänzte. Weil sie ebenfalls schwitzte? Weil sie weinte?

Sie hatte es nicht verdient, dass er sie derart kränkte. Dass er etwas in ihr zerbrechen ließ. Den letzten Rest an Hoffnung, sie würden irgendwann doch noch zusammenfinden oder er zumindest mit gutem Appetit essen, was sie ihm kochte. Die Hoffnung rann aus ihr heraus wie der Wein aus der zerborstenen Flasche.

Sie bückte sich mit zitternden Händen danach – nach den Splittern, nicht der Hoffnung –, schob sie zu einem kleinen Häuflein zusammen, packte das Essen wieder in den Korb. Sie hob ihn hoch, eilte in Richtung Wohnungstür.

»Anneliese, ich … ich …«, stammelte er. Sie blieb stehen, aber drehte sich nicht um. »Es tut mir leid«, stieß er hervor. »Das ist eben alles aus mir herausgerutscht, du solltest nichts darauf geben. Ich bin nicht ganz bei Sinnen. Die Medikamente …« Immer noch drehte sie sich nicht um, sagte auch kein Wort, griff schweigend zur Türklinke. »Wohin gehst du?« Was für eine sinnlose Frage. Es war egal, wohin sie ging. Von ihm fort wollte sie, weil er sie verjagt hatte, sich selbst des letzten Schutzschildes gegen Schmerzen und Erinnerungen beraubt hatte. Anneliese, viel lieber und mitleidiger und fürsorglicher, als er es verdient hatte, hätte ihm genützt als ein Schlüssel, mit dem er hinter sich, hinter seiner Vergangenheit, absperren konnte. »Es tut mir leid«, sagte er wieder. »Warum nimmst du das Essen mit?«

Sie drehte sich endlich um, wenn auch nur kurz. Ihre Miene war ausdruckslos. »Du hast ohnehin nie Appetit. Es gibt Menschen, die es mehr brauchen als wir.« Es war nicht sicher, ob er das, was sie hinzufügte, richtig verstand. In seinen Ohren klang es wie Greise, Frauen, Kinder.

Die Tür fiel ins Schloss, erneut traf ihn ein Schwall heißer Luft. Der Schweiß auf seiner Stirn war klebrig und kalt.

Es war der letzte Tag vor den Sommerferien, und Felicitas blickte in müde Gesichter. Darüber beklagen, dass sie die letzte Nacht im Bunker ausgeharrt hatten, wollte sich keine der Schülerinnen, auch nicht die Kolleginnen, die am Morgen mit grauen Gesichtern in die Schule geschlichen gekommen waren und die beharrlich wiederholten: »Uns geht es noch gut.«

Nein, dachte Felicitas, uns geht es nicht gut. Uns geht es lediglich besser als den Menschen in Lübeck und Köln – Städte, die in den letzten Wochen größtenteils zerstört worden sind.

Sie konnte sich nicht daran erinnern, wann genau die Sirenen in dieser Nacht ihr grausiges Lied angestimmt hatten. Entwarnung hatte es jedenfalls erst nach vier Uhr morgens gegeben, was bedeutete, dass der Unterricht um zehn Uhr begann. Die Kinder hatten dennoch zu wenig Schlaf bekommen, der Kopf eines der Mädchen ruhte schwer auf der Schulter der Sitznachbarin.

Kurz kam ihr der Gedanke, die Fenster zu öffnen und die Kinder auf Zehenspitzen tanzen zu lassen, bis sie wieder richtig wach waren. Man lernte ja nicht mit dem Hirn, man lernte mit dem ganzen Körper. Aber die Luft von draußen würde die Kehle verätzen, der Lehrplan sah vor, dass die Kinder marschieren lernten, nicht tanzen, und zwischen den Tischen und Bänken war nicht genug Platz. Seit die sogenannten Kinderlandverschickungen begonnen hatten, hatten zwar viele ihrer Schüler Hamburg verlassen, überdies waren etliche Schülerinnen zur Hackfruchternte eingeteilt worden und die Jungen als Flakhelfer. Doch da man alle verbliebenen Jahrgänge in je eine Jungen- und eine Mädchenklasse zusammengelegt hatte, umfasste die Klasse bis zu sechzig Schüler.

»Wir wollen nun weitermachen«, sagte sie, »Otto von Bismarck erklärte also …«

Das Geräusch von Schritten ließ sie innehalten. Das schlaftrunkene Mädchen fuhr erschrocken hoch, als Otto Matthiessen, der Rektor der Alsterschule, die Klasse betrat und den Arm zum Hitlergruß erhob.

»Zwölf Mädchen werden sofort zu Aufräumarbeiten abbestellt«, rief er.

Felicitas erlebte es nicht zum ersten Mal, dass Schüler aus dem Unterricht geholt wurden, um bei der Beseitigung von Trümmern zu helfen. Doch bislang hatte es immer nur Knaben getroffen.

»Die Mädchen sind doch nicht stark genug, um mit den großen Schaufeln …«, setzte sie an.

Matthiessen brachte sie mit einer entschiedenen Handbewegung zum Schweigen. »Gestern sind viele Brandbomben gefallen – der Selbstschutz ist kaum in der Lage, die Brände zu löschen. Die Mädchen sollen Kautschukfladen entfernen.«

Felicitas wusste, wie viel Schaden diese Übrigbleibsel von Phosphorbomben anrichteten, wenn sie an Schuhsohlen kleben blieben, in Gebäude verschleppt wurden und dort zu brennen begannen. »An den Schadensstellen in der Nähe werden Rostkratzer, Spachteln, Drahtbürsten und Lötlampen ausgegeben, um sie abzukratzen«, fuhr Matthiessen fort. »Ich brauche zwölf Freiwillige.«

Sechs meldeten sich sofort, danach herrschte Schweigen. Otto Matthiessen warf Felicitas einen vorwurfsvollen Blick zu, obwohl sie nichts mehr gesagt hatte.

»Die Mädchen hier sind grundsätzlich sehr fleißig«, erklärte sie schnell. »Sie haben fürs Winterhilfswerk gebastelt. Und Schafgarbe, Löwenzahn und andere Heilkräuter für die kämpfende

Truppe gesammelt. Altpapier sowieso, zu diesem Zweck haben wir alte Schulhefte…«

»Wer freiwillig hilft, bekommt hinterher von den Rotkreuzschwestern ein Butterbrot«, fiel Otto ihr ins Wort.

Das wirkte sofort. Anstatt sich zu melden, stürmten an die zwanzig Mädchen gleichzeitig zur Tür.

»Na also«, erklärte Otto, wirkte aber nicht zufrieden, nur noch müder. Er ließ nicht nur zwölf, sondern alle gehen. »In der Turnhalle werden übrigens gerade Päckchen für unsere Soldaten im Felde vorbereitet, da brauchen wir auch noch ein paar eifrige Helfer, die beim Einpacken mitmachen.«

Die restlichen Mädchen erhoben sich willig, nur eine fragte: »Kriegen wir dafür ebenfalls ein Butterbrot?«

Nun wurde Otto Matthiessens Blick streng. »Der Dank des Soldaten sollte mehr wert sein als Brot«, erklärte er und dozierte mit mechanischer Stimme weiter: »Es ist uns Daheimgebliebenen, auch euch Schulkindern, eine heilige Pflicht, die Geschlossenheit des deutschen Abwehrwillens, ja des Siegeswillens, zu stärken und in die deutschen Familien zu tragen.«

Nachdem die Mädchen die Klasse verlassen hatten, blieb Felicitas mit ihm allein zurück.

»Was werden die Mädchen für unsere Soldaten im Felde einpacken?«, fragte sie. »Nur Kekse wie zur Weihnachtszeit oder auch… Zeitungen?«

Das letzte Mal, als sie selbst mitgeholfen hatte, hatten sie diverse Ausgaben vom *Stürmer* beilegen müssen, in dem der »Mordplan« der Juden an den Deutschen enthüllt worden war.

»Wegen der Altpapiersammlung sind keine Zeitungen mehr übrig«, erwiderte er. Felicitas war nicht sicher, ob da ein Funke Spott in seinen Augen tanzte, ein kläglicher Rest von jenem Widerstandsgeist, den er in den erste Wochen nach Hitlers Machtergreifung an den Tag gelegt hatte. Aber wie sollte der nach all den Jahren noch am Leben sein, da er sie so häufig gerügt und verwarnt hatte? Felicitas verkniff sich weitere Worte, doch als sie an Otto vorbeigehen wollte, murmelte der plötzlich: »Und warum sollten wir künftig noch vor den Juden warnen, wenn es bald gar keine Juden mehr geben wird?«

Felicitas verharrte. »Gar keine mehr?« Otto zog die rechte Augenbraue hoch, sagte nichts. »Ich weiß, letzten Oktober haben die Evakuierungen begonnen, dieser Tage werden sie fortgesetzt und…«

»Davon weiß ich nichts, davon wissen wir alle nichts, oder?« Nun war sie ganz sicher, dass Spott aus seiner Stimme klang, Hohn, auch Selbstverachtung. »Was ich als Schulleiter dagegen sicher weiß, ist, dass alle jüdischen Schulen im Reich nun endgültig geschlossen wurden. Für die jüdischen Kinder wurde die Schulpflicht aufgehoben, es ist künftig sogar verboten, sie zu unterrichten.«

Er ließ die Augenbraue wieder sinken, seine Schultern ebenfalls, stieß etwas aus, das wie ein trockenes Lachen klang.

Als er den Raum verließ, stürzte Felicitas ihm nach.

»Gilt das auch für die Talmud-Tora-Schule?«

Sie biss sich auf die Lippen. Seit November durfte die Schule so nicht mehr genannt werden, sondern Volks- und Oberschule für Juden.

Otto maßregelte sie nicht dafür, verdrehte nur die Augen. »Ich habe doch gesagt: *alle*.«

»Letztes Jahr wurde sie noch von über dreihundert Schülern besucht«, rief Felicitas.

Nachdem man das ursprüngliche Gebäude beschlagnahmt

hatte, war die Schule erst in die Carolinenstraße umgezogen, später in das ehemalige jüdische Waisenhaus am Papendamm. Viele Lehrer waren aus dem Ruhestand zurückgekehrt, um dort ehrenamtlich zu unterrichten, und auch die jüngeren Kollegen taten unermüdlich ihren Dienst – nunmehr unter der Leitung von Alberto Jonas, weil Albert Spier mit seiner Familie emigriert war.

»Mittlerweile sind es nur noch achtzig«, murmelte Otto.

»Trotzdem kann man doch nicht einfach …«

»Willst du mit mir ernsthaft darüber diskutieren, warum die jüdischen Kinder von der Schulpflicht befreit wurden?«, fragte er sie rüde, ehe er sie endgültig stehen ließ.

Nein, sie wollte nicht darüber diskutieren. Sie wusste ja, dass sie nichts daran ändern konnte. Es kam noch nicht einmal überraschend. Die wenigen Male, da sie Rahel in der Agentur des Rauhen Hauses oder bei der Bank an der Außenalster begegnet war, hatte diese immer hoffnungsloser geklungen. Immerhin hatte sie sie noch mit Unterrichtsmaterialien und Büchern unterstützen können – jetzt blieb ihr gar nichts mehr zu tun. Dieses Nichts war wie ein dunkler Klumpen, der ihr den Platz zum Atmen nahm. Felicitas schlug mit der Faust gegen ihre Brust, der Klumpen blieb hart. Aber laufen, laufen konnte sie noch, und das tat sie auch. Rahel hatte sie darauf eingeschworen, die jüdische Schule nie wieder zu betreten, aber jetzt war es ja keine jüdische Schule mehr, jetzt musste sie wissen, was dort vor sich ging.

Als sie das Gebäude am Papendamm betrat, machte sie sich auf vieles gefasst – auf eine lähmende Stille, auf hektische Betriebsamkeit, auf bittere Verzweiflung. Doch was als Erstes in ihre Ohren drang, war fröhliches Kinderlachen. Ein Grüppchen kleiner Mädchen stand am Ende der Treppe beisammen, mit hellen

Kleidern und hübschen Flechtfrisuren, sie zeigten sich aufgeregt wegen etwas. Als Felicitas näher trat, erkannte sie, was es war.

»Ihr ... ihr habt Zeugnisse bekommen?«, brach es aus ihr hervor.

Die Mädchen fuhren zu ihr herum. Ihre Zeugnisse – für viele wohl die ersten – machten sie so stolz, dass kein Platz für die Frage blieb, warum diese fremde Frau das wissen wollte.

»Aber natürlich!«, rief eines. »Heute ist doch der letzte Schultag. Alle bekommen nach dem ersten Schuljahr Zeugnisse. Frau Cohn hat sie ausgestellt.«

Das erste Schuljahr ...

Je länger die Worte in Felicitas' Kopf echoten, desto deutlicher wurde »das letzte Schuljahr« daraus. Da die Kleinen sie so freudig anstrahlten, zwang sie sich dennoch zu lächeln und mit fester Stimme zu fragen: »Darf ich mir dein Zeugnis ansehen?«

Die kleine Regine Jacobsen konnte nicht nur die besten Noten vorweisen, auch einen ausführlichen Bericht über ihre Leistungen. *Regine ist ein sehr lebhaftes Kind, das mit großem Interesse dem Unterricht folgt. Ihre Leistungen im Lesen sind sehr gut. Das Gelesene kann sie gut wiedererzählen. Sie rechnet schnell und sicher. Regine schreibt gute Diktate. Besonders gut sind ihre Leistungen im Hebräischen. Regine ist musikalisch begabt. Sie hat das Klassenziel erreicht.*

Felicitas' Hände bebten ebenso wie ihre Mundwinkel. »Du kannst sehr stolz auf dich sein«, sagte sie und gab der Kleinen das Zeugnis zurück.

»Mama ist auch stolz, sie ist so froh, dass wir noch ein Zeugnis bekommen. Wir werden in den Ferien verreisen. Mama packt seit ein paar Tagen Koffer. Ob ich das Zeugnis mitnehmen kann?«

»Ganz sicher«, murmelte Felicitas.

»Und ob das Land, in das wir reisen werden, schön sein wird?«

Wieder wollte sie sagen, ganz sicher, aber diese Lüge kam ihr nicht mehr über Lippen, ertönten doch eben noch mehr Stimmen. Ein weiteres Kind fragte, ob sie sein Zeugnis sehen wolle, und da war jemand, der sie anschnauzte.

»Sind Sie verrückt hierherzukommen?« Felicitas ließ sich erst das Zeugnis zeigen und lobte das Kind gebührlich dafür, dass es schon so gut rechnen konnte, ehe sie sich Rahel zuwandte. Die junge Frau packte sie am Oberarm, zog sie von den Kindern fort. »Wie können Sie jetzt noch eine jüdische Schule betreten?«

»Soweit ich weiß, gibt es keine jüdischen Schulen mehr.«

Rahels Mund verzog sich schmerzlich, in den Augen blitzte jedoch Zorn. »Trotzdem. Eine meiner Kolleginnen wurde kürzlich verhaftet, weil sie unerlaubt ein Kino besucht hat. Von einer weiteren Bekannten weiß ich, dass sie von der Gestapo verhört wurde, weil sie ihrer arischen Nachbarin im Schrebergarten beim Himbeerpflücken half. Und Sie kommen hierher...«

»Ist es wahr?«, fiel Felicitas ihr ins Wort.

»Dass für sämtliche jüdischen Kinder die Schulpflicht aufgehoben wurde?«

»Dass die Lehrer und Schüler... evakuiert werden.«

Sie wusste, dass man es so nannte. Sie wusste nicht, wer sich dieses Wort ausgedacht hatte, das vorgab, man würde Hamburgs Juden von einem gefährlichen Ort fortholen und in Sicherheit bringen.

Rahel antwortete nicht, sondern reichte ihr schweigend ein Blatt Papier. Es war kein Zeugnis, es war ein Brief.

Sie werden hiermit für einen besonderen, vordringlichen und auswärtigen Arbeitseinsatz eingezogen. Aus diesem Grunde haben Sie sich unter Vorlage Ihrer Kennkarte, Ihres Arbeitsbuches und, falls vorhanden, des Fremdenpasses (nur gültig für Staatenlose) sowie sämtlicher

Lebensmittelkarten am kommenden Mittwoch an der Sammelstelle einzufinden.

Sie können mitbringen:
Koffer mit Ausrüstungsstücken
vollständige Bekleidung
Bettzeug mit Decken ohne Matratzen
Die Nichtbefolgung des Einsatzbefehles wird mit polizeilichen Maßnahmen geahndet.

Felicitas las den Text schweigend.

»Fast alle Lehrer haben diesen Brief bekommen«, sagte Rahel leise, »auch die Sekretärinnen. Und die meisten Familien unserer Schüler.« Felicitas brachte kein Wort hervor. »Gut, dass Sie wenigstens keine Bücher mitgebracht haben, für die hätte ich keinen Platz mehr in dem einen Koffer, der uns gestattet wird. Ich muss ja schon die Kennkarte, den Pass, das Arbeitsbuch, die Lebensmittelkarte unterbringen. Wie sollte ich da noch einen *Wilhelm Tell* schleppen?«

Felicitas hatte ihr ein Jahr zuvor etwa zwanzig Ausgaben von Schillers Drama zukommen lassen, weil es zu diesem Zeitpunkt im Unterricht verboten worden war. In dem darin geschilderten Tyrannen konnte man angeblich den Führer sehen. Was wiederum als Freiheitskampf wackerer Helden dargestellt wurde, war anscheinend ein unzumutbarer Abfall eines deutschen Stammes vom Reich.

»Rahel...«

»Immerhin mussten wir schon einen Großteil unseres Besitzes abgeben. Wussten Sie, dass es den Juden seit letztem November verboten ist, Schreibmaschinen, Fahrräder, Fotoapparate und Ferngläser zu besitzen? Und seit Januar Skier und Bergschuhe?« Ein Kichern holperte aus ihrer Kehle. »Wer von den Hamburger Juden besitzt denn Bergschuhe und Skier? Aber sie verbieten uns nicht nur das, was man braucht, wie zum Beispiel Bügeleisen, nein, sie missgönnen uns sogar das, was man hier nicht braucht. Ist das nicht schrecklich komisch?«

Das Kichern klang gequält, verwob sich mit den Stimmen der Mädchen, die nicht müde wurden, ihre Zeugnisse zu bestaunen.

Felicitas war nicht sicher, was ihr unerträglicher war – Rahels Gesicht, zerrissen zwischen Schrecken und Belustigung, oder die stolzen Mienen der Mädchen. Sie starrte wieder auf das Schreiben, las nun auch die letzten Zeilen.

Ich, der unterzeichnende Jude, bestätige hiermit, ein Feind der deutschen Regierung zu sein und als solcher kein Anrecht auf das von mir zurückgelassene Eigentum, auf Möbel, Wertgegenstände, Konto oder Bargeld zu haben.

Rahels Kichern war verstummt. »Ist es nicht erstaunlich, dass Bücher nicht genannt werden? Diese missgönnen sie uns anscheinend nicht. Ich weiß nicht, ob das vor allem etwas über uns Juden sagt, über die Bücher oder über die Nazis.« Ihre Bewegungen wurden fahriger.

»Sie sollten nicht hier sein«, wechselte sie abrupt das Thema, »ich muss die Kinder heimschicken ... aufräumen ... absperren. Ich weiß bloß nicht, wohin ich den Schlüssel für die Schule bringen soll. Ob ich ihn auch in der Feldbrunnenstraße abgeben soll, wohin man seine Wohnungsschlüssel zu bringen hat, ehe man sich zur Sammelstelle begibt?«

»Wo ... wo befindet sich die?«, rutschte es Felicitas heraus.

Die Frage erschien ihr widersinnig. Was zählte es, von wo aus evakuiert ... nein ... deportiert wurde? Ob vom ehemaligen jüdischen Krankenhaus oder der Hamburger Straße, ob von der Moorweide aus wie im Herbst oder von irgendeinem Hinterhof.

Rahel ging nicht darauf ein, verriet jedoch ungefragt, was das Ziel der Deportation sein würde. »Einen Teil von uns ... von diesen Kindern ... bringt man nach Theresienstadt, einen anderen nach Auschwitz.«

Felicitas kannte keinen der beiden Orte. »Nehmen Sie doch Papier und Stift mit und schreiben Sie mir, wenn Sie angekommen sind.«

Rahel stimmte nicht zu, lehnte aber auch nicht ab. Sie nahm ihr den Deportationsbefehl aus den Händen, faltete ihn sorgfältig zusammen. Ebenso schweigend wollte sie sich abwenden. Felicitas griff rasch nach Rahels Hand, hielt diese kurz fest.

»Ich wünsche Ihnen wirklich ...«

»Ich weiß«, sagte Rahel. »Versprechen Sie mir, sich nicht in Gefahr zu bringen.«

»Das kann ich nicht versprechen.«

Ein Lächeln zupfte an Rahels Mundwinkeln. »Ich weiß«, sagte sie wieder. Kurz trieb sie ihre Fingernägel tief in Felicitas' Hand, dann riss sie sich ungestüm von ihr los. Felicitas' Handfläche brannte, die unterdrückten Tränen brannten.

Die Kinder waren langsam in Richtung Ausgang gegangen, aber immer noch nicht ins Freie getreten. Als Felicitas an ihnen vorbeihuschen wollte, verlangte ein weiteres Mädchen, dass sie auch ihr Zeugnis las.

Ruth liebt Geschichten aus der Bibel, stand da.

Die Kleine strahlte sie an.

»Auch du kannst sehr stolz auf dich sein«, flüsterte Felicitas mit erstickter Stimme.

Juli

Anneliese hatte schwer an ihrem Korb zu schleppen. Hitze lastete über der Stadt – und der Korb war randvoll, sodass der Griff in ihre Haut schnitt. Zwar hatte es schon lange keine Sonderzuteilung mehr gegeben wie beim letzten Weihnachtsfest – Bratfisch und Geflügel, Feigen, Apfelsinen und Weißwein –, aber nach stundenlangem Anstehen hatte sie am Morgen Mehl und Zucker ergattert, auch Rosinen.

Sie war so beglückt über die Ausbeute, dass sie sich den Erinnerungen an Carin Grotjahns eindringliche Worte widersetzen konnte. Erst kürzlich hatte sie sie darüber belehrt, welch große Not die Deutschen litten und dass allein diese sie aufwühlen solle. Aber die deutschen Frauen bezogen immerhin Lebensmittelkarten, während die jüdische Krankenschwester, deren Namen sie bis zu diesem Tag nicht kannte, ihr erklärt hatte, dass ihresgleichen kürzlich sämtliche Rationen gestrichen worden waren. Anneliese hatte sich eigentlich fest vorgenommen, dem jüdischen Krankenhaus nie wieder nahe zu kommen, aber drei Tage zuvor war sie der Frau zufällig begegnet, und es war so beglückend gewesen, ihr einen Laib Brot zuzustecken. Da war kein Vorwurf in ihrer Miene, du bist so dumm, du verstehst gar nichts, was immer du tust, ist zu wenig. Da war nur tiefe Dankbarkeit. Und so war sie mit dem vollen Korb einmal mehr zum jüdischen Krankenhaus aufgebrochen, Carins Warnungen zum Trotz der einzige Ort, an dem sie nicht gekränkt wurde, an dem sie sich nicht hilflos fühlen musste, an dem andere ihre schlechte Laune nicht an ihr ausließen.

Als sie soeben das dreistöckige Gebäude in der Johnsallee erreichte, war aber etwas anders als sonst. Sie hatte es nie betreten, doch wenn sie lange genug im Hof gestanden hatte, war ihr die Krankenschwester immer entgegengelaufen. Jetzt war niemand zu sehen, der Wind fegte nur Staub über den Innenhof.

Anneliese hielt den Korb noch eine Weile, stellte ihn dann ab. Als sie überlegte zu klopfen – eine ungeheuerliche Vorstellung, da doch so deutlich der Davidsstern auf dem Gebäude prangte –, huschte ein junger Mann aus dem Gebäude, den Hut tief ins Gesicht gezogen. Es bedurfte viel Willenskraft, sich ihm in den Weg zu stellen, und eine noch größere, nach der Krankenschwester zu fragen.

Der junge Mann war so dürr, dass ihm wohl auch ein paar Rosinen gutgetan hätten. Bevor sie ihm welche anbieten konnte, nuschelte er aber: »Alle fort«, und huschte weiter.

»Wohin?«

Er drehte sich kaum um, als er ihr zurief: »Moorweide.«

Die Moorweide war ein Platz Ecke Moorweidenstraße und Grindelallee, gleich neben dem sogenannten Logenhaus, das den Freimaurern gehört hatte, ehe die Nazis es enteignet hatten. Sie wusste, dass dort die vielen Menschen vor ihrer ... Reise die letzte Nacht verbrachten, ehe sie am nächsten Tag mit Lastwagen zum Hannover'schen Bahnhof gebracht wurden.

Der Gedanke, dass auch die Krankenschwester mit den lieben Augen Hamburg verlassen würde, stimmte sie beklommen, obwohl sie sich rasch sagte, dass es durchaus einen Sinn ergab. Wenn die Juden fortan im Osten lebten und sich dort etwas aufbauten, brauchten sie schließlich Krankenschwestern und Ärzte. Warum sollten diese in der Hansestadt zurückbleiben?

Proviant brauchten sie allerdings auch, und deswegen brach Anneliese nach kurzem Zögern entschlossen in Richtung Moorweide auf.

Das Logenhaus durfte sie wahrscheinlich nicht betreten, und nach der Krankenschwester konnte sie sich nicht erkundigen, da sie ihren Namen nicht kannte. Aber sie konnte den Inhalt des Korbes an andere Menschen verschenken, an kleine Kinder... kleine Mädchen...

Der Gedanke schnitt ihr so schmerzhaft in die Seele wie der Griff des Korbes in ihre Hand. Das Geräusch, das sie als Erstes vernahm, als sie die Moorweide erreichte, tat auch weh. Es war das Weinen eines Kindes, nein, keines Kindes. Der gekrümmte Mensch war alt, uralt. Die weißen Haare waren schütter, die Stimme schwach, dennoch riss sein Wimmern nicht ab. Er hielt zwei Koffer in den Händen, beide abgewetzt und so vollgepackt, dass das brüchige Leder gleich platzen würde. Ihr Gewicht war zu schwer für die langen, dünnen Arme, doch der Alte schien trotzdem entschlossen, es zu stemmen.

Plötzlich ragte ein Mann vor ihm auf, nicht mit einer Uniform, sondern mit einem grauen Mantel bekleidet, in dem es ihm eigentlich zu heiß sein musste. Er schrie erbost auf den Alten ein, befahl, dass mindestens ein Koffer dableiben müsse, so viel Gepäck sei nicht erlaubt. Als der nicht sofort nachgab, trat er erst gegen dessen Koffer, dann brutal an sein Schienbein. Anneliese, sie stand kaum zwanzig Meter entfernt, entfuhr ein Schrei. Er ebbte erst ab, als sie sah, dass sich ein weiterer Mann näherte, wie sie vermutete, um einzuschreiten, den im grauen Mantel zu mäßigen. Doch stattdessen begann auch er, den kümmerlichen Greis anzubrüllen: Ob er denn den Schlüssel seiner Wohnung bei der Polizei abgegeben habe? Und als der Alte nicht sofort reagierte, hob er die geballte Hand, um zuzudreschen.

Anneliese sah nicht, wo der Alte getroffen wurde, ob an der Schulter, der Brust, am Bauch, sie sah nur, dass der arme Mann bedrohlich wankte, nun einen der Koffer fallen ließ. Ehe er wieder danach greifen konnte, hatte der zweite einen Tritt bekommen, und prompt riss er auf. Etwas quoll heraus, Papiere... nein... Fotografien. Die Verzweiflung, mit der sich der Alte bückte und sie hastig einsammelte, war Anneliese Beweis genug, wie teuer ihm die Menschen darauf sein mussten.

Man kann sie doch nicht in ein fremdes Land schicken ohne die Fotografien ihrer Liebsten, ging es ihr durch den Kopf. Sie selbst trug das einzige Foto, das sie von Elly hatte, stets bei sich. Anneliese löste sich aus ihrer Starre, wollte dem Greis helfen, doch nach wenigen Schritten vernahm sie das Kreischen von Bremsen. Eine Hochbahn fuhr vorbei, gerade noch rechtzeitig wich sie zurück, und während sie sich vom Schreck erholte, sah sie, dass ein paar Fahrgäste ihre Hälse reckten und neugierig begafften, was da vor dem Logenhaus vorging. Die meisten sahen jedoch weg.

Als die Bahn vorbeigefahren war, war die Versuchung groß, es ihnen gleichzutun, den Blick abzuwenden, zu fliehen. Aber während sie noch mit sich rang, setzten sich ihre Füße in Bewegung, und schon gelangte sie von der Straße auf ein Stück Wiese, vernahm wieder ein leises Wimmern.

Der alte Mann war mittlerweile verschwunden – oder weggezerrt worden. Nicht weit vom aufgeplatzten Koffer, vor dem noch Fotografien lagen, stützte sich eine greise Frau mit zerzaustem weißem Haar schwer auf einen Stock. Anneliese glaubte zu erkennen, dass ihre Augen von einem weißen Schleier überzogen waren, ein Zeichen dafür, dass sie fast blind war.

Genau das erklärte eben auch der Mann, der neben ihr stand, seiner Kleidung nach zu schließen ein Pastor.

»Sehen Sie sich diese Dame an! Sie hat ihr Augenlicht verloren, ist dreiundneunzig Jahre alt. Sie können doch nicht…«

Der Mann, der sich ihm in den Weg stellte, trug eine SS-Uniform. »Das ist keine Dame«, schnaubte er den Pastor an, »das ist ein Judenweib.«

»Trotzdem«, beharrte der andere, dessen Mut Anneliese grenzenlos bewunderte. »Die Richtlinien des Reichssicherheitshauptamtes sehen vor, dass über Sechzigjährige nicht evakuiert werden dürfen.«

Der alte Herr mit den Fotografien ist doch sicher auch über sechzig, ging es Anneliese durch den Kopf. Aber wer scherte sich schon darum? Der SS-Mann tat es ganz sicher nicht. Nicht nur, dass er einen drohenden Schritt auf den Geistlichen zumachte, zugleich trat er gegen den Stock der Alten. Als sie strauchelte, schrie Anneliese wieder auf. Zwar landete sie nicht mit dem Gesicht voran auf dem Boden, wie sie befürchtet hatte, doch zu sehen, wie der SS-Mann sie am Kragen packte, als wäre sie ein ungehorsamer Köter, und mit sich riss, war kaum erträglicher. Obwohl das hilflose Greinen der Frau so leise war, ging es ihr durch Mark und Bein. Wieder drängte alles in ihr zur Flucht, wieder machten sich ihre Füße selbstständig, führten sie zum Pastor, ob sie wollte oder nicht.

Er bemerkte sie gar nicht, sah er doch der alten Dame nach, die auf einen der Lastwagen gestoßen wurde. Mehrere Familien saßen schon dort, etliche der Kinder waren noch klein.

»Rosinen«, presste sie hervor. »Ich habe Rosinen.«

Er starrte sie an, als wäre sie geisteskrank. Der Laut, der ihm entfuhr, war ein hässliches Lachen, fast schon ein boshaftes. In seinem Blick standen dagegen nur Hilflosigkeit, Resignation. Er zuckte wortlos mit den Schultern, dann drängte er sich an ihr vorbei und hastete davon.

Es hatte sich eine lange Schlange vor dem Logenhaus gebildet. Anneliese überlegte, den Korb einfach vor diesem abzustellen und wie der Pastor zu fliehen, doch dann entdeckte sie inmitten der Menge plötzlich ein vertrautes Gesicht.

Felicitas.

Sie war so erleichtert, dass sie jemanden fragen konnte, was sie mit den Lebensmitteln tun sollte, dass sie sich nicht darüber wunderte, warum auch die einstige Freundin hier war. Sie vergaß sogar kurz, dass sie ihr seit Jahren grollte, beharrlich aus dem Weg ging, dass sie sie erst vor Kurzem, als sie bei ihnen geklingelt hatte, um nach Emils Befinden zu fragen, mit schroffen Worten weggeschickt hatte.

Es fiel ihr erst wieder ein, als sie schon vor ihr stand, als auch Felicitas sie erblickt hatte. Doch ehe sie eine eisige Miene aufsetzen konnte, entfuhr ihr ein überraschter Ausruf. Felicitas hielt einen... Pümpel.

Die Welt war verrückt geworden... sie alle waren verrückt geworden. Diese armen Menschen wurden aus Hamburg vertrieben... in die Fremde geschickt... und die eine tauchte mit Rosinen auf, die andere mit einem Pümpel!

»Was willst du denn *da*mit?«, platzte es aus ihr heraus, ehe sie sich ins Bewusstsein rufen konnte, dass sie mit Felicitas nie wieder ein Wort hatte reden wollen.

Felicitas' Blick war fahrig wie der des Pastors. Nur kurz blieb er an ihr hängen, dann sah sie sich um, schließlich starrte sie auf das Ding in ihren Händen, als wüsste sie kurz selbst nicht, warum sie es mit sich herumschleppte. Die Worte, die sie ausstieß, klangen wirr.

»Logenhaus... völlig überfüllt... Toiletten verstopft... Gestapo erlaubt nicht mehr, ihnen zu essen zu bringen... Aber selbst im Winter durfte man ihnen Schöpfkellen bringen... wegen der eingefrorenen Toiletten. Und da dachte ich mir... da dachte ich mir...« Aus Felicitas' Mund kam ein ähnlich schriller Ton wie kurz zuvor aus ihrem eigenen. Abrupt riss er wieder ab. »Als ob es nützt, eine verstopfte Toilette zu reparieren, wenn die ganz Welt zur Kloake wird«, fügte die einstige Freundin niedergeschlagen hinzu.

Anneliese kaute auf ihren Lippen.

Kloake. Warum musste Felicitas immer so übertreiben? Das hier war nicht schön, aber wenn diese Leute erst mal im Osten angekommen waren, konnten sie ein neues Leben beginnen. Sofern sie sich als tüchtig erwiesen, bereit waren zu arbeiten, bekamen sie sicher ordentliche Häuser und gutes Essen und...

Wie aber sollte eine halb blinde Alte tüchtig arbeiten? Wie ein zittriger Greis, der sich an verblichene Fotografien klammerte?

»Und was tust du hier?«, riss Felicitas sie aus ihren Gedanken.

»Rosinen... ich habe ein paar Rosinen für die Kinder... Aber wenn man ihnen nichts geben darf...«

Felicitas streckte die Hand aus. »Gib sie mir, vielleicht kann ich sie später ins Logenhaus schmuggeln.«

Anneliese starrte auf die Hand. Wie oft hatte sie sie gehalten, als sie noch Kinder gewesen waren. Wie wichtig war es ihr immer gewesen zu wissen, nein, zu fühlen: Was auch geschieht, wir werden einander stets die Hand reichen, um uns zu stützen, zu helfen, zu trösten. Aber dann hatte Felicitas ihr das Kind genommen. Wie sollte sie ihr jetzt Rosinen geben, wie diese zum Zeichen werden lassen, dass sie ihr verzeihen konnte?

Felicitas schien nicht einmal auf ihre Vergebung zu warten. Wieder trafen sich kurz ihre Blicke, ehe sie sich abwandte, mit dem Kinn auf eine Familie mit zwei kleinen Mädchen deutete. Sie konnten nicht allein auf den Lastwagen klettern, der Vater musste sie heben.

»Verstehst du es jetzt?«, fragte sie leise. Anneliese presste den Korb fest an sich, fühlte nicht nur deswegen einen schmerzhaften Druck auf ihrer Brust. Darin war ein Knoten, an dem sie, wie sie immer gedacht hatte, ersticken würde, wenn er sich enger zusammenzog. Noch bedrohlicher erschien es ihr nun aber, dass ein paar Fäden daraus gezogen wurden. Dieser Knoten hatte Trauer und Wut immerhin zusammengehalten. Wenn er sich auflöste, was sollte beides noch bändigen? »Ich ... ich wollte Ellys Leben retten«, fügte Felicitas bedrückt hinzu.

Oh, schon wieder diese Übertreibungen! »Musst du immer alles so schwarzsehen?«, entfuhr es Anneliese. »Gewiss, ich finde auch, dass diese Menschen in Hamburg bleiben könnten. Und wenn man sie schon auf eine Reise schickt, sollten sie ihren ganzen Besitz mitnehmen dürfen, nicht nur ein, zwei Koffer. Aber im Osten ist doch so viel Platz. Es wird schon seinen Grund haben, warum sie dorthin umgesiedelt werden, man braucht ja Handwerker und Bauern, ich kenne ein deutsches Ehepaar, das aufgebrochen ist, um den Ural fruchtbar zu machen. Wer es an Fleiß nicht missen lässt, wird dort ein gutes Leben haben, es gehen ja auch alle Ärzte mit, Krankenschwestern, Lehrer und ...«

Felicitas hatte die ganze Zeit über ihre Hand ausgestreckt gehalten, nun zog sie sie zurück.

»Wie kannst du nur so dumm sein?«, zischte sie. Sie wurde nicht laut, und schon verschloss sie den Mund wieder, schon schien ihr aufzugehen, dass ihr Urteil womöglich zu streng ausfiel. Zurücknehmen wollte sie es trotzdem nicht. Keiner hatte die Kränkung ja je zurückgenommen, nicht Carin, nicht Emil.

Du bist dumm, dumm, dumm…

Die Worte echoten in ihr, taten weh, wenn auch nicht nur. Zugleich taugten sie auch als Kokon, in dem sie sich verkriechen konnte. Wenn man dumm war, verstand man nichts von der Welt. Und wenn man von der Welt nichts verstand, war es besser, sich nicht darum zu scheren, was auf dieser vor sich ging. Warum quälte sie sich, warum betrachtete sie diese Menschen, warum fragte sie sich, was hier geschah? Ihr Geist war ja offenbar zu klein, es zu erfassen. Aber mit einem kleinen Geist ließ sich besser leben als mit einem großen Schmerz.

Ja, sie war dumm, und das hieß, dass sie sich besser nicht den Kopf zerbrach.

Felicitas würde den Freispruch nicht bekommen. Felicitas würde die Rosinen nicht bekommen.

Anneliese wandte sich ab, lief davon und hielt erst inne, als kein Wimmern, Greinen und Weinen mehr zu hören war.

Es war spät am Abend, als Felicitas durch Hamburgs Straßen hastete. Die Alster war pechschwarz, zumindest dort, wo man sie noch sehen konnte. Man hatte eine Art neue Lombardsbrücke aus Brettern und Abfallholz zwischen Gurlitt-Insel und Alter Rabenstraße errichtet. Die Attrappe hatte bislang keinen einzigen Treffer abbekommen, der Hauptbahnhof umso öfter.

Und was, ging es Felicitas durch den Kopf, was, wenn unsere vermeintliche Hilfe auch nur eine nutzlose Attrappe bleibt, solange diese Menschen fortwährend Treffer abbekommen? Wir tun so, als ob wir das geistige Deutschland am Leben erhalten würden, aber auf die Straße oder auf die Gleise stellen wir uns nicht.

Sie hielt dennoch nicht inne, näherte sich dem einzigen Ort, auf den sie in den letzten Jahren nicht mit eingezogenem Kopf zugestrebt war, sondern immer in freudiger Erwartung.

Nicht nur Paul würde sie dort erwarten, der sich so entschieden für ihre Lese- und Diskussionsabende eingesetzt hatte. Auch Reinhold Meyer, jener junge Mann mit blondem Haar und wachem Blick, der kürzlich zum Juniorchef der Agentur des Rauhen Hauses aufgestiegen war, sich von ihrer beider Enthusiasmus hatte anstecken lassen und ungemein stolz darauf war, dass sich im Keller seiner Buchhandlung »das andere Hamburg« traf – Buchhändler wie er, Maler, Schauspieler, Schriftsteller, zudem ehemalige Schüler von Erna Stahl, die Felicitas von deren Lesekreis kannte und die mittlerweile Studenten waren. »Wir leisten Widerstand gegen Bilderstürmer und Bücherverbrenner«, bekundeten sie bei jeder ihrer heimlichen Zusammenkünfte, »nicht mit lauten Worten, allein durch unsere Anwesenheit. Wir lassen nicht zu, dass sich Deutschland in eine barbarische Wüstenei verwandelt und solcherart verschandelt wird, wir hören nicht auf, Freiheit zu fordern.«

Wenn sie lange genug im oft stickigen Kellerraum saß, die Luft nicht nur schwer vom Zigarettenrauch war, auch von Begeisterung, konnte sie die Freiheit sehen, hören, fühlen. Als sie aber die Buchhandlung am Jungfernstieg betrat, blieb sie Gefangene ihrer Erinnerungen an die Ereignisse des Nachmittags.

Sie wusste nicht, ob sie leichter oder schwerer daran trug, wenn sie sie mit Paul teilte. Eben trat er auf sie zu, und kurz sehnte sie sich danach, sich nicht nur alles von der Seele zu reden, sich auch von ihm umarmen zu lassen. Doch sie wollte ihm keine falschen Hoffnungen machen, hob abwehrend die Arme, und wie immer wich er zurück und verwandelte seine Kränkung und Enttäuschung in Spott.

»Haben sie dich schon verhaftet?«

»Weil ich unerlaubt das Logenhaus betreten habe?«

»Das nicht. Aber ich habe gehört, dass die Sommerferien der Lehrer gekürzt wurden, sie nur mehr drei Wochen frei bekommen und in der übrigen Zeit Hilfsdienste leisten müssten – bei der Ausgabe der Nahrungsmittel- und Kleiderkarten. Und ich kann mir nicht vorstellen, dass du dergleichen willig hinnimmst.«

Sie zuckte müde mit den Schultern. »Lebensmittelkarten auszugeben kann nicht schlimmer sein, als zu unterrichten. Wusstest du, dass es Pläne gibt, den Lehrplan noch einmal radikal zu verändern, alle bisherigen Fächer auf ein Mindestmaß zu kürzen und verstärkt auf Vererbungslehre, Rassenkunde, Wehrwissenschaft und Grenzlandkunde zu setzen? Oh, gern vergebe ich Lebensmittelkarten. Dann kann ich wenigstens etwas abzweigen und den Menschen bringen, die evakuiert werden.«

Obwohl Paul nicht wissen konnte, wo sie den Tag verbracht hatte – die Deportationen waren auch ihm nicht verborgen geblieben.

»Du machst dir Sorgen um Levi«, stellte er leise fest, »bis jetzt hast du gehofft, dass er in einem Lager in Deutschland inhaftiert ist. Aber wenn sie alle Hamburger Juden in den Osten bringen, dann vielleicht auch ihn, und es wäre noch schwerer, ein Lebenszeichen zu bekommen.«

Wieder zuckte sie mit den Schultern. »Wenn zwischen dir und deiner Liebsten schwarzes Wasser steht, macht es keinen großen

Unterschied, ob es ein rauschender Fluss oder ein endloses Meer ist, man bliebe doch getrennt.«

»Ich habe keine Liebste und dennoch oft das Gefühl, im schwarzen Wasser zu ertrinken.«

Den Worten fehlte nunmehr jeder Spott, sie gewährten Blicke in einen Abgrund, an den Paul sich sonst in ihren Gesprächen nicht heranwagte. Mehr als je zuvor fühlte sie, dass sie, wenn sie ihn wieder und wieder zurückstieß, nicht einfach nur einen enttäuschten Galan aus ihm machte, sondern einen Menschen, der an seiner Einsamkeit verzweifelte. Und obwohl ihr nicht neu war, dass hinter dem frechen, aufmüpfigen jungen Mann mit Hang zum Übertreiben und zur Tollkühnheit, zugleich ein feinfühliger, verletzlicher steckte, schmerzte sie das Ausmaß an Trostlosigkeit. War sie grausam oder dumm, weil sie ihn auf Distanz hielt, obwohl sie sich – gerade nach den feindseligen Worten, die Anneliese ihr entgegengeschleudert hatte – nach jemandem sehnte, der Vertrauter, Freund, Liebster, Gefährte war?

Allerdings war es nicht so, dass sie ihm gar nichts zu geben hatte. Zumindest an Abenden wie diesen musste er sich nicht einsam fühlen.

»Wer von den anderen ist schon da?«

Der verlorene Ausdruck in seinem Gesicht schwand, er verzog den Mund zu einem Lächeln. »Heute haben wir sogar einen Überraschungsgast.«

Sie konnte sich nicht vorstellen, auf wen er anspielte. Aber als sie wenig später den Kellerraum betrat und die junge Frau erblickte, die sich mit einigen anderen schon dort eingefunden hatte, entfuhr ihr ein begeisterter Ausruf.

Im nächsten Augenblick fielen sie sich in die Arme, und als sie die andere an sich drückte, war sie nicht einfach nur froh, Helene

Löwenhagen wiederzusehen, auch, dass es jemanden gab, den sie so ungezwungen umarmen konnte.

Es waren mehrere Jahre vergangen, seit sie Pauls Schwester zuletzt begegnet war. Erna Stahls einstige Schülerin, die sie damals zum Lesekreis mitgenommen hatte, studierte seit 1938 in München Medizin, und mittlerweile war ihr die künftige Ärztin anzusehen. So viel sie mit Paul gemein hatte – die feinen Züge, die dunklen Augen –, anders als der oft Schwankende, war sie die Standfeste, die mit jeder Geste Willensstärke bewies, auch die Geradlinige, Nüchterne.

»Erzähl!«, rief Felicitas. »Wie ist es dir in München ergangen? Wie lange wirst du hier sein, etwa die ganzen Sommerferien über? Und bist du immer noch mit Traute befreundet? Ich würde auch sie gern wiedersehen.«

Helene verdrehte die Augen, lächelte zugleich spöttisch. »Mit Traute war eine Weile so gar nichts anzufangen. Letzten Sommer hat sie einen jungen Studenten aus Ulm kennengelernt, ihn zu Lese- und Diskussionsabenden getroffen, sogar ein paar Wochen in seinem Elternhaus verbracht. Da war offenbar noch mehr zwischen ihnen, fragen Sie mich aber bloß nicht nach den Details, ich kenne mich in diesen Dingen nicht so gut aus. Jetzt ist es jedenfalls mit der Liebelei vorbei, allerdings nicht mit der Freundschaft.«

Wieder verdrehte sie die Augen, und nun war es Paul, der spöttisch lächelte.

»Hat es in deinem Leben denn noch keinen Mann gegeben?«, fragte er. »Oder hast du weiterhin vor, mit Büchern verheiratet zu sein?«

»Na, das *Klinische Wörterbuch*, das Willibald Pschyrembel herausgibt, wäre ein recht anstrengender Gatte.« Helene lachte.

Paul dagegen seufzte nun. »Du bist fürs Nonnenleben jedenfalls mehr gemacht als ich fürs Mönchsleben, und doch bleibt mir nichts anderes übrig, solange …«

Er brach ab, als ihn ein mahnender Blick von Felicitas traf. »Es ist nur wichtig, dass du glücklich bist«, sagte sie schnell zu Helene. »Woraus du dein Glück ziehst, ist deine Sache.«

»Oh, das Studium bereitet mir so viel Freude. Und auch wenn mich Paul eine Nonne nennt – ich habe Freundinnen. Da gibt es außer Traute viele andere junge Frauen, die ich in München kennengelernt habe, Katharina, Gisela, Sophie, das ist übrigens die Schwester von Trautes Hans, wobei er jetzt ja nicht mehr *ihr* Hans ist … Und ach, ich erzähle später mehr, eigentlich sind wir doch hier, um über Literatur zu sprechen, nicht?«

»Das heißt, du wirst Herrn Pschyrembel untreu werden?«, scherzte Paul.

»Oh, Herr Pschyrembel weiß schon lange, dass er mich teilen muss. Ich habe mich in den letzten Monaten viel mit Dostojewski, Puschkin und Tolstoi beschäftigt – in unseren Münchner Kreisen sind die russischen Autoren recht beliebt.«

Obwohl sie mit Paul gesprochen hatte, war ihr nicht entgangen, dass sich Felicitas' Wiedersehensfreude, der kurze Moment der Wärme, schon verflüchtigt hatte, nicht nur traurige Erinnerungen an Levi übermächtig wurden, zudem ihre Erlebnisse am heutigen Tag.

»Woran denken Sie?«, fragte Helene, und als sie nicht antwortete, fügte sie hinzu: »Ich war in den letzten Jahren zwar kaum hier, aber ich habe mich so gefreut, dass Paul regelmäßig an diesen abendlichen Zusammenkünften teilnimmt. Und für Sie ist es doch auch schön, alte Traditionen fortzusetzen, oder? Gleichgesinnte um sich zu haben und sich mit ihnen auszutauschen.«

»Ja«, murmelte Felicitas, »es ist schön. Nur ... nur manchmal denke ich, es ist nicht genug.«

»Genug für was?«

Sie zögerte, sich ihr anzuvertrauen, sprach denn auch nicht von dem, was sie ein paar Stunden zuvor gesehen hatte, hörte sich aber plötzlich sagen: »Um unser aller Seelen zu retten. Um Deutschland zu retten. Um nicht zu denen zu gehören, die tatenlos und stumm danebenstehen.«

Helenes Blick wurde fragend. »Sie würden gern ... mehr tun«, stellte sie leise fest.

Aus ihrer Stimme tönte Verständnis, vielleicht das Eingeständnis, dass sie diesen Wunsch teilte.

»Aber ich weiß nicht, was«, sagte Felicitas, und als Schritte von oben ertönten und verrieten, dass sich ihre Runde erweitern würde, fügte sie rasch hinzu: »Und an einem Tag wie diesem genügt es schon, nicht allein in der finsteren Wohnung zu sitzen und zu grübeln.«

November

Manchmal fühlte Emil sich wieder wie ein Turnlehrer. Gewiss, es ging nicht ums Turnen, sondern ums Kämpfen, und er war auch kein Lehrer, nein, ein Ausbilder. Aber wenn er die Reihe auf und ab ging und die Jungen musterte, die stramm nebeneinanderstanden, wähnte er sich in die Zeit im Turnsaal zurückversetzt – nur dass niemand aus der Reihe tanzte, wie es damals dieser aufrührerische Paul Löwenhagen so gern getan hatte. Den angehenden Flakhelfern waren die militärischen Kommandos schon in Fleisch und Blut übergegangen.

Nun gut, das schloss natürlich nicht aus, dass sich auch unter dieser Schar manch faules Ei befand, er hatte ein gutes Auge für solche. Als er die neue Truppe Fünfzehnjähriger musterte – eine ganze sechste Oberschulklasse, die von Wehrmachtsärzten untersucht, für den Einsatz als Luftwaffenhelfer der Flakartillerie für wert befunden und kraft der Notdienstverordnung vom 15. Oktober 1938 aufgefordert worden waren, sich an diesem Morgen in der Flakkaserne in Hamburg-Osdorf zu melden –, erkannte er auf einen Blick, von wem Schwierigkeiten zu erwarten standen. Denn als er ihnen ihren künftigen Daseinszweck einbläute, der Heimatarmee zu dienen und Obergefreite oder Gefreite an der Flakstellung zu unterstützen, und sie danach ihren Eid aufsagen ließ – *Ich verspreche, als Luftwaffenhelfer allzeit meine Pflicht zu tun, treu und gehorsam, tapfer und einsatzbereit, wie es sich für einen Hitlerjungen geziemt –*, sprach der Drittkleinste nicht mit. Er tat zwar so, als würden sich seine Lippen bewegen, aber jedes Wort kam viel zu spät. Emil entging überdies nicht, dass die Oberlippe, über der ein spärlicher blonder Flaum sprießte, zitterte. Und als er zwar gemächlichen, jedoch strammen Schrittes auf ihn zutrat, ließ der Junge unwillkürlich die Schultern hängen und den Blick sinken.

»Strammgestanden!«, brüllte Emil.

Der Schwächling – wenn er es recht im Kopf hatte, hieß er Albrecht Koopman – gehorchte zwar, aber als er den Blick hob, sah Emil nackte Angst darin, auch die Frage, wie er bloß hierhergeraten war.

Kurz... ganz kurz, stieg diese Frage ebenso in ihm selbst hoch.

Die Schmerzen im Arm hatten im Laufe des Sommers kaum nachgelassen, lediglich das Taubheitsgefühl war geschwunden, und die Finger zogen sich nicht länger wie Krallen zusammen. Er hatte vergeblich versucht, sich am Reck festzuhalten, konnte aber nun immerhin wieder eine Faust ballen. Und obwohl Dr. Schwedler gemeint hatte, er könne unmöglich ein Gewehr halten, hatte der Militärarzt bei einer Untersuchung im September erklärt, dass es keinen Grund gebe, ihn nicht wieder zurück an die Front zu schicken.

Emil hatte entschlossen genickt, wiewohl alles in ihm ein Nein geschrien hatte. Er konnte nicht zurück, er durfte nicht zurück. Es war keine Front, es war ein Gemetzel, es war kein Krieg, es war ein fortwährendes Schlachten.

Aber das sagte er niemandem – nicht dem Militärarzt, nicht Dr. Schwedler, auch nicht Grotjahn, der ihn kurz darauf besucht hatte. Dessen Gesicht war bleich gewesen, die Ringe unter den

Augen dunkel, sein Blick trostlos. Sein Anzug hatte um seinen Leib geschlackert, der dicke Bauch darunter war fast verschwunden. Etwas anderes war auch verschwunden – seine Überheblichkeit. Als er Emil stockend berichtet hatte, dass sein Sohn Willy für den Führer gefallen war, war er kurz nur ein trauernder Vater gewesen, kein glühender Nationalsozialist.

Doch schon als Emil sein Beileid ausgesprochen hatte, hatte er den Anflug von Schwäche überwunden, entschieden auf den Tisch getrommelt und gerufen: »Dies ist nun mal das Schicksal des deutschen Mannes.« Emil hatte erwartet, dass er auch ihm dieses Schicksal zugedachte, doch dann hatte der andere unerwartet fortgefahren: »Die Front ist allerdings überall, auch hier in der Heimat, und genau an dieser Heimatfront brauchen wir Sie.« Schon hatte er begonnen, ihn als künftigen Ausbilder von Flakhelfern zu preisen, sollten diese doch in den Flakstellungen zwischendurch unterrichtet werden, bis zu achtzehn Stunden wöchentlich. »Wer wäre besser für eine solche Aufgabe geeignet?«, hatte Grotjahn geendet. »Sie haben Erfahrungen als Lehrer und Soldat. Sie könnten Ihrer Pflicht als beides gerecht werden. Und denken Sie nicht, diese Aufgabe wäre unter Ihrer Würde! Jeder trägt das bei, was er am besten kann. Jeder stellt sich mit allem, was er zu bieten hat, in den Dienst des Vaterlandes, jeder ordnet sein Handeln der Maxime unter: Wärst du der letzte, der einzige Deutsche auf Erden, welchen Eindruck wolltest du machen? ›Und handeln sollst du so, als hinge von dir und deinem Tun allein das Schicksal ab der deutschen Dinge, und die Verantwortung wär' dein!‹«

Hoffentlich hängt Deutschlands Schicksal nicht am Flakjungen Albrecht, dachte Emil. Dass er einen so erbärmlichen Eindruck machte, lag nicht allein an der zitternden Oberlippe.

»Ist das die Uniform eines deutschen Soldaten?«, brüllte er.

Albrecht senkte wieder den Blick, diesmal, um seine blaugraue Uniform zu betrachten.

»Wir tragen nicht die Uniform von Soldaten im Feld, sondern die der Flieger-HJ«, hörte Emil ihn murmeln.

Der Junge hatte ja doch Schneid, er wagte zu widersprechen. Als er neben sich ein verstohlenes Lachen hörte, brüllte Emil aber weiter: »Und das bedeutet, dass du sie derart schlampig tragen kannst?«

Albrechts Blick blieb ratlos, er begriff wohl nicht, was er falsch gemacht hatte. Der Wehrmachtsadler war auf der rechten Brustseite der halblangen Fliegerjacke angenäht und konnte deshalb nicht verrutschen, eine Armbinde, die man zu hoch hätte anbringen können, war nicht vorgesehen, und die Mütze mit dem leichten Knick im Mützenschirm hatte er wie gefordert schräg aufgesetzt.

Doch da stieg Emil ihm schon auf seinen rechten Stiefel. »Sollen das polierte Stiefel sein? Heute Abend putzt du sie mindestens eine halbe Stunde lang mit Lederfett.«

Albrecht war zusammengeknickt und kam erst recht ins Wanken, als Emil ihm auf den Adamsapfel schlug. »Und wo ist dein Kragenbinder? Man trägt eine Uniformjacke nie ohne Kragenbinder. Du hast zwei davon bekommen.«

Der Junge kämpfte mit seinem Gleichgewicht und verzog vor Schmerzen das Gesicht, schaffte es dennoch, halbwegs gerade zu stehen. Mit halbwegs gab sich Emil nicht zufrieden.

»Und soll das eine Haltung sein, die des deutschen Mannes würdig ist? Reck gefälligst den Kopf und streck den Rücken durch, die Hände kommen mit den Mittelfingern an die Hosennaht, der Bauch wird eingezogen, die Hinterbacken werden zusammengekniffen.«

Albrecht bemühte sich nach Leibeskräften, diese Haltung einzunehmen. Kein Kichern war mehr zu hören, auch alle anderen standen stramm.

Stramm wie Zinnsoldaten.

Emil nahm selbst diese Haltung ein, verharrte so, unschlüssig, was er als Nächstes tun sollte.

Für gewöhnlich ließ er die vierwöchige Ausbildung langsam angehen. Die erste Aufgabe war es, aus der Luftwaffendienstvorschrift den Teil über die 2-cm-Flak 38, einer vollautomatischen Flugabwehrkanone, auswendig zu lernen. Danach galt es, den Jungen beizubringen, wie man Kriegsflotten aus England, den USA und Russland unterschied. Sie mussten in Schulhefte verschiede Flakgeschütze einzeichnen, die leichte und schwere Flak ebenso wie die Russenflak – Beutekanonen aus Beständen der russischen Armee –, desgleichen Funkmessgeräte und wie man sie bediente. Auf die Theorie folgten sodann praktische Übungen. Am beliebtesten war die, mit dem Kleinkalibergewehr auf fünfzig Meter entfernte Zielscheiben zu schießen.

Doch seine Kehle wurde ihm plötzlich eng. Es war schwer genug, Atem zu schöpfen, noch schwerer würde es sein, sich in langen Erklärungen zu verlieren. Das Einzige, was er hervorbrachte und was in seinen Ohren nicht so klang, als würde er ersticken, war der Befehl: »Mitkommen, im Gleichschritt, marsch!«

Er führte die Jungen in einen Kellerraum, fensterlos, mit Wänden aus Beton. Beim Eingang drückte er jedem eine Gasmaske in die Hand. Es war keine Kunst, sie vorschriftsmäßig übers Gesicht zu ziehen, es war auch keine Kunst, den Filter ab- und wieder anzuschrauben, zumindest nicht, wenn man dafür Zeit hatte, wenn man nicht in Panik geriet, wenn es genügend Licht gab, um alles genau zu sehen.

Im Kellerraum gab es nicht genügend Licht.

Emil hieß die Jungen, sich in Dreierreihen aufzustellen, befahl, die Maske aufzusetzen, ein Lied zu singen.

»Es zittern die morschen Knochen der Welt vor dem großen Krieg, wir haben den Schrecken gebrochen, für uns war's ein großer Sieg.«

Die Worte wurden von den Gasmasken gedämpft, auch die eigene Stimme konnte er nicht hören, obwohl er mitsang. Das Atmen war nicht leicht, und doch hatte er ausgerechnet jetzt nicht länger das Gefühl zu ersticken. Nicht mal, als er Weißkreuz – ein Tränengas, bestehend aus Brom- und Chloraceton – verströmen ließ. Als er schließlich den jungen Burschen den Befehl gab, nun den Filter, den wichtigsten Teil der Gasmaske, abzuschrauben, danach so lange wie möglich den Atem anzuhalten, erst dann wieder den Filter anzuschrauben.

Die Jungen gehorchten, hielten den Atem an, ihre Augen mussten schrecklich brennen, tränen.

Seine Augen tränten nicht. Unter der Gasmaske beobachtete er, wie es fast allen gelang, den Filter wieder anzuschrauben – fast allen. Albrechts Hände zitterten zu stark dafür. Je länger er es erfolglos versuchte, desto hektischer wurden seine Bewegungen. Die Luft reichte nicht mehr, er sog tief den Atem ein. Schon drang das Tränengas in die Nase, schnitt in die Kehle. Schon begann er zu brüllen, nein, zu flennen wie ein verweichlichtes Mädchen. Er stürzte zur Tür, hämmerte voller Panik dagegen.

Er hatte sich also nicht in ihm geirrt.

Zufrieden sah Emil eine Weile zu, wie Albrecht sich die Hände wundschlug, wie er gegen den Drang zu atmen kämpfte, der übermächtig wurde, obwohl er wusste, dass dann das Tränengas noch tiefer in seine Lungen dringen würde. Seit Langem hatte Emil nicht mehr so befreit atmen können, der Junge schien ja für ihn zu ersticken. Er kostete das Wohlgefühl noch eine Weile aus, lief dann erst zur Tür, sperrte auf.

Albrecht stolperte hinaus, kroch bis ans Ende des Ganges, blieb keuchend dort hocken, die Stirn voller Schweiß. Kein echter Schweiß, kein verdienter. Schweiß verdiente man sich beim Sport... beim Kampf... nicht beim Scheitern.

»Steh gefälligst auf!«, brüllte Emil.

Dem Jungen tränten nicht nur die Augen, er würgte, als würde er gleich kotzen. Wie erbärmlich es war zu kotzen. Wie erbärmlich, in die eigene Kotze zu fallen, so wie es ihm selbst damals in Weißrussland passiert war.

Nun gut, anders als er schaffte es Albrecht, den Würgereiz zu unterdrücken, sich zu erheben. Er konnte sogar halbwegs strammstehen, jetzt und auch später im Hof, wohin die anderen ihnen folgten. Nur singen, singen konnte er nicht. Er presste die blutleeren Lippen aufeinander, als müsste er nicht nur ein neuerliches Würgen, zudem Tränen unterdrücken.

»*Wir Jungen von der Schule wohnen als Landser bei den Flakkanonen. Die frommen Zeiten von Karl May, die frommen Zeiten sind vorbei. Alarm, Alarm – Feind erkannt, fremde Vögel überm Land. Dollargangster werfen Brand. Die Nacht ist heiß, doch unsre Wut ist kalt, und morgen wird ein Ring ums Rohr gemalt. Und wenn wir in die letzte Runde geh'n, bist du, bin ich dabei – und dann wird man Jim und Jack am Boden seh'n. Achtung: Feuer frei!*«

Emil lauschte zufrieden dem Gesang, fühlte sich einmal mehr wie als Turnlehrer, wie einer, der seine Klasse im Griff hatte. Einer, der sich selbst im Griff hatte.

Anneliese war unendlich müde.

Anders als im vergangenen Sommer, als zahlreiche Stabbrand-

und Phosphorbrandbomben auf Hamburg niedergegangen waren, konnte man die Bombenangriffe im Herbst zwar an einer Hand abzählen, aber in dieser Nacht war es erneut so weit, und sie musste stundenlang im Bunker ausharren. Dort begegnete sie Carin Grotjahn wieder, und obwohl diese sie nicht zur Rede stellte, weil sie sich vor jedem weiteren Engagement für die NS-Frauenschaft drückte, war es trotzdem anstrengend zu lauschen, wie sie unaufhörlich von der Nacht der Bewährung schwafelte, nach der ein langer, strahlender Tag beginnen würde.

Anneliese konnte sich einen solchen Tag nicht vorstellen und gesellte sich zu einer jungen Mutter. Diese zeigte ihr ganz begeistert eine Neuanschaffung für ihre kleine Helga – ein Kindergasjäckchen, das für Kinder im Alter von bis zu vier Jahren vorgesehen war, die noch keine Volksgasmaske tragen konnten.

»Dass man den Kleinen so etwas antut«, hörte sich Anneliese sagen.

»Warum denn nicht?«, erklärte die andere hörbar befremdlich. »Es ist immer noch praktischer als das Gasbettchen für Säuglinge und Liegekinder, das wir brauchten, als Helga noch kleiner war.«

Das Kind stieß ein Glucksen aus, als Anneliese es auf den Schoß nahm, zu schaukeln begann. Nicht weit von ihnen entfernt schimpfte Carin Grotjahn auf einen Mann ein. »Waffenstillstandsverhandlungen mit den Russen? Was für ein Unsinn! An so etwas auch nur zu denken macht Sie schon zu einem Verräter.«

Ein paar andere warfen dem Mann ebenfalls vorwurfsvolle Blicke zu, viele scharrten bloß peinlich berührt mit den Füßen. Das Glucksen des Kindes verstummte, als es zu dröhnen begann, immer wieder jenes Zischen ertönte, das Anneliese längst vertraut sein müsste, aber an das sie sich doch nie gewöhnen würde. Die Mutter nahm ihr das Kind ab, begann in sein Ohr zu flüstern:

»Doch das schönste Engelein mit dem lichten Gottesschein und dem silbernen Gefieder sende unserm Hitler nieder. Es behüte seinen Schlummer und verscheuch ihm allen Kummer, dass er morgens froh erwache und sein Deutschland glücklich mache.«

Erst im Morgengrauen wurde Entwarnung gegeben, und Anneliese stürmte aus dem Luftschutzbunker, ohne sich auch nur umzudrehen. Die Luft, zwar kalt, aber von Rauch erfüllt, belebte sie nur kurz. Rasch wurden ihre Schritte bleiern, und als sie die Treppe zur Wohnung hochstieg, hatte sie das Gefühl, auch ein Gasjäckchen zu tragen, das die Bewegungsfreiheit einschränkte, das Atmen erschwerte. Es wurde nicht besser, als sie dort auf Emil stieß. Sie hatte sich für ihn gefreut, als er eine neue Aufgabe als Flakausbilder gefunden hatte, und nach jeder Bombennacht war sie erleichtert, dass ihm nichts zugestoßen war. Doch nun hing die Erschöpfung wie eine schwere Dunstwolke über diesen Gefühlen, ließ nicht zu, dass sie sich durch das Grau drängten.

Auch Emils Gesicht war grau.

»Du solltest dich ausruhen«, sagte er mechanisch, ein Satz, den sie in den vergangenen Wochen oft gehört hatte.

Er war ihr lieber, als dass er sie als dumm beschimpfte, was er nach jenem schrecklichen Tag im Juli immerhin nicht wieder getan hatte, aber sie sah keinen Sinn darin. Wonach sie sich sehnte, war nicht Ruhe. Sie sehnte sich danach, sich wieder richtig wach zu fühlen, lebendig.

»Du auch«, murmelte sie.

»Ich habe zu tun«, erklärte er.

»Du kannst doch nicht immerzu… arbeiten.«

Sie wusste nicht, ob dieses Wort das traf, was er in den Nächten tat, sie fühlte nur plötzlich, dass er noch ausgelaugter war als sie. Obwohl er so viel kaputtgemacht hatte und obwohl so wenig übrig geblieben war von ihrer Zuneigung, ihrer Ergebenheit, ihrer Hoffnung auf eine bessere Zukunft, regte sich Sorge in ihr, erst recht, als er erst den Blick hob und sie hilflos musterte, ihn dann senkte, als wäre er verlegen. Er schien sie um Verzeihung zu bitten – nicht nur für seine rüden Beschimpfungen, vor allem für das stete Schweigen, das fast noch kränkender, schmerzhafter war und das er auch jetzt nicht durchbrechen konnte.

»Mach dir um mich keine Gedanken«, murmelte er, »sieh zu, dass du dich stärken kannst... etwas Entspannung findest...«

Er sah sie nicht wieder an, sondern floh aus der Wohnung.

Anstatt sich ins Bett zu legen, trat Anneliese in die Küche.

Ein paar Tage zuvor hatten sie eine Sonderzuteilung bekommen, Weizenmehl und Zucker, Butter. Aber das Kuchenbacken würde sie nicht wacher machen, nicht lebendiger. Wer sollte den Kuchen denn auch mit gutem Appetit essen? Sie hungerte nicht nach einem Kuchen, sie hungerte nach etwas anderem. Und selbst wenn sie es nicht benennen konnte – die Unrast hielt sie auf den Beinen und scheuchte sie durch die Wohnung, obwohl sie todmüde war.

Zur Sonderzuteilung hatte auch Kaffee gehört. Sie mahlte die Bohnen, überbrühte das Pulver mit kochendem Wasser, trank in hastigen Schlucken. Die Lider waren danach immer noch schwer, das Herz schlug holprig, die Schritte fielen noch hastiger aus. Erst zog sie einen Kreis in der Wohnung, dann drängte es sie nach draußen. Eine Weile lief sie in Rotherbaum umher, ziellos, orientierungslos, später wurde ihr selbst dieses Viertel zu klein. Sie ging nicht länger nur, lief nun, obwohl die Füße ihr wehtaten, ihr Herz immer hektischer schlug. Sie war nicht warm genug angezogen, aber sie hielt nicht inne. Wo sollte sie auch stehen bleiben? Beim Park Planten un Blomen, wo sie früher so viel Zeit mit

Elly verbracht hatte? Irgendwo an der Außenalster, wo sie mit der Kleinen Schwäne gefüttert hatte? Sie musste an einen Ort, wo sie nie mit Elly gewesen war, wo sie nicht um Lebensmittel angestanden, Kochkurse gegeben hatte. Einen fremden Ort, einen neuen Ort.

Was sie genau gesucht hatte, wusste sie erst, als sie es fand. Sie war immer weiter in Richtung Innenstadt gelaufen, hatte erst den Gänsemarkt, dann den Jungfernstieg erreicht. Bei der Hausnummer 50 befand sich ein Laden, und sie betrat ihn, ohne recht zu wissen, was man hier verkaufte.

Ihr Herz raste mittlerweile, sie fühlte Schweißperlen auf der Stirn. Flüchtig strich sie darüber, blickte sich um. Dass der Platz hinter dem Verkaufstresen leer war und niemand sie neugierig oder befremdet anstarrte, gab ihr den Mut, alles genau in Augenschein zu nehmen.

Bücher, da waren so viele Bücher.

Sie konnte sich nicht erinnern, wann sie zuletzt eine Buchhandlung betreten hatte. Ganz sicher hatte sie diese nicht mit so großen Bücherstapeln verlassen wie früher Felicitas. Felicitas, die sie immer aufgefordert hatte, mehr zu lesen. Felicitas, die ihr vorgehalten hatte, sie sei dumm ...

Anneliese verscheuchte den Gedanken, trat zu einem der Regale. Sie wusste nicht, wonach sie suchte, zog mit zitternden Händen erst ein Buch über die Vorzüge der Kneipp-Kur hervor, danach einen Roman über die Schlacht von Verdun. Kurz blätterte sie darin, doch keine Zeile vermochte sie zu fesseln. Mit einem Seufzer stellte sie das Buch wieder zurück. Die Autoren der Bücher, die im nächsten der raumhohen Regale standen, kannte sie, Hedwig Courths-Mahler, Karl May und Ludwig Ganghofer, das eine oder andere hatte sie sogar gelesen. Bewirkt hatte es wohl nicht viel, Felicitas hatte einmal abfällig bemerkt, das sei nur was fürs Herz, nicht, um den Verstand zu schulen.

Nun, was das Herz anbelangte, beruhigte sich ihres wieder etwas – zumindest, bis sie plötzlich eine Stimme vernahm.

»Kann ich Ihnen helfen?«

Sie hatte gerade die Hand nach einem Buch ausgestreckt, zuckte nun zurück, als wäre sie bei etwas Verbotenem ertappt worden. So verlegen es sie machte, von ihm angesprochen zu werden – der Anblick des Buchhändlers überraschte sie angenehm.

Ein solcher war in ihrer Vorstellung ein älterer, ehrwürdiger Herr mit schwarzem Anzug, steifer Haltung und näselnder Stimme, der argwöhnisch seinen Schatz hütete und ihn nur mit jemandem teilte, den er für würdig befand. Doch wer auf sie zukam, war ein junger Mann mit schwebendem Schritt, der auch dann noch leicht vor und zurück wippte, als er vor ihr zu stehen kam. Es wirkte nicht nervös, eher so, als gälte es, den Körper geschmeidig zu halten. Er trug die lockigen braunen Haare länger als die Männer, die sie kannte, und was nicht minder ungewohnt anmutete, war sein Lächeln. Sie konnte nicht entscheiden, ob es nur freundlich, zudem ein wenig spöttisch war, weil er ihr die Unbeholfenheit ansah, jedenfalls wirkte es warm.

»Kann ich Ihnen nun helfen?«, fragte er wieder.

»Ich ... ich weiß nicht.«

»Wissen Sie nicht, ob ich helfen kann, oder was Sie gern lesen wollen?«

Sie zuckte mit den Schultern. Wenn er nicht fortwährend gelächelt hätte, wäre sie vor Scham im Boden versunken, so aber gestand sie: »Ich kenne mich mit Büchern nicht so gut aus.«

Felicitas hatte ihr stets die fehlende Bildung vorgeworfen, der junge Mann dagegen zwinkerte ihr vertraulich zu und erklärte: »Soll ich Ihnen etwas gestehen? So ging es mir früher auch!«

»Aber ... aber Sie sind doch Buchhändler!«

Er nickte nachdenklich. »Und da möchte man meinen, die Liebe zu den Büchern wäre mir in die Wiege gelegt worden? Die Wahrheit ist: Die Bücher und ich haben lange Zeit nichts miteinander anfangen können. Wenn ich ehrlich bin, habe ich sie als Mauerblümchen abgetan, um die nur ein Galan wirbt, der bei den schönen, prickelnden Frauen keine Chance hat.«

Ein amüsiertes Glucksen entfuhr Anneliese, für das sie sich augenblicklich genierte. Doch er wirkte nicht im mindesten befremdet, lachte nun auch, viel lauter, als man ihrer Meinung nach in einer ehrwürdigen Buchhandlung lachen sollte.

Ihr entging allerdings nicht, dass ein vager Kummer im Lachen mitschwang, und ehe sie sich für die eigene Neugier schelten konnte, fragte sie schon: »Wenn Sie nicht von Büchern geträumt haben, wovon denn dann?«

»Na, vom Leben. Vom Tanzen. Vom Lieben.«

Er beugte sich etwas vor, sodass sie deutlich seinen warmen Atem spüren könnte. Und sie fühlte noch etwas anderes – die Sehnsucht, die aus seinen Worten sprach und die bei ihr selbst ebenso unerfüllt geblieben war wie bei ihm. Tanzen war zwar einst nur Felicitas' Leidenschaft gewesen, sie selbst hatte es immer als etwas frivol empfunden, wenn man sich zu wild bewegte. Aber lieben hatte sie wollen, mit ganzem Herzen. Und das Leben wäre nicht zu einem leeren Wort verkommen, hätte sie das lohnenswerte Ziel erreicht, eine Schar Kinder zu bekochen und zu umsorgen.

Ohne diese Schar gab es nichts, was Freude bereitete, zumindest bis zu diesem Moment. Mit dem jungen Mann zu plaudern, in seinen Augen etwas funkeln zu sehen, das belebte, war zumindest recht angenehm, wenngleich sie auf seine neuerliche Frage, was sie denn lesen wolle, wieder mit einem ratlosen Schulterzucken antwortete.

Das minderte seinen Eifer nicht. »Ist das hier vielleicht etwas für Sie?«, fragte er, führte sie zu einem Regal, deutete auf die Einbände. Kein einziger Titel sagte ihr was.

»Was ... was sind das für Bücher?«

Sie sah ihn erneut an. Ganz kurz schwand sein Lächeln, aber es hatte wohl nichts damit zu tun, dass sie ein Banause war, denn sein Blick richtete sich nicht länger auf sie, sondern ebenfalls auf das Regal.

»Das sind deutsche Dichter, aus deren Werk wir die Stimme unseres Blutes und die Sprache unseres Schicksals hören, und die es sich zur Aufgabe gemacht haben, den heldischen Grundzug im Wesen des deutschen Volkes zu erspüren und künstlerisch zu veranschaulichen. Wahrhafte deutsche Dichtung ist völkischen Ursprungs. Schrifttum, das sich bewusst international erweist, ist für den Blutkreislauf der Nation bedeutungslos oder schädlich.«

Irrte sie sich, oder klang seine Stimme nicht einfach nur spöttisch, auch verächtlich?

»Ich glaube, ich will nichts lesen, worin Blut eine Rolle spielt«, platzte es aus ihr heraus.

Sie biss sich so fest auf die Lippen, dass sie besagtes Blut wohl gleich schmecken würde. Ganz sicher strömte es ihr heiß ins Gesicht. Doch er legte den Kopf zurück, lachte wieder, und obwohl sie nicht wusste, was an ihren Worten so amüsant war, schien sie die richtige Antwort gegeben zu haben.

»Was haben Sie denn in Ihrer Jugendzeit gern gelesen?«, fragte er.

Diesmal schaffte sie es, sich eine spontane Antwort zu verkneifen, hätte sie doch zugeben müssen, dass das fast ausschließlich Kochbücher gewesen waren. In den letzten Jahren wiederum hatte sie, wenn überhaupt, nur *Die Wundertüte* gelesen – jene *100 Seiten Humor und Kurzweil in Bild und Wort für Front und Heimat*, die vor langen Nächten im Bunker verteilt wurden. Aber damit konnte sie diesen jungen Mann sicher nicht beeindrucken, und so dachte sie fieberhaft darüber nach, welche Autoren Felicitas einst gelesen hatte.

»Marcel... Marcel Proust«, stammelte sie. »Virginia Woolf.«

Ob sie die Namen richtig aussprach? Und ob er sie für dumm halten würde, wenn sie es nicht tat? Allerdings hätte er sich dann nicht wieder vertraulich vorgebeugt, sodass ihm eine Haarsträhne in die Stirn fiel.

»Sobald der Krieg begann, haben wir die Weisung bekommen, alle englischen und französischen Autoren aus den Schaufenstern und Regalen zu entfernen und keinen ihrer Titel neu zu bestellen. Bücher polnischer Autoren dürfen wir erst recht nicht verkaufen, und mit Kriegseintritt der USA verschwanden auch die amerikanischen Bücher aus den Geschäften.«

»Es tut mir leid, das wusste ich nicht.«

»Das muss ihnen nicht leidtun, allenfalls für die Bücher. Würden Sie sie denn... trotzdem gern lesen?«

»Obwohl sie verboten sind?«

Er zwinkerte wieder. »Warum nicht?«

Er klang, als wäre es ganz leicht. Sich über Gesetze hinwegzusetzen. Zu lesen. Zu leben.

Und plötzlich war es auch ganz leicht zu nicken, so entschieden sogar, dass er sich abwandte, sie mit sich winkte, hastig auf eine Treppe nach unten wies. Sobald sie ihm die erste Stufe hinunterfolgte, nahm das Unbehagen wieder überhand, und gern hätte sie ihre Zustimmung zurückgenommen. Ich wollte gar nicht ... das geht doch nicht ... Sie haben mich falsch verstanden.

Aber es war so ein schöner Anblick, wie er da in großen Sprüngen immer zwei, drei Stufen auf einmal nahm. Er hatte so gar nichts gemein mit den steifen Männern, wie sie sie kannte, Männern, die sich aufs Stolzieren oder Marschieren verlegt hatten und deren ausdruckslose Gesichter keine Gefühle preisgaben.

Als er das Ende der Treppe erreicht hatte und sich zu ihr umdrehte, war es so leicht, in seiner Miene zu lesen: Da war der Übermut eines frechen Kindes, das gern Schabernack trieb, ehrliche Freude, weil sie ihm gefolgt war, ein gewisser Stolz, ihr etwas bieten zu können.

Was genau das war, begriff sie immer noch nicht, weswegen sie zögernd am Ende der Treppe stehen blieb. Doch ehe sie sichs versah, nahm er sie an die Hand, zog sie mit sich zu einem Regal, öffnete eine der Laden. Seine Hand war warm, der Druck, den er damit ausübte, gerade recht, nicht zu fest, nicht zu lasch. Er ließ sie auch dann nicht los, als ihr Blick auf die Bücher in der Lade fiel, sie überrascht den Atem einsog.

Da lag Propagandaliteratur, wie sie sich im Schaufenster stapelte.

»Das ist natürlich nur Tarnung!«, rief er, gab nun doch ihre Hand frei, was sie unwillkürlich bedauerte, schob schon die Bücher zur Seite. Darunter kamen zwar keine Werke französischer oder englischer Autoren zum Vorschein, jedoch ... russischer.

»Wir haben alle Romane von Dostojewski vorrätig«, sagte er stolz. »*Schuld und Sühne. Die Brüder Karamasow. Der Idiot.*«

Anneliese wusste nicht, dass es ein Buch gab, das *Der Idiot* hieß. Sie selbst fühlte sich kurz wie eine Idiotin. Zumindest war sie nicht die Frau, für die dieser junge Buchhändler sie offenbar hielt – eine gebildete, belesene Frau mit hungrigem Geist.

»Es tut mir leid«, hörte sie sich wieder sagen. »Ich verstehe von alldem nichts. Ich habe noch nie etwas gelesen, von diesem Dosto… Dostewski…« Sie brachte es ja nicht einmal fertig, den Namen richtig auszusprechen.

»Wussten Sie, dass ich, als ich meine Buchhändlerlehre begann, immer Dostobrechski gesagt habe? Irgendwie passend, wie ich finde, man bricht sich schließlich beinahe die Zunge ab, wenn man diese russischen Namen ausspricht. Ich bin mir damals oft wie ein Hochstapler vorgekommen. Manchmal tue ich das auch jetzt noch.« Wieder zwinkerte er ihr zu. »Wir haben zwar alle Dostojewski-Bücher vorrätig, aber ich habe bei Weitem nicht alle gelesen.«

Sie vermutete, dass er übertrieb, um ihr die Unsicherheit zu nehmen. Doch als sich ihre Blicke trafen, fühlte sie sich ihm auf eine eigentümliche Weise nahe. Kurz witterte sie hinter dem unbekümmerten, gut aussehenden jungen Mann jemanden, der nicht nur mit leichtem, federndem Schritt durchs Leben ging, sondern manchmal durchaus ins Schlingern geriet. Jemanden, dem es wie ihr zusetzte, von Menschen umgeben zu sein, die sich über ihn erhaben wähnten – oder denen er das zumindest unterstellte. Und plötzlich hätte sie schwören können, dass sie sich, wenn sie fehlendes Wissen zugab, nicht vor ihm blamierte, ihm eher einen Gefallen tat, freute er sich doch, der Erfahrenere zu sein, der einmal selbst lehren konnte, anstatt immer nur belehrt zu werden.

All das gab ihr den Mut, ein Buch hervorzuziehen, es aufzuschlagen. Süßlich staubiger Geruch stieg ihr in die Nase.

»Sie müssen unbedingt das Kapitel vom Großinquisitor lesen, das fünfte aus *Die Brüder Karamasow*. Der Großinquisitor behauptet, dass das Geheimnis des menschlichen Seins nicht darin liegt, dass man lediglich lebt, es vielmehr darum geht, *wofür* man lebt. Hat der Mensch keine feste Vorstellung von seinem eigenen Zweck, mag er nicht weiterleben und vernichtet sich eher selbst.«

Anneliese hatte keine Ahnung, was genau ein Großinquisitor war. Aber die Worte brachten etwas in ihr zum Klingen, das ihr bekannt vorkam, eine Angst, noch quälender als die, die sie beim stundenlangen Ausharren im Luftschutzkeller empfand. Sie hatte gedacht, dass ein dummer Mensch wie sie kluge Bücher nicht verstehen könnte, aber was mit diesen Worten gemeint war, verstand sie.

»Ich... ich weiß auch nicht, wofür ich lebe«, brach es aus ihr hervor. »Was immer ich tue, es scheint das Falsche zu sein oder zu wenig von dem Richtigen.«

Sie klammerte sich nun regelrecht an das Buch, und zu ihrem Entsetzen verschwammen plötzlich die Buchstaben, weil sich ihre Augen mit Tränen füllten. Du lieber Himmel! Dieser junge Mann wollte über Literatur reden oder zumindest Bücher verkaufen, ganz sicher kein heulendes Weibsbild trösten.

Verzweifelt schluckte sie gegen die Tränen an, doch es wurden immer mehr, schon perlte eine über ihre rechte Wange. Sie überlegte noch, was auffälliger war – sie sich reglos ihren Weg bahnen zu lassen oder sie wegzuwischen –, als plötzlich seine Hände nach ihren Oberarmen griffen, er sie an sich zog, ein wenig ungelenk, ungestüm, auf eine Weise, dass ihr die Ecken des Buches schmerzhaft in die Brust stachen. Getröstet fühlte sie sich dennoch, auch verstanden. Sie stieß ein paar trockene Schluchzer aus, rief sich dann aber wieder zur Räson.

»Ich darf mich nicht so gehen lassen! Wie kommen Sie denn dazu!«

Sie versuchte, sich seinem Griff zu entziehen, doch er hielt sie fest. »Es gibt Schlimmeres, als eine hübsche Frau zu umarmen.«

Sie konnte sich nicht vorstellen, was an ihrem großen, runden Gesicht mit den dunklen Schatten unter den verweinten Augen hübsch war, zumal sie eben bemerkte, dass sich ihre Haare aus dem Zopf gelöst hatten, ihr offen über die Schultern fielen.

»Ich könnte Ihre Mutter sein«, sagte sie, machte sich entschlossen los und legte ebenso entschlossen das Buch ab.

»Übertreiben Sie nicht! Wenn, dann wären Sie meine große Schwester. Und eine solche kann ich gut gebrauchen, ich habe bis jetzt nur eine kleinere.«

»Trotzdem...«

Sie wich immer weiter zurück, während er sie mit merkwürdig zerrissener Miene musterte. Sie witterte Mitleid, zugleich eine Trauer, eine Verlorenheit, die sie selbst so tief empfand.

»Ich glaube, ich weiß, wie Sie sich fühlen«, hörte sie ihn sagen.

Die Worte trieben neue Tränen in ihre Augen, doch diesmal wollte sie sich nicht trösten lassen. Rasch wandte sie sich ab, stürmte die Treppe nach oben. Obwohl sie hörte, wie er ihr hastig folgte, hielt sie erst inne, als sie das Erdgeschoss erreicht hatte. Als sie herumfuhr, stand er hinter ihr, seine blassen Wangen etwas gerötet.

»Sie können doch nicht ohne das hier gehen!«

Er hielt ein Buch in den Händen, das sie vorher nicht gesehen hatte. Es stammte nicht aus Dostojewskis Feder, sondern aus der eines Alexander Puschkin. Wahrscheinlich war das auch ein russischer Name, einer, den man fehlerfrei aussprechen konnte.

Zögernd nahm sie das Buch an sich.

»Es beinhaltet Gedichte, und zwar wunderschöne«, sagte er. »Ich finde, man kann mit ihnen selbst dann viel anfangen, wenn man sich noch nicht mit Literatur beschäftigt hat. Ein Gedicht versteht jeder auf seine Weise.«

Ehe sie sich bedanken konnte, begann er schon zu zitieren. »*Ich liebte dich; und liebe wohl noch immer, denn ganz erstarb's in meiner Seele nicht; doch möge dies Gefühl dich nicht bekümmern; ich stellte es nicht gern in schlechtes Licht. Ich liebte schweigend, ohne Zuversicht, von Schüchternheit, von Eifersucht gequält; ich liebte dich so innig und so zärtlich...*«

Erneut brachten seine Worte etwas in ihr zum Klingen, nicht nur die Worte, auch die Wehmut in seiner Miene und die belegte Stimme. Beides verriet, dass es ihm, so wenig wie ihr, nicht fremd war, vergebens auf Liebe zu hoffen und von diesem Streben auch dann nicht zu lassen, wenn man unaufhörlich gegen Wände stieß.

»Wenn Sie darüber reden wollen, wissen Sie, wo Sie mich finden«, sagte er leise. »Und falls es Ihnen in der Buchhandlung zu düster ist, können wir uns gern woanders treffen, vielleicht einmal einen Spaziergang unternehmen.«

Sie fühlte, wie ihre Hände, mit denen sie das Buch hielt, schweißnass wurden. Ein gemeinsamer Spaziergang ging nun wirklich viel zu weit. Sie musste seine Ansinnen sofort zurückweisen! Und sie musste ihm dieses Buch zurückgeben!

Doch als sie den Mund öffnete, hörte sie sich nur sagen: »Ich habe mich noch gar nicht vorgestellt. Ich... ich bin Anneliese.«

So leicht ihr der Vorname über die Lippen gekommen war, das »Tiedemann« wollte sie nicht hinzufügen. Es passte nicht hierher... es passte nicht zu der Frau, die sie in diesem Augenblick war... sein wollte.

Er fragte nicht nach, sagte nur knapp. »Und ich bin Paul.«

Es waren die letzten Worte, die er sprach. Nachdem er sie in Richtung Ausgang begleitet hatte, nickte er ihr noch einmal zu, doch in seiner Miene stand die feste Überzeugung, dass sie sich bald wiedersehen würden. Und obwohl Anneliese den ganzen Heimweg über von Skrupeln verfolgt wurde – wie konnte sie sich ein verbotenes Buch aufschwatzen, wie sich von ihm berühren lassen, wie das Ansinnen eines gemeinsamen Spaziergangs nicht energisch von sich weisen –, wusste sie, dass er damit richtiglag.

Als Felicitas am letzten Abend im November die Buchhandlung betrat, hatten sich im Kellerraum mehr Menschen als sonst zur Diskussionsrunde eingefunden. Einer aber fehlte. Sie blickte sich suchend um, entdeckte nirgendwo Paul, nur seine Schwester. Seit dem Sommer hatte sie Helene nicht mehr gesehen, und zu ihrer großen Freude war sie nicht allein gekommen, sondern hatte ihre einstige Mitschülerin, Freundin und nunmehr Kommilitonin Traute Lafrenz mitgebracht.

»Wir werden drei Wochen in der Frauenklinik in Hamburg famulieren«, erzählte Helene und bedeutete Felicitas mit einem warnenden Blick, besser nicht zu fragen, wie die Dinge um Traute und den jungen Mann – Hans – standen, den sie bei ihrem letzten Treffen erwähnt hatte.

Felicitas hatte ohnehin nicht im Sinn nachzubohren. Als Traute feststellte, dass sie augenscheinlich den Lesekreis von Erna Stahl wiederbelebt hatten, nickte sie eifrig.

»Diese Runde umfasst noch mehr Leute als Fräulein Stahls einstige Schüler. Heinz, Gretha und Karl Ludwig kennst du von dort, ich stelle dir die anderen vor.«

Wenig später hatte sie sie nicht nur mit Reinhold Meyer und Hannelore Willbrandt bekannt gemacht, einer Buchhändlerin, die in der Buchhandlung Kloss arbeitete, auch mit diversen Künstlern und Intellektuellen, die sich als sogenanntes Musenkabinett bezeichneten und sich vorzugsweise in der Bücherstube von Felix Jud trafen, manchmal aber auch im Rauhen Haus anzutreffen waren. Wer sich an ihren Diskussionsrunden ebenfalls immer häufiger beteiligte, waren Ärzte vom Universitätsklinikum Eppendorf, zu denen Karl Ludwig Schneider, einer von Erna Stahls Schülern wie Helene und Traute, über seinen Freund Albert Suhr, einem Medizinstudenten, Kontakte hergestellt hatte.

»Viele Ärzte dort sind wie Professor Dr. Rudolf Degkwitz, der Leiter der Kinderklinik und der chirurgischen Klinik, entschiedene Gegner der Nazis«, erklärte Felicitas. »Die, die Karl Ludwig und Albert Suhr heute mitgebracht haben, bezeichnen sich als *Candidates of humanity*.«

Dass diese miteinander Englisch sprachen, sollte sie nicht nur vor Denunziation schützen, auch ein Protest gegen Deutschtümelei und ein Zeichen für eine weltoffene Haltung sein. Außerdem wusste Felicitas von Dr. Schwedler, der sich ebenfalls zu ihnen zählte, dass der Begriff aus einem englischen Roman stammte. Er war der einzige Mediziner, den sie schon vor den Leseabenden in der Buchhandlung kannte – hatte sie ihn doch viele Jahre zuvor als Nachbarn von Emil kennengelernt.

Nachdem sie sich alle bekannt gemacht und sich in einem Stuhlkreis niedergelassen hatten, fehlte von Paul immer noch jede Spur.

»Warum seid ihr nicht gemeinsam hergekommen?«, fragte sie Helene.

»Oh«, gab diese mit vielsagendem Grinsen zurück, »ich glaube, er hatte heute noch etwas vor.«

Sie fügte nichts mehr hinzu, sondern begann sich an der Diskussion über Remarques *Im Westen nichts Neues* zu beteiligen. Felicitas hatte Mühe, dieser zu folgen. Erst beschäftigte sie die

Frage, ob sich Paul endlich ihren Rat zu Herzen genommen und sich nach einer Frau umgesehen hatte, die besser zu ihm passte und frei für ihn war. Später lenkten sie traurige Gedanken an den Schulalltag der letzten Zeit ab.

Seit einigen Wochen konnten die Klassen nicht mehr beheizt werden, es war so eiskalt, dass etliche Lehrer dazu übergegangen waren, entweder in der eigenen Wohnung zu unterrichten oder den Schülern in der Schule nur die Aufgaben auszuhändigen, die sie zu Hause erledigen mussten. Anders als diese war Felicitas fest entschlossen, den Unterricht in der Schule so lange wie möglich und unter welchen Umständen auch immer aufrechtzuerhalten. Doch wenn sie vor der Klasse stand, in leere, müde oder fanatische Gesichter starrte, fühlte sie sich oft am falschen Ort.

Nicht dass es einen richtigen Ort gab. Gerade erst an diesem Nachmittag war sie ziellos durch die Stadt geschlendert und an der ehemaligen jüdischen Schule vorbeigekommen. Der Anblick des verwaisten Gebäudes hätte ihr fast das Herz gebrochen. Solange dort noch jüdische Kinder unterrichtet worden waren, hatte sie vermeint, dass auch Levis Geist in dem Gemäuer gegenwärtig war, doch nun erschien die Schule ihr, obwohl sie noch unzerstörte Wände hatte, wie eine Ruine.

Nun gut, in der Buchhandlung war sie am rechten Ort. Doch als sie darum kämpfte, die Düsternis abzuschütteln, sich endlich darauf zu konzentrieren, was gerade über Erich Maria Remarques Werk gesagt wurde, waren Schritte zu hören, und Paul betrat den Raum.

Auch ohne Helenes Anspielung hätte sie an seiner Miene erkennen können, dass sich etwas verändert hatte, denn als sich ihre Blicke trafen, blitzte es in seinen Augen auf. Nur gute Laune, eine gewisse Anzüglichkeit, weil er sich endlich wieder als Mann fühlte, nicht als Getriebener, jene Gönnerhaftigkeit, wie er sie als Jugendlicher, der bei den Swing Kids den Nazis getrotzt hatte, an den Tag zu legen pflegte?

Sie konnte ihn nicht lange genug mustern, um festzustellen, ob diese Selbstsicherheit ein festes Fundament hatte oder nur ein Strohfeuer war. Schon setzte er sich neben sie und zog den Kopf ein, wohl weniger, weil es ihm peinlich war, zu spät gekommen zu sein, sondern weil er noch dem nachhängen wollte, was immer er gerade erlebt hatte.

Felicitas verkniff sich neugierige Fragen, sie zog es vor, nun ebenfalls über das Buch zu diskutieren. Erst als später die Älteren von ihnen aufbrachen – die Ärzte setzten sich zehn Uhr als Frist, während Erna Stahls einstige Schüler gern halbe Nächte weiterdiskutierten – und von der großen Runde nur mehr ein kleineres Grüppchen übrig geblieben war, raunte sie ihm zu: »Wo bist du gewesen?«

Wieder war da dieses Funkeln in den Augen, von einem Feuer kündend, das zu verzehrend brannte.

»Eifersüchtig?«, fragte er mit aufreizendem Augenaufschlag.

»Es hat mich nur gewundert, dass du heute kaum den Mund aufbekommen hast. Sonst machst du doch immer so eifrig mit...«

»Eifrig mitmachen, das ist gut!« Aus seiner Stimme sprach plötzlich Hohn, und dieser bestätigte ihr, dass das, was da in ihm brannte, weniger wärmte, als vielmehr versengte. Er sprang auf und begann unruhig umherzugehen, als wüsste er nicht, wohin mit der Energie, die jäh in ihm steckte. »Was ist es denn genau, was wir *machen*? Machen wir überhaupt etwas? Oder reden wir nur und das schon seit Jahren? Gewiss, es macht durchaus Spaß zu reden, die Frage ist nur, ob diese Welt jemals durch Reden eine bessere geworden ist.«

Als sie musterte, wie er mit den Händen fuchtelte, dachte Felicitas kurz, dass sie Helenes Anspielung falsch gedeutet hatte. So streitlustig und provokant war doch keiner, der sich gerade verliebt hatte. Doch dann ging es ihr durch den Kopf, dass es mehrere Arten von Liebe gab – solche, die satt und träge machte, dazu verleitete, sich in der eigenen kleinen Welt zu verkriechen, aber auch solche, die anspornte, sich selbst zu erforschen, zu hinterfragen, wer man war und welchen Platz man auf Erden einnehmen wollte.

Ehe sie fragen konnte, was er meinte, mischte sich Heinz Kucharski ein, jener von Erna Stahls ehemaligen Schülern, der immer etwas mehr Eifer und Leidenschaft als die anderen bewiesen hatte – und einen Hang zu übertreiben. Wie er sich eben vor Paul aufrichtete, erschien er ihr ein wenig wie dessen Spiegelbild.

»Was willst du damit sagen? Dass wir hohle Schwätzer sind?«

Paul zuckte mit den Schultern. »Sag du es mir! Was tun wir denn anderes, als zu quatschen? Was tun wir anderes, als dann und wann BBC und Radio Kopenhagen zu hören? Wie mutig wir uns vorkommen, weil das verboten ist, obwohl…«

»Ich habe nicht nur den Feindsender abgehört«, erwiderte Kucharski und deutete auf seine Sitznachbarin. »Gretha und ich haben heimlich Streuzettel verteilt, auf denen wir die Wellenlänge und Funkzeiten des Deutschen Freiheitssenders bekannt gegeben haben.«

Felicitas konnte sich vage erinnern, dass Helene das einmal erwähnt hatte, auch, dass die beiden die Typen eines Kinderdruckkastens genutzt hatten. Doch das musste Jahre her sein.

»Und wann habt ihr zuletzt einen solchen Zettel verteilt?«, fragte Paul prompt.

Kucharski ging nicht darauf ein. »Wir haben auch Thomas Manns Rede vervielfältigt, die er anlässlich der Aberkennung seiner Ehrendoktorwürde verfasst hat.«

»War das vor fünf Jahren oder vor sechs?«, bohrte Paul nach.

»Die kleinen Zettel, auf denen *Gegen Hitler und Krieg* stand, haben wir erst vor Kurzem in Telefonzellen und Straßenbahnen abgelegt.«

Felicitas hörte davon zum ersten Mal und bewunderte die beiden für ihren Mut. Doch Paul war das nur ein spöttisches Auflachen wert.

»Da werden sie sich ja gefürchtet haben, Hitler und der Krieg. Deswegen ist das, was gerade in Russland vor sich geht, nur ein letztes Aufflackern und der Friede schon zum Greifen nah, oder? Das Ende der Naziherrschaft steht kurz bevor, weil ihr so tapfer seid. Die Nazis rollen schon hastig ihre Hakenkreuzflaggen ein.«

»Ja, hast du eine bessere Idee?«, rief Kucharski gekränkt.

Paul blickte sich um. »Hier herumsitzen und zu diskutieren ist jedenfalls sehr wenig. Könnt ihr euch nicht mehr erinnern, was Dr. Schwedler das letzte Mal erzählt hat? Eine Ärztin am Krankenhaus, die mit holländischen und norwegischen Kollegen befreundet ist, hat von fürchterlichen Verbrechen an den Juden im Osten berichtet. Und hier in Hamburg wurden sie vor unseren eigenen Augen abtransportiert. Was genau nutzt es einem Einzigen von ihnen, wenn ihr hier über Remarque faselt? Ich liebe ja auch die Literatur, aber die Liebe bleibt ein leeres Wort, wenn keine Taten folgen und…«

Felicitas kannte das Gefühl der Ohnmacht, das sich auf Pauls Gesicht abzeichnete, nur zu gut. Zugleich spürte sie, dass er nicht nur deswegen über die Untätigkeit klagte, vielmehr von einer nahezu manischen Erregung erfasst worden war.

»Es ist schon spät«, mischte sie sich ein, »wir können das nächste Mal in Ruhe darüber reden ...«

»Ach, jetzt fängst du schon wieder mit dem Reden an? Was sollen wir denn bis dahin machen? Schlafen?«

Ehe sie ihn beschwichtigen konnte, erklärte Kucharski schnell: »Ich brauche keinen Schlaf. Ich würde gern Pläne schmieden, darüber, was wir tun könnten. Aber als ich bei einem unserer Treffen vorgeschlagen habe, Winston Churchills Reden zu übersetzen, zu kopieren und unters Volk zu bringen, habt ihr das als lächerlich abgetan.«

Nicht Paul antwortete ihm, sondern Reinhold Meyer: »Ich kann mir nicht vorstellen, dass sich die Deutschen von Ansprachen des Erzfeindes, der jede Nacht Bomben schickt, aufrütteln lassen.«

Paul nickte bekräftigend, Kucharski rang vergebens nach Worten. Doch ehe er etwas einwenden konnte, beugte sich plötzlich Helene vor.

»Aber vielleicht lassen sie sich von dem aufrütteln, was deutsche Studenten ihnen zu sagen haben.«

Von beiden Geschwistern war Helene immer die Ruhigere gewesen, die Zurückhaltendere und die Stärkere. Paul schien seine Tatkraft in alle Himmelrichtungen verschleudern zu wollen, sie dagegen lenkte ihren Kampfgeist in Bahnen, die nicht nur von Überzeugung und Leidenschaft abgesteckt wurden, auch von Vernunft.

»Die deutschen Studenten sind doch wir«, rief Kucharski. »Oh, ich würde dem Volk gern sagen, dass es ein Rudel Duckmäuser und Verbrecher ist, an deren Händen ...«

»Wenn man sie zum Widerstand aufrufen will, darf man die Menschen nicht beschimpfen«, unterbrach Helene ihn.

»Kennst du denn die rechten Worte, mit denen man besser überzeugen könnte?«

»Das muss ich gar nicht.« Helene drehte sich zu Traute Lafrenz um, die als eine der wenigen sitzen geblieben war, nun zögernd Helenes Blick erwiderte, der Aufforderung, die in diesem stand, nicht folgen wollte, sodass Helene zwar leise, aber energisch hinzufügte: »Erzähl es ihnen doch, Traute!«

Nicht länger konnte diese so tun, als wüsste sie nicht, was die andere verlangte. Sie erhob sich, trat etwas unsicher von einem Fuß auf den anderen. »Ich weiß nicht, ob das ... hierhergehört ...«

»Wohin gehört es denn sonst?«, rief Helene. »Wir treffen uns im gleichen Geist wie die Studenten in München. Hast du mir nicht erzählt, dass die zunächst regelmäßig zusammengekommen sind, um sich über Literatur und Philosophie auszutauschen? Dass damit alles begonnen hat?«

»Was hat begonnen? Und wen meinst du mit ›die Studenten in München‹?«, wollte Reinhold Meyer wissen, während Felicitas in ihrem Gedächtnis nach jenen Namen stöberte, die Helene einmal genannt hatte. Hans, Katharina, Gisela, Sophie hatte sie noch im Kopf, gerade fügte Traute weitere hinzu, sprach von einem Alexander, einem Christoph.

»Was soll das werden?«, unterbrach Paul sie schroff. »Sollen wir mit den Münchnern in einen Literaturwettbewerb treten, bei dem es darum geht, wer bis Jahresende mehr verbotene Bücher gelesen und diskutiert hat?«

»In München machen sie mittlerweile weitaus mehr als das«, Helene blickte ihn ungehalten an, ehe sie sich an ihre Freundin wandte. »Nun erzähl es ihnen endlich, Traute, besser noch, zeig es ihnen! Du hast ja eins nach Hamburg mitgebracht.«

»Aber doch nicht heute Abend hierher!«

»Nun, dann bring es das nächste Mal mit, wenn wir uns wieder treffen.«

Traute erwiderte nun offen Helenes Blick. »Wie oft soll ich noch sagen, dass es sehr gefährlich ist und…«

»Das weiß ich doch. Aber du hast es mitgenommen, um es einigen wenigen Vertrauten zu zeigen. Und das sind wir alle hier, oder?«

Immer noch stand leiser Zweifel in Trautes Blick, aber sie widersprach nicht länger. Allerdings erklärte sie auch nichts.

»Was ist es denn, was du aus München mitgebracht hast, Traute?«, fragte Paul ungeduldig.

»Sie haben Hunderte davon auf dem Postweg verschickt, wenn auch nur innerhalb Münchens«, erklärte Helene an ihrer Freundin statt. »Das erste im letzten Juni, weitere folgten rasch. Traute hat eine Kopie des dritten.«

»Des dritten was?«, fragte Kucharski.

Felicitas entging nicht, dass ihn die gleiche Erregung durchflutete wie Paul. Sie selbst war nicht sicher, was sie davon hielt, wenngleich sie plötzlich die Verheißung fühlte, die in der Luft lag: Es gibt mehr, das wir tun können, als nur zu reden. Andernorts haben damit schon welche begonnen. Und ihnen können wir uns anschließen.

»Des dritten Flugblatts«, erwiderte Traute. »Münchner Studenten haben Flugblätter verfasst und verteilt, in denen sie zum Widerstand aufrufen.«

Dezember

Seit Elly nicht mehr bei ihnen lebte, hatte Anneliese keinen Weihnachtsbaum mehr geschmückt, nach dem ersten Kriegsjahr war ihr überdies die Lust vergangen, wenigstens Strohsterne aufzuhängen, und die Sonderrationen hatte sie auch im vergangenen Jahr schon nicht mehr zum Keksbacken verwendet. Diesmal hatte sie nicht einmal das Radio angemacht, um Weihnachtslieder zu hören, und Emil hatte erst recht kein Bedürfnis danach. Er knetete an seinem Arm herum, ballte probehalber die Faust, schien, wie der gequälte Gesichtsausdruck verriet, unter Schmerzen zu leiden, obwohl er diese nicht eingestand.

Auf ihre Frage, dass seine Jungen sich sicher darüber freuten, das Fest bei ihrer Familie zu Hause verbringen zu können, antwortete er einsilbig. »Mindestens einer hat das nicht verdient«, murmelte er. »Albrecht ist ein Taugenichts.«

Sie war nicht sicher, ob seine Verachtung nur dem Jungen galt, nicht auch sich selbst, der er nicht wusste, wie er die freie Zeit totschlagen sollte. Sie zog sich jedenfalls früh ins Schlafzimmer zurück, und während sie Emil in der Wohnung herumwandern hörte – vielleicht versuchte er auch einmal mehr, trotz des verletzten Armes Liegestütze zu machen –, schlug sie das Buch auf, das Paul ihr gegeben hatte.

Mittlerweile hatte sie fast alle Gedichte von Puschkin auswendig gelernt und konnte trotzdem nicht aufhören, sie zu lesen, nein, sie laut zu rezitieren, dem eigentümlichen Echo des eigenen Wehs nachzulauschen, das, gerade weil es auf so poetische Weise ausgedrückt wurde, den Stachel verlor.

Im Schneckengang zieh'n meine Tage hin
Und jede Stunde zehrt am welken Herzen,
Zum Wahnsinn reizt sie meinen müden Sinn,
Nährt der verschmähten Liebe glühe Schmerzen.
Doch niemand hört das Stöhnen meiner Brust
Und niemand sieht in meinem Blick die Tränen –
Sie stillen mir mit sanfter Wehmut Lust
Der trostberaubten Seele banges Sehnen.
O Traum des Lebens, stirb, dem Nichts geweiht,
Verlisch im Grabesdunkel, irres Feuer!
Die Qualen meiner Liebe sind mir teuer –
Was ist der Tod, wenn ihn die Liebe beut?!

Bei ihrem und Pauls letztem gemeinsamem Spaziergang vor dem Weihnachtsfest hatte sie die Zeilen zitiert.

»Wie du dir das alles merkst!«, hatte Paul bewundernd gerufen, ehe er sich gegen die eiskalten Hände gepustet hatte. Sie hatte nicht minder gefroren, es wäre längst Zeit gewesen heimzugehen, aber sie hatte sich einfach nicht von ihm trennen können ... Auch nicht von der Frau an seiner Seite. Nicht dümmlich und verlegen herumdrucksend, sondern immer selbstbewusster, weil sie über Literatur mitreden konnte, immer fröhlicher, weil die misstrauische Frage, warum sich dieser junge, hübsche Mann mit einer in die Jahre gekommenen Frau abgab, ihre Macht verlor. Sie fühlte sich nicht alt, wenn sie mit ihm zusammen war. Er selbst bekräftigte das auch immer wieder. »Von uns beiden bin ich der Greis. Du hast den Geist eines Kindes.«

Aus dem Mund eines anderen wäre das womöglich eine Beleidigung gewesen. Aber sie spürte, dass er auf den Eifer anspielte, den ein Schüler zeigte, wenn er zum ersten Mal Buchstaben sah, sie vorsichtig nachschrieb, sie zu einem Wort verband. Die Begeisterung über dieses Wunder war ansteckend, und dass sie die ihm vertraute Welt mit den gleichen glänzenden Augen betrachtete wie ein Kind das Lametta am Weihnachtsbaum, machte auch für ihn daraus eine neue, aufregende, farbenprächtige. Irgendwann war es allerdings dunkel geworden, und sie hatten sich nicht nur verabschieden müssen, sondern das nächste Treffen erst ins nächste Jahr verlegt.

Die Zeit bis dahin erschien ihr unendlich, und dass sie ganze Nächte lang las und solcherart an jenem unsichtbaren Band weiterwebte, das sie an Paul fesselte, war ihr zwar ein Trost, erlöste sie jedoch nicht von stundenlangem Grübeln. Wie er wohl seine Weihnachtstage verbrachte?

Nur ein einziges Mal hatte er eine Schwester erwähnt, nicht aber, ob diese in Hamburg lebte und wie nahe er ihr stand. Sie hätte zwar nachbohren können, sich dagegen instinktiv an jene stillschweigend getroffene Übereinkunft gehalten, wonach sie einander als Menschen ohne Nachnamen, ohne Familienbande begegneten und lieber über Gedichte sprachen als über sich. Jetzt bereute sie es, denn jetzt konnte sie dem nagenden Zweifel – beharrlicher als das Hochgefühl, das sie mit den Erinnerungen an ihre Spaziergänge heraufbeschwor – nur wenig entgegensetzen. Gut möglich, dass er über Weihnachten die Lust auf weitere Treffen verlieren würde. Gut möglich, dass er im neuen Jahr genug davon haben würde, ihr die Welt der Literatur näherzubringen. Und selbst wenn nicht. Was änderte es schon an ihrem Leben, Gedichte auswendig zu können und sie einem Mann vorzutragen, mit dem sie – selbst wenn er im passenden Alter wäre – als verheiratete Frau keinen Umgang pflegen sollte?

Aus den Zweifeln wurde Unrast, und diese verfolgte sie auch noch am nächsten Tag, trieb sie gegen Abend auf die Straße. Ich muss nur etwas frische Luft schnappen, sagte sie sich, als sie an der Außenalster entlangging. Doch als sie sich der Lombardsbrücke näherte, dort in Richtung Jungfernstieg abbog, ihre Hände schon ganz rot vor Kälte, gestand sie sich ein, dass sie auf einen Spaziergang Handschuhe mitgenommen hätte. Solche brauchte sie allerdings nicht in der Agentur des Rauhen Hauses, die sie wenig später erreichte.

Die letzte Distanz hatte sie mit gesenktem Blick zurückgelegt. Auch jetzt wagte sie kaum, ihn zu heben. Fürchtete oder hoffte sie, dass noch Licht in der Buchhandlung brannte? Paul hatte ihr gesagt, dass sie zwischen Weihnachten und Silvester geschlossen war, dass die Mitarbeiter jedoch Inventur machen würden.

Eigentlich war es nun, da ein grauer Dezemberhimmel schon vor Längerem angesetzt hatte, das letzte Tageslicht zu schlucken, zu spät dazu, und als sie den Blick endlich zögerlich hob, nahm sie hinter dem Schaufenster denn auch kein Licht wahr. Die Vorstellung, unverrichteter Dinge wieder heimzukehren – mit Kälte in den Knochen, mit Verzagtheit in den Seelenwinkeln –, war allerdings so unerträglich, dass sie nicht nur eine Weile an der verschlossenen Eingangstür rüttelte, sondern jene Gasse betrat, die zum Hintereingang führte. Paul hatte erwähnt, dass hier Bücherlieferungen entgegengenommen wurden. Diesmal musste sie an der Klinke gar nicht erst rütteln. Sie drückte sie kaum nieder, da sprang die Tür schon auf. Der Triumph darüber wich allerdings rasch Unbehagen. Wie konnte sie es wagen, die Buchhandlung einfach so zu betreten? Erst recht, da weiterhin kein Lichtschein auf sie fiel, keine Stimme zu vernehmen war, nur die eigene, als sie ein klägliches »Guten Abend« ausstieß.

Sie genoss den süßlich staubigen Geruch nach Büchern jedoch zu sehr, um kehrtzumachen, die Ahnung von Wärme, das Kribbeln, mit dem das Blut in ihre steif gefrorenen Hände zurückkehrte. Sich kurz hier aufwärmen zu wollen war kein Verbrechen, und als sie ein paar Schritte von der Tür wegtrat, nahm sie doch einen Lichtstreifen wahr. Er kam von jenem Raum im Keller, in den Paul sie bei ihrem ersten Besuch in der Agentur des Rauhen Hauses geführt hatte. Seit damals hatte sie ihn nicht wieder betreten – die verbotenen Bücher, die dort aufbewahrt wurden, hatte Paul zu ihren Treffen mitgebracht –, nun wurde sie nicht nur vom Licht angezogen, auch von einer Stimme, nahm prompt die ersten drei Stufen hinunter. Es war nicht Pauls Stimme, wie sie kurz vermutet hatte, sondern die eines fremden jungen Mannes, das brachte sie allerdings nur dazu innezuhalten, nicht, wieder umzudrehen. Sie tat es selbst dann nicht, als noch mehr Menschen zu hören waren.

»Nun gib schon her, Heinz, wir wollen es alle sehen. Du tust gerade so, als wolltest du es auswendig lernen.«

»Genau das sollten wir tun! Es auswendig lernen. Es nicht einfach nur lesen, es laut herausschreien.«

»Das ist gefährlich.«

»Was sie in München machen, ist noch gefährlicher, aber sie lassen sich nicht davon abhalten. Wir müssen...«

»Wenn du es schon nicht hergibst, dann lies es uns wenigstens vor.«

»Soll es wirklich Heinz vorlesen? Ich finde, es steht Traute zu. Sie hat es schließlich aus München mitgebracht. Was meinst du, Traute?«

»Meinetwegen kann es gern Heinz tun. Es ist doch egal, wer es vorliest.«

Das Stimmengewirr, das Anneliese vermuten ließ, dass sich mindestens fünf, wenn nicht mehr Menschen im Kellerraum befanden, verstummte kurz, und in die ehrfurchtsvolle Stille hinein begann der junge Mann zu lesen.

»*Salus publica suprema lex. Alle idealen Staatsformen sind Utopien. Ein Staat kann nicht rein theoretisch konstruiert werden, sondern er muss ebenso wachsen, reifen wie der einzelne Mensch. Aber es ist nicht zu vergessen, dass am Anfang einer jeden Kultur die Vorform des Staates vorhanden war. Die Familie ist so alt wie die Menschen selbst, und aus diesem anfänglichen Zusammensein hat sich der vernunftbegabte Mensch einen Staat geschaffen, dessen Grund die Gerechtigkeit und dessen höchstes Gesetz das Wohl aller sein soll. Der Staat soll eine Analogie der göttlichen Ordnung darstellen, und die höchste aller Utopien, die Civitas Dei, ist das Vorbild, dem er sich letzten Endes nähern soll.*«

Anneliese hatte instinktiv den Atem angehalten – nicht, weil sie mit gleicher Ergriffenheit wie die anderen lauschte, sondern weil sie Angst hatte, auf sich aufmerksam zu machen. Jetzt ließ sie ihn entweichen, wich langsam zurück. Das, was da vorgelesen worden war, war kein Gedicht, es klang eher nach dem Text aus einem Philosophiebuch, war folglich nichts, womit sie etwas anfangen konnte, und das gemahnte sie daran, dass sie an diesem Ort nichts zu suchen hatte.

Doch dann rief plötzlich jemand: »Jetzt lies schon weiter!«, und sie erkannte eindeutig, dass es Pauls Stimme war, auch, dass diese sehr erregt klang. Anstatt die Treppe wieder hochzusteigen, nahm sie drei weitere Stufen nach unten, konnte noch besser hören, wie dieser Heinz vorzulesen fortfuhr.

Wir wollen hier nicht urteilen über die verschiedenen möglichen Staatsformen, die Demokratie, die konstitutionelle Monarchie, das Königtum usw. Nur eines will eindeutig und klar herausgehoben werden: Jeder einzelne Mensch hat einen Anspruch auf einen brauchbaren und gerechten Staat, der die Freiheit des Einzelnen als auch das Wohl der Gesamtheit sichert. Denn der Mensch soll nach Gottes Willen frei und unabhängig im Zusammenleben und Zusammenwirken der staatlichen Gemeinschaft sein natürliches Ziel, sein irdisches Glück in Selbstständigkeit und Selbsttätigkeit zu erreichen suchen.

Anneliese tat sich schwer, sich auf die Worte zu konzentrieren. Sie klangen so… theoretisch. Was nährte bloß den Eifer in der Stimme des jungen Mannes, der sie vortrug, warum forderte ihn Paul wieder so ungeduldig auf weiterzulesen? Sie hatte mittlerweile das untere Ende der Treppe erreicht, lugte neugierig durch den Türspalt, sah zwar nicht Paul, jedoch zwei junge Männer auf Stühlen sitzen.

Unser heutiger ›Staat‹ aber ist die Diktatur des Bösen. ›Das wissen wir schon lange‹, höre ich Dich einwenden, ›und wir haben es nicht nötig, dass uns dies hier noch einmal vorgehalten wird.‹ Aber, frage ich Dich, wenn Ihr das wisst, warum regt Ihr Euch nicht, warum duldet Ihr, dass diese Gewalthaber Schritt für Schritt offen und im Verborgenen eine Domäne Eures Rechts nach der anderen rauben, bis eines Tages nichts, aber auch gar nichts übrig bleiben wird als ein mechanisiertes Staatsgetriebe, kommandiert von Verbrechern und Säufern? Ist Euer Geist schon so sehr der Vergewaltigung unterlegen, dass Ihr vergesst, dass es nicht nur Euer Recht, sondern Eure sittliche Pflicht ist, dieses System zu beseitigen?

Diesmal hatte Anneliese nicht nur den Atem angehalten, um

kein Geräusch zu machen, nein, sie war furchtbar erschrocken. Die Worte »Diktatur des Bösen« gruben sich in ihre Gedanken ein, sodass sie kaum auf die restlichen Sätze lauschte. Wie konnte man Deutschland so bezeichnen? Und warum waren die beiden Männer, auf die sie starrte, nicht auch entsetzt wie sie, sondern nickten eifrig? Konnte es sein, dass Paul ebenfalls nickte?

Sie drehte den Kopf etwas zur Seite, sah noch mehr Stühle... fremde Männer... fremde Frauen, einige von ihnen noch sehr jung. Die mit den dunklen Haaren konnte Pauls Schwester sein. Aber vielleicht irrte sie sich, und da war doch keine Ähnlichkeit, wie sie sie wahrzunehmen glaubte. Es konnte ja auch seine... Liebste sein.

Wie lächerlich gerade jetzt diesen Stachel der Eifersucht zu fühlen! Dafür sollte wahrlich kein Platz sein inmitten ihrer Empörung über diesen Text, der kein Ende fand.

Wenn aber ein Mensch nicht mehr die Kraft aufbringt, sein Recht zu fordern, dann muss er mit absoluter Notwendigkeit untergehen. Wir würden es verdienen, in alle Welt verstreut zu werden wie der Staub vor dem Winde, wenn wir uns in dieser zwölften Stunde nicht aufrafften und endlich den Mut aufbrächten, der uns seither gefehlt hat. Verbergt nicht Eure Feigheit unter dem Mantel der Klugheit. Denn mit jedem Tag, da Ihr noch zögert, da Ihr dieser Ausgeburt der Hölle nicht widersteht, wächst Eure Schuld gleich einer parabolischen Kurve höher und immer höher.

Unwillkürlich hatte Anneliese ihre Hände ineinander verkrampft. Sie wusste, dass das nicht reichte. Sie sollte sich besser die Ohren zuhalten... fliehen... vergessen, dass sie diese Worte je gehört hatte. Aber sie konnte nicht gehen, ohne Paul gesehen, ohne herausgefunden zu haben, ob auch er zustimmend nickte.

Noch weiter beugte sie sich vor, sah den jungen Mann namens

Heinz, der den Text vorlas. Er hielt kein Buch in den Händen, nur ein einzelnes Blatt Papier, gelblich, mit der Druckschrift einer Schreibmaschine beschrieben, an den Rändern eingerissen. So zerknittert wie es war, war es wohl schon mehrfach zusammengefaltet worden.

Viele, vielleicht die meisten Leser dieser Blätter sind sich darüber nicht klar, wie sie einen Widerstand ausüben sollen. Sie sehen keine Möglichkeiten. Wir wollen versuchen, ihnen zu zeigen, dass ein jeder in der Lage ist, etwas beizutragen zum Sturz dieses Systems. Nicht durch individualistische Gegnerschaft in der Art verbitterter Einsiedler wird es möglich werden, den Boden für einen Sturz dieser ›Regierung‹ reif zu machen oder gar den Umsturz möglichst bald herbeizuführen, sondern nur durch die Zusammenarbeit vieler überzeugter, tatkräftiger Menschen, Menschen, die sich einig sind, mit welchen Mitteln sie ihr Ziel erreichen können. Wir haben keine reiche Auswahl an solchen Mitteln, nur ein einziges steht uns zur Verfügung – der passive Widerstand.

Der Drang zurückzuweichen wuchs – alles in ihr schrie nun, dass das, was da vor sich ging, Verrat war. Zugleich fühlte sie sich wie festgenagelt. Paul, wo war bloß Paul? Sie vergaß sämtliche Vorsicht, öffnete die Tür noch weiter. Niemand bemerkte sie, alle Blicke waren starr auf den jungen Mann gerichtet, der vorlas. Da waren zwei weitere Männer, auch diese ihr fremd, eine weitere Frau, diese ihr nicht fremd. Sie kannte sie.

Der Sinn und das Ziel des passiven Widerstandes ist, den Nationalsozialismus zu Fall zu bringen, und in diesem Kampf ist vor keinem Weg, vor keiner Tat zurückzuschrecken, mögen sie auf Gebieten liegen, auf welchen sie auch wollen. An allen Stellen muss der Nationalsozialismus angegriffen werden, an denen er nur angreifbar ist. Ein Ende muss diesem Unstaat möglichst bald bereitet werden – ein Sieg des faschistischen Deutschlands in diesem Kriege hätte unabsehbare, fürchterliche Folgen.

Felicitas. Da saß tatsächlich Felicitas. Das war doch nicht möglich!

Wie konnte Felicitas einfach ruhig dasitzen, nicht aufspringen, erklären, solche schändlichen Dinge dürfe man nicht verkünden? Warum hielt ausgerechnet sie sich in der Agentur des Rauhen Hauses auf, die in den letzten Wochen doch ihr Märchenreich gewesen war? Und warum saß sie neben... Paul?

Ja, jetzt fiel ihr Blick auf ihn, jetzt konnte sie auch sehen, wie entschieden er nickte. Aus seiner Miene sprach nicht die erhoffte Empörung, auch kein Spott darüber, dass in diesem abscheulichen Schriftstück die Frage gestellt wurde, wie man den gegenwärtigen Staat am wirksamsten bekämpfen könnte. Sein Spott hätte sie glauben machen können, das alles wäre nicht ernst gemeint. Nein, in seinen Augen stand ein Glanz, der sie ein wenig an das Leuchten erinnerte, das sie darin sah, wenn er sie anlächelte, nur dass er an diesem Abend von einem kälteren Feuer genährt wurde. Gleiches Feuer hatte sie früher oft in Felicitas lodern gespürt.

Wieso schaffte sie es nicht, ihr zu entkommen? Wieso tauchte sie überall auf, wo sie war, erinnerte sie daran, was sie ihr angetan hatte?

Allerdings: Felicitas lief ihr nicht nach, sie, Anneliese, war freiwillig hergekommen, lauschte diesem merkwürdigen Text immer noch, obwohl sie die Worte nicht hören durfte... nicht hören wollte...

Sabotage in Rüstungs- und kriegswichtigen Betrieben, Sabotage in allen Versammlungen, Kundgebungen, Festlichkeiten, Organisationen, die durch die nationalsozialistische Partei ins Leben gerufen werden. Verhinderung des reibungslosen Ablaufs der Kriegsmaschine (einer

Maschine, die nur für einen Krieg arbeitet, der allein um die Rettung und Erhaltung der nationalsozialistischen Partei und ihrer Diktatur geht). Sabotage auf allen wissenschaftlichen und geistigen Gebieten, die für eine Fortführung des gegenwärtigen Krieges tätig sind – sei es in Universitäten, Hochschulen, Laboratorien...

Nein, sie hörte nicht mehr, wie dieser Satz beendet wurde. Schon nahm sie Stufe um Stufe hinauf, schon hatte sie das Ende der Treppe erreicht, schon hastete sie durch die dunkle Buchhandlung, erreichte den Hintereingang, stürmte nach draußen. Eisige Luft schnitt sich in ihre Kehle, dennoch hatte sie das Gefühl, wieder frei atmen zu können. Sie tat mehr als das, schluchzte auf. Die Gedanken zerfielen zu einzelnen Worten.

Verrat... gefährlich... verboten... Felicitas... Paul... Felicitas... Paul...

Die Worte drehten sich im Kreis, stießen sich an der Mauer aus Verwirrung und Unbehagen und Wut und Eifersucht.

Felicitas... Paul... Felicitas... Paul...

Was hatte sie mit ihm zu schaffen? Was hatte sie selbst mit ihm zu schaffen? Wie hatte sie nur die Nähe dieses jungen Mannes suchen können, sich gar daran berauschen, sie war doch eine verheiratete Frau, eine überzeugte Nationalsozialistin, sie musste sich von ihm fernhalten, mehr noch, sie musste ihn anzeigen!

Sie begann zu laufen, vernahm eine Weile nur die eigenen Schritte auf dem Asphalt, die rauen Atemzüge. Sie hielt ihre Hände wieder umkrampft, spürte sie kaum noch, auch ihr Gesicht war steif vor Kälte.

Als sie endlich die Bieberstraße erreichte, war sie nicht sicher, wie lange sie unterwegs gewesen war. Nicht sicher, wie sie sich wieder aufwärmen konnte – ob eine Tasse Tee genügte oder sie sich ein warmes Bad einlassen müsste, ob erst wieder Leben in die steifen Glieder zurückkehrte, wenn sie Emil weckte, ihm alles erzählte.

Als sie sich an die Wohnungstür lehnte, anstatt sie aufzusperren, und es in ihren Fingerspitzen langsam zu kribbeln begann, wusste sie nur eines: Sie konnte sie nicht anzeigen, nicht Felicitas, nicht Paul. Sie war mitverantwortlich dafür, dass Levi damals verhaftet worden war, sie konnte unmöglich weitere Schuld auf sich laden. Vergessen, was sie eben gehört hatte, konnte sie allerdings auch nicht. Sie nahm sich fest vor, die Agentur des Rauhen Hauses niemals wieder zu betreten und Paul niemals wiederzusehen.

Levi konnte den Blick nicht von dem Jungen lösen. Er schätzte ihn auf elf oder zwölf Jahre, wenn überhaupt, jedenfalls war er viel zu dürr und zu schwach, den schweren Baumstamm zu schleppen. Zum wiederholten Male bückte er sich ächzend danach, versuchte ihn hochzuheben, ihn mit sich zu ziehen, kam aber höchstens wenige Zentimeter voran.

In Sachsenhausen wäre Levi aufgesprungen und zu ihm geeilt. Dort hatte er einschätzen können, wann es nicht lebensgefährlich war, Hilfe zu leisten. Aber er war nicht mehr in Sachsenhausen, er war nach Buchenwald gebracht worden. Und hier konnte er sich noch nicht orientieren, noch nicht die besonders grausamen Wärter von den harmlosen unterscheiden, hier riskierte man Prügel mit dem Gummiknüppel oder dem Gewehrkolben, wenn man nur einen flüchtigen Blick über die eigene Schulter warf. Um den Kopf von einem, der den Fehler gemacht hatte, auf seine kalten Hände zu pusten, waren einmal sogar Kugeln gepfiffen.

Schweren Herzens widmete er sich deshalb der eigenen Arbeit. In den letzten Wochen hatte auch er oft Bäume geschleppt, nun galt es, sie zu zersägen und daraus primitive Holzbaracken zu errichten, die Teil dessen wurden, was die SS als Kleines Lager bezeichnete. Bis zur Fertigstellung waren alle Neuzugänge in Buchenwald, er selbst eingeschlossen, in Zelten untergebracht, wo es jetzt im Winter so kalt war, dass er jeden Abend damit rechnete, im Schlaf zu erfrieren. Und doch konnte er sich am nächsten Morgen immer wieder mit steifen Gliedern hochkämpfen, später sogar die Säge halten. Nur sämtliche Worte schienen hinter den eisigen Lippen erfroren zu sein.

Das Mitleid war nicht erfroren. Als er vermeinte, dass das Ächzen des Jungen lauter wurde, hob er wieder den Blick. Da! Er hatte den Baumstamm mit beiden Händen gepackt, zog ihn mit zusammengepressten Lippen hinter sich her, schaffte einen Schritt, zwei Schritte, sogar noch den dritten! Dann verließen ihn die Kräfte. Der Baumstamm entglitt seinen roten Händen, fiel direkt auf seinen rechten Fuß. Aus dem Ächzen wurde ein kläglicher Schrei. Jetzt konnte Levi nicht anders, als die Säge fallen zu lassen. Schon war er bei dem Jungen, schon packte er selbst den Baumstamm und stemmte ihn hoch, damit der Junge seinen Fuß darunter hervorziehen konnte.

So bereitwillig er sich helfen ließ – kaum war er von der Last befreit, duckte er sich angstvoll.

»Wer bist du?«, fragte der Junge leise.

Sein Blick verharrte nicht lange auf Levis Gesicht, heftete sich dann auf das Abzeichen an seiner Häftlingsuniform, ein rotes Dreieck. Schon in Sachsenhausen hatte Levi dieses mehrmals das Leben gerettet, und seit man ihn ins KZ Buchenwald überstellt hatte, war er noch dankbarer dafür. Malträtiert wurden hier zwar alle, Kommunisten und Sozialisten, Franzosen und Polen, Homosexuelle und Bibelforscher, aber niemanden traf es so schlimm wie die Juden.

»Ich bin…«, setzte er an, brachte den Satz nicht zu Ende, nicht nur, weil er des Redens entwöhnt war, auch weil er nicht wusste, was er sagen wollte.

War es denn noch die Wahrheit, dass er der Deutschlehrer aus Sachsenhausen war?

Seit er in Buchenwald war, nein, eigentlich schon in den Wochen zuvor, war er vor allem eines gewesen – ein Trauernder, der einmal mehr alles verloren hatte, was ihm lieb und teuer gewesen war.

Er sagte nichts, ließ den Jungen stehen, bückte sich nach der Säge und schuftete mit gesenktem Kopf weiter. Das morsche Holz ließ sich zerkleinern. Auch der Schmerz ließ sich zerkleinern, zumindest, wenn er ihm nicht nachfühlte, wenn er einfach stur weitermachte… weiteratmete… weiter…

Ein Pfiff ließ ihn zusammenzucken.

Am Morgen war dies das Signal aufzustehen – im Sommer zwischen vier und fünf Uhr, im Winter zwischen fünf und sechs Uhr. Jetzt war es ein Zeichen dafür, dass sie kurz innehalten, an der harten Rinde kauen konnten, die sie sich vom Frühstück verwahrt hatten. Das Kauen schmerzte wie immer, das Knurren im Magen schmerzte aber noch mehr. Er wandte sich zur Seite, um einen Blick auf den Jungen zu werfen.

»Hier«, sagte er leise und gab ihm ein Stück Brot. »Das kannst du haben.«

Der Junge reagierte nicht. Als er seine Worte wiederholte, lauter nun, erkannte er, dass er nicht reagieren konnte. Er versuchte zwar einen Schritt auf ihn zuzumachen, aber sein rechter Fuß knickte jedes Mal weg.

»Du lieber Himmel«, stieß Levi aus.

Das Brot fiel auf den Boden, als er einmal mehr auf den Jungen zustürzte, ihm unter die Arme griff, um ihn zu stützen. Viel Gewicht hatte er nicht zu stemmen, dafür war der andere zu dürr. Das änderte nur nichts an der prekären Lage. Der Junge musste arbeiten, damit er von der SS nicht totgeprügelt wurde. Aber wie sollte er arbeiten, wenn er nicht einmal aufzutreten imstande war?

»Die Krankenstube... wir müssen dich in die Krankenstube bringen.«

Er hatte so lange keine ganzen Sätze mehr gesprochen, dass die Zunge schwer wie ein Stein war. Sie schlug gegen die Zähne, anstatt Worte so zu artikulieren, wie er es wollte.

Der Junge hatte sich bereitwillig stützen lassen, doch als er ihn mit sich zu ziehen versuchte, wehrte er sich. »Nicht in die Krankenstube... in die Häftlingsstube.«

Erst jetzt ging Levi auf, dass er Polnisch zu ihm gesprochen hatte. Schneller erfasste er, was er ihm sagen wollte. Die Krankenstube... richtig... sie war ein gefährlicher Ort, wo mehr Leidende den Tod fanden als Linderung. Die Häftlingsschreibstube wiederum stand zwar unter der Aufsicht eines SS-Mannes, aber ein Großteil der Arbeit wurde von Häftlingen ausgeführt. Und obwohl zu dieser eigentlich nur gehörte, neue Insassen in Karteien aufzunehmen und den Wohnblocks zuzuweisen, gab es Gerüchten nach in Buchenwald eine illegale Lagerverwaltung wie in Sachsenhausen, die sich zum Ziel gesetzt hatte, möglichst viele Kameraden vor dem Tod zu bewahren.

Wenn überhaupt Hilfe zu erhoffen war, dann würden sie sie dort finden – vorausgesetzt, sie überlebten den Weg dorthin.

»Los«, sagte Levi.

Er zog den Jungen entschlossen mit sich, obwohl sie, um die Häftlingsstube zu erreichen, in Richtung Torgebäude gehen mussten, und dort befand sich nicht nur der einzige Ein- und

Ausgang des Lagers, auch der Hauptwachturm, von dessen oberer Plattform das gesamte Lager überblickt wurde.

Er konnte nur hoffen, dass man sie von dort oben nicht entdeckte, und der Junge schien diese Hoffnung zu teilen, denn diesmal ließ er sich willig mitziehen, wiederholte nur die Frage, die er zuvor schon gestellt hatte: »Wer bist du?«

Wieder fiel es Levi schwer, eine Antwort zu finden.

Kein Deutschlehrer... ein Trauernder...

Er hatte in Sachsenhausen vieles bezeugt, was er nie vergessen würde, weil es sich wie ein Brandmal in die Seele eingegraben hatte. Aber solange er Lehrer gewesen war, war er nie eingeknickt, im Gegenteil. Gerade die Not, die sich in den Gesichtern der Jugendlichen spiegelte, spornte ihn an, wann immer es möglich war, im Kinderblock Deutschstunden abzuhalten. Sie hatten kein Papier, er schrieb die Wörter auf den Boden – im Sommer in den Staub, im Winter in den Schnee. Der Staub wurde verweht, der Schnee schmolz, aber die Wörter blieben in den Köpfen... und er blieb ein Mensch.

Er war auch nicht nur Lehrer – er hatte selbst einen in Franz Bobzien gefunden. Der hatte ihm vielleicht kein Wissen über deutsche Literatur voraus – hingegen die Gabe zum Trösten, zum Aufrichten, zum Begeistern. Und die Gabe, Hoffnung zu machen, nicht nur den Jugendlichen, auch ihm.

Eines Tages war diese Hoffnung ebenso zerfetzt worden wie der Körper von Franz Bobzien. Immer wieder waren Truppen von Gefangenen zusammengestellt worden, die im Wald südlich von Berlin nach Bomben graben und sie entschärfen mussten, waren doch oft noch in anderthalb Metern Tiefe Blindgänger zu finden. Selten kehrten alle unverletzt zurück, viele von ihnen wurden schwer verstümmelt.

Bobzien war sofort gestorben, als er auf eine Bombe gestoßen war, und später war Levi dankbar, dass er nicht lange hatte leiden müssen. In dem Moment, da er davon erfahren hatte, hatte er gar nichts fühlen können, nur vermeinen, dass dort, wo eben noch auf einer Erdschicht ein grüner Flaum gewachsen war, ein schwarzer Krater klaffte.

Gewiss, dieser war seitdem etwas kleiner geworden, er konnte auf seinen Rändern balancieren, der Todessehnsucht trotzen. Die Trauer begleitete ihn dennoch auf Schritt und Tritt. Auch jetzt, da er mit dem Jungen durchs Lager wankte, nur langsam, aber unentdeckt vorankam, nicht mehr weit vom Turm entfernt nach rechts abbog.

»Wer bist du?«, fragte der Junge ein drittes Mal.

Er gab eine Antwort, mit der er nichts falsch machen konnte. »Levi. Ich bin Levi. Und du?«

Der Junge zögerte, und kurz hatte er Angst, er würde bloß seine Häftlingsnummer nennen. Doch dann sagte er: »Adamus. Mein Name ist Adamus.«

Wie der erste Mensch...

Levi hätte gern noch mehr über Adamus erfahren, aber er nutzte die Kraft lieber, die letzten Schritte vor der Häftlingsstube zügig zu tun. »Gleich... gleich haben wir es geschafft.«

Er stieß die Holztür auf, was ein Leichtes war, er wollte Adamus über die Schwelle ziehen, was schwerer sein würde, denn sie war leicht erhöht. Doch während er noch überlegte, wie er den verletzten Fuß anheben konnte, ohne ihm Schmerzen zu bereiten, löste sich der Junge plötzlich von ihm. Und anstatt mit verzerrtem Gesicht kläglich zu humpeln, trat er mit dem vermeintlich gebrochenen Fuß fest auf, schritt über die Schwelle und tiefer in den länglichen Raum. Das Licht war trübe, aber dass Adamus nicht im Mindesten verletzt war, nur so getan hatte, erkannte Levi doch.

»Er ist es«, verkündete er einem fremden Mann, der auf einmal hinter ihm auftauchte. »Er ist tatsächlich der Deutschlehrer aus Sachsenhausen.«

Levi starrte ihn fassungslos an. »Du hast nur so getan, als wärst du verletzt?«

Er war nicht nur überrascht, es regte sich auch Furcht. Es mochte Häftlinge geben, die auf der Seite ihrer Mitgefangenen standen. Aber es gab ebenso viele, die der SS an Grausamkeit um nichts nachstanden, nach oben buckelten und nach unten traten. Vielleicht hatte ihn einer auf die Probe stellen wollen, ihn des Ungehorsams überführen… Vielleicht hatte einer…

Der fremde Mann, der hinter dem Jungen erschienen war und nun auf Levi zutrat, machte allerdings nicht den Eindruck, als hätte er Böses im Sinn, eher, als wollte er ihn umarmen. Und obwohl Levis Augen nichts wahrnahmen, was er nicht jeden Tag dutzendfach sah – eine zerfledderte Sträflingsuniform mit dem Kennzeichen eines Kommunisten, die an einem viel zu dürren Körper schlackerte, ein bleiches, spitzes Gesicht, verhaltene Bewegungen –, witterte seine Seele in diesen wachen Augen Güte.

»Es ist tatsächlich der Deutschlehrer aus Sachsenhausen«, wiederholte Adamus.

»Das… war… ein… Test?«, presste Levi hervor. »Um zu sehen, ob ich helfend eingreife… mich für einen anderen in Gefahr zu bringen bereit bin?«

Der Fremde hatte ihn erreicht, umfasste seine Schultern, drückte sie. Es tat weh, und irgendwie tat es auch gut. »Hammann ist mein Name«, sagte er, »Hermann Wilhelm Hammann. Vergib uns unsere kleine Scharade, aber ich bin Lehrer wie du, und ich finde es nur gerecht, wenn dann und wann auch Lehrer einer Prüfung unterzogen werden, nicht nur die Schüler.«

Er lächelte nicht mit dem Mund, jedoch mit den Augen.

»In Sachsenhausen haben wir den Kindern keine Prüfungen auferlegt«, murmelte Levi, »das Überleben war die größte Prüfung. Wir haben versucht, sie bestmöglich darauf vorzubereiten und ihnen dabei zu helfen.«

»Gewiss«, erwiderte Hammann. »Ihr habt ihnen Deutsch beigebracht, damit sie die Kommandos verstanden und man sie für die Sträflingsarbeit ausbilden konnte.«

Und damit sie nicht vergaßen, dass sie noch Menschen waren, fügte Levi in Gedanken hinzu.

»Woher weißt du davon?«, fragte er.

Der Laut, der aus dem Mund von Hammann kam, wäre in einer anderen Welt ein gutmütiges Lachen gewesen. Hier klang es vor allem erstickt. »Weil ich Augen und Ohren offenhalte. Du scheinst das in den letzten Wochen nicht getan zu haben, sonst wüsstest du, dass es auch in Buchenwald eine Häftlingsbücherei gibt, dass Gedichte, Romanszenen, Zeitungsartikel im Umlauf sind und dass wir ein sogenanntes Maurerlehrlingskommando haben.« Als Levi ihn fragend ansah, fuhr er fort: »Aufgrund des Krieges wurden immer mehr Fachkräfte eingezogen. Das hat uns auf die Idee gebracht, der SS vorzuschlagen, jüdische und polnische Jugendliche zu Maurern auszubilden und ihnen zu diesem Zweck Deutsch beizubringen. Die SS hat sich darauf eingelassen, sich sogar dafür gerühmt, solcherart die Germanisierung des Lagers voranzutreiben. Auf diese Weise ist es uns jedenfalls gelungen, zahlreiche Jugendliche vor einem Weitertransport in Richtung Osten zu retten.«

Dass Adamus, der weiter hinten verharrt hatte, nickte, verriet

Levi, dass er zu diesen gehörte. Dass Hammann ihn wiederum erneut an den Schultern packte und ihn drückte, verriet ihm, was er von ihm erwartete.

»Ihr wollt meine Unterstützung«, stellte er fest. »Nun, natürlich kann ich auch hier Polnisch sprechenden Jugendlichen Deutsch beibringen und...«

»Die Situation hat sich zugespitzt«, fiel Hammann ihm ins Wort, und nun stand das Lächeln nicht einmal mehr in seinen Augen. »Seit November gibt es den Erlass, sämtliche Konzentrationslager im Deutschen Reich judenfrei zu machen und alle Juden nach Auschwitz zu überstellen. Hier in Buchenwald trennt man überdies noch strikter die Arbeitsunfähigen von den Arbeitsfähigen, was bedeutet, dass man die Kinder und Jugendlichen, die hier ankommen, größtenteils schon an der Verladerampe aus den Armen ihrer Eltern reißt und sie nach Auschwitz schickt.«

»Auschwitz...«, echote Levi.

Seine Zunge fühlte sich taub an, sein Mund wie ein riesiger Hohlraum, in dem sich das Wort verlor, das er in den letzten Wochen oft gehört hatte. Tagsüber verbat sich jeder, darüber nachzudenken. In den Nächten wurde darüber geraunt, getuschelt. Sie schicken die Juden ins Gas und verbrennen die Leichname, Hunderte, Tausende, Zehntausende.

Es muss eine Lüge sein, dachte er, wenn er das Flüstern hörte.

Es ist die Wahrheit, dachte er, als er nun Hammann ins Gesicht blickte.

»Was... was wollt ihr dagegen tun?«, fragte er.

»Wir planen die Einrichtung eines Kinderblocks, wollen die Lagerführung überzeugen, dass die Kinder, je jünger sie sind und je kleinere Hände sie haben, umso geschickter arbeiten können, nicht als Maurer, als Mechaniker. Wir versichern ihnen, dass es auch in ihrem Interesse ist, wenn wir sie deutsche Ordnung und Disziplin lehren. Natürlich sollen sie noch viel mehr lernen… müssen es, jetzt mehr als zuvor… Solidarität, Zusammenhalt, Verantwortung. Wir wollen eine illegale Schule gründen.«

Levi ließ den Atem entweichen. Der Laut klang nicht nur wie ein Seufzen, auch wie ein Lachen oder wie ein Weinen.

»Jetzt?«, fragte er schwach. »Wenn die Gerüchte aus Auschwitz stimmen, sind Schulen dann nicht überflüssiger als je zuvor?«

Etwas kroch an ihm hoch, ähnlich scharfkantig wie die Holländer. Es war nicht einfach nur die Trauer um Bobzien, nicht einfach nur Verzagtheit oder Furcht. Es war Verbitterung, ätzend wie schwarzer Rauch. Er fühlte sie nicht zum ersten Mal, hatte sie aber immer in Zaum halten können, verhindern, dass sie höher stieg als bis zu seinen Knien, bis zu seinem Bauch, dass sie sich dort noch knurrender verbiss als der Hunger. Jetzt breitete sie sich in seiner Brust aus, wand sich um seine Kehle. Wenn sie noch höher stieg, würde sie blind machen – nicht nur seine Augen, auch seine Seele. Und das war gut so. Güte, Trost und Hoffnung waren für die Seele das, was Wärme für erfrorene Gliedmaßen war, keine Heilung, sondern eine fortwährende Pein.

»Wir müssen Widerstand leisten, wir dürfen nicht damit aufhören«, erklärte Hammann. »Kindern Deutsch beizubringen, und dass diese Sprache trotz allem überaus schön sein kann, ist auch eine Form des Widerstands. Wir müssen ihnen beibringen, dass sie einander brüderlich zugetan bleiben sollen, dass wir niemals aufgeben, dass es eine Zeit… danach geben wird. Nicht alle werden diese erleben, aber wenn es ein paar wenige sind und die dann noch Menschen, wenn sie nicht nur von dem Grässlichen, was hier geschieht, Zeugnis ablegen, sondern auch von dem Schönen, Wahren und Guten, haben wir gewonnen. Zu lernen und zu lehren hat nur einen Sinn, wenn man eine Zukunft hat. Solange man lernt und lehrt, setzt man ein Zeichen, dass man an diese Zukunft glaubt.«

Levi blickte sich in der düsteren Häftlingsstube um. Kaum etwas von dem grauen Novemberlicht drang durch die winzigen Luken und Ritzen, vergebens suchte er in Hammanns Augen jenen Glanz, der Bobziens Gesicht stets zum Leuchten gebracht hatte, wenn der auf ihn eigeredet hatte. Aber der Zug um den Mund war der gleiche. Dieser Zug, der Trotz verriet, grimmige Entschlossenheit, Mut. Vielleicht sogar ein wenig Hybris, so genau konnte Levi das nicht sagen. Was immer es war, es rang seine Bitterkeit nieder. Sie waberte nur noch um seine Füße, aber so genau musste er nicht sehen, auf welchem Boden er stand, solange er noch die Macht hatte, den Kopf in den Nacken zu legen, einen Himmel zu erahnen.

»Ich tue, was ich kann ... was ich darf ... was ich muss.« Er zögerte kurz. »Jetzt mehr als zuvor.«

1943

Februar

Wenn ein Kampf ein so gigantisches Ausmaß angenommen hat, dann muss sich jeder als Kämpfer fühlen«, erklärte einer von Felicitas' Schülern pathetisch. »So muss auch in der Heimat jeder danach drängen, das Letzte zu geben.« Sie wollte ihm bedeuten, dass es nun genug war, aber er hörte nicht auf, den Appell des Reichsmarschalls, den dieser am 30. Januar 1943 an die Hamburger gerichtet hatte und den er offenbar auswendig gelernt hatte, wiederzugeben. »Wer wollte von sich behaupten, bisher auch nur Ähnliches geleistet zu haben wie der Soldat an der Front? Da es aber jetzt um die Entscheidung geht, um Sein oder Nichtsein des ganzen Volkes, wird jeder Einzelne aufs Höchste an seiner Opferbereitschaft gemessen.«

Felicitas unterdrückte ein Seufzen. Eigentlich hatte sie die Schüler beauftragt, die Rede Cäsars an seine Soldaten vor der Entscheidungsschlacht gegen Pompeius zu übersetzen. Als sie nun einen Blick auf die anderen Schüler warf, bezweifelte sie jedoch, dass nur einer das geschafft hatte. Sie hielten Lateinvokabeln wohl für entbehrlich – nicht aber das Pathos weiterer Reden, die in den letzten Wochen erklungen waren und in der Schule wieder und wieder zitiert wurden.

Bei seinem Neujahrsruf hatte Hitler erklärt, von nun an ginge es um Sein oder Nichtsein. Im Januar hatte Göring den Kampfgeist und ungebrochenen Mut der Soldaten von Stalingrad gerühmt, obwohl jeder wusste, dass die Niederlage unausweichlich war. Vor anderthalb Wochen schließlich hatte Goebbels im Sportpalast das Volk auf den totalen Krieg eingeschworen.

Ob ihre Schüler aber auch wussten, was Paul Giesler, dem Gauleiter von München-Oberbayern, kürzlich im Deutschen Museum widerfahren war? Er hatte verlangt, dass sich die jungen Damen nicht an Universitäten herumdrückten, sondern besser nach Hause gingen und dem Führer ein Kind schenkten – notfalls mithilfe seiner Adjutanten, doch die Anwesenden hatten nicht ergriffen gelauscht und applaudiert, die Studentinnen hatten vielmehr aus Protest den Saal verlassen. Und als Wachleute sie am Ausgang festhielten, hatten ihre männlichen Kollegen eine Mauer um sie gebildet und ihre Freilassung verlangt.

Bei einem ihrer letzten Treffen in der Agentur des Rauhen Hauses hatten sie begeistert über diesen größten Studentenaufruhr seit der Machtergreifung gesprochen, ihn als Zeichen dafür gewertet, dass sich die Deutschen nicht mehr alles gefallen ließen. Doch so beseelt sie sich danach alle gefühlt hatten – wie sie den Widerstandsgeist in ihre Klasse bringen sollte, wusste sie nach all den Jahren immer noch nicht.

Zumindest war sie nur im Unterricht zum Schweigen, Kopfeinziehen und Resignieren verdammt. Wenn sie sich am Abend trafen und Pläne schmiedeten, wie sie das Flugblatt aus München vervielfältigen und verteilen würden, konnte sie den Hader abschütteln.

»Ich glaube, für heute machen wir Schluss«, erklärte sie.

Erstaunte Blicke trafen sie, aber niemand widersprach. Die Schüler hatten sich längst daran gewöhnt, dass der Unterricht nach Bombennächten häufig später begann und meist auch früher beendet wurde, zumal es in den Klassen eiskalt war.

Felicitas' Hände waren ständig rot, und als sie wenig später ins Freie trat, fröstelte sie. Die Kälte konnte ihr dennoch nur wenig anhaben. Selbst als sie einen Blick zurück aufs Schulgebäude warf, ihr durch den Kopf ging, wie trostlos die Alsterschule wirkte – mit der kahlen Ulme vor den Fenstern und den wenigen Schülern im Hof, die nicht fröhlich nach Hause stürmten, sondern wie kleine Soldaten Aufstellung nahmen –, trotzte sie der Verzagtheit, schaffte es einmal mehr, die trübe Welt an ihrer Entschlossenheit abprallen zu lassen.

Sie wollte schnell weitergehen, hielt dann doch plötzlich inne. Verspätet nahm sie eine Frau vor dem Schultor wahr, die dort auf sie zu warten schien. Felicitas hatte sie bislang kein einziges Mal im Freien getroffen, immer nur in ihrer Wohnung – damals, als der Lesekreis noch regelmäßig stattgefunden hatte, später bei seltenen Besuchen. Ein wenig wie die Königin eines Zauberreichs war ihr Erna Stahl dort erschienen, ihre Insignien waren Bücher, und auch die Weisheit, die aus ihrer Miene sprach, die Wachheit, die Neugier. Als sie jetzt auf sie zutrat, erkannte sie, dass ihr der schwarze Wintermantel viel zu weit war, dass sich Strähnen aus dem Haarknoten gelöst hatten. Sie wirkte abgekämpft.

»Was machen Sie denn hier?«, entfuhr es Felicitas.

Als sie auf sie zugegangen war, war Erna Stahl ihrem Blick noch ausgewichen – was ebenfalls befremdlich war, schienen die dunklen Augen für gewöhnlich doch bis in ihr Innerstes vorzudringen. Während sie sie nun flüchtig musterte, sprach vor allem Verzagtheit daraus, schlimmer noch, tiefe Sorge.

Ehe sich Felicitas diese erklären konnte, winkte Erna Stahl sie mit sich. »Ich habe auf Sie gewartet, aber lassen Sie uns besser nicht hier reden.«

Sie gingen die Alsterchaussee nicht in Richtung Johanniskirche hoch, was Felicitas' Heimweg verkürzt hätte, sondern in Richtung Außenalster. Bald hatten sie das Stückchen Wiese erreicht, das daran grenzte. Die Halme waren bräunlich, das Wasser spiegelte einen grauen Himmel, ein paar Äste einer Trauerweide hingen so tief, dass sie die Oberfläche berührten, Schilf duckte sich am sumpfigen Ufer. Einzig dem Weiß eines Schwanes, der majestätische Kreise zog, konnte die trübe Welt nichts anhaben.

Erna Stahl starrte ihm gedankenverloren nach, als wäre auch er ein gefährlicher Zeuge, in dessen Gegenwart man nicht laut sprechen durfte. Und als er endlich weitergezogen war und sie sich Felicitas zuwandte, sagte sie immer noch nichts, gleichwohl aus ihrer Miene nun ein Vorwurf schrie.

»Worüber wollten Sie mit mir sprechen?«, fragte Felicitas.

»Sie wissen es noch nicht, oder?«, gab die andere zurück.

»Was soll ich wissen?«

Erna Stahl senkte den Kopf, sprach mehr zum Boden als zu ihr. Anstatt ihre Frage zu beantworten, gab sie zurück: »Wer? Wer von meinen ehemaligen Schülern ist dabei?«

»Dabei ... bei ... was?«

Wieder erfolgte keine Antwort. »Ganz bestimmt Heinz Kucharski, richtig? Er war immer schon einer, der gern Grenzen überschritt. Gretha Rothe auch, sie ist ein gutes Mädchen, aber manchmal denke ich, viel zu gut für diese Welt. Und natürlich Traute Lafrenz. Sie hat doch dieses Flugblatt aus München mitgebracht, oder? Wer sonst noch? Wie viele ehemalige Lichtwarkschüler?«

Felicitas fragte sich, wer bei ihr gewesen war und von ihren Zusammenkünften in der Agentur des Rauhen Hauses erzählt hatte. Sie vermutete, dass es jemand war, der sie hatte anspornen wollen mitzumachen, schließlich hatte Erna Stahl nie ein Geheimnis aus ihrer Gesinnung gemacht, war einst deswegen von der Lichtwarkschule strafversetzt worden und hatte schon während des Lesekreises, den sie danach ins Leben gerufen hatte, um ihre ehemaligen Schüler weiterhin unterrichten zu können, häufig das Wort Widerstand fallen lassen. Allerdings hatte sie auch stets darauf bestanden, diesen auf dem ihr gebotenen Platz zu leisten und mit den ihr gebotenen Mitteln. Und ebenso hatte sie bekräftigt, dass sie Gegenwehr nur so weit in Betracht zog, da diese nicht zur Gefahr für das eigene Leben wurde. Verbotene Flugblätter zu vervielfältigen schloss das wohl aus.

Wieder witterte Felicitas einen Vorwurf, doch das Unbehagen, das die Begegnung mit der anderen zunächst heraufbeschworen hatte, wandelte sich in grimmige Entschlossenheit. »Ja, Traute hat das dritte Flugblatt aus München mitgebracht«, sagte sie mit fester Stimme. »Und was unseren... Kreis betrifft – es schließen sich ihm immer mehr an. Ärzte, Medizinstudenten, Buchhändler, Künstler, auch Freunde und Familienangehörige von diesen, solche, von denen man weiß, dass sie seit Langem in Opposition zum Regime stehen, zum Beispiel Käthe und Konrad Leipelt und deren Kinder und...«

»Ich will es gar nicht wissen«, unterbrach Erna Stahl sie schroff.

»Warum wollten Sie dann mit mir sprechen?«, fragte Felicitas nicht minder ungehalten.

Sie wusste, dass viele Menschen das, was sie taten, als Verrat bezeichneten, doch von Erna Stahl hätte sie Lob erwartet, Anerkennung, nicht Missbilligung.

Oder war sie vielmehr von Verzweiflung erfüllt?

Als sie den Kopf hob, zitterten plötzlich ihre Lippen. »Sie sind Lehrerin wie ich«, sagte Erna Stahl leise. »Obwohl die anderen niemals Ihre Schüler waren, nur meine, müssen Sie Verantwortung für sie übernehmen.«

»Wir sprechen doch nicht von Kindern! Und das, was ich tue, was wir alle tun, hat sehr viel mit Verantwortung zu tun. Diese Verantwortung besteht aus mehr als einer Haltung des Abwartens, sie erfordert ein Handeln. Ein paar von uns haben begonnen, dieses Flugblatt zu vervielfältigen und...«

»Ja, sind Sie denn wahnsinnig?«, fuhr Erna Stahl auf.

»Sie hatten alle Handschuhe an, als sie es mit Durchschlag auf Schreibmaschinen abgeschrieben haben, um keine verdächtigen Spuren zu hinterlassen. Auch Erich Kästners Gedicht *Ihr und die Dummheit zieht in Viererreihen* haben sie vervielfältigt.«

»Sie sind wirklich nicht bei Sinnen.« Erna Stahl funkelte sie an.

»Noch haben wir die Texte nur an befreundete Familien, von deren Gesinnung wir wissen, weitergegeben. Aber das ist erst der Anfang. Wenn es nach uns geht, soll Traute noch mehr Flugblätter aus München mitbringen, auch die beiden ersten und alle, die folgen werden. Überhaupt... das, was diese Münchner Studenten begonnen haben, zieht immer weitere Kreise. Es gibt Kontakte zu Widerstandsgruppen in Berlin. Ein gewisser Falk Harnack, dessen Bruder der sogenannten Roten Kapelle angehört, ist einer von ihnen. Sein Vetter wiederum ist ein Pastor namens Dietrich Bonhoeffer, der Führer der Bekennenden Kirche. Ob Kommunisten oder Christen – sie teilen alle den brennenden Wunsch, dieses Regime zu zerstören... oder ihm zumindest Steinchen ins Getriebe zu werfen. Ich behaupte gar nicht, dass es schon Felsbrocken sind, zumindest noch nicht, aber wie gesagt, das ist erst der Anfang und...«

»Nein«, fiel ihr Erna Stahl ins Wort, »das ist das Ende, das muss das Ende sein.« Trotz aller Beklommenheit – die Wut war stärker. Sie hatte der Lehrerin, die ein paar Jahre älter war als sie selbst, nie anderes als tiefen Respekt entgegengebracht, jetzt musste sie an sich halten, um sie nicht an der Schulter zu packen, zu rütteln, sie der Feigheit zu bezichtigen. Ehe sie die Hände ausstrecken konnte, zog Erna Stahl sie aber mit sich zu einem verwitterten Bänkchen, zwang sie, sich zu setzen, obwohl das Holz feucht war.

»Sie wissen es noch nicht.«

Es waren die gleichen Worte wie zuvor, nur diesmal nicht als Frage, sondern als Feststellung formuliert. Schon zog die ehemalige Lehrerin der Lichtwarkschule etwas aus der Tasche, reichte es ihr. Es war eine Seite aus einer Zeitung – einer Münchner Zeitung.

Hinterher war Felicitas nicht sicher, welches der Worte ihr als Erstes in die Augen gestochen war.

Da standen Namen ... Namen, die sie schon gehört hatte – aus Helenes Mund, später aus Trautes. *Hans ... Sophie ... Christoph ...*

Da waren Anklagen – der schwerste Fall hochverräterischer Flugpropaganda, der sich während des Krieges ereignet hatte ... gefährliche Feinde des Dritten Reiches.

Und dann waren da Worte, die niemand von ihnen je ausgesprochen hatte, die ihr nur in sehr dunklen Nächten durch den Kopf spukten und selbst in diesen nur im Halbschlaf. Jetzt war sie hellwach, ihr Magen krampfte sich schmerzhaft zusammen. *Verlust aller bürgerlichen Rechte ... Hinrichtung im Gefängnis in München-Stadelheim ... Tod durch das Fallbeil.*

»Sie waren doch noch so ... so jung ...«, hörte sich Felicitas stammeln.

Die Worte verschwammen vor ihren Augen, aber als sie den

Kopf hob, las sie in Erna Stahls Miene ganz deutlich Betroffenheit. Die legte ihr den Arm auf die Schulter.

»Ich habe meine ehemaligen Schüler in Freiheit zur Freiheit erzogen. Und ich freue mich, dass sie für diese Freiheit kämpfen. Der Kampf um diese Freiheit darf dennoch nicht den Tod mit sich bringen. Versprechen Sie mir, sie davon abzuhalten, sich ebenfalls in Lebensgefahr zu begeben, nicht jetzt, da immer mehr Mitglieder der Münchner Gruppe verhaftet und vor Gericht gestellt werden.«

Sie nahm den Zeitungsartikel, steckte ihn wieder ein, sah Felicitas erwartungsvoll an. Nicht dass ein Teil von ihr nicht heftig nicken, mit dem Brustton der Überzeugung ein »Ja!« ausstoßen wollte. Ein anderer Teil hätte dies hingegen als Lüge und Heuchelei abgetan.

Der Schwan zog wieder an ihnen vorbei, zog eine lautlose Runde, hinterließ keine Spur im grauen Wasser.

»Sie waren tatsächlich noch so jung«, hörte sie sich plötzlich sagen, »diese Studenten in München. Und sie sind auch noch so jung... Helene... Paul... all die anderen. Aber... aber das darf uns nicht vom Widerstand abhalten. Der Tod ist das Ende des Lebens, nicht der Freiheit, er darf es nicht sein. Der Preis für die Freiheit mag ein hoher sein, Sie mögen denken, ein viel zu hoher. Ich dagegen glaube, es gibt nichts Kostbareres als die Freiheit, und ich werde mich hüten, nicht alles, was ich zu geben habe, in die Waagschale zu werfen.«

Erna Stahl sagte nichts mehr, aus ihrer Miene sprach auch nicht länger ein Vorwurf, nur Resignation. Wortlos erhob sie sich, ging davon. Als Felicitas ihr nachsah, erschien sie ihr klein wie nie. Und wie sie da auf der Bank hockte, sich plötzlich krümmte, weil sich ihr Magen noch schmerzhafter zusammenkrampfte, kam sie selbst sich nahezu winzig vor. Aber gerade weil der Einzelne allein nicht zählen durfte, gelang es ihr, die Tränen, die in ihr aufstiegen, zu schlucken, sich Verzagtheit und Furcht zu verweigern. Erna Stahl hatte in ihre Entschlossenheit Risse schlagen können, die Mauer jedoch stand noch.

Anneliese war es in den letzten Wochen nicht nur gelungen, an ihrem Schwur festzuhalten, die Buchhandlung nie wieder zu betreten und Paul nicht wiederzusehen, nein, sie stand mit jedem Tag mehr hinter dieser Entscheidung. Sie redete sich ein, dass ihr die gemeinsamen Spaziergänge nicht fehlten, und dem Schmerz, der beim Anblick von Puschkins Gedichtband in ihr hochstieg, entging sie, indem sie ihn ganz hinten im Schrank unter etlichen Wollknäueln versteckte.

Doch nun hatte sich etwas geändert. Sie las zwar nicht länger Puschkins Gedichte, aber regelmäßig die Zeitung, und was sie am Morgen erfahren hatte, war ungeheuerlich, empörend und beängstigend.

Sie nahm sich nicht einmal die Zeit, um sich ordentlich zu frisieren, stürmte mit offenem Haar ins Freie. Paul hatte ihr einmal gesagt, dass es ihm gefiel, wenn sie das Haar offen trug ... wobei sie ihm jetzt nicht gefallen wollte. Zur Rede stellen wollte sie ihn, ihn beschimpfen, ihm vor Augen halten, dass er ein gemeiner, niederträchtiger, vaterlandsloser Geselle war!

Mit jedem Schritt, der sie der Buchhandlung näher brachte, kamen ihr schlimmere Beleidigungen in den Sinn. Doch just als sie sie betrat, waren sie vergessen. Es war nicht Paul, sondern Reinhold Meyer, Juniorchef der Agentur des Rauhen Hauses, der sie begrüßte. Gut möglich, dass er damals im Kellerraum auch dabei gewesen war und diesen schändlichen Worten gelauscht hatte, doch ihr Zorn galt allein Paul. Sie verlangte, ihn augenblicklich zu sehen, und falls Reinhold Meyer von dieser Bitte und erst recht ihrem Erscheinungsbild befremdet war, zeigte er es nicht, sondern verlangte nur ihren Namen zu wissen und beschied sie mit einem Nicken, kurz zu warten. Er verschwand, deutete, als er zurückkehrte, in Richtung Kellergeschoss, und ehe sie sich sagen konnte, dass sie nie wieder auch nur in die Nähe hatte kommen wollen, nahm sie die Treppe nach unten.

Schon hatte sie die Tür aufgerissen, schon stürmte sie in den Raum. Verspätet vernahm sie – wie damals – eine fremde Stimme, nur dass diese keinen von Bösartigkeiten triefenden Text vorlas. Zumindest vermutete sie das, sie verstand nämlich kein einziges Wort, weil die Sprache Englisch war.

»Bist du denn wahnsinnig geworden?«, platzte es aus ihr heraus.

Paul stand in der Nähe jenes Regals, aus dem er damals Puschkins Bücher gezogen hatte, und beugte sich über ein Kofferradio, das er nur unzureichend hinter einem Bücherstapel versteckt hatte. Eine Haarsträhne fiel ihm ins Gesicht, und bei diesem Anblick flammte nicht nur noch mehr Wut auf, auch Furcht. Unendliche Furcht. Furcht um ihn.

»Bist du denn wahnsinnig geworden?«, schrie sie wieder, sehr laut, durchdringend, auf eine Art, wie sie eigentlich niemals schrie. Aber sie musste ja das Radio übertönen. Sie musste die Furcht übertönen. »Es ist verboten, Musik mit englischem oder amerikanischem Einschlag zu hören. Erst recht ist es verboten, Feindsender abzuhören!«

Ihre Stimme bebte. Es war nicht einfach nur verboten, seit Kurzem stand die Todesstrafe darauf. Genauso wie man den Tod riskierte, wenn man Flugblätter verfasste oder auch nur abschrieb und verteilte. Flugblätter, die zum Widerstand gegen den Nationalsozialismus aufriefen. Sie überwand die letzte Distanz, packte ihn an beiden Armen, rüttelte ihn, schrie zum dritten Mal: »Bist du denn wahnsinnig geworden?«

Während sie gegen den Drang kämpfte, auch noch auf Paul einzuschlagen, ging ihr durch den Kopf, dass sich einzig sie wie eine Wahnsinnige aufführte. Aber sie konnte nicht damit aufhören, konnte ihn nicht loslassen, es fühlte sich zu gut an, ihn zu berühren, ihn zu packen, ihn zu mustern, seinen Anblick förmlich aufzusaugen. Er war hagerer geworden, bleicher, in seinen Augen stand dennoch ein eigentümlicher Glanz. Er erlosch nicht, als sie ihn noch rüder schüttelte, im Gegenteil, ihre Wut schien sein Feuer nur weiter anzufachen. Und so überrascht, so überrumpelt er zunächst gewesen war – auf seiner Miene machte sich nun jener feine Spott breit, der nie die hauchdünne Grenze zum Hohn überwand, sondern gutmütig blieb.

»Wie schön, dich endlich wiederzusehen, Anneliese. Ich habe mir schon große Sorgen gemacht, weil du...«

Sie schaffte es, ihn loszulassen. Nur die Stimme zu senken schaffte sie nicht. »Um mich musst du dir keine Sorgen machen. Ich bin eine rechtschaffene Frau. Ich gebe mich nicht mit Verrätern ab, ich höre nicht den Sender unserer Feinde, ich...«

»Und warum bist du dann hier?«

Die Frage war berechtigt, machte sie aber noch wütender. Die Wut war so viel älter als dieser Tag, schwelte schon seit Dezember in ihr. Auch die Angst um ihn war so viel älter, begleitete sie ebenfalls seit damals.

»Warum tust du das?«, fragte sie heiser, packte ihn zwar nicht wieder, konnte den Blick jedoch nicht von seinem Gesicht lassen... dem Gesicht eines Verräters... eines schönen jungen Mannes... eines lebendigen Mannes... so willensstark, so energisch, so...

»Den Feindsender abhören?«, fragte er gedehnt. »Bis eben wusstest du nicht, dass ich das tue. Trotzdem bist du hergekommen. Warum?«

Sie wusste nicht, ob es schwerer war, die Wahrheit ihm oder sich selbst einzugestehen, auch nicht, was die größere Lüge war – zu behaupten, ihn zu verachten, oder zu drohen, ihn bei der Gestapo anzuzeigen.

Am Ende fragte sie nur: »Habt ihr ... hast du es immer noch?«

In seinen Augen blitzte etwas auf, das ein vager Verdacht sein musste, doch noch gab er sich ahnungslos. »Was?«, fragte er unschuldig.

»Eines dieser ... Flugblätter. Flugblätter wie sie in München seit Längerem kursieren ... wie sie auch hier in der Buchhandlung vorgelesen wurden ... Gottlob hat das nun ein Ende. Die Münchner Rädelsführer wurden schließlich verhaftet und ... und ...«

Sie brachte das Wort »hingerichtet« nicht über die Lippen, es schwebte trotzdem im Raum, nein, schwebte über ihm ... Ihr würde ja nichts geschehen.

»Woher weißt du, dass eines der Flugblätter hier vorgelesen wurde?«

Dass er sich nicht einmal die Mühe machte, es abzustreiten, verleitete sie dazu aufzustampfen. Und dann packte sie ihn wieder, schüttelte ihn wieder, klammerte sich regelrecht an ihn.

»Wenn ich es weiß, kann es jeder wissen! Jeder hätte an diesem Dezemberabend die Agentur des Rauhen Hauses durch den Hintereingang betreten, euch heimlich belauschen können ...«

Er stieß ein spöttisches Lachen aus, auch ein ungläubiges. »Du weißt seit über zwei Monaten Bescheid und hast uns so lange gedeckt?«

Dass aus seiner Stimme hörbar Anerkennung sprach, ließ ihr

die Röte ins Gesicht steigen. Nicht Schamesröte, wie sie sich eingestehen musste, sondern die Hitze freudiger Erregung. Abrupt ließ sie ihn los, die Hitze blieb.

»Ich ... ich habe das alles nicht ernst genommen ... hielt diesen Text für einen vermaledeiten Schüleraufsatz. Ich ... ich habe ja auch nicht alles gehört ... nicht alles verstanden, aber heute Morgen habe ich es in der Zeitung gelesen ... Diese jungen Leute in München ... sie wurden ... sie wurden ...« Sie konnte es immer noch nicht aussprechen, jedoch Pauls Blick suchen, ihn eindringlich ermahnen, das konnte sie. »Was immer du mit ihnen zu tun hast oder den anderen hier in Hamburg, die dieses Flugblatt kennen, du musst dich davon lossagen. Du ... du darfst keinen Unsinn machen!«

Seine Augen wurden schmal. »Und wenn es kein Unsinn ist? Wenn es vielmehr der einzige Sinn ist, den mein Leben hat?«

»Ach, Paul!«, rief sie. »Du bist so jung, du hast dein ganzes Leben noch vor dir. Dass du verbotene Gedichte liest, mag nicht weiter schlimm sein, aber du kannst deine Zukunft nicht einfach so verspielen. Diese Zukunft kann eine großartige sein, wenn du dir ein Mädchen suchst und ...«

Ganz kurz versteifte er sich, dann war er es, der sie packte. »Und wenn ich kein Mädchen will, sondern eine Frau? Eine Frau, die mich versteht? Nein, eine Frau, die das Leben versteht, die weiß, dass nicht alles rosig und heiter ist, es stattdessen oft so unmöglich scheint, sich treu zu bleiben? Die genauso einsam ist wie ich, genauso ziellos, die vermeint, dass um sie Nebelschwadenwabern? Und die dann doch im Innersten einen Ruf spürt, von etwas ergriffen, von etwas in eine bestimmte Richtung gezogen wird? Die Sehnsucht mag sie sich abgewöhnt haben, ihre Hoffnung hat sich als sinnlos erwiesen. Aber da ist noch ein Geist ... ein wacher

Geist … ein freier Geist. Ein Geist, den man nicht knebeln und knechten kann, nicht foltern und einsperren. Ein Geist, dem man nicht mit dem Fallbeil beikommt.«

Er löste seine Hände von ihren Armen, legte sie um ihr Gesicht. Kurz drückte er sie so fest, dass sie vermeinte, er wollte besagten Geist einsperren, ihr Gedanken aufzwingen, die nicht ihre waren. Doch dass sie nach Wachheit, nach Freiheit, nach Bildung gierte, konnte sie nicht leugnen. Auch nicht abtun, dass sie sich nach einer Liebe sehnte, wie sie ihr fremd war, keiner Liebe, die die Behaglichkeit eines gemütlich eingerichteten und gut beheizten Zuhauses schenkte, nein, nach einer Liebe, die ebenso hungrig und verzweifelt und quälend war wie berauschend, beglückend und erregend, die sich so verrückt und so falsch anfühlte und zugleich so richtig und so gut.

Sie wollte ihm diese Liebe nicht schenken. Sie wollte ihm ihren Kopf nicht überlassen. Sie versuchte, ihn zu befreien, er hielt sie fest. Sie fuhr nach vorn, jetzt endlich lockerte sich der Griff seiner Hände. Aber nun war ihr Gesicht ganz nah an seinem, und plötzlich presste er seine Lippen auf ihre. Vielleicht war es auch sie gewesen, die den Anfang gemacht hatte. Es änderte nichts daran, dass sie in diesem Augenblick das Gleiche wollten … das Gleiche fühlten, dass zwischen ihren Lippen kurz nichts Platz hatte – weder die Angst um ihn noch die Empörung über sein Tun oder der Zweifel, dass ein junger Buchhändler mit einer verhärmten Frau doch nichts anfangen könnte, er sie für dumm hielt. Es gab ja so viele, die sie für dumm hielten: Carin, Emil, Felicitas … sie hatten ebenfalls keinen Platz, zumindest Carin und Emil nicht. Felicitas schon. Felicitas kannte Paul, hatte ihn anscheinend schon lange vor ihr gekannt. Felicitas war auch da gewesen, als dieses Flugblatt vorgelesen worden war.

Abrupt fuhr sie zurück. Die Lippen brannten, alles an ihr brannte.

»Hast du ... hast du dieses Flugblatt?«

»Soll ich es dir zeigen?«

»Nein!«, rief sie entsetzt. »Dich vor jeglicher Gefahr schützen, das sollst du! Und deswegen musst du es vernichten.«

Sie wiederum musste jetzt gehen, durfte nicht zur Verräterin werden an allem, was ihr je heilig gewesen war, dem Gedanken nicht nachgeben, dass das, was sie eben erlebt hatte, vielleicht das Heiligste von allem war.

Mit bebenden Schritten stolperte sie in Richtung Treppe. Er hielt sie nicht auf, nicht mit Worten, noch nicht einmal mit einem Lächeln. Aber als sie sich ein letztes Mal zu ihm umwandte, war es plötzlich in seinen Händen ... ein Blatt Papier ... mit einer Schreibmaschine beschrieben.

Schon aus der Entfernung nahm sie wahr, dass die Tintenschwärze etwas verwischt war. Als sie näher trat, erkannte sie, dass es eine Kopie war, eine schlechte Kopie. Das, was da über den Text, den sie schon gehört hatte, stand, war dennoch gut zu lesen.

Flugblätter der Weißen Rose III.

Unwillkürlich wollte sie danach greifen, wollte es zerknüllen, zerreißen. Doch er schien das zu spüren, hielt es hastig hoch, sodass sie es nicht erreichen konnte.

»Ich werde es nicht vernichten, ich werde es in Hamburg verteilen ... viele werden das tun. Die Münchner Studenten, die es verfasst haben, mögen tot sein oder verhaftet. Aber ihr Geist lebt weiter. Der Geist ist das, was alles überdauert.«

Weiße Rose, das klang so harmlos. Hatte Felicitas nicht einmal gesagt, dass in den mittelalterlichen Minnegesängen die weiße Rose die reine, erhabene und himmlische Liebe repräsentierte?

War es wirklich der Geist, der alles überdauerte, nicht vielmehr diese Liebe?

Nun, Paul konnte sie nicht lieben, Paul durfte sie nicht lieben, nicht unter diesen Voraussetzungen.

Erneut wandte sie sich von ihm ab, hastete zur Treppe, blieb selbst dann nicht stehen, als er ihren Namen rief.

Künftig würde er mit der Ungewissheit leben müssen, ob sie ihn an die Gestapo verriet oder nicht. So wie sie mit der Ungewissheit leben musste, ob es das größte Geschenk oder die größte Prüfung ihres Lebens war, ihm begegnet zu sein.

Juni

»Wie geht es Ihnen?«, fragte Dr. Schwedler.

Emil zuckte kaum merklich zusammen. Die Frage kam zwar nicht überraschend, schließlich hatte er den Arzt aufgesucht, weil das Taubheitsgefühl in Arm und Hand heftigen Schmerzen gewichen war. Trotzdem erschien sie ihm irgendwie... unanständig. Wie oft wollte der Arzt ihn noch daran erinnern, dass er bei jedem Versuch, am Reck zu trainieren, am Ende wie ein nasser Sack auf den Boden plumpste?

Nun gut, zwei Monate zuvor hatte er sich erstmals in den Stütz hochstemmen können. Aber als er eine Rolle vorwärts gewagt hatte, war seine Hand von der Stange abgerutscht. »Sie hätten sich das Genick brechen können«, hatte Otto Matthiessen, sein Nachfolger als Rektor der Alsterschule, deren Turnsaal Emil ohne Erlaubnis betreten hatte, bemerkt. Dass ausgerechnet der Blick dieser Memme mitleidig auf ihm geruht hatte, war die größte aller Zumutungen gewesen.

Der Blick von Dr. Schwedler war nicht mitleidig, eher lauernd. Vielleicht wartete er gar nicht auf das Eingeständnis, wie schlimm ihn die Schmerzen peinigten... vielleicht wollte er einmal mehr über das reden, was er in Weißrussland bezeugt hatte. Da konnte er lange warten!

»Wie es *mir* geht?«, schnaubte Emil. »Wie es Deutschland geht, das ist das Einzige, was ein Mann fragen sollte.«

Gleiche Worte hatte er erst kürzlich zu einem seiner Flakhelfer gesagt, der nach einer besonders harten, langen Nacht zusammengebrochen war. Es war Albrecht gewesen, es war ja immer Albrecht, der schwächelte. Albrecht hatte sich auch einmal darüber beschwert, dass die anderen ihn verdroschen hätten. Nun, selbst schuld. Wer war denn so dämlich, das Kommissbrot, das auf dem Ofen geröstet wurde, dort verbrennen zu lassen? Erst hatte Emil Albrecht niedergeschrien, weil er sich nicht ausreichend zur Wehr gesetzt hatte, dann die anderen, weil sie sich geweigert hatten, das verbrannte Brot zu essen, sie zudem über den Kunsthonig gelästert hatten, wie jene weißgraue Masse genannt wurde, und erst recht über die Wurst, die wie aus Gummi gemacht schien. »Ja, glaubt ihr, der Schnee, den man in Russland frisst, macht satt? Dass das große Opfer von Stalingrad erbracht wurde, damit ihr ein weiches Brötchen mit Konfitüre schmausen könnt?«

Er hatte gebrüllt, bis Oberleutnant Engel, der Chef der Batterie, ihm mit beschwichtigendem Lächeln auf die Schulter geklopft hatte. »Seien Sie nicht so streng, Tiedemann. Die Jungs sind ja noch grün hinter den Ohren.«

»Eben!«, hatte Emil entgegengehalten. »Deswegen müssen sie ja gestählt werden.«

Ihm war egal, ob Albrecht hinter den Ohren grün oder grau oder schwarz war. Seine verwöhnten Ohren mussten lernen, Lärm zu ertragen, selbst wenn sie platzten, und deswegen teilte er ihn der Geschützstaffel zu.

Beim Training auf dem Flakartillerie-Übungsschießplatz wurde es allerdings nicht laut, war doch Munitionssparen angesagt und blieben die Übungen deshalb meist theoretisch. Und abgesehen von ein paar Bombennächten im März gab es auch in der Praxis wenig zu lernen. Über Wochen kreisten immer nur Aufklärer über der Stadt, in solcher Höhe, dass sie nicht von Flak oder Jägern behelligt werden konnten. Wenn sie vergebens warteten, dass der Kampf losging, wurde oft gespottet. »Die halbe Zeit seines Lebens wartet der Soldat vergebens«, sagte dann der eine, und der andere fügte hinzu: »Können wir die Zeit vielleicht zum Sockenstopfen nutzen?«

Natürlich scherzten sie nur, wenn Oberleutnant Engel in der Nähe war. Emil trauten sie zu, dass er ihnen eine Socke ins Maul stopfte. Gleiches hätte er am liebsten bei Albrecht gemacht, als Hamburg ein paar Tage zuvor erstmals wieder von großen Kriegerverbänden angeflogen worden war, die Flak getobt – und Albrecht sich verkrochen hatte.

»Bist du ein Kind, das zwischen den Trümmern Granatsplitter sucht, oder ein Mann, der Granaten abfeuert?«

Eine dumme Frage. Wäre Albrecht nicht sechzehn, sondern fünf, würde er sich wohl unter dem Rock seiner Mutter verkriechen, nicht wie die anderen Jungen Granatsplitter der Flakgeschosse suchen, der Form und Größe nach ordnen und die prächtigsten – vorzugsweise die mit den schärfsten Kanten – tauschen.

»Lassen Sie ihn doch«, hatte Oberleutnant Engel gutmütig gespottet, »solange der Feind nicht mithört, soll er meinetwegen seine Angst laut rausbrüllen. Man muss ja auch verdorbenes Essen auskotzen, damit der Magen hinterher leer ist und eine neue Portion verträgt.«

Emil sah sich kurz kotzend im Schnee liegen. Er schaffte es, das Bild zu verjagen, schaffte es dagegen nicht, einen noch beharrlicheren Gedanken zu vertreiben: Ich selbst bin Albrechts Feind. Ich hasse ihn, weil er seine Gefühle nicht in den Griff bekommt.

»Zum Helden wird man nicht geboren, zum Helden wird man gemacht«, hatte er gemurrt, und Engel hatte ihm einmal mehr auf die Schulter geklopft, als wäre er ein Schuljunge.

Wie unangenehm dieses Schulterklopfen gewesen war. Wie unangenehm, dass Dr. Schwedler ihm nun, da er ihn kurz vor Dienstbeginn in dessen Wohnung aufgesucht hatte, nicht einfach ein Schmerzmittel gab, sondern verlangte, dass er sich entkleidete. Er untersuchte seine Armverletzung, indem er das vernarbte Gewebe erst durch seine Brille musterte, dann befühlte. Emil konnte nicht verhindern, dass er zusammenzuckte.

»Sind Sie eigentlich auch der Meinung, dass die Angriffe vor ein paar Tagen nur ein kleiner Vorgeschmack waren und etwas Großes bevorsteht?«, fragte der Arzt, während er den Blick nicht von den Narben löste.

»Etwas Großes?«

Er wusste natürlich, worauf Dr. Schwedler hinauswollte. Er schwor selbst seit Tagen die Flakjugend darauf ein. Aber irgendwie wollte er es nicht als etwas Großes benennen. Das, was sie dagegen tun könnten, würde dann noch kleiner, mickriger, sinnloser wirken.

»Seit den Bombardierungen von Kiel und Bremen gibt es Gerüchte, dass bald ein schwerer Terrorangriff auf Hamburg erfolgen wird«, fügte Dr. Schwedler hinzu.

Er zog seine Hände zurück, gab Emil ein Zeichen, sich wieder anzukleiden, doch der rührte sich nicht. »Wann hat es solche Gerüchte nicht gegeben?«, fragte er.

»In den letzten Tagen wurden Flugblätter gefunden. Die Engländer haben sie über der Stadt abgeworfen, haben darin die Vernichtung Hamburgs angekündigt und den Bewohnern geraten, Kinder und alte Leute rechtzeitig in Sicherheit zu bringen.«

Emil hatte seine Jungen auch darüber munkeln hören. Hatte sogar Anneliese vorgeschlagen, ihre Familie in Lüneburg zu besuchen.

»Meine Eltern sind doch tot«, hatte sie hastig erwidert. »Mein Platz ist hier.«

Was meinte sie mit diesem Hier? Hier bei ihm? Hier in Hamburg? Hier, wohin sie das Schicksal geführt hatte, um als deutsche Frau ihre Pflicht zu tun? Er hatte es ebenso wenig ergründen wollen wie die Ursache für ihren fahrigen Blick, die dunklen Ringe unter den Augen, ihr strähniges Haar, dafür, dass sie seit Monaten nicht mehr kochte, manchmal nicht einmal mehr aufräumte.

»Wer so ein Flugblatt in die Hände bekommt oder irgendein anderes, das die Kampfbereitschaft an der Heimatfront schwächt, hat selbiges sofort zu vernichten oder zu melden«, sagte er mechanisch.

»Gewiss doch.« Wieder gab Dr. Schwedler ihm ein Zeichen, sich anzuziehen, und diesmal tat er es.

»Können Sie mir jetzt etwas gegen die Schmerzen geben?«, fragte Emil, doch Dr. Schwedler schien ihm gar nicht richtig zugehört zu haben, in Gedanken versunken zu sein. »In München kursieren auch Flugblätter… Keine, die vor einem Terrorangriff warnen, aber solche, die zum Widerstand aufrufen.«

Er trat zum Tisch, wo noch das Frühstücksgeschirr stand, außerdem eine aufgeschlagene Zeitung lag.

Emil trat näher, überflog einen Artikel, mit dessen Lektüre Dr. Schwedler offenbar beschäftigt gewesen war, als er bei ihm angeklopft hatte.

»Das hat längst aufgehört. Die Köpfe der Anführer sind schon im Februar gerollt, und gerade erst haben sie noch mehr von diesen hinterlistigen Verschwörern hingerichtet.«

Er hoffte, dass Dr. Schwedler ihm endlich Tabletten aushändigen würde, und tatsächlich wandte der Arzt sich ab, zog eine Schublade auf. Doch er tat das enervierend langsam, und er hörte nicht auf, auf dem Thema herumzureiten. »Ein Professor war auch dabei, ein Philosophieprofessor. Es heißt, er habe die Studenten stark beeinflusst, sogar an den letzten Flugblättern mitgeschrieben.«

Die Schublade stand nun offen, aber Dr. Schwedler machte keine Anstalten, darin zu kramen.

Himmel, was ging ihn ein Philosophieprofessor in München an, erst recht, wenn der ohnehin für seine Taten zur Rechenschaft gezogen worden war?

Dr. Schwedler griff in die Schublade, zögerte wieder. »Dieser Kurt Huber hat um einen Aufschub seiner Hinrichtung gebeten, um ein Werk über den Philosophen Leibniz fertigzustellen. Sie wurde ihm nicht gewährt, doch in seiner Zelle hat er zumindest eine Botschaft hinterlassen: *Wenn ich mich frag: Was hab ich hinterlassen? Konzepte, Skizzen nur – papierne Massen, kaum eine Reinschrift. Die Reinschrift meines Lebens ist nur der Tod – und der war nicht vergebens.*«

Emil lugte wieder in Richtung des Zeitungsartikels. Obwohl er ihn nur überflog, war er sicher, dass nichts davon dort zu lesen stand. Woher wusste Dr. Schwedler das alles?

Der Arzt hatte nun endlich die Tabletten aus der Schublade genommen, und wenngleich Emil sie ihm am liebsten aus der Hand gerissen hätte, blieb er starr stehen. Er wurde das Gefühl nicht los, dass Dr. Schwedler ihn aushorchen wollte, seine Gesinnung überprüfen, dass er nicht nur mehr über seine Erlebnisse in Weißrussland erfahren wollte, auch seine Meinung dazu, was er von diesem Widerstandsnest in München hielt.

»Der Professor ist eine Schande für seinen Berufsstand«, sagte Emil ausdruckslos. »Er ist doch in gewisser Weise ein Lehrer, und unsereins hat dem Führer schon lange vor dem Krieg blinde Gefolgschaft versprochen. Ein wahrer Lehrer hält sich daran, jetzt erst recht.«

Dr. Schwedler trat auf ihn zu, betrachtete ihn nachdenklich. »Wissen Sie, womit Professor Huber sich verteidigt hat?«, fragte er. Emil wollte es nicht wissen. Dr. Schwedler fuhr trotzdem fort. »Bei seinem Prozess hat er erklärt, dass er sich die Worte von Johann Gottlieb Fichte zur Maxime seines Tuns gemacht hat. ›Und handeln sollst du so, als hinge von dir und deinem Tun allein das Schicksal ab der deutschen Dinge, und die Verantwortung wär' dein.‹ Was er tat, hat er in seinen Augen getan, um Deutschland zu retten. Gerade als deutscher Bürger, nicht bloß als Akademiker, sah er es als seine Pflicht an, die Jugend so zu erziehen, dass das Vaterland wieder errichtet werden kann. Er sprach auch über ein höherstehendes Gesetz, das Widerstand gegen die Rechtlosigkeit rechtfertigt, über die Stimme des Gewissens nämlich, die sich gegen das Diktat der Macht erheben muss.«

Dr. Schwedler hielt die Tabletten dicht vor sein Gesicht. Emil sah sie kaum, er sah auch den Arzt nicht, nur Grotjahn, Dr. Waldemar Grotjahn, wie der wieder und wieder Fichte zitiert hatte, den Aufsatz gelobt, den er damals als sein Schüler geschrieben hatte, der ihn anhand des Zitats darauf eingeschworen hatte, ein guter Deutscher zu sein… ein guter Lehrer… ein guter Nationalsozialist.

»Woher… woher wollen Sie das alles wissen?«, fragte er nicht ohne Schärfe.

Dr. Schwedler zuckte mit den Schultern. »Man hört so einiges, auch wenn es nicht in der Zeitung steht.«

Aus Flugblättern, die die Engländer über der Stadt abwarfen? Aus Flugblättern, die Deutsche verteilten? Feige Menschen, schwächliche Menschen, Menschen, die sich nicht im Griff hatten, Menschen, die auf alles, was anderen heilig war, spuckten, Menschen, die den Soldaten an der Front in den Rücken fielen … ihm.

Seine Hände legten sich schon um Dr. Schwedlers Hals, bis er überhaupt gewahrte, dass er auf den anderen losgegangen war. Er drückte nicht zu, aber er schüttelte ihn.

»Sie sollten solche Worte nicht in den Mund nehmen!«, brüllte er, wie er zuletzt Albrecht angebrüllt hatte. »Das sind doch alles Verbrecher. Für solche Verräter, die sich der Feindbegünstigung, der Wehrkraftzersetzung schuldig machen, benötigt man nicht einmal das Strafgesetzbuch. Das Urteil, das die Geschichte über sie fällen wird, steht fest. Kommen Sie bloß nicht auf die Idee, mit denen zu sympathisieren, die dem deutschen Soldaten das Messer in den Rücken jagen.«

Dr. Schwedler leistete keine Gegenwehr, zumindest nicht mit dem Körper. Er fragte nur leise: »Halte ich etwa ein Messer in den Händen?«

Emil fühlte, wie Reste heißen Geifers an seinen Mundwinkeln hafteten. Sonst war alles an ihm kalt. Seine Hände rutschten von Dr. Schwedlers Hals, er konnte sie nicht einmal heben, um die Tabletten an sich zu nehmen.

»Ich brauche sie nicht«, stieß er aus, »ich halte die Schmerzen schon aus. Was sind sie schon gemessen an den heroischen Taten so vieler Kameraden? Ich werde mich nicht betäuben, mein Geist muss klar sein, kalt, erst recht, wenn uns tatsächlich ein großer Terrorangriff bevorsteht. Wir alle müssen uns am Riemen reißen, dürfen uns nicht verwirren lassen, müssen die giftige Saat des Zweifels bis zur Wurzel ausreißen, ehe sie in unseren Herzen aufgeht.«

Die Worte klangen in seinen Ohren immer lächerlicher. Aber er war ja nicht zum Redner geboren, er war kein Philosophieprofessor, ein Turnlehrer war er, der immer seine Pflicht getan hatte, ein Soldat, ein Ausbilder. *Und handeln sollst du…*

Ja, es ging ums Handeln, nichts um Denken!

Ohne die Tabletten mitzunehmen, stürmte er aus der Wohnung.

Felicitas spazierte in Richtung Außenalster, setzte sich dort auf eine Bank und schlug eine Zeitung auf. Die Buchstaben fügten sich kaum zu Worten zusammen, aber sie wusste auch so, dass die Todesanzeigen mit dem Eisernen Kreuz mittlerweile ganze Seiten füllten. Es gab kaum ein Schulkind, das noch keinen Angehörigen verloren hatte, und die Zahl der Kinder schrumpfte ebenfalls, seit die Kinderlandverschickungen ausgeweitet worden waren.

Als sich Schritte näherten, hob sie den Blick nicht. Erst nachdem sich die zwei jungen Frauen neben sie gesetzt hatten, musterte sie sie von der Seite. Helene hatte Marie-Luise Jahn mitgebracht, deren Name in ihrem Kreis schon öfter gefallen war, die sie aber noch nicht persönlich kennengelernt hatte. Sie kannte auch Marie-Luises Freund, Hans Leipelt, nicht, jedoch dessen Schwester Maria und seine Mutter Katharina, die bei der Vervielfältigung der Flugblätter tatkräftig mitwirkten. Hans Leipelt, der zwar aus Hamburg stammte, aber in München Chemie studierte, hatte nach der Hinrichtung von Hans und Sophie Scholl sowie Christoph Probst das sechste Flugblatt der Weißen Rose an sich gebracht, zunächst in München verteilt und rund um Ostern auch nach Hamburg gebracht.

Jetzt ging es allerdings nicht um dieses Flugblatt, sondern um eine Spendenaktion.

»Clara Huber kann die sechshundert Reichsmark unmöglich aufbringen«, sagte Marie-Luise leise. »Das wäre der doppelte Monatslohn ihres verstorbenen Mannes.«

Felicitas wusste mittlerweile, dass zum Münchner Widerstandskreis ein Philosophieprofessor gehört hatte, den man drei Wochen zuvor hingerichtet und dessen Frau man eine Rechnung »für die Benutzung des Fallbeils« geschickt hatte.

»Wir haben am chemischen Institut zu sammeln begonnen und schon zweihundertfünfzig Mark, aber das ist immer noch viel zu wenig.«

Felicitas zog etwas aus ihrer Tasche – ein Couvert mit sämtlichen Ersparnissen. Sie blickte sich einmal um, ehe sie es Marie-Luise zusteckte.

»Danke«, sagte sie knapp.

»Wenn wir unter uns sind, sagen wir nicht danke. Was wir tun, ist eine Selbstverständlichkeit«, erklärte sie bestimmt. »Hat jemand von euch etwas von Traute gehört?«

Ihr entging nicht, dass sowohl Helene als auch Marie-Luise den Blick senkten. Wann immer Trautes Name fiel, erhielt ihrer aller Entschlossenheit Risse. Wie viele Münchner Studenten, denen man Verbindungen zur Widerstandsgruppe nachsagte, war sie verhaftet worden – und das schon am 15. März. Helene war dem gleichen Schicksal nur entgangen, weil sie nie ähnlich engen Kontakt zu Hans Scholl gepflegt hatte wie Traute.

»Nein«, sagte Helene leise, »leider nicht.«

Während Marie-Luise wieder aufstand, blieb Helene bei ihr sitzen. Doch dass sie wie von unsichtbarer Last niedergedrückt schien, hatte nicht allein mit Sorgen um die Freundin zu tun.

»Können Sie vielleicht mit Paul reden?«, fragte sie zögernd.

»Worüber?«, wollte Felicitas wissen, obwohl sie es ahnte.

In den letzten Monaten hatte sie ihn nur selten in der Agentur des Rauhen Hauses gesehen, sondern ihn meist bei ihm zu Hause getroffen.

»Sie wissen schon«, sagte Helene, und als Felicitas keine weiteren Fragen mehr stellte, fügte sie ein knappes Danke hinzu.

Auch dieses war weder notwendig noch verdient. Auf Paul in irgendeiner Weise mäßigend einzuwirken war ein Ding der Unmöglichkeit. Trotzdem nickte Felicitas ihr ein letztes Mal zu, und sobald die beiden Frauen verschwunden waren, brach sie zügig in Richtung Rotherbaum auf, wo sich die Wohnung der Löwenhagens befand.

Sie stieg in den zweiten Stock hoch, klopfte in jenem Takt, den sie vereinbart hatten. Eigentlich war sie der Meinung, dass diese Vorsichtsmaßnahme bei Weitem nicht genügte, dass es vielmehr Wahnsinn war, ausgerechnet die Wohnung seiner Familie sowohl als Versteck als auch für die Vervielfältigung diverser Texte zu nutzen. Sie konnte jederzeit vom Luftschutzwart auf ausreichende Verdunkelungsvorrichtungen überprüft werden. »Das ist ja der Vorteil«, hatte Paul einmal ihren Einwand weggefegt. »Die Fenster sind längst abgedichtet, Sandsäcke aufgestellt worden. Das heißt, dass nun niemand mehr einen Grund hat, mich zu kontrollieren. Und meine Eltern sind schon vor Monaten vor den Bomben aufs Alte Land geflohen.«

Als er ihr an diesem Nachmittag öffnete, war er schweißüberströmt, was nicht nur an der stickigen Sommerluft lag, die hier in jeder Ritze festsaß, auch weil die Arbeit am Hektografen, der von Hand gedreht werden musste, anstrengend war. Sobald er hinter ihr wieder zugesperrt hatte, setzte er sein Werk fort.

Felicitas überflog ein paar der Blätter, die überall verstreut herumlagen. Gedichte von Bertolt Brecht waren dabei, auch der *Nachruf auf einen Henker*, den Thomas Mann nach dem Tod von Reinhard Heydrich, Hitlers Statthalter von Böhmen und Mähren, verfasst und in dem er das Attentat auf ihn als natürlichsten Tod, den ein Bluthund sterben durfte, bezeichnet hatte. Überdies war da das satirische Flugblatt, das Hans Leipelt verfasst hatte, der sogenannte *Fragebogen im IV. Reich*. Aber der wichtigste Text war das sechste Flugblatt der Weißen Rose, das Hans Leipelt und Marie-Luise Jahn nach der Verhaftung von Hans und Sophie Scholl an sich gebracht, immer wieder abgeschrieben sowie mit dem Zusatz *Und ihr Geist lebt trotzdem weiter* versehen hatten.

Zunächst hatten sie es in München verbreitet, indem sie es heimlich Studenten zusteckten. Im April hatten sie es mit nach Hamburg gebracht, es Heinz Kucharski, Gretha Rothe und Karl Ludwig Schneider gegeben, und an einem Abend in der Agentur des Rauhen Hauses hatte ihr Kreis beschlossen, es wie schon zuvor das dritte Flugblatt zu vervielfältigen, es erst vertrauten Familien zukommen zu lassen und es später in den Hörsälen der Universität zu verteilen. Sie hatten noch mehr Pläne geschmiedet, und obwohl sie einen Plan – einen Bericht über den Kampf der Münchner Widerstandsgruppe zu verfassen und ihn der Allgemeinheit zugänglich zu machen – wieder verworfen hatten, war ein anderes ehrgeiziges Unterfangen geglückt.

Heinz Kucharski kannte die Tochter eines Mannes, die als Schreibhilfe im Schweizer Konsulat arbeitete, und es war ihm gelungen, dieser die Kopie des sechsten Flugblatts zuzustecken. Von der Botschaft gelangte es in die Schweiz und von dort nach London, wo es im deutschsprachigen Radioprogramm der BBC gesendet wurde. Schon zuvor hatte Thomas Mann die Widerständler in Radioansprachen, die er aus seinem Exil in den Vereinigten Staaten für den Sender schrieb und die in Deutschland über den Volksempfänger gehört werden konnten, als brave, herrliche Leute bezeichnet, die nicht umsonst gestorben seien und nicht vergessen sein würden.

Die Nazis haben schmutzigen Rowdys, gemeinen Killern in Deutschland Denkmäler gesetzt – die deutsche Revolution, die wirkliche, wird sie niederreißen und an ihrer Stelle eure Namen verewigen, die ihr, als noch Nacht über Deutschland und Europa lag, wusstet und verkündetet: Es dämmert ein neuer Glaube an Freiheit und Ehre.

Überdies war ihrer aller Hoffnung, dass sich jene Gerüchte bestätigten, wonach Kopien des Flugblatts demnächst von der britischen Luftwaffe über Deutschland abgeworfen werden sollten – mit dem Hinweis versehen, dass Münchner Studenten diesen Text verfasst hätten und man solcherart die Vernünftigen und Anständigen Deutschlands zu Wort kommen lassen wolle.

Felicitas griff eben nach besagtem sechsten Flugblatt, und obwohl sie den Text in- und auswendig konnte, erfüllte es sie doch immer wieder mit Ergriffenheit, ihn zu lesen.

Erschüttert steht unser Volk vor dem Untergang der Männer von Stalingrad ... Wollen wir den niedrigsten Machtinstinkten einer Parteiclique den Rest unserer deutschen Jugend opfern? ... Im Namen der ganzen deutschen Jugend fordern wir vom Staat Adolf Hitlers die persönliche Freiheit, das kostbarste Gut der Deutschen zurück, um das er uns in der erbärmlichsten Weise betrogen hat. In einem Staat rücksichtsloser Knebelung jeder freien Meinungsäußerung sind wir aufgewachsen. HJ, SA und SS haben uns in den fruchtbarsten Bildungsjahren unseres Lebens zu uniformieren, zu revolutionieren, zu narkotisieren versucht ... Es gibt für uns nur eine Parole: Kampf gegen die Partei! Es geht uns um wahre Wissenschaft und echte Geistesfrei-

heit! Das ist ein Anfang zur Erkämpfung unserer freien Selbstbestimmung, ohne die geistige Werte nicht geschaffen werden können.... Der deutsche Name bleibt für immer geschändet, wenn nicht die deutsche Jugend endlich aufsteht, rächt und sühnt zugleich, ihre Peiniger zerschmettert und ein neues geistiges Europa aufrichtet. Studentinnen! Studenten! Auf uns sieht das deutsche Volk!

Obwohl sie so vertieft war, war ihr nicht entgangen, dass jenes leise Quietschen, das die Vervielfältigungsmaschine machte, verstummt war. Nicht Erschöpfung hatte Paul zum Innehalten gezwungen, sondern etwas anderes. Als er auf die Papierbögen starrte, brannte in seinem Blick nicht das übliche Feuer, er wirkte merkwürdig unberührt.

»Damals im letzten Winter«, murmelte er, »da habe ich gesagt, die Zeit des Redens sei vorbei, wir müssten endlich etwas tun.«

Sie ließ das Blatt sinken. »Ich weiß. Damals hat Traute uns von dem Flugblatt erzählt, es wenig später mitgebracht. Danach haben wir uns doch aufs Tun verlegt und ...«

»Ist es so?«, unterbrach er sie scharf. »Geht es nicht immer noch bloß um Worte? Schöne Worte durchaus, erhebende, aufrüttelnde, provozierende, fordernde. Aber eben nur Worte. Und Worte sind keine Waffen.«

»Natürlich sind sie das!«

Paul lachte spöttisch auf. »Und wie viele von dieser Verbrecherbande sind tot umgefallen, weil wir sie auf sie gerichtet haben?«

Sie wusste, dass Geduld nie seine Stärke gewesen war, er stets voller Unrast jede Grenze überwinden wollte, die man ihm setzte. Sie hatte dennoch gedacht, dass er seine Energien nun in Bahnen lenken konnte, nicht davon aufgerieben wurde. Als er unruhige Kreise zu ziehen begann, das Wohnzimmer ihm zu klein wurde, sein Leben ihm zu klein wurde, schien er getrieben wie nie zuvor.

»Paul!«, rief sie eindringlich. »Wir müssen darauf vertrauen, dass diese Worte wie eine fruchtbare Saat aufgehen.«

»Ach was!«, fuhr er ihr über den Mund. »Was kann denn hier in Deutschland noch wachsen? Es gibt keinen fruchtbaren Boden, den all die Duckmäuser nicht längst hätten verdorren lassen. Und selbst wenn nicht, so würde doch jeder Samen zertrampelt. Willst du aus dem Papier Flieger falten, um damit die Nazis zu beschießen?«

»Was schlägst du stattdessen vor?«, rief sie.

Er zögerte kurz. »Heinz Kucharski sieht es wie ich«, murmelte er dann. »Dass alles, was wir tun, nicht genügt.«

Felicitas wunderte sich nicht, dass ausgerechnet Heinz' Name fiel, hatte sie an dem ehemaligen Schüler von Erna Stahl doch stets Gleiches wahrgenommen wie an Paul – eine Begeisterung, die sich kaum von blindem Eifer unterschied.

»Und Bruno Hinkamp teilt unsere Meinung auch«, fügte er hinzu. Diesen Namen zu hören war überraschender. Felicitas hatte den jungen Mann nie kennengelernt, aber wusste, dass Paul ihn seit jener Zeit kannte, da sein Widerstand darauf begrenzt gewesen war, begeistert Swing zu tanzen. Er hatte das Tanzen aufgegeben, nachdem er deswegen inhaftiert worden war, Bruno Hinkamp und viele andere Swing Kids dagegen sahen darin immer noch ein Mittel des Protests. Das hatte sie zumindest bisher vermutet. Anscheinend war auch ihnen das Tanzen nicht mehr genug, denn eben fuhr Paul atemlos fort: »Im Mai haben Heinz Kucharski, Hans Leipelt, Bruno Hinkamp und ich uns getroffen. Wir haben überlegt, was wir noch tun könnten... Zum Beispiel die Lombardsbrücke sprengen. Oder die danebenliegende Eisenbahnbrücke.« Felicitas starrte ihn fassungslos an. »Du weißt doch, dass über diese Brücke die Wehrmachtstransporte an die Front geschickt werden«, rief Paul. »Leipelt studiert Chemie, er kennt sich aus, er könnte Nitroglyzerin beschaffen. Und wenn wir erst mal die Brücke gesprengt haben, dann nehmen wir uns die Gestapozentrale vor und ...«

Paul blieb dicht vor ihr stehen, strahlte sie regelrecht an. Felicitas packte ihn an den Schultern. »Seid ihr verrückt? So ein Gewaltakt passt doch nicht zu ... uns.«

»Zu *uns*? Wer sind denn *wir*? Ein paar Studenten, Ärzte, Literaturliebhaber, Künstler! Aber das reicht nicht. Wir müssen Kämpfer werden!«

Hinter seiner Erregung wittert sie nicht nur einen festen Willen, auch Verzweiflung und ... Einsamkeit.

»Wir haben doch in der Buchhandlung darüber diskutiert, wie weit der Widerstand gehen soll«, sagte sie. »Haben uns darauf geeinigt, dass deutsche Antifaschisten keiner Neuauflage der Dolchstoßlegende Vorschub leisten sollten – jenem Irrglauben, dass der Große Krieg in einen Sieg gemündet wäre, wenn die Soldaten nicht von Arbeitern und Juden verraten worden wären.«

»Darauf haben wir uns nicht geeinigt. Die Feiglinge unter uns haben das lediglich lautstark behauptet.«

»Keine Feiglinge, sondern kluge Menschen.«

»Das willst du also, dass wir einfach Däumchen drehen und die bedingungslose Kapitulation abwarten?«

»Ich will, dass wir weiterhin auf Worte setzen, auf Gedanken, den Geist, den Anstand ... nicht auf Blutvergießen.«

Paul machte sich unwirsch los, setzte seine Runden fort, die Lippen schmal, weil so fest aufeinandergepresst.

»Wie weit ist dieser Plan eigentlich gediehen?«, fragte sie. »Habt ihr das Sprengmaterial bereits beschafft?«

Er schwieg eine Weile, ehe er widerwillig den Kopf schüttelte.

»Wir haben den Plan fallen lassen müssen. Bruno Hinkamp wurde verhaftet.« Ein Schrei des Entsetzens entfuhr ihr. »Keine Angst, das ist schon vor über einem Monat geschehen. Er hat dichtgehalten, niemandem erzählt, dass er mich und Heinz im Café Wendel getroffen hat, sonst wären wir längst auch verhaftet worden.«

Er klang nicht erleichtert, nein, eher enttäuscht.

Wieder trat sie auf ihn zu, wenn auch nicht, um ihn noch einmal zu packen. »Bitte Paul, bleib vorsichtig! Der Grat zwischen Mut und Leichtsinn ist ein schmaler.«

Kurz fühlte sie sich, wie sich Erna Stahl gefühlt haben musste, als sie auf sie eingeredet, aber kein Verständnis geerntet hatte, nur auf Sturheit gestoßen war.

Paul wandte sich wieder dem Setzkasten zu. »Vielleicht müssen ja gar nicht wir die Drecksarbeit machen, das erledigen möglicherweise die Tommys für uns. Es gibt Gerüchte, dass schlimme Bombenangriffe bevorstehen und Hamburg dem Erdboden gleichgemacht werden soll.«

Felicitas hatte das auch gehört, obwohl es als Feindpropaganda abgetan worden und verboten war, darüber zu sprechen. Dass Paul es trotzdem tat, überraschte sie nicht. Was sie erschreckte, war, *wie* er es tat – mit tiefer Genugtuung nämlich, echter Begeisterung.

»Das ist nichts, was wir uns wünschen, was wir erhoffen sollen. Es würde so viele unschuldige Menschen treffen.«

»Gibt es die noch?«

»Es gibt Kinder. Es gibt Mütter, die nichts anderes wollen, als dass diese Kinder überleben. Es gibt Kriegsversehrte und...«

Sie brach ab, spürte, dass Paul nicht empfänglich für Worte der Mäßigung war. Helenes Hoffnung, dass sie auf ihn einwirken könnte, war illusorisch, ebenso, dass eine andere mehr Erfolg hätte. Oder würde jene Frau, die Paul im vergangenen Jahr kennengelernt, über die er aber nie gesprochen hatte, etwas bewirken können? Nun, es war nicht einmal erwiesen, ob es sie wirklich gab. Vielleicht hatte sie es sich nur eingebildet, dass er eine Weile fröhlicher, beschwingter gewirkt hatte, nicht länger so verloren. Vielleicht war es auch gerade eine Enttäuschung in Liebessachen, die ihn so radikal hatte werden lassen.

So oder so: Wenn sie ihn danach fragte, würde er ihr nicht antworten. Und wenn sie ihre Bitte wiederholte, gut auf sich aufzupassen, würde er ihr kein Versprechen geben.

Am Ende beließ sie es bei einem knappen Lebewohl.

Er lächelte schief, und ganz unerwartet sagte er doch etwas zu ihr. »Wenn die Bomben fallen, werde ich meinen Kopf schon rechtzeitig einziehen.«

Juli

Weil der Gasherd nicht richtig funktionierte – wahrscheinlich war ein Teil der Gaswerke oder eine Hauptleitung getroffen worden –, machte Anneliese sich auf die Suche nach einer Packung Trockenspiritus, und schon vor dem ersten Laden stieß sie auf lange Schlangen – nichts Ungewöhnliches, seit einige Monate zuvor die Rationen gekürzt worden waren. An diesem Tag schien es nicht einmal die versprochenen zweihundert Gramm Butter oder dreihundert Gramm Brot zu geben.

Eine Frau zog sie zur Seite. »Tauschen Sie vielleicht ein Stück Wurst gegen Stopfgarn?«

Die Wurst sah aus wie ein verwester Finger. Anneliese wandte sich angewidert ab, murmelte, dass sie kein Stopfgarn hätte, obwohl das nicht stimmte. Sie hortete es, da es keine Strümpfe mehr zu kaufen gab und sie ihre alten flicken musste. Nur ihr zerrissenes Leben konnte sie nicht flicken, dieses glich der Stadt, durch die sie nun schlich. Ganze Straßenzüge lagen in Schutt und Asche, eine Wolke aus Qualm und Staub hing darüber, verhinderte, dass die Sonnenstrahlen durchkamen. Es war trotzdem heiß, weil immer noch Brandstellen glühten, die ein paar Männer schwarz zu machen versuchten, wie es hieß, nämlich zu löschen. Anderswo waren Kisten mit Sand aufgestellt, kleine Schaufeln daneben und ein Pappschild mit der Aufschrift: WENN EINE BRANDBOMBE FÄLLT, BITTE SAND DARAUF STREUEN.

Ein Glucksen stieg aus Annelieses Mund. Na, Hauptsache das Bitte wurde nicht vergessen.

Sie schloss den Mund schnell wieder, weil Sand in ihr Gesicht geweht wurde, Asche und Papierfetzen.

Erneut stellte sie sich an einer endlosen Schlange an. Gerüchte machten die Runde, wonach es eine Sonderzuteilung Bohnenkaffee gäbe, auch zehn Zigaretten für jeden Hamburger – und grüne Heringe.

Das sind doch keine Heringe, dachte Anneliese, als sie sah, wie eine Frau mit welken Salatblättern in ihrem Korb vom Laden wegging. Sie blieb trotzdem stehen. Für Salat brauchte sie kein Gas, den konnte sie auch roh essen.

Noch mehr Gerüchte wurden ihr zugetragen, sie hatten nun mit den schrecklichen Bombardierungen der letzten Tage zu tun, als Hamburg nicht nur nachts, einmal auch tagsüber angegriffen worden war. Am Alten Wall und im Graskeller hätten heftige Brände getobt, hinter der Düsterstraße, in Hoheluft, Eimsbüttel, Altona ebenso. Die Tarnanlage des Hamburger Hauptbahnhofs war teilweise zerstört, etliche Menschen waren von herabfallenden Gebäudeteilen erschlagen worden.

»Hagenbecks Tierpark hat es auch getroffen«, sagte eine Frau dicht an ihrem Ohr. »Die Tiere konnten sich befreien und haben Menschen angefallen.«

»So ein Unsinn!«, hielt ein älterer Herr dagegen. »Wenn Tiere Angst haben, verkriechen sie sich. Die Elefanten haben sich dicht um die Leitkühe gedrängt, die Adler sind in ihren zerstörten Gehegen geblieben.«

Der Salat, mit dem Anneliese wenig später den Laden verließ, war welk, aber rund wie ein Kopf. Zu Hause kam statt Wasser nur ein Knarren und Gurgeln aus der Leitung, sodass sie ihn nicht waschen konnte. Sie legte ihn ab, hockte sich vor ihn, begann unwillkürlich mit ihm zu sprechen, als wäre er ein Mensch.

»Na du?« Sie erzählte, dass sie Staub und Hitze und Dreck und Zerstörung und Sirenengeheul und stundenlanges Warten und Schlaflosigkeit ertrug. Aber nicht die Einsamkeit. »Emil kommt überhaupt nicht mehr nach Hause, und das ist schlimm. Noch schlimmer ist, dass ich nicht einmal Angst um ihn habe. Oder Angst um mich selbst. Es ist mir alles... gleich.« Nicht gleich war es ihr gewesen, als sie noch vor den Bombardierungen Carin Grotjahn getroffen hatte, die in einer Verpflegungsstelle der NS-Frauenschaft belegte Brote ausgegeben hatte. »Sie hat mich nicht einmal gefragt, ob ich dabei helfen will. Sie hat mich nur böse angesehen und gezischt: ›Was stehst du da herum, wenn du dich am Ende ohnehin drückst? Seit Monaten unterlässt du jeden Handgriff für die Gemeinschaft.‹« Anneliese hob die Hand, strich über den Salatkopf, er fühlte sich wie ihre Seele an. Lasch. »Sie hat ja auch recht, ich tue nichts Sinnvolles mehr. Ich tue gar nichts mehr.«

Das stimmte nicht ganz. Was sie tat, war pausenlos an Paul zu denken. Sich Sorgen um ihn zu machen. Sich zu fragen, ob er wirklich diese Flugblätter vervielfältigte und verteilte. Sie war verrückt vor Angst um ihn, verrückt vor Wut auf ihn. Die Wut verhielt sich zur Angst leider so wie die heiße Sommerluft zu den Bränden, die die Phosphorbomben verursachten, sie heizte sie noch mehr an.

»Ich vermisse ihn... ich vermisse es zu lesen... Aber lesen kann ich nicht, denn dann würde ich ihn noch mehr vermissen...«

Es klang widersinnig, der Salatkopf erhob dennoch keinen

Einwand. Er widersprach auch nicht, als sie Paul als Vaterlandsverräter, als mieses Subjekt zu beschimpfen begann. Irgendwann fühlte sie sich leer, hungrig, den Salat essen konnte sie trotzdem nicht mehr, und das lag nicht nur daran, dass er ungewaschen war.

Am Abend legte sie ihn auf ihren Nachttisch. Kurze Zeit später schreckte sie aus dem Schlaf hoch. Drei lange Töne, durch zweimaliges Abschwellen unterbrochen, hatten sie aufgeweckt.

Voralarm. Mit ein wenig Glück würden die pilzförmigen Sirenen auf den Dächern als Nächstes Entwarnung geben. Allerdings hatten die Hamburger seit Tagen kein Glück mehr, und instinktiv wappnete sie sich gegen den Vollalarm – ein in dichter Folge sich wiederholendes, bedrohlich klingendes Heulen.

Obwohl es noch nicht zu hören war, setzte sie sich auf. Ihr Geist war hellwach, der Körper dagegen wie gelähmt vor Müdigkeit. Trotzdem ging sie ins Wohnzimmer, machte das Radio an. Kurz war sie nicht sicher, ob das Rauschen von dort oder dem eigenen Blut kam. Eine blecherne Stimme übertönte es schließlich. »Starke Bomberverbände aus nordwestlicher Richtung im Anflug auf Hamburg.«

Schon wieder. Sie stellte das Radio ab, das Rauschen war immer noch zu hören, auch ein fernes Pfeifen. Und waren da schon Erschütterungen zu spüren, oder bebte bloß der eigene Körper?

Deutlich wurde ihr bewusst, wie anstrengend der vergangene Tag gewesen war. Sie setzte sich aufs Sofa und schloss die Augen, aber die Sirenen heulten schon wieder oder immer noch.

Kurz überlegte sie, den Salatkopf ins Luftschutzgepäck zu packen, wo sich schon Kamm und Zahnbürste, Verbandszeug und Schere, Taschenlampe und Streichhölzer befanden. Aber was half ihr da ein Salat? Was half die wollene Decke, die ebenfalls vorgeschrieben war, obwohl es so heiß war, was der Tee in der

Thermosflasche? Nun, Tee konnte sie ohnehin nicht machen, aus der Leitung kam immer noch kein Wasser. Erst recht konnte sie kein Bettlaken befeuchten und sich umhängen, wie es der Luftschutzwart beim letzten Mal befohlen hatte. Es blieb ihr nur, die Verdunkelung zu überprüfen, die dicke dunkelbraune Papiertüte mit Löschsand bereitzustellen und mit dem Luftschutzgepäck nach unten zu gehen.

»Schneller, schneller!«, trieb der Luftschutzwart die Leute an. Es war Herr Ponsbach, der ein Stockwerk über ihnen wohnte, mit einem Bein weniger aus dem Krieg gekommen war und das Fehlen des Körpergliedes mit Eifer ersetzte. Und Wichtigtuerei. »Schneller, schneller!«

Dunkelheit erwartete sie im Luftschutzkeller, Stille. Sie suchte sich ein Plätzchen, wo sie sitzen konnte, den Kopf auf ihre Knie legen. Es wurde noch dunkler, noch stiller. Die Dunkelheit blieb, die Stille wurde jäh zerrissen vom Höllenlied, das die Flak anstimmte. Ein Name zwängte sich zwischen Knie und Kopf.

Emil...

Die Angst um ihn blieb aus. Auch als andere Laute folgten – ein Klirren, als wären irgendwo Fensterscheiben zu Bruch gegangen, das panische Geschrei eines Kindes, das eine Mutter zu beruhigen versuchte, ein Schnarren und Pfeifen, erst fern, dann ganz nah.

Unwillkürlich krallte Anneliese ihre Hände um die Knie, hielt sich ebenso an einem Satz fest.

Solange man die Bomben noch hört, wird man von keiner getroffen... Hatte das Emil gesagt, Herr Ponsbach, Carin Grotjahn, irgendeiner der Nachbarn, die im Luftschutzkeller zu Fremden wurden, weil jeder um sich selbst bangte?

Kurz hob sie den Kopf, nahm nun doch den Lichtstrahl von

mehreren Taschenlampen wahr. Sie waren auf jene Holzbalken gerichtet, die wie in Bergwerksstollen den Keller stützten. Die Balken wackelten, nein, die Wände wackelten, nein, das Haus über ihnen wackelte. Oder wackelte nur das Licht, weil die Taschenlampen mit zitternden Händen gehalten wurden?

Schnell presste sie das Gesicht gegen die angezogenen Knie, es nutzte nichts. Die Angst kam, stieg aus ihrem Innersten hoch, vom Magen zur Brust, von der Brust zur Kehle. In der Kehle hing sie fest, Anneliese ließ nicht zu, dass sie sich in einem Schrei entlud, presste die Lippen fest zusammen. Die Angst schrie in ihr, schrie Namen von Menschen, die sie so gern noch einmal sehen wollte... sprechen.

Elly.
Felicitas.
Paul.

Immer wieder gingen sie ihr durch den Kopf, mal in dieser Reihenfolge, mal in einer anderen. Da war kein Anfang, kein Ende, die Angst hatte auch keinen Anfang, kein Ende.

Elly.
Felicitas.
Paul.
Felicitas.
Paul.
E...

Ein Krachen zerriss den Namen. Ein Poltern folgte, als ginge eine Gerölllawine über ihnen herab.

Solange man die Bomben noch hört, wird man von keiner getroffen.

Aber was, wenn das Nachbarhaus getroffen worden war, einstürzte, ihres mit sich riss, wenn sie darunter begraben wurden? Sie sprang auf, wurde von einer Druckwelle erfasst, auf den Boden geschleudert. Sie wollte ihre Beine anziehen, das Gesicht wieder auf die Knie drücken, aber sie schaffte es nicht. Sie sah das Kind im Arm der Mutter, sich windend, schreiend, sie selbst schrie auch, hörte ihre Stimme nicht.

»Felicitas, Elly, Paul!«

Wieder oder immer noch waren Taschenlampen auf die Balken gerichtet, nur dass es keine Balken mehr gab. Sie hob den Kopf weiter, die Kellerdecke war noch da, aber von tiefen Rissen durchzogen. Die Lichter erloschen, der Druck ließ nicht nach. Sie wurde hin und her geworfen, stieß gegen etwas, ein Kind, einen Alten. War es überhaupt ein Mensch oder ein Koffer mit Luftschutzgepäck? Als sie endlich still liegen blieb, wollte sie danach tasten, doch der Schmerz in ihren Ohren wurde so übermächtig, dass sie sich diese zuhielt. Das Trommelfell platzte trotzdem. Nein, der Keller platzte. Alle frische Luft verpuffte, zurück blieben Qualm und Staub.

»Paul, Felicitas, Elly...«

Bei jedem Atemzug flüsterte sie einen Namen, die Namen schmerzten, die Atemzüge schmerzten. Als sie die Augen aufschlug, war die Decke noch da, aber die Tür war herausgeschleudert worden. Noch mehr Qualm drang in ihre Lunge, noch mehr Dreck, noch mehr heiße Luft. Nicht einfach heiße Luft... brennende. Solche Luft konnte man doch nicht einatmen, an solcher Luft erstickte man! Aber nicht zu atmen ging auch nicht. Sie japste nach Sauerstoff, vermeinte, dass tausend Nadeln in Gaumen, Hals, Brust stachen.

»Schneller! Schneller!«, brüllte Herr Ponsbach.

Wollte er, dass sie aus dem Keller flohen, obwohl da draußen nur noch mehr brennende Luft wartete? Oder hoffte er, dass der Tod möglichst schnell kam, ihre Qual nicht lange währte?

Elly, Paul, Felicitas…
Den eigenen Namen hatte sie vergessen.

Die Jungen konnten nach den vielen Bombennächten, die sie im Flakturm zugebracht hatten, kaum noch die Augen offen halten, aber Emil nahm keine Rücksicht darauf. Der Feind, der unaufhörlich Bomben über Hamburg abwarf, tat das ja auch nicht.

»Erschöpfung hin oder her. Was ihr zu tun habt, muss euch ohnehin längst in Fleisch und Blut übergegangen sein, sodass ihr nicht mehr darüber nachzudenken braucht. Jeder Handgriff sollte sitzen.«

Sobald der Alarm ertönte, galt es, zu den Geschützen zu hasten, die Schutzplane abzudecken, die Munition bereitzustellen, mit Hauruck die Rohrvorholfeder nach hinten zu zerren, die Granatenmagazine einzuklinken.

Die Richtkanoniere kletterten in den Richtsitz, kurbelten die Rohre hoch, riefen wenig später: »Geschütz feuerbereit!«

Er selbst stand da schon am Flugmeldeposten am Flakfernrohr, suchte mit dem Scheinwerfer, einem langen Finger gleichend, den Nachthimmel nach Tiefffliegern ab – das waren die Einzigen, die sie treffen könnten, war die Reichweite ihrer Geschütze doch auf zweitausend Meter begrenzt. Auch ihm waren die Bewegungen eigentlich in Fleisch und Blut übergegangen, an diesem Abend fragte er sich bloß, ob er überhaupt noch aus Fleisch und Blut bestand.

Als die Störflugzeuge zu kreisen begannen, dröhnte es in ihm, als wäre sein Trommelfell aus Blech. Die Adern waren das sowieso, und was in ihnen nicht rann, eher stockte, war kalt, nicht heiß. Das Grummeln im Magen fühlte er wiederum längst nicht mehr, als säßen dort keine Gedärme, die arbeiteten, nur das Nichts. Die Furcht blieb aus, als sie warteten, sie blieb auch aus, als es losging. Als auf das Donnergrollen ferner Bombeneinschläge die schwere Flak antwortete, prompt ein brennendes Flugzeug wie eine schwebende Fackel vom Himmel fiel, blieb selbst der Triumph aus.

Wir haben einen erwischt.

Dachte er es, sagte er es? Selbst wenn er es gebrüllt hätte, wäre es nicht zu hören gewesen. Ein Brummen erfüllte die Luft. Woraus immer Trommelfell bestand, es schien zu schmelzen, den Gehörgang zu verstopfen. Doch auch wenn er taub geworden war, er sah, wie der Himmel taghell wurde.

Christbäume... so viele Christbäume. So zumindest wurden die Leuchtkugeln, die an Fallschirmen hingen und von den Leitflugzeugen der Royal Air Force eingesetzt wurden, um die Abwurfpositionen für die Bomberpiloten zu markieren, manchmal scherzhaft genannt. Jetzt scherzte niemand. Jetzt explodierten zwischen den Leuchtkugeln die Geschosse der deutschen Flugabwehr.

Zack, zack, zack, zack.

Zielen konnte man nicht, man musste ohne Ordnung in den Nachthimmel ballern.

Zack, zack, zack, zack.

Wieder ein Zufallstreffer, wieder eine Maschine, die, eine Qualmspur hinter sich herziehend, abstürzte, wieder das Gefühl, als stünde zwischen ihm und dem Triumph und der Furcht und dem Siegeswillen das Nichts.

Nur die Ohnmacht quoll durch eine winzige Ruptur in dieser Mauer. Auf jede Maschine, die sie zufällig trafen, kamen zehn, zwanzig, dreißig, die sie verfehlten.

»Weitermachen!«, brüllte er, obwohl nicht mehr viel zu machen war, die letzten Tage schon nicht. Die Engländer tricksten ja mit allen Mitteln, warfen schon von Stade an Stanniolstreifen ab, um damit die Funkmessgeräte außer Gefecht zu setzen. Nachblind würden die Geräte dann, hieß es. Er selbst schien auch nachtblind zu sein. Dieser funkelnde Himmel, als regnete es Lametta, als tanzten Sterne im Reigen, als würde ein Fest mit einem prächtigen Feuerwerk gefeiert, konnte doch nur ein Trugbild sein. »Zentralfeuer!«, schrie er gegen das immer lautere Brummen der Bomberverbände an.

Und schon jagte die gesamte Großbatterie ihre Granaten in den Himmel. Im Takt von fünf Sekunden. Oder fünf Herzschlägen. Wobei sein Herz schneller schlug, und die Sekunden nicht verrannen, eher explodierten.

Eins, zwei drei, vier, fünf.

Eins, zwei, drei…

»Was tust du denn da?«, blaffte er einen der Jungen an.

Das war die falsche Frage. Der Junge tat ja gar nichts, stand einfach nur da mit hängenden Schultern, starrte so verstört zum Himmel, als sähe er die Christbäume zum ersten Mal.

Albrecht, natürlich. Na, der konnte sein Weihnachtswunder erleben!

»Mitkommen!« Er packte ihn. Nachdem der Junge kurz wie ein Mehlsack in seinen Armen hing, kehrte etwas Leben in den schlaffen Körper zurück, er begann sich zu wehren. »Mitkommen!«, schrie Emil wieder, der Widerstand erlosch.

Emil informierte den Feuerleitstand, dass sie draußen auf den Straßen Ausweise kontrollieren würden. Gut möglich, dass sich einige der abgeschossenen Engländer mithilfe eines Fallschirms hatten retten können, sich nun irgendwo in Hamburg zu verkriechen gedachten wie Ratten. Sie würden die Ratten schon aufspüren. Und er würde Albrecht schon einbläuen, dass der Krieg etwas anderes als ein bunter Nachthimmel war.

Als sie wenig später die Straße betraten – mit Gewehr, Stahlhelm und Gasmaske –, war der Himmel nicht mehr bunt, er war gar nicht mehr zu sehen, weil zwischen ihm und ihnen eine dicke Wolke stand, aus Sand, Staub, Asche – und Hitze, unglaublicher Hitze. Emil vermeinte nicht einfach nur zu schwitzen, regelrecht zu zerlaufen. Albrecht wiederum schwitzte nicht nur, er heulte auch. Unwillkürlich duckte er sich, als Detonationen den Boden erschütterten, aber Emil packte ihn einmal mehr, zerrte ihn in die Wolke hinein. Zumindest der Junge war aus Fleisch und Blut, das fühlte er, als er sich wieder duckte, als er sich wand, als er sich schließlich seinem Griff ergab, wenngleich er vor Angst schlotterte.

»Weiter!«, fuhr er ihn an.

»Wohin?«, fragte Albrecht flennend.

Das Ende der Straße schien vom Nebel verschluckt. Dass es Aschestaub war, ging Emil nicht in den Kopf, denn er war ganz und gar erfüllt von der Angst des Jungen, die er sich von ihm geliehen hatte, von ihm gestohlen, einer Angst, die ihn nicht schlottern und erstarren ließ, sondern die ihn berauschte. Ebenso wie die Lust berauschte, Albrecht zu quälen, ihn auf den Nebel zuzutreiben, auf das Brummen und Krachen und Splittern.

Dir erbärmlichem Menschlein treibe ich noch Gehorsam ein, schwor er sich grimmig, auch wenn das bedeutet, dass du am Ende nur noch erbärmlich bist, kein Mensch mehr.

»Weiter!«

Albrecht wankte ein paar Schritte. Emil zählte wieder im Fünfertakt.

Eins, zwei, drei, vier, fünf.

Eins, zwei, drei …

»Was tust du denn da?« Albrecht tat einmal mehr … nichts. Es war hier nichts zu tun, es gab hier niemanden, dessen Ausweis man kontrollieren konnte. Hier gab es keine Menschen mit Ausweisen, hier gab es nur schreiende Menschen, die flohen. Albrecht kauerte sich an den Kantstein. »Steh auf!«, brüllte Emil. »Steh verdammt noch mal auf!«

Er gehorchte tatsächlich, doch als er aufsprang, stand er nicht etwa stramm, er begann zu rennen. Nicht zurück zum Flakturm, auch nicht die Straße entlang. Es gab kein Vor und Zurück, es gab nur ein hilfloses Kreisen auf einer kleinen Fläche, die Feuer und Aschewolken und Rauchsäulen immer weiter schrumpfen ließ. Emil hastete ihm nach, holte ihn ein, erwischte ihn. Mit übermenschlicher Kraft riss sich der andere wieder los, stürmte weiter. Albrechts Hände streiften fast über den Boden, er war schon jetzt kein Mensch, nicht mal ein Menschlein mehr, nur ein Äffchen. Wenig später hatte Emil ihn erneut eingeholt – immer noch oder schon wieder in der Nähe des Berliner Tors.

»Hiergeblieben! Wenn du noch mal davonläufst, stell ich dich vors Kriegsgericht und sorge dafür, dass du als Vaterlandsverräter erschossen wirst.«

Albrecht hielt inne. Weil er die Worte gehört hatte? Oder weil er das Knistern gehört hatte? Emil vernahm es nun auch, ebenso ein merkwürdiges Pfeifen, als ob ein Sturm aufzöge. Er achtete nicht darauf, fasste den Jungen am Nacken und schüttelte ihn wie einen Köter.

»Strammgestanden!«

Ein Ruck ging durch Albrecht, seine Panik entlud sich in einem heiseren Schrei. Emil ließ den Nacken los, aber nur, um seine Schultern zu packen, ihn zu zwingen, ihm ins Gesicht zu sehen.

Albrecht schien ihn gar nicht zu sehen. Er selbst sah den Jungen ebenfalls nicht. Er sah das, was die Schutzbrille von Albrecht spiegelte, desgleichen, dass sich durch die Gläser der Schutzbrille plötzlich kleine Risse zogen. Weil sie brach, weil sie schmolz?

Das war doch nicht möglich! Auch das, was die Gläser reflektierten, war nicht möglich – nicht nur brennende Dachstühle, nicht nur Wohnhäuser, die von Phosphorbrandbomben getroffen worden waren, nein, eine riesige Feuerwalze, zuckend, sich aufblähend, zunehmend gieriger. Sie begnügte sich nicht damit, ein Gebäude zu erfassen, sie riss Balken und Gesimsteile der Nachbarhäuser mit sich. Es war gar kein Feuer, es war ein reißender roter Fluss, ein Strudel, dem sich nichts entgegenstellen konnte, in dem versank, wer ihm zu nahe kam.

Emils Beine knickten weg. Im nächsten Moment kauerte er selbst am Kantstein, verbarg sein Gesicht hinter dem Stahlhelm. Fünf Atemzüge. Wenigstens fünf Atemzüge musste er machen, ehe er entschied, was zu tun war.

Eins, zwei, drei …

»Zur Alster«, keuchte Albrecht. »Wir müssen zur Alster durchkommen.«

Der Junge stand noch, wenn auch gebückt. Und der Junge hatte recht, sie mussten in Richtung Alster rennen. Nur dass es keine Richtung gab, der Feuersturm zumindest kannte keine, er breitete sich mal nach vorn aus, mal nach hinten, zu allen Seiten. Und ans Rennen war auch nicht zu denken, nur ans Kriechen.

Emil versuchte mit aller Kraft voranzukommen, doch jedes Mal, wenn er den Kopf hob, sah er Unglaublicheres. Kronen noch junger Bäume, die fast bis zum Boden gebogen wurden, weitere Bäume, die völlig entblättert wurden, solche, die mitsamt den

Wurzeln ausgerissen und vom Feuer aufgesogen wurden wie ganze Dachpartien und die Leiter einer Löschmannschaft.

Sie würden es nicht bis zur Alster schaffen. Sie schafften es immerhin zum Wasser. Das dort vorn, schwarz, zäh wie Pech, war doch Wasser, das sich am Grund eines Bombentrichters gesammelt hatte? Egal, was es war, Hauptsache kein Feuer.

»Los, hinein mit dir!« Albrecht zögerte. »Na komm schon! Das mit dem Kriegsgericht habe ich doch nicht so gemeint. Wir müssen uns in Sicherheit bringen ... müssen irgendwie durchhalten!«

Er versuchte, ihn mit sich zu ziehen, doch Albrecht kämpfte gegen seinen Griff, deutete auf etwas hinter sich. Menschen. Affen. Ratten. Egal, was es war, es war etwas, das lebte, leben wollte, das sich durch den Feuersturm kämpfte. Der Feuersturm war stärker. Stärker als der Wille zu leben, stärker als die Familie – ein Vater, eine Mutter, das jüngste Kind konnte kaum laufen. Es lief ja auch nicht, es flog. Die Eltern hatten es an den Händen gepackt, hielten es fest, aber der Feuersturm zerrte an ihm, riss es immer weiter in die Luft. Die Kräfte des Feuersturms schwanden nicht, die der Eltern schon.

Du kannst das Kind nicht retten!

Dachte er das, sagte er es? Ganz sicher rief er: »Bleib hier! Bring dich nicht in Gefahr!«

Aber Albrecht hörte nicht auf ihn, er machte sich los, hastete auf die Familie zu. Einen Schritt, zwei Schritte, drei Schritte, vier Schritte, fünf Schritte.

Berührten Albrechts Füße wirklich noch den Boden? Die Füße des Kindes taten es wieder. Nicht, weil Albrecht es bis zu ihm geschafft hatte und den Eltern half, es festzuhalten, sondern weil sich das Feuer eine andere Beute gesucht hatte.

Wieder schrie Emil: »Bleib hier!«

Doch er schrie es ins Nichts. Das Feuer fraß seine Stimme auf, so wie es Albrecht auffraß. Als wäre er leicht wie ein Papierflieger war er in den gierigen roten Schlund gesogen worden, dort verschwunden.

Die Familie lag jetzt flach auf dem Boden, der Mann hatte sich auf das kleine Kind geworfen. Nicht weit von ihnen entfernt lag ein weiterer Mann auf dem Boden, nein, wurde vom Boden verschluckt, weil der Asphalt schmolz.

Emil ließ sich fallen. Er dachte, das Feuer würde auch ihn verschlingen, doch er fiel nicht in das knisternde Lohen, er fiel in pechschwarzes Wasser. Das Wasser schlug über ihm zusammen.

Menschen aus Fleisch und Blut wurden in dieser Nacht zu Asche wie Albrecht. Oder zu Schlamm wie er.

Felicitas wusste hinterher nicht, wann genau sie begriffen hatte, dass dieser Bombenangriff schlimmer gewesen war als alle vorangegangenen.

Am Abend las sie mithilfe einer Taschenlampe in Levis Notizbuch und schlief darüber ein. Als der Voralarm sie aufschrecken ließ, war die Taschenlampe aus.

Von der Finsternis geriet sie in die Finsternis, denn auch die Glühbirne im Luftschutzkeller war kaputt. Es dauerte, bis jemand eine Kerze angezündet hatte, sie in Gesichter sehen konnte, nur wenige panisch, die meisten stoisch und leer.

Sie selbst fühlte auch nichts – nicht, als erste Detonationen zu spüren waren, nicht, als Druckwellen sie zu Boden schleuderten, nicht, als die Kerze erlosch, nicht, als jemand zu schreien begann. Aus dem Schreien wurden Worte.

»Wir ersticken! Wir werden alle ersticken!«

Die Tür flog auf, Hitze drang herein. Während Felicitas noch überlegte, was sie tun sollte, sprang sie schon auf, und ihre Beine setzten sich in Gang. Ganz egal, wo die Gefahr größer war, im Freien entging man zumindest der Finsternis, denn der Himmel wurde von Blitzen zerrissen. Sie starrte hoch, dachte an Levis Notizbuch, in dem sie am Abend gelesen und in das er auch ein Gedicht von Friedrich Schiller geschrieben hatte.

Die Verse dieses Gedichtes gingen ihr durch den Kopf, als sie sah, wie die Pappeln auf dem nahen Spielplatz brannten, wie große glühende Gardinenfetzen durch die Luft segelten, wie Flammen immer höher gen Nachthimmel loderten.

»Flackernd steigt die Feuersäule,
durch der Straßen lange Zeile
wächst sie fort mit Windeseile;
kochend wie aus Ofens Rachen,
glüh'n die Lüfte, Balken krachen,
Pfosten stürzen, Fenster klirren,
Kinder jammern, Mütter irren.«

Sie stand da, jede Faser wie erstarrt, nur die Worte kamen, gingen, liefen im Kreis. Wie unsinnig, Schiller zu zitieren, wie unsinnig, einfach nichts zu tun. Wie unsinnig, dass jemand sie anstieß, »Zum Löschplatz, zum Löschplatz!« rief. Sie wusste doch gar nicht, wo der Löschplatz war. Die Frauen und Kinder, in feuchte Decken und Tücher gehüllt, wussten es auch nicht, liefen ebenfalls im Kreis, kamen immer wieder an ihr vorbei. Vielleicht waren es nicht dieselben, sie sahen nur alle gleich aus mit den schwarzen Gesichtern.

*»Tiere wimmern
unter Trümmern,
alles rennet, rettet, flüchtet,
taghell ist die Nacht gelichtet.
Heulend kommt der Sturm geflogen,
der die Flamme brausend sucht.«*

Als sie die letzten Verse murmelte, lag sie schon auf dem Boden, sperrte die Worte zwischen Händen und Gesicht ein. Sie echoten in ihr, bis ein Heulen und Lodern die Buchstaben zersetzte und von ihnen nur schwarze Ascheflocken blieben, die erst hochgewirbelt wurden, dann auf jenen Bombenkrater, zu dem die Welt geworden war, niederrieselten.

Erst im Morgengrauen hob sie den Kopf, starrte auf das, was von diesem Inferno übrig geblieben war – verpestete Luft und graue Schwaden, Trümmer und Ruinen. Von ihrem Wohnhaus waren nicht einmal diese geblieben. Anstelle des Gebäudes, wo sie gelebt, geliebt, gelitten, gelacht, gelernt, gelesen hatte, war nur ein großes Loch.

Ein Schmerz, den sie die ganze Nacht über hatte verbannen können, entlud sich in ein paar trockenen Schluchzern.

Eine Weile stand und starrte sie, dann nahm sie hinter dem Staubnebel Konturen wahr, von Menschen, die Betten und Koffer hinter sich herzogen, auf jenen Schott'schen Karren, mit denen vor dem Krieg die Kohlenhändler Briketts, Koks und Feuerholz ausgeliefert hatten. Mühsam erhob sie sich, setzte Schritt vor Schritt. Mühsam versuchte sie, Gedanken um Gedanken zu formen.

Bücher... sämtliche ihrer Bücher waren verbrannt... Das Einzige, was sie aus der Flammenhölle hatte retten können, war Levis Notizbuch, weil sie das stets bei sich trug. Kurz war ihr das ein

Trost, alsbald überwog wieder das Entsetzen. Ob es die Agentur des Rauhen Hauses noch gab... Felix Juds Buchhandlung? Und Paul... Helene... Erna Stahl... all die anderen... Wie hatten sie diese Nacht überstanden?

Sie ging hastig weiter, nein, kletterte, überall waren ja Trümmer, über die sie steigen musste, überall Brandherde, die es auszutreten galt. Immer wieder zuckte sie zusammen, weil Flammen hochloderten, immer wieder senkte sie den Kopf, weil es unerträglich war, den Menschen ins Gesicht zu sehen, die unter den Trümmern nach Angehörigen gruben, die wimmernde Verletzte notdürftig zu versorgen suchten.

Noch stand das schützende Grau zwischen ihr und dem Elend. Noch kam sie schnell genug voran, dass die Angst sie nicht einholen konnte. Doch als sie ihr Ziel erreichte – nicht die Buchhandlung, nicht die Wohnung der Familie Löwenhagen –, war die Angst schon da, und sie war zu groß für den Magen, der sich verkrampfte, zu groß für die Brust, in der das Herz plötzlich hektisch pochte, zu groß für die Kehle, aus der ein kratzendes Würgen hochstieg, zu groß für den Mund, aus dem ein Wort platzte, ein Name.

»Anneliese!«

Sie konnte es sich nicht recht erklären, warum sie als Erstes zur einstigen Freundin geeilt war, obwohl sich die doch von ihr losgesagt und seit Jahren kaum ein Wort mit ihr gewechselt hatte.

Ihr Herz schien auszusetzen, als sie sah, dass das Haus in der Bieberstraße, in dem die Tiedemanns lebten, zwar noch nicht zerstört war, aber gerade Tote aus dem nahen Luftschutzkeller geschleppt wurden. Sie ertrug deren Anblick nicht, schlug die Hände vors Gesicht, aus dem Namen Anneliese wurde ein Nein, aus dem Nein ein Wimmern.

Sieh hin, zwang sie sich, sieh die Toten an! Such sie!

Sie konnte nicht suchen, fand sie trotzdem. Als sie vorsichtig durch ihre Finger lugte, sah sie, dass Anneliese nicht bei den Toten war, sondern bei dem Grüppchen Frauen, die am Straßenrand hockten, erschöpft, mit versengten Haaren. Von ihren zwei Zöpfen reichte nur noch der eine über die Schulter. Die Kleidung war aschgrau, voller Risse, die Schuhe waren wohl noch unversehrt, aber ein Schuhband fehlte.

Wankend trat sie auf sie zu, flüsterte ihren Namen. Ihre Stimme war zu leise, als dass die andere sie hörte, aber sie schien ihren Blick zu spüren, kämpfte sich hoch.

»Du lebst«, flüsterte Felicitas.

Anneliese konnte nur zaghaft nicken, ein kräftiges Ja wäre ihr wohl fehl am Platz erschienen. Erst später fügte sie ein paar Worte hinzu. Dass der Notausgang des Luftschutzkellers durch eine Sprengbombe weit aufgerissen worden war. Dass sich viele geweigert hatten, den Keller zu verlassen, weil die Angst vor dem Feuer und vor den Trümmern einstürzender Häuser zu groß gewesen war, und diese nun alle tot waren. Dass sie selbst die Flucht riskiert hatte.

»Ich weiß nicht, warum«, schloss sie tonlos.

Warum sie den Mut gefunden hatte? Warum sie unbedingt leben wollte?

Felicitas wusste nicht mal, ob sie selbst leben wollte. Aber die Freundin umarmen, das wollte sie, den Herzschlag eines anderen spüren, warme Haut auf ihrer. Als sie entsprechende Anstalten machte, wich Anneliese jedoch zurück, winkte sie, mit ihr zu kommen.

»Wir müssen etwas tun ... wir müssen helfen.«

Felicitas hatte keine Ahnung, wie man helfen konnte. Aber

Anneliese nahm ihre Hand, zog sie mit sich, Straßen und Wege entlang, über Trümmer und Flugsand und Asche und verkohlte Holzstücke und Dachrinnen, die auf dem Boden lagen, ausgebluteten Adern einer sterbenden Stadt gleichend. Immer wieder brachen Wände in sich zusammen, die Luft flirrte, mit jedem Schritt nahm der grässliche Gestank nach verbranntem Fleisch zu.

Wie auch nicht, überall lagen Tote. Auf dem Pflaster, in Hauseingängen, ein paar wenige schon auf Bahren gewuchtet. Manche waren stark verkohlt, die Kleidung sämtlich verbrannt, andere wiesen nur geringe Verletzungen auf. Ein paar lagen ruhig wie im tiefen Schlaf, sie waren in der Hitze augenblicklich gestorben. Bei anderen legten grotesk verzerrte Gesichter ein Zeugnis vom vergeblichen Kampf um Luft ab. Und hin und wieder waren da nur noch Aschehäufchen, aus denen ragte, was das Feuer nicht hatte verschlingen können – Schmuckstücke, Knochen, Zähne.

Anneliese machte sich los, bückte sich über einen der Toten ... nein, einen noch Lebenden. Er zuckte, wand sich, bat lallend um Wasser. Wo gab es Wasser in der verbrannten Welt?

Felicitas sah keines, aber Anneliese stolperte auf eine aufgeplatzte Leitung zu, aus der ein dünnes Rinnsal floss, wenn auch dunkelbraun. Bis sie etwas davon in ihrer Hand gesammelt und zu dem Unglücklichen gebracht hatte, war dieser schon tot. Andere dagegen lebten noch. Andere kamen nun auch, um zu helfen, trugen ihnen Gerüchte zu, immer grässlichere, je weiter dieser greisengraue Tag voranschritt.

Hammerbrook war zum größten Massengrab der Stadt geworden, auch in weiteren Vierteln waren Hunderte in Luftschutzkellern erstickt, in den Fleeten, wohin sie geflohen waren, ertrunken, von nachstürzenden Trümmern erschlagen worden, vom Feuersturm regelrecht verschlungen.

Nie hörte Felicitas ganze Sätze. Bis einer zu Ende gesprochen hatte, war sie schon weitergehastet, um jemandes Hand zu halten. Manchen stand sie nur beim Sterben bei, anderen half sie beim Aufstehen. Manchen reichte sie Wasser, anderen sprach sie leeren Trost aus. Solange sie etwas tat, konnte sie jedenfalls den Sorgen davonhasten. Anneliese hatte sie gefunden, aber was war mit den übrigen Menschen, die ihr lieb und teuer waren ... was mit Emil?

Als sie endlich den Mut fand, Anneliese zu fragen, wo er die Nacht verbracht hatte, sah sie diese an der Wand eines Hauses kauern. Kein Toter lag vor ihr, kein Verletzter, nur der verkohlte Rest eines Kinderzimmers: ein kleines Bettchen, halb zerborsten, ein Kissen, das aufgerissen war und aus dem die Federn quollen, eine Wickelkommode, an der zerfetzte Gardinen klebten. Und da war eine Puppe, ohne Glasaugen, ohne rechte Hand, das Kunsthaar versengt, das Gesicht pechschwarz.

Anneliese hob die Hand, als wollte sie die Puppe nehmen, aber sie wagte es wohl nicht.

Felicitas sank neben ihr auf die Knie. Aus den schwarzen Löchern, die anstelle der Puppenaugen zurückgeblieben waren, starrte sie der Krieg an.

»Ist das ... die Strafe?«, fragte Anneliese. »Ist das ein Werk höherer Gerechtigkeit?«

Felicitas wusste, was sie meinte. Nur die Antwort wusste sie nicht. Sie rang die Hände. »Wenn Gerechtigkeit nur durch den Tod von Kindern wiederhergestellt werden kann, dann ist es keine Gerechtigkeit, sondern Wahnsinn.«

Anneliese nahm die Puppe nicht, aber bedeckte ihr Gesichtchen mit ihrer Hand, um die dunklen Löcher nicht länger sehen zu müssen. »Du hattest recht ... du hattest recht, Elly wegzubringen. Sie lebt ... sie ist in Sicherheit ... sie musste das hier nicht ertragen und..." Sie begann leise zu weinen, die Tränen zogen helle Bahnen inmitten dunkler Schlieren, ihre Hand löste sich vom Gesicht der Puppe, strich über Felicitas' Haar. »Du hattest recht...«

»Hatte ich nicht«, murmelte Felicitas. »Ich hatte nicht nur Ellys Wohl im Sinn. Was ich euch antat, war grausam. Ich wollte ja auch grausam sein, ich wollte Schmerz zufügen, weil meine Angst um Levi so groß war. Aber mit dem Unglück von Menschen lässt sich ein Unrecht nicht aufwiegen.«

Anneliese streichelte sie weiter, und dann lag Felicitas' Kopf an der Brust der einstigen Freundin, dann waren die eigenen Augen blind wie die der Puppe. Kurz war sie auch taub für das Wimmern und Ächzen und Wehklagen um sie herum. Stumm war sie nicht, Anneliese ebenso wenig.

»Ich bin so froh, dass du noch lebst.«

Sie sagten es wie aus einem Mund.

August

Anneliese eilte durch Hamburgs Straßen. In diesen dampfenden Trümmerhalden, aus denen Bretter, Stangen, zerstörte Möbel ragten und über die stetig der Staub waberte, waren Gesicht und Hände bald von einer grauen Schicht überzogen, und das Luftholen wurde immer anstrengender.

Nach dem schrecklichen Feuersturm waren weitere Bombennächte gefolgt, hatten in Rotherbaum und Harvestehude noch mehr Zerstörungen angerichtet. Von der Turnhalle der Alsterschule stand seither nur mehr eine Wand, wie Felicitas berichtet hatte, das Dach vom Hauptgebäude war beschädigt, alle Fenster waren zersplittert. Das Haus in der Bieberstraße stand jedoch noch, nur sein Inneres war ein Chaos aus Glasscherben, geborstenen Fensterrahmen und umgekippten Möbelstücken gewesen. Um es zu betreten, hatten sie über den Schutt vom Nachbarhaus klettern müssen, das zur Hälfte eingestürzt war.

Felicitas hatte sie anstupsen müssen, erst als es ums Aufräumen gegangen war, hatte Anneliese wieder die nötige Energie aufgebracht. Saubermachen, das konnte sie, auch wenn Sauberkeit und Ordnung in dieser verstaubten Welt leere Worte blieben. Sogar Felicitas, die sich vor Hausarbeit immer gedrückt hatte, half tatkräftig mit, die schwersten Gegenstände konnte sie hochwuchten.

Anfang August kehrte Emil heim, um nach dem Rechten zu sehen. An ihm selbst schien an diesem Tag nichts Rechtes zu sein. Er stolperte durch die Wohnung, als gehörten seine Beine nicht zu ihm. Als er sich setzte, zitterte er wie ein Greis, und als sie ihm Tee anbot, nickte er so mühsam, als wäre sein Nacken aus Stein. Das Zittern wurde heftiger, als er die Tasse zum Mund führte. Er verschüttete mehr, als dass er schluckte, murmelte danach, dass er in den folgenden Wochen für Aufräumarbeiten und die Einweisung von wohnungslosen Menschen zuständig sein würde, starrte sie an, als sie erzählte, dass Felicitas ausgebombt sei und hier bei ihnen leben würde, sie hätten sich wieder versöhnt. Es war das erste Mal, dass sie dieses Wort laut sagte.

Auch er sagte Worte, die sie lange nicht aus seinem Mund gehört hatte. »Gut... das ist gut...« Wieder führte er die Tasse zum Mund, der Tee lief ihm über sein Kinn. Konnte es sein, dass da Tränen über seine Wangen perlten? Als er sie wieder anblickte, schimmerten seine Augen mitnichten feucht, trotzdem glaubte sie Verzagtheit, zudem ein bisschen Wehmut darin zu lesen. »Dass du... dass du überlebt hast... dass du alles meisterst... beweist, wie stark du bist. Du bist eine, die sich durchbringt.«

Es war das größte Kompliment, das er ihr jemals gemacht hatte. Ob es auch wettmachte, dass er sie damals ständig als dumm beschimpft hatte, konnte sie nicht sagen. Plötzlich war es jedenfalls ein Leichtes, ihre Hand auf seine zu legen, sobald er die Tasse abgestellt hatte. Der Tee, der darüberperlte, war warm, die Hand selbst eiskalt. Reglos blieb er eine Weile sitzen, starrte erst sie an, dann auf ihrer beider Hände. Die Miene wurde etwas weicher, doch es dauerte nicht lange, bis er ihr seine Hand vorsichtig entzog.

»Ich... ich muss nun gehen. Ich komme jedoch wieder.«

Sie wusste, dass er dieses Versprechen halten würde. Aber sie wusste auch, dass sie ihn nicht länger als Ehemann betrachtete. An ihre Freundschaft zu Felicitas konnte sie mühelos anknüpfen, was Emil und sie gehabt hatten, war dagegen endgültig vorbei, obwohl sie es nicht laut aussprach, weder ihm gegenüber noch Felicitas. Wenn sie mit ihr aufräumte, sprachen sie überhaupt wenig, dachten weder viel an die Vergangenheit noch an die Zukunft.

Zu leben hieß, sich durch Schutt und Staub zu wühlen, sich bei der Suppenausgabe anzustellen, mit etwas Glück zwar keine Suppe, aber wenigstens Milch zu bekommen.

Erst nach ein paar Tagen der Lähmung konnte sie etwas weiter als bis zur nächsten Stunde denken. Die Angst, die sie packte, hatte allerdings nicht nur mit der bangen Frage zu tun, ob die Tommys alsbald mit noch mehr Brandbomben wiederkehren würden.

Eines Abends klopfte Felicitas an die Wohnungstür, die sich nach notdürftigen Reparaturen wieder verschließen ließ, weil sie ihren Schlüssel vergessen hatte. Die Freundin hatte den ganzen Tag die Trümmer der Turnhalle weggeschleppt, ihr Gesicht war von einer lehmigen Schicht bedeckt – Schweiß, der sich mit Staub vollgesogen hatte.

»Weißt du, wo er lebt?«, platzte es aus Anneliese heraus.

Sie wusste nicht, weshalb ihr ausgerechnet jetzt diese Frage durch den Kopf schoss. Aber das, was ihr auf der Seele lastete, wagte sie nicht in Worte zu fassen: Weißt du, *ob* er noch lebt?

Felicitas wusste nicht einmal, wen sie meinte. Als sie es ihr in knappen Worten erklärte, senkte Anneliese den Kopf. Sie wollte die eigenen Gefühle nicht zeigen, nicht bedauern, welche ihr Geständnis, dass sie sich im vergangenen Herbst nicht nur in Bücher verliebt hatte, in Felicitas hervorrief. Doch sie erzählte, wie sie Paul kennengelernt hatte, wie sie die kleine Gruppe der Widerständler im Keller der Buchhandlung belauscht hatte, als jenes Münchner Flugblatt vorgelesen worden war, und wie sie Paul später, bei ihrer bislang letzten Begegnung, als Verräter beschimpft hatte.

Danach war es lange still. Felicitas beugte sich über eine Waschschüssel, wusch ihr Gesicht mit Wasser, das bereits schmutzig war. In normalen Zeiten hätte es jeder weggeschüttet, anstatt es noch einmal zu verwenden. In normalen Zeiten hätten Annelieses Worte mehr Fragen hervorgerufen – Überraschung, Entsetzen, Verwirrung, Verwunderung. Nichts davon spiegelte die dunkle Oberfläche. Und auch als Felicitas den Kopf hob, ihren Blick suchte, blieb ihre Miene nahezu ausdruckslos.

»Er... er lebt«, sagte sie leise. Es klang unendlich müde. »Die Buchhandlung steht noch... das Wohnhaus seiner Familie auch. Er lebt dort allein. Seine Schwester studiert in München, seine Eltern sind schon vor einiger Zeit ins Alte Land geflohen.«

Dunkle Wassertropfen perlten über Felicitas' Wangen. Anneliese las nun doch Fragen in ihrer Miene. Wie es möglich war, dass das Schicksal ausgerechnet sie und Paul zusammengeführt hatte. Warum sie damals nicht angezeigt hatte, was sie für Hochverrat hielt. Aber sie stellte keine. Dass ihr, Anneliese, ein Lachen über die Lippen sprang, das ihre Erleichterung verriet, genügte der Freundin wohl.

Obwohl Felicitas ihr noch an jenem Abend Pauls Adresse genannt hatte, konnte sich Anneliese nicht überwinden, ihn aufzusuchen. Als sie am nächsten Tag aufbrach, legte sie viele Umwege ein. Sie benötigte Zeit, um sich vor sich selbst zu rechtfertigen, wie dringend sie ihn sehen wollte. Auch, um sich Mut zu machen.

Mut war auf Hamburgs Straßen allerdings nicht zu finden,

nur Apathie. Sie gehörte zu den wenigen, die schnelle Schritte machten, die meisten schlichen langsam. Ein paar standen wie erstarrt vor Häusern – Soldaten, die von den Truppenkommandeuren Bombenurlaub bekommen hatten, von ihren Häusern nur mehr Trümmer vorfanden und nicht wussten, wo ihre Frauen und Kinder steckten. Glücklich war, wen eine Botschaft erwartete, mit Kreide auf noch stehen gebliebene Hauswände geschrieben, nicht nur ein Bombenkrater.

Was sie wohl Paul schreiben würde, wenn sie ein winziges Stückchen Kreide hätte und ein winziges Stück Hauswand? Wie froh sie war, dass er noch lebte? Dass sie selbst nur deswegen weiterleben wollte?

Als sie das Wohnhaus der Familie erreichte, die Treppe hochhastete, heftig keuchte, reichte es nicht einmal für diese wenigen Worte. Sie brachte nur ein Wort hervor, als er öffnete, tatsächlich leibhaftig vor ihr stand, zwar mit etlichen Blessuren und verschmutzter, zerrissener Kleidung, aber Glanz in den Augen.

»Paul!«

Selbst dieses Wort war noch zu viel. Sie begann zu husten, vielleicht weinte sie auch. Er klopfte auf ihren Rücken, vielleicht streichelte er sie auch. Plötzlich stand sie jedenfalls an ihn gepresst da, sog nicht nur Staub von zerbombten Straßen ein, zudem jenen von Büchern. In der Wohnung, in die er sie zog, waren ja so viele Bücher. Die Mitarbeiter der Agentur des Rauhen Hauses hätten so viele wie möglich auf unterschiedliche Wohnungen verteilt, erklärte er, damit im Fall des Falles nicht der komplette Bücherbestand zerstört würde.

Ihr Kopf ruhte immer noch an seiner Brust, aber als sie sah, was auf einem der Stapel lag, machte sie sich los. »Du liest ausgerechnet in der Bibel?«

Sein Lachen klang unbekümmert, als lasteten die Erinnerungen an die letzten Tage nicht wie Trümmer auf ihm, sondern wie winzige Regentropfen, die man abschütteln konnte.

»Das Beten werde ich in diesem Leben nicht mehr lernen, in diesen Tagen lese ich trotzdem gern im Ersten Buch Mose.« Er schlug die Bibel nicht auf, begann frei zu zitieren. »›Da ließ der Herr Schwefel und Feuer regnen vom Himmel herab auf Sodom und Gomorrha und vernichtete die Städte und die ganze Gegend und alle Einwohner.‹« Anneliese erschauderte, in seinen Augen blitzte es. »Die Operation Gomorrha war leider nicht ganz so erfolgreich«, fuhr er grimmig fort. »Wenn du mich fragst, kreucht und fleucht hier noch entschieden zu viel herum.«

»Die Operation Gomorrha?«

»So nennen die Tommys die vier nächtlichen Großangriffe und die beiden Tagesangriffe im letzten Monat. Ich fürchte, dass unsere Stadt bestenfalls zum halben Gomorrha taugt, die andere Hälfte nennt sich weiterhin Hamburg, und aus diesem Hamburg kann noch viel Übles erwachsen.«

Sie starrte ihn an. »Es ist dir zu wenig Zerstörung? Zu wenig ... Tod?«

»Na, gänzlich ›hamburgisiert‹ – so wie wir einst eine ganze englische Stadt ›coventrisiert‹ haben – sind wir nicht worden, oder? Die Tommys konnten zwar auf Gleichstand spielen, aber es sind zu viele Rüstungsbetriebe unzerstört geblieben. Ich weiß nicht, ob der U-Boot-Bau nicht ...«

»Still«, fiel sie ihm ins Wort.

Er zuckte mit den Schultern. »Dass es gleichfalls Unschuldige trifft, liegt leider in der Natur der Sache. Aber Unschuldige sind auch in die KZs gekommen. Hitler hat ganz Deutschland in ein solches verwandelt und ...«

»Still!«, rief sie wieder.

»Der Kampf mit seelischen Mitteln allein reicht da nicht. Die Gewalt muss von außen kommen, Hilfe muss von außen kommen und ...«

»Still!«, rief sie einmal mehr, und diesmal hörte er auf sie. Diesmal nahm er ihr Gesicht in die Hände, sah sie an.

»Du magst es anders sehen, aber ich finde, dass wir das alles verdient haben. Weil wir nichts getan haben. Oder zu wenig.«

Sie erwiderte seinen Blick, nahm seinen Gesichtsausdruck jedoch kaum wahr. Erinnerungen schoben sich zwischen ihn und sie. An den Tag, als sie Carin Grotjahn erklärt hatte, Levi würde bei Felicitas leben und die beiden seien ein Paar. An den Tag, als sie mit den Rosinen zum Logenhaus gehastet und unverrichteter Dinge von dort wieder geflohen war. An den Tag, als sie Paul im Keller der Buchhandlung als Verräter beschimpft hatte.

Dafür habe ich es aber nicht verdient zu sterben, wollte sie sagen. Wollte wie Felicitas bekunden, dass man den Tod des einen nicht mit dem Tod des anderen aufrechnen konnte, weil unter dem Gewicht des Todes die Balken einer Waage brachen.

Sie sagte nichts. Diese Worte hätten entweder ebenfalls zu viel Gewicht oder zu wenig. Und ganz gleich, was er da von sich gab – an ihrer Erleichterung, ihn wohlbehalten wiederzusehen, änderte es nichts. Auch diese Erleichterung konnte sie nicht mit Worten ausdrücken, umso mehr mit etwas anderem. Schon legte sie ihre Hände an seinen Kopf, zog ihn an sich heran, küsste ihn, spürte sein Feuer, nur dass es nicht länger eine blaue Flamme war, aus tief sitzender Ohnmacht und lange schwelendem Hass geboren, sondern eine rötliche, von Leidenschaft genährte.

Sie hatte nicht geahnt, dass auch sie zu dieser Leidenschaft fähig war, dass diese in einer zertrümmerten Stadt erwachen konnte, dass sie noch zu jener Sehnsucht fähig war, mit der sie all die Jahre vergeblich auf Emils Liebe gewartet hatte, auf Zärtlichkeiten, die mehr waren als das Fehlen von Grobheit, auf Glückseligkeit, die nichts mit der ordnungsgemäßen Erfüllung ehelicher Pflichten gemein hatte, verschämte, ruckartige Bewegungen, im dunklen Schlafzimmer unter einer schweren Decke ausgeführt wie eine Sportübung, die man schnell hinter sich bringen wollte.

Mit Paul war es auch schnell vorbei. Was in den nächsten Minuten geschah, hätte unmöglich langsam geschehen können. Hätte sie sich die Zeit genommen, darüber nachzudenken, sie hätte sich als schamlos und verrückt beschimpft. So aber nestelte sie, noch während sie ihn küsste, an seiner Kleidung. Und noch bevor sie sie beide abgelegt hatten, begannen sie schon, den Körper des anderen zu erforschen. Besonders zärtlich gingen sie nicht dabei vor, zu heftig zitterten ihrer beider Hände. Es war hingegen keine Sportübung, nichts, was einem sorgfältig festgelegten, mehrfach erprobten, als sinnig befundenen Ablauf folgte. Wie bei tapsigen Welpen, die kaum gelernt hatten, wacklige Schritte zu machen, und doch danach gierten, sich aneinanderzukuscheln, ging es nur darum, möglichst schnell möglichst viel vom anderen zu erhaschen. Sie fanden sich inmitten von Bücherbergen auf dem Boden wieder. Erst kam sie auf ihm zu liegen, dann er auf ihr. Nichts an ihren Bewegungen war geschmeidig. Ihre Münder prallten eher aufeinander, als dass sie sich zärtlich küssten, ihre Knochen stießen aufeinander. Und trotzdem, wie sie sich halb keuchend, halb lachend, halb ächzend miteinander wanden, fühlte sie, dass auf dieser Trümmerliebe etwas wachsen konnte, dünn und wurzellos, aber unweigerlich zum Licht hochstrebend. Kurz konnte sie den Himmel sehen, kurz war die Sonne warm und grell. Ein letztes Lachen, Keuchen, Stöhnen, dann blieben sie schwer atmend nebeneinander liegen, starrten hoch zur Decke. Da war kein Himmel mehr, nur ein tiefer Riss, der sich durch den weißen Stuck zog. War Paul auch ein solcher Riss in ihrem Leben oder derjenige, der sämtliche Risse heilte?

Nun, es genügte zu wissen, dass sie an seiner Seite selbst ein rissiges Leben lieben würde. Dass sie ihn liebte.

Er drehte den Kopf zur Seite, sein Blick schien zu brennen. Sie küssten sich wieder, es war der erste Kuss, der weich und zärtlich war. Sehr lange währte er nicht, dann begann Paul wieder davon zu reden, dass Hamburg nicht gänzlich vernichtet war, die Rüstungsindustrie noch intakt, dass man zwar hoffen könne, die Menschen würden von Hitler abrücken, aber nicht darauf zählen. Dass man etwas tun müsse.

»Was tun?«, fragte Anneliese und wusste es doch.

Noch mehr Flugblätter vervielfältigen und verteilen. Sich Tag für Tag in Gefahr bringen. Den Tod riskieren.

»Es hat sich nichts verändert seit damals im Februar, als wir uns das letzte Mal sahen«, murmelte er. »Ich bin immer noch der Alte.«

Sie küssten sich erneut, danach starrte Anneliese wieder hoch zur Decke. Wenn der Riss größer würde, könnte die Decke über ihnen einstürzen. Vielleicht befand sich auch ein Riss im Boden unter ihnen, der sich ebenfalls weiten, zum Abgrund werden konnte. Wenn sie jetzt nicht ging, wenn sie sich nicht sagte, dass sie sich nur dieses eine einzige Mal lebendig und geliebt hatte fühlen wollen, danach aber darauf verzichten wollte, würde sie jeden Augenblick mit dieser Bedrohung leben müssen. Es gab Paul nicht ohne diesen Riss, nicht ohne die Angst, die Unsicherheit, den Zweifel, nicht ohne das Unbehagen, weil er so radikal war.

»Aber ich«, sagte sie leise. »Ich bin nicht mehr die Alte.« Sie richtete sich auf, sah, dass ein Knopf von ihrer Bluse abgerissen war. Sie suchte den Boden danach ab, murmelte leise: »Was immer du tust... ich will dir so gut wie möglich dabei helfen.«

Ende August begleitete Anneliese Felicitas zum ersten Mal zu einem Treffen in die Buchhandlung. Genau betrachtet begleitete sie Paul, von dessen Seite sie nicht wich.

Felicitas konnte sich nicht helfen, der Anblick befremdete sie immer noch. Als sie erfahren hatte, dass es sich bei der geheimnisvollen Frau, die Ende des vergangenen Jahres in Pauls Leben getreten war, ausgerechnet um Anneliese handelte, war ihr beinahe ein Lachen entwichen – ein gleich zweifach unpassender Ton. Man lachte nicht über die Gefühle einer Freundin. Man lachte nicht in einer zerstörten Stadt.

Nun, die Agentur des Rauhen Hauses war nicht zerstört worden, sondern intakt genug geblieben, um ihre Treffen wieder aufzunehmen. Und das, was in Pauls und Annelieses Gesichtern stand, konnte man auch nicht mit Trümmern vergleichen, die beim ersten Windstoß in sich zusammenkrachten. Es stand auf einem festeren Boden, als Felicitas vermutet hatte.

Solange sie die beiden nicht miteinander erlebt hatte, hatte ihr nur vor Augen gestanden, worin sie sich unterschieden. Jetzt nahm sie das Einigende wahr – die fiebrige Entschlossenheit, auch eine Zuneigung, die ebenso tief ging wie das, was sie nährte: die Angst vor der Einsamkeit, die Sehnsucht nach einem Gefährten, der mal verzweifelte, mal trotzig geführte Kampf um seinen Platz im Leben.

Und was immer Felicitas davon hielt – ihr stand kein Urteil zu. Wer sich dieser Tage glücklich nennen konnte, sollte es genießen.

Alsbald achtete sie ohnehin nicht länger auf Anneliese und Paul, denn sie stellte fest, dass die Freundin nicht die einzige Neue in ihrer Runde war. Bei ihrem letzten Treffen zwei Tage zuvor, hatten sie gerade mal zu zehnt neue Pläne geschmiedet – ob man vielleicht zwischen die Seiten der *Hamburger Zeitung*, die täglich um 16:00 Uhr kostenlos verteilt wurde, ein paar Flugblätter legen könnte. Sie hatten die Sache nicht bis zum Ende durchdacht, es auf diesen Abend aufgeschoben – nur dass sich nun im Kellerraum mindestens dreißig Leute drängten.

»Weißt du, wer die alle sind?«, fragte sie Helene, die gerade erst von München heimgekommen war, und deutete mit dem Kinn auf ein paar fremde Gesichter.

Helene, ansonsten so ernsthaft, strahlte sie an. »Es sind unglaublich viele, nicht?«

»Aber... aber woher kommen sie denn alle?«, fragte Felicitas mit belegter Stimme.

»Jeder hat noch Freunde oder Kollegen mitgebracht...« An ihrer Kleidung erkannte Felicitas ein paar Swing Kids, außerdem mehr Ärzte als sonst. Weitere Gäste zählten wohl zum Musenkabinett, jenem Kreis, der sich um den Buchhändler Felix Jud scharte. »Das ist ein Zeichen«, rief Helene begeistert, »ein Zeichen dafür, dass die Menschen endgültig genug haben von Hitler und seinen Kumpanen. Die Bombenangriffe haben das Vertrauen erschüttert, die Menschen wissen jetzt, dass es mit Hamburg, nein, mit ganz Deutschland, zu Ende geht, wenn sie weiterhin vor den Nazis buckeln.«

Die Hoffnung, die in ihren Augen schimmerte, war Felicitas nicht fremd. In den ersten Tagen nach den Bombardierungen hatte sie sich oft bei dem Gedanken ertappt, dass diese immerhin ein Gutes hätten – nämlich die Treue zum Führer ins

Wanken zu bringen. Tatsächlich waren danach viele Menschen aus der Stadt geflohen, obwohl das eigentlich verboten war. Doch bei denen, die blieben, machte sich grimmige Entschlossenheit breit, der feste Wille, dem Feind zu beweisen, wie stark das deutsche Volk war. Vieles funktionierte überdies gut – ob die Ausgabe von Lebensmittelkarten oder die Wiederaufnahme des Postverkehrs –, es zeigte, dass Hamburg verwundet war, aber nicht tot, ebenso wie der Glaube an den Endsieg nur verwundet war, nicht tot.

Helene schien ihre Skepsis zu spüren: »Sind Sie anderer Meinung?«

Bevor sie antworten konnte, drangen Gesprächsfetzen an ihr Ohr. Dass ihr viele Stimmen fremd waren, war nicht verwunderlich … dass obendrein eine fremde Sprache gesprochen wurde, dagegen schon. Sie fuhr herum, sah neben Heinz Kucharski einen jungen Mann mit dunklem Haar, blitzenden schwarzen Augen, etwas zu kleinem Mund stehen. Felicitas verstand nicht genau, was er sagte – nur, dass er Englisch sprach und das mit einem starken Akzent.

»Das ist Maurice Sachs«, sagte Helene, die ihrem Blick gefolgt war.

»Ein Franzose?«

»So ist es. Überdies ein Kriegsgefangener.«

»Und was macht er hier?«

Helene zuckte mit den Schultern. »Dr. Egon Vietta hat ihn Heinz, Gretha und Karl Ludwig vorgestellt.«

Felicitas konnte sich auch nicht erinnern, je von einem Dr. Vietta gehört zu haben, sie vermutete, dass er einer der Ärzte war. Das Unbehagen, das sie fühlte, seit sie die überfüllte Buchhandlung betreten hatte, kroch höher.

»Was weiß man denn über ihn, dass man ihn einfach so hierher mitnimmt? Zu diesem innersten Kern?«

Nein, das ist kein Kern mehr, berichtigte sie sich in Gedanken. Ein Kern ist klein und fest. Überschaubar.

»Wenn er ein französischer Kriegsgefangener ist, kann man doch sicher sein, dass er auf unserer Seite steht.«

Felicitas konnte den Blick nicht von dem jungen Mann lösen. Der schien diesen zu fühlen, auch den Zweifel, der darin stand. Er lachte ihr zu.

»*Sorry*«, murmelte er, »*Excusez-moi*«, und dann fügte er hinzu: »Sauerkraut und Terrorangriff.«

Heinz Kucharski lachte ebenfalls. »Das sind die einzigen beiden Wörter, die er auf Deutsch beherrscht.«

Felicitas erwiderte das Lachen, weil er sie mit einem so übertrieben gerollten R ausgesprochen hatte. Doch es kratzte schmerzhaft in ihrer Kehle, und sie wandte sich rasch wieder ab.

»Sie halten es für falsch, dass unsere Gemeinschaft wächst… sich immer besser organisiert?«, fragte Helene.

Felicitas hob die Schultern. »Dies war ein Kreis aus Buchhändlern, Literaturliebhabern, Studenten, ehemaligen Schülern von Erna Stahl. Wenn nun immer mehr hinzukommen…«

»Ist es nicht das, was wir gewollt haben? Dass nicht nur die Gebildeten, nicht nur die Studenten die Lage Deutschlands erkennen, nein, es in allen Schichten Menschen gibt, die aus eigener Kraft ihr Schicksal wenden wollen? Es ist doch wichtig, dass diese Menschen zusammenfinden und handeln.«

»Aber um gemeinsam zu handeln, müssen wir einander vertrauen, und um einander zu vertrauen, müssen wir uns kennen. Ich kenne so viele hier nicht mehr. Ich könnte nicht beschwören, dass sich unter uns kein Verräter befindet.«

Helene sah sie nachdenklich an, doch bevor sie etwas sagen konnte, trat Anneliese zu ihnen. »Du kennst mich, Felicitas. Mich wirst du doch nicht für eine Verräterin halten!« Anneliese starrte sie trotzig, auch etwas lauernd an. Felicitas entging weder ihre Unsicherheit noch der starke Wille, mit dem sie Paul in allem, was er tat, zu unterstützen beabsichtigte. »Oder wäre dir lieber, ich wäre nicht hier?«, fügte sie hinzu, und als Felicitas nicht sogleich antwortete, rief sie: »Traust du mir nicht zu, ein Geheimnis wahren zu können? Denkst du, ich werde mich verplappern? Hältst du mich für zu unbedarft, um Widerstand zu leisten?«

Sie klang nicht nur gekränkt, zudem angriffslustig, und Felicitas beeilte sich, ihr beschwichtigend die Hand auf die Schulter zu legen. »Ich freue mich, dass wir wieder zusammengefunden haben, dass du dich nicht länger von den Nazis blenden lässt. Und ich freue mich auch, dass du hier bist.«

Annelieses Gesichtsausdruck wurde weicher, aber sie schien zu wittern, dass Felicitas nicht alles aussprach, was ihr auf den Lippen lag. »Aber?«, fragte sie.

»Aber ich habe trotz allem Angst um dich«, gab Felicitas leise zu.

Anneliese löste sich aus ihrem Griff. »Man sorgt sich um Kinder, und ich will kein Kind mehr sein.«

Felicitas lächelte nur, anstatt zu widersprechen. Insgeheim dachte sie: Nein, man sorgt sich um alle Menschen, die man liebt. Und selbst wenn Anneliese kein Kind mehr war – Paul und Helene erschienen ihr leichtgläubig wie Kinder, als sie nun mit den Anwesenden neue Pläne schmiedeten, um die Flugblätter zu verteilen und die Spendenaktion für Clara Huber fortzusetzen, weil das nötige Geld immer noch nicht beisammen war, als sie ihre Worte nicht sorgfältig abwogen, sondern frei hinausposaunten.

Sie wusste allerdings, dass sie sie nicht davon abbringen konnte, nur darauf hoffen, dass ein jeder im Raum Teil der verschworenen Gemeinschaft war – kein Fremdkörper wie das Wort Sauerkraut in einem Satz über einen Terrorangriff oder das Wort Terrorangriff in einem Satz über Sauerkraut.

Oktober

Den ganzen August über hatte Emil auf weitere Bombenangriffe gewartet, noch im September hatte er sich täglich davor gewappnet. Jetzt wuchs in den Hamburgern langsam die Hoffnung, dass die Hansestadt nicht sämtlich zu Schutt und Asche zerbombt werden würde, nur bei ihm mischte sich diese Hoffnung manchmal mit Enttäuschung.

Wenn die Stadt weiterlebte, musste auch er weiterleben – wie die Ratten, die nicht totzukriegen waren, aus jedem kaputten Rohr gekrochen kamen, wie die widerlichen Schmeißfliegen. Der Verwesungs- und Brandgeruch hatte sie angelockt, und ständig umsurrten sie ihn und seine Jungen, wenn sie abkommandiert wurden, um Keller- und Luftschutzräume zu öffnen und – wie es hieß – leerzuräumen. Dabei waren sie ja schon leer. In den Augen der Leichname, die ihnen entgegenstarrten, war kein Leben mehr. Schweigend verrichteten sie ihre Arbeit, nur die Fliegen brummten und brummten.

Als endlich Insektenvertilgungsmittel in großen Mengen geliefert wurde, mussten sie es verteilen und anwenden, worüber die Jungen sich mächtig ärgerten. Sie wollten Tommys töten, keine Fliegen.

»Ihr tut, was man euch befiehlt«, befahl Emil streng.

Der Geruch des Insektenvertilgungsmittels schnitt in seine Kehle, aber es war immer noch angenehmer, es zu versprühen, als ständig die schwere Gaskleidung zu tragen, die sie hatten anlegen müssen, als sie die Keller leergeräumt hatten. Und es war angenehmer, als sich mit Rum oder Cognac getränkte Wattebäusche vor Mund und Nase zu pressen, wie sie es getan hatten, nachdem die Filter der Gasmasken zur Neige gegangen waren. »Können wir den Cognac nicht auch saufen?«, hatte damals einer der Jungen gerufen, und ein anderer hatte sekundiert: »Auf Albrechts Heldentat!«

Er selbst hatte Albrechts Mutter vom Tod des Sohnes berichten müssen, ihr erklären, dass dieser in der Feuersturmnacht den Heldentot gestorben war.

Jedes dieser Worte erschien ihm als Lüge. Albrecht war kein Sohn, er war Kanonenfutter gewesen und nicht gestorben, sondern vom Feuer verschluckt worden, zu Asche zerfallen. Und seit wann war man im Deutschen Reich ein Held, wenn man kleinen Kindern das Leben rettete? Sonst wurden die so genannt, die Kinder und Mütter und Großeltern erschossen.

Albrechts Mutter hatte ihn aus tränenlosen Augen angestarrt, schließlich ein Taschentuch vor den Mund gepresst, vielleicht, um ein Schluchzen zu dämpfen, vielleicht, um sich vor dem Verwesungsgestank zu schützen, der so schwer über der Stadt hing.

»Ein tapferer Junge«, hatte Emil seinen Bericht geschlossen. In den leeren Augen der Mutter hatte eine Frage gestanden. »Ein tapferer Soldat«, hatte sich Emil berichtigt. Dann hatten die Augen geleuchtet, und sie hatte das Taschentuch weggenommen und gelächelt.

Bevor das Lächeln verwest gewesen war, war er schnell fortgegangen.

Seitdem trieb er seine Jungen ... seine Soldaten an, Trümmer zu schleppen, die noch wochenlang heiß waren, verkohlte Holzbalken, verbogene Eisenträger. Sie löschten die letzten Brände, sie luden Gulaschkanonen auf Lastwagen, um damit Überlebende zu versorgen. Sie töteten noch mehr Ratten und noch mehr Fliegen, sie schrien Kindern zu, dass es verboten war, in den Trümmern zu spielen. Sie sprengten Gebäude, die nicht mehr zu retten waren, und fühlten sich wie Helden, weil sie sich dabei nie die Ohren zuhielten, obwohl das eine Dummheit war. Oft hörte er danach über Stunden ein Surren und Dröhnen, und was nie ganz abriss, war dieser hohe Ton. Der Schmerz in seinem Arm verging ebenfalls nie, und er hustete ständig, weil so viel Ziegelstaub und Asche aufgewirbelt wurde. Aber die Jungen gehorchten ihm, und der Schmerz gehorchte ihm auch. Er konnte noch so lange toben, er zwang ihn nie in die Knie. Im Gegenteil, er erinnerte ihn daran, dass er noch lebendig war.

Auch etwas anderes erinnerte ihn daran. Regelmäßig kehrte er nach Hause zurück, um Anneliese und Felicitas zusätzliche Rationen zu bringen. Obwohl die Gespräche der beiden immer einsilbig wurden, wenn er hinzutrat, war es schön, ihre Stimmen zu vernehmen. Schöner als das Echo von Explosionen, schöner als dieser nie verhallende schrille Ton in seinem Ohr.

Er hatte keine Ahnung, wie sie ihr Zerwürfnis hatten überwinden können, aber wenn es noch etwas auf dieser Welt gab, das wieder heil werden konnte, würde vielleicht auch er sich eines Tages besser fühlen und nicht ganz so taub, nicht ganz so zerstört.

Wenn er in der Bieberstraße übernachtete, zog er sich stets früh zurück, aber er lehnte die Schlafzimmertür nur an, um dem Gemurmel der Frauen zu lauschen. Und er brachte von nun an Zigaretten mit, die zwar Anneliese, nicht aber Felicitas ablehnte.

Manchmal rauchten sie gemeinsam. Sie sprachen dabei nicht, dieses Schweigen war dennoch etwas anderes als die Totenstille, die über den Ruinen und den verwüsteten Straßen lag – aus ihm tönte ein unausgesprochenes Einverständnis, eine Zugehörigkeit, auch ein bisschen Wärme.

Er wollte nicht zu viel von diesem Schweigen beanspruchen, er hatte Angst, es könnte sich verbrauchen, wenn er die Wohnung jedoch verließ, wusste er, dass es einen Grund gab, wieder zurückzukehren.

Eines Tages auf dem Weg in die Bieberstraße nahm er wahr, dass sich das Sonnenlicht immer noch nicht ganz durch die Staubwolken kämpfen konnte, dass es aber nicht mehr kränklich fahl war wie sonst. Als er die Wohnung betrat, im Wohnzimmer in Richtung des einzigen noch unbeschädigten Fensters starrte, wurde er regelrecht geblendet.

»Anneliese! Felicitas!«

Die Namen verhallten ungehört, in der Wohnung war niemand. Nun gut, es war Vormittag, wahrscheinlich war Felicitas in der Schule und Anneliese stellte sich um Essen an. Er ging trotzdem von einem Zimmer ins nächste, verharrte am längsten in jenem kleinen, das einst als sein Arbeitszimmer gedient hatte, später als Ellys Kinderzimmer, und wo jetzt Felicitas auf einer zerfledderten Matratze unter einer rauen Pferdedecke schlief. Sie war mit nichts anderem als dem, was sie am Leibe getragen hatte, hergekommen, aber Anneliese hatte ihr diverse Kleidungsstücke überlassen, eine der Blusen lag achtlos und zerknüllt auf dem Boden. So war Felicitas eben. Sie hängte Kleidungsstücke nie ordentlich auf, ließ sie ebenso fallen wie Schuhe und Tasche.

Kurz war es so leicht, sich selbst fallen zu lassen. Er sank auf die Knie, streckte die Hand nach der Bluse aus, drückte sie an sein Gesicht. Er roch Staub und Asche und die Süße von Kadavern. Aber er roch auch Felicitas. So musste es den brummenden Fliegen gehen, die die halbe Stadt durchquerten, weil sie Tote witterten. Er witterte das Leben, verachtete kurz weder die Fliegen noch sich selbst.

Plötzlich vernahm er vom Treppenhaus her Schritte. Er vermutete, dass eine der beiden Frauen zurückkehrte, ließ deshalb rasch die Bluse wieder sinken. Nur loslassen konnte er sie nicht. Er hielt sie noch in den Händen, als er zur Tür trat, jemand daran klopfte.

»Ja?«

»Machen Sie auf! Schnell!«

Emil ließ die Bluse fallen, öffnete die Tür. »Ich habe Ihnen doch gesagt, dass ich keine Tabletten mehr brauche, die Schmerzen sind mittlerweile erträglich.« Nein, die Schmerzen waren eigentlich unerträglich, aber genau so wollte er sie. Dr. Schwedler wollte ihm allerdings keine Tabletten aufschwatzen. Seine Augen waren weit aufgerissen, etwas stand darin, das er an dem groß gewachsenen dürren Mann noch nie wahrgenommen hatte – nackte Panik. »Dr. Schwedler?«

Der Arzt japste nach Luft, brachte kein Wort hervor. Er verharrte vor der Schwelle, während unten noch mehr Schritte zu hören waren, ein Klopfen, diesmal an Dr. Schwedlers Wohnungstür.

Emil stürzte am Arzt vorbei ins Treppenhaus, um nach unten zu lugen, hörte, wie jemand dessen Namen brüllte.

»Gestapo«, presste Dr. Schwedler hervor.

Das Klopfen wurde lauter, nicht nur Fäuste kamen zum Einsatz und Füße. Holz knirschte, wie auch nicht, die wenigsten Türschlösser waren noch intakt.

Emil fuhr herum, schlug mit der Faust auf die Brust des Arztes.

»Die Gestapo sucht Sie? Sie glauben doch nicht ernsthaft, dass ich Ihnen Unterschlupf gewähre, wenn Sie sich vor ihr verstecken?«

Der lange Mann schien kurz einzuknicken, hielt sich dennoch aufrecht. In seinem Blick stand nicht länger nur Panik, auch Entschlossenheit.

»Ich werde mich der Gestapo stellen. Aber vorher... vorher wollte ich Sie noch warnen.«

Wieder ertönte das Splittern von Holz, wieder ein Gebrüll. Es füllte Emils Kopf aus, ließ nur wenigen Gedanken Platz.

Es war kein Wunder. Kein Wunder, dass Dr. Schwedler in Schwierigkeiten geriet. Er hatte in den letzten Jahren so viel gesagt oder zumindest angedeutet, das wie Hochverrat klang.

Und es war kein Wunder, dass Felicitas in Schwierigkeiten geriet. Früher hatte sie auch so vieles gesagt oder zumindest angedeutet, das wie Hochverrat klang.

»Sagen Sie ihr, dass sie sich in Sicherheit bringen soll«, rief Dr. Schwedler, »dass sie sich verstecken soll.« Schon wandte er sich von ihm ab, nahm die ersten Stufen nach unten. Emil stürzte ihm nach, er musste wissen, was Felicitas getan hatte. Doch bevor er etwas fragen konnte, drehte sich Dr. Schwedler ein letztes Mal zu ihm um. »Bitte... bitte warnen Sie sie! Warnen Sie Ihre Frau.«

Anneliese wusste, dass sie alle auf Glas gingen, sie wusste auch, wie dünn dieses Glas war, manchmal hörte sie es bedrohlich knacksen, und manchmal, vor allem nachts, wenn sie keinen Schlaf fand, sah sie den Abgrund durch das Glas schimmern. Aber wenn es dann Tag wurde, schlitterte sie wieder selbstvergessen darüber – wie ein Kind, für das der rutschige Boden ein großer Spaß war, keine Gefahr verhieß.

Als die Welt unter ihr einbrach, war es auch Tag, und sie hatte den Geschmack von Kaffee im Mund. Es war ein köstlicher Geschmack, ein seltener Geschmack. Über Monate hatten sie nur bitteren Zichorienkaffee getrunken, aber nach den Bombardierungen im Sommer waren Extrarationen Bohnenkaffee ausgegeben worden. Sie hatte die ihren rasch verbraucht, Paul dagegen seine gehütet, und an einem Morgen, den sie im Bett verbrachten, mit Liebe und Büchern, braute er ihr einen Kaffee. Das Quietschen der Mühle klang wie Musik, der Duft, der das Zimmer erfüllte, war das Köstlichste, was sie je gerochen hatte.

Zucker gab es keinen, deshalb rührte er Gewürze hinein. Weder wusste sie, woher er sie hatte, noch konnte sie erraten, welche es waren.

»Zimt?«, fragte sie.

Er schüttelte den Kopf.

»Muskatnuss?«

»Ich weiß nicht mal, was das ist.«

»Van…«

Ein heftiges Klopfen zerhackte die Vanille. Die Augenblicke, die folgten, wurden durch die Luft gewirbelt, sodass sie sie hinterher nicht mehr in der richtigen Reihenfolge zusammensetzen konnte. Hinter dem dunklen Regen verloren sich auch andere Gewissheiten.

Hatte Paul noch die Tür geöffnet oder war diese eingetreten worden? War er noch in seine Hausschuhe geschlüpft oder den Männern mit nackten Füßen entgegengetreten? Ganz sicher wusste sie noch, dass er ihr den Befehl gegeben hatte, sich zu verstecken.

Sie konnte sich nicht rühren, bezeugte wie erstarrt, dass die Gestapo in die Wohnung stürmte, vier, fünf, sechs Männer, dass jemand etwas von Hausdurchsuchung schrie, einen Wisch hochhob, dass man Paul, noch bevor er danach greifen konnte, den Arm umbog und er das Gesicht vor Schmerzen verzerrte, dass jemand Bücher aus dem Regal zog. Nein, er zog sie nicht heraus, er schleuderte sie auf den Boden, in den überreizten Ohren klang es wie Einschläge von Bomben. Etwas leiser war die Stimme von jenem, der Paul der Agitation gegen das Regime bezichtigte, der Volksverhetzung, des Hochverrats.

Auch der zweite Arm wurde verbogen, Paul schrie auf, zumindest sein Mund schrie, seine Augen schrien nicht. Als sich ihre Blicke trafen, stand keine Angst darin, nur Stolz und Entschlossenheit und Liebe und Stärke. Und kurz konnte sie sich all das von ihm leihen, kurz dachte sie an nichts anderes als an den köstlichen Kaffee und wie bedauerlich es war, nicht noch einen Schluck nehmen zu können, zusehen zu müssen, wie die Tasse umkippte und eine braune Pfütze entstand, als man auch sie packte.

Was für eine Verschwendung. Immerhin hatte sie noch davon gekostet. Sie wusste, wie all das schmeckte – der Kaffee, die Liebe, die Unbeugsamkeit, der Widerstand.

Es ließ sich ertragen, dass fremde Männer sie im Nachthemd sahen, auch fremde Frauen, die hinter dem Türspalt hervorlugten, als sie durch das Haus gezerrt wurden. Die Türen schlossen sich schnell – die der Wohnungen ebenso wie die der Grünen Minna, wie der Wagen hieß, in den sie gestoßen wurden.

»Wohin bringen sie uns?«

Hatte sie selbst das gefragt? Paul?

Sie hörte jemanden mit einer ihr fremden Stimme antworten. »Schon mal nicht in die Gestapozentrale an der Stadthausbrücke, die wurde im Juli zerstört.«

Sie glaubte Spott aus der Stimme zu hören, Genugtuung. In der Miene des anderen Verhafteten konnte sie allerdings nicht lesen, denn sein langes Haar hing ihm im Gesicht. Gut möglich, dass er einer der Swing Kids war, die sich aus Protest die Haare nicht schneiden ließen. Dieser Protest verstummte auch jetzt nicht. Die Finger des jungen Mannes schnipsten unaufhörlich, und aus seinem Mund kamen Töne. »*Jeepers, Creepers*...«

Sie hörte die Melodie zum ersten Mal. Dachte benommen, dass sie jene andere Melodie – das Quietschen der Kaffeemühle – vielleicht nie wieder hören würde. Paul tastete nach ihrer Hand, drückte sie.

»Vielleicht haben sie nur mich erwischt... uns beide... nicht die anderen... Du darfst nichts gestehen, ich werde alles auf mich nehmen... Versprich mir das, versprich mir, dass du nichts sagen wirst, was dich in Schwierigkeiten bringt.«

Die nächsten Momente waren wie Staubflocken. Sie drehten sich in der Luft, ließen sich nirgendwo nieder, erst recht nicht in ihren Erinnerungen. Sie wusste nur noch, dass sie nickte, dass die Sonne schon hoch stand, als sie ankamen, dass Pauls Hand sich von ihrer löste – nicht, weil er sie losließ, weil er von ihr weggerissen wurde. Zu dem Moment, da man sie trennte, gab es keine Bilder, nicht einmal ein Schreien, nur ein Aufschluchzen. Es riss rasch ab, sie wollte sich keine Blöße geben, sich nicht schwach zeigen.

Nur verhindern, dass sie zitterte, konnte sie nicht. Stufe um Stufe ging es hinunter in einen feuchten, modrigen Keller. Das Atmen fiel so schwer, das Sehen auch, die baumelnde Glühbirne über ihr erlosch immer wieder. Aber hören, hören konnte sie alles. Ein gedämpftes Schreien, das Klatschen einer Peitsche, das Knallen von Türen.

Sie presste die Lippen ganz fest zusammen. Von mir bekommen sie keinen Laut. Und ich schmecke immer noch den Kaffee.

Sie erreichten einen fensterlosen Raum, und ihre Gedanken

waren so besetzt von einem Wort – Folterkeller –, dass sie ihn erst als Kleiderkammer ausmachte, als sie ihn schon wieder verlassen hatte, mit Rock, Jacke, beides gestreift und rau, einer noch raueren Wolldecke, einem Handtuch und einem Bettlaken. Ihre Füße waren nicht mehr nackt. Sie trug jetzt Stiefel, schwere Stiefel, die ihre Fersen sicher bald wund scheuerten. Sie musste nicht viele Schritte machen, es ging die Treppe wieder hoch, dann fand sie sich in einer Zelle wieder, die groß genug für zwei Pritschen, einen Holztisch und zwei Hocker war. Der Fußboden und die Wände waren betoniert, an der einen Wand hing ein Bord mit Blechtellern, neben der Zellentür befand sich eine Toilettenschüssel, gleich gegenüber ein vergittertes Fenster. Schwere Stiefel hin oder her, sie stürzte darauf zu.

»Tu das nicht!«, hörte sie eine mahnende weibliche Stimme. »Wenn du aus dem Fenster siehst, schießen sie auf dich. Willst du Sonnenlicht erhaschen, musst du dein Gesicht an die Wand neben dem Fenster pressen und den Kopf ganz vorsichtig um ein paar Millimeter vorschieben.«

Da war kein Sonnenlicht. Da war auch kurz keine Frau zu sehen, nur eine Wolldecke. Die Wolldecke bewegte sich, darunter kam eine Gestalt zum Vorschein.

Anneliese ließ sich auf die eigene Pritsche fallen, breitete die Wolldecke aus. Sie sah einen tiefen Riss, dachte: Ich muss ihn nähen. Allerdings hatte sie weder Nadel noch Faden.

»Was hast du gemacht?«, fragte die fremde Frau.

Gelesen.

Geliebt.

Sie war nicht sicher, was als größeres Verbrechen galt. Auch nicht sicher, was ihr mehr durch diese Zeit helfen würde. Sie war nur sicher, dass sie beides nicht bereute.

Das wollte sie sagen, aber sie brachte den Mund nicht auf. Lippen und Zunge waren wie taub. Sie schmeckte nicht länger Kaffee.

Felicitas war mit ihrer Klasse gerade beim Steinesammeln. Erst am Tag zuvor war die einzige verbliebene Wand der Turnhalle eingestürzt, und aus den Trümmern galt es, noch brauchbare Ziegel hervorzuklauben. Die wurden von Mörtel und Zement befreit und aufgestapelt, später mit Fahrradanhängern und Karren in die Vororte gebracht, wo sich obdachlose Menschen kleine Häuschen bauten. Die Jungen arbeiteten schweigend, grimmig entschlossen, und auch sie selbst packte mit an, bis sie trotz der kühlen Luft schwitzte. Unterricht gab es so gut wie keinen mehr, zusammengelegte Klassen, die ein paar Jahre zuvor noch sechzig, siebzig Schüler umfasst hatten, wurden nun groß genannt, wenn man das Dutzend vollbekam. Und wenn sie das Lehrerzimmer betrat, war dort kaum jemand mit Unterrichtsvorbereitungen oder Korrekturen beschäftigt, sondern mit diversen anderen Aufgaben, die dem Kollegium aufgehalst wurden. So galt es, die Ausbezahlung von hundertfünfundachtzig Reichsmark für alle, die während der Bombardierungen sämtliche Habe verloren hatten, zu vermerken, auch Listen von Winterkleidung, die die Menschen noch besaßen, zu erstellen. Manchmal wurden in jenem Küchenraum, wo früher Hauswirtschaft unterrichtet worden war, Sonderzuteilungen abgewogen und ausgehändigt, eine Arbeit, die zwar keine Schwielen einbrachte, die ihr aber weniger lieb als das Trümmerschleppen war. Die Last, in die zermürbten Gesichter jener zu sehen, die um das Essen anstanden, wog schwerer.

Gegen Mittag zog sie sich in eine Ecke zurück, um dort in Ruhe zu essen. Noch bevor sie in das mitgebrachte Stück Brot biss, ließen Schritte sie zusammenzucken. Im nächsten Augenblick umfasste eine Hand ihren Unterarm, zog sie in einen Gang. Ein Aufschrei entfuhr ihr, als sie die andere erkannte und das Entsetzen in ihrer Miene las.

»Paul«, stieß Helene aus. »Sie haben Paul …«

Das letzte Wort gab ihre heisere Kehle nicht preis. Felicitas glaubte dennoch, es zu hören.

… verhaftet.

Es war ein Wort, das in den vergangenen Monaten immer über ihnen allen geschwebt hatte, drückend wie die Staubwolke. Aber sie hatten damit ebenso zu leben gelernt wie mit dem steten Husten, den Schmerzen beim Atemholen. Noch ließ sich das Wort nicht in ihren Gedanken nieder. Noch spaltete es ihr Leben nicht in ein »bis jetzt« und »ab nun«. Ihr Magen verkrampfte sich erst, als Helene hinzufügte: »Und Anneliese auch.«

Sie hatte ihren Unterarm losgelassen, umfasste ihre Hand. Felicitas' Geist suchte auch etwas zu umfassen, sich regelrecht festzukrallen, um nicht von Panik mitgerissen zu werden. Es war nicht viel, was sie fand, keine Hoffnung, dass alles gut werden konnte, nur der schlichte Befehl: Haltung, du musst vor Helene Haltung bewahren.

Sie blickte sich um, aber keiner ihrer Schüler beobachtete sie, alle kauerten erschöpft auf dem Boden und konzentrierten sich aufs Essen.

»Warum ausgerechnet jetzt?«, flüsterte sie.

Helene zuckte mit den Schultern. Auch sie blickte sich ängstlich um, sprach leise, nur jedes zweite Wort war zu verstehen. Gerade angekommen … in München gewesen … von dort hiergefahren, um Alarm zu schlagen … Hans Leipelt … er sei schon am 8. Oktober verhaftet worden.

»Die Solidaritätskampagne für Clara Huber war bis vor Kurzem im Gange. Offenbar hat die Gestapo diese aufgedeckt und dabei herausgefunden, dass auch in Hamburg Geld gesammelt wurde. Und dass hier sogar noch mehr passiert, was...«
Sie brach ab.
Felicitas schloss kurz die Augen, öffnete sie wieder.
»Wer«, setzte sie an, »wer hat uns bloß verraten?«
Helene formte die Worte nur.
Ein Verräter. Ein Spitzel. Ein Agent der Gestapo.
»Vielleicht war es dieser Franzose«, fügte sie hinzu.
Der Franzose, der nur zwei Wörter Deutsch verstand – Terrorangriff und Sauerkraut. Der, wie ihr jetzt einfiel, viel geraucht und eine Flasche Rotwein mitgebracht hatte. Wer besaß dieser Tage schon Rotwein? Von wem hatte er als Kriegsgefangener die Zigaretten gehabt?
Im Moment zählte allerdings nicht, warum etwas geschehen war, nur, was jetzt geschehen würde.
»Die anderen?«, fragte sie knapp.
»Marie-Luise, die Freundin von Hans Leipelt, wurde auch verhaftet. Sie hat es abgelehnt, rechtzeitig zu fliehen. Von den Übrigen weiß ich noch nichts, ich wollte als Erstes zu Paul, aber da habe ich gesehen, wie er und Anneliese...«
Sie brach wieder ab.
Felicitas umklammerte ihre Schultern, zwang sie, sie anzusehen. »Hör mir gut zu, Helene. Du hast in den letzten Monaten nicht sämtliche Zeit in Hamburg verbracht. Vielleicht kann man dir nicht nachweisen, dass du eines unserer Treffen besucht hast... oder dass du in München Kontakt zu Hans Leipelt und Marie-Luise Jahn hattest. Und wenn doch, bist du besser nicht in der Stadt. Fahr zu deinen Eltern ins Alte Land. Bleib dort so lange, bis es...

bis es ...« Bis es wieder sicher ist ... Aber es würde nie wieder sicher sein. Nicht für Helene, erst recht nicht für sie selbst. »Versteck dich einfach«, sagte sie. »Bring dich in Sicherheit. Wenigstens du.«

Ihre Stimme zitterte, die Panik überwältigte sie dagegen nicht. Da war ein winziges Fleckchen, auf dem sie sicher stehen konnte, auf der Gewissheit gebaut: Ich habe mich entschieden, jetzt gehe ich diesen Weg bis zum bitteren Ende.

»Hast du mich verstanden?«

Helene nickte kraftlos. »Und Sie?«, fragte sie.

»Ich werde versuchen, Anneliese zu helfen.«

Hinterher konnte sie sich nicht mehr daran erinnern, was sie ihren Schülern zugerufen, auch nicht, wie sie den Weg in die Bieberstraße zurückgelegt hatte, ob im Laufschritt oder unauffällig schleichend, ob sie die letzten Schritte noch ein wenig hinausgezögert hatte, weil sie das Licht der Oktobersonne spüren wollte, eine goldene Ahnung hinter den Staubwolken.

Als sie das Haus betrat, sah sie, dass Dr. Schwedlers Tür weit offen stand. Gut möglich, dass man auch ihn verhaftet hatte, ebenso andere *Candidates of humanity*, Buchhändler wie Reinhold Meyer, Felix Jud ...

Sie schob die Namen von sich. Sie konnte für niemanden mehr etwas tun, nur für Anneliese. Anneliese, der man nichts anderes als ihre Liebelei mit Paul vorwerfen konnte, es sei denn, man fände verräterisches Material bei ihr.

Sie suchte dieses zunächst in der Küche, inmitten von Pfannen und Schüsseln. Nahm sich danach Annelieses Bücher vor und durchblätterte nicht nur Gedichtbände, die Paul ihr geschenkt hatte, auch das alte Hamburger Kochbuch, das sie einst mit in die Hansestadt gebracht hatte. Darin standen nur Fischrezepte, die Abschrift eines Flugblatts lag nicht darin.

Elly, dachte sie, Anneliese hat doch sicher ein Foto von Elly. Trug sie es immer bei sich? Oder bewahrte sie es irgendwo auf? Es gab noch mehr, was sie an Elly erinnerte – das, was die Kleine einst gehäkelt und gestrickt hatte.

Sie stürmte in Annelieses und Emils Schlafzimmer, kniete sich vor den Kleiderschrank. Eine Tür hatte er nicht mehr, sie war vom Luftdruck während der Bombardierungen herausgerissen worden. Jedenfalls stand darin eine Kiste, und als sie sie öffnete, stieß sie tatsächlich auf etwas Gehäkeltes, ein Röckchen für die Puppe Viktoria, vielleicht befand sich darunter...

»Suchst du vielleicht das hier?«

Sie zuckte zusammen, ihre Hand umkrampfte die Handarbeit, ein kurzer Schrei des Entsetzens entkam ihr. Doch als sie das Röckchen losließ, den Kopf aus dem Schrank zog, als sie Emil am Bett stehen sah, von dem wenigen Licht beschienen, das durch die Ritzen des zugenagelten Fensters drang, konnte sie wieder Haltung einnehmen. Sie bewahrte sie sogar, als sie sah, was Emil in den Händen hielt – mehrere Bögen Papier, Briefcouverts, einen Setzkasten, sogar eine Kopie des Flugblatts. Wut erfüllte sie, weil Anneliese so leichtsinnig gewesen war. Aber die Wut verfing sich irgendwo, schaffte es nicht hoch bis in ihre Gedanken. Egal, ob und was Anneliese falsch gemacht hatte. Sie musste die Freundin retten.

»Ich...«, setzte sie an, »ich...«

Emil war auch voller Wut, hatte diese aber nicht so gut im Griff wie sie. Während sie seinen Blick ruhig erwiderte, begannen seine Lider zu zucken. Im nächsten Augenblick ließ er alles, was er hielt, auf den Boden fallen, wieder einen Augenblick später stürzte er auf sie zu. Er packte ihren Arm, drehte ihn auf den Rücken, presste sie mit dem Gesicht voran an die Wand neben den Schrank. Staub und Stuckbröckchen rieselten auf ihren Kopf, in ihre Augen, in ihren Mund, als sie wieder schrie, diesmal vor Schmerzen. Der Schmerz wurde schlimmer, als er den Arm noch mehr verdrehte, der Schrei aber nicht lauter, sie presste die Lippen zusammen.

»Wie konntest du sie nur in diese Sache hineinziehen?«

Er gab ihren Arm frei, packte sie an den Schultern, zwang sie dazu, sich umzudrehen, stieß sie mit dem Hinterkopf an die Wand. Kurz verschwamm das Bild vor ihren Augen, und bis sie wieder klar sehen konnte, waren seine Hände höher gewandert, hatten sich um ihren Hals gelegt. Er drückte nicht zu. Das tat er erst, als er den Hals losließ, nunmehr den Kopf umfasste, als gälte es, aus diesem Worte herauszupressen, eine Erklärung, ein Geständnis.

Dabei war dafür doch keine Gewalt nötig. Sie erzählte es ihm freiwillig, erzählte es ihm gern. Was sie getan hatte und warum.

»Dass Anneliese dabei mitgemacht hat, war nicht meine Idee, das kannst du mir glauben«, schloss sie. »Ich hatte immer Angst um sie. Aber ich konnte es ihr nicht ausreden. Sie... sie war so entschlossen. Manchmal dachte ich, noch entschlossener als ich.«

Sein Griff wurde so schmerzhaft, dass sie vermeinte, ihr Kopf würde bersten. Doch unvermittelt ließ er sie los, als hätte er sich verbrannt. An ihrer Haut... an ihren Gedanken. Das Bild zerstob zu Fünkchen, die vor der Schwärze tanzten. Als sie erneut klar sehen konnte, gewahrte sie, dass seine Lider noch stärker zuckten, alles an ihm zuckte, sein Kinn, seine Lippen, seine Hände. Wollte er sie wieder packen? Wollte er sie schlagen? Wollte er sie umarmen?

»Wie konntest du nur?«, stieß er heiser aus. »Wie konntest du dich in diese Gefahr bringen?«

Da war keine Wut mehr, nur Verzweiflung, und auch bei ihr drohte jener Damm zwischen Kopf und Herz zu brechen. Es war nicht Angst, die dagegenschlug, eher... Wehmut. Vorbei... vorbei... alles war vorbei. Der Widerstand, das eigene Leben.

»Ich konnte es nicht nur, ich *musste* es«, sagte sie. »Und jetzt... jetzt muss ich Anneliese schützen. Ich... ich werde mich selbst anzeigen, ich werde alles auf mich nehmen.« Seine Hände fuhren durch Luft, suchten etwas, woran sie sich festhalten konnten, fanden nichts. Es war nun ein Leichtes, sich an ihm vorbeizudrängen, sich nach dem zu bücken, was er hatte fallen lassen. »Ich werde behaupten, dass ich das alles in diese Wohnung gebracht und hier versteckt habe. Dass Anneliese nicht die geringste Ahnung davon hatte. Dass ihre Gutmütigkeit sträflich ausgenutzt wurde, nicht nur von mir, auch von Paul Löwenhagen. Ja genau, unser ehemaliger Schüler hat ebenfalls bei dieser Sache mitgemacht. Ich bin sicher, dass er alle Schuld auf sich nimmt, Anneliese von jeglichem Verdacht reinwäscht. Sie ist nun mal eine leichtgläubige Frau, nicht besonders gebildet, das kannst auch du bezeugen, das *musst* du sogar bezeugen. Dafür kommt man nicht ins KZ, und...«

Sie hatte noch nichts aufgehoben, als sich Emil wieder auf sie stürzte. Diesmal umfasste er ihren Nacken, zog sie hoch, schien kurz zu überlegen, sie erneut an die Wand zu drücken, warf sie stattdessen aufs Bett. Ehe sie sich aufrichten konnte, lag seine Hand auf ihrem Brustkorb, drückte ihn nieder.

»Weißt du denn nicht, was passiert, wenn du dich selbst anzeigst?«, brüllte er.

Alles, was in ihr brodelte, konnte sie bezähmen, nur nicht das Lachen. Es stieg ihre Kehle hoch, floss aus ihrem Mund, es klang so schön, das Lachen, es fühlte sich so gut an.

»Natürlich weiß ich es!«, rief sie. »Wir wussten es alle und zu jeder Zeit. Sie werden uns zum Tode verurteilen, ich werde sterben. Entweder ende ich unter dem Fallbeil, oder sie hängen mich an einem Eisenhaken auf, oder sie erschießen mich. Aber der Tod ist nicht das Schlimmste. Zu schweigen wäre schlimmer gewesen, denn auf diese Weise hätte ich mich selbst umgebracht.«

Er löste seine Hände von ihrer Brust, nahm ihren Kopf zwischen seine Hände, nicht grob diesmal, ganz zärtlich, als gälte es nicht, ihr etwas zu entlocken, sondern sich in ihren Kopf zu verkriechen.

»Wofür? Wofür das alles?«

Seine Hände fuhren tiefer, berührten Stirn, Wangen, schließlich die Lippen, es genügte ihm nicht, ihre Antwort zu hören, er wollte sie ertasten.

»Für den Geist«, sagte sie leise. »Für die Freiheit.«

Sie erwartete nicht, dass er etwas damit anfangen konnte, und tatsächlich zuckten seine Hände einmal mehr zurück, als hätte er sich verbrannt. Warum sollte er sie auch verstehen, das hatte er nie getan, schon damals nicht, als sie ihn eingeladen hatte, jenes freie Leben zu teilen, den Tanz auf nur einem Bein zu wagen. Er war von ihr davongerannt, sie erwartete jetzt dasselbe. Aber stattdessen ließ er sich einfach fallen, kam auf ihr zu liegen, und er war gar nicht so schwer wie gedacht, nicht erdrückend, von ihm ging Wärme aus. In seinen Zügen stand nicht mehr die Abscheu von damals, als sie ihn hatte verführen wollen, als die Liebe für sie ein Spiel gewesen war und sie die Meisterin darin, da war nur...

Sehnsucht.

»Ich muss jetzt gehen«, sagte sie.

»Nicht«, stieß er aus. »Bitte noch nicht.«

»Was willst du denn von mir?«

Er schien es nicht zu wissen, zumindest sein Kopf nicht, sein

Körper schon. Er schmiegte sich an sie und wurde ganz weich. Wieder fuhren seine Fingerkuppen tastend über ihren Mund, und jäh folgten seine Lippen diesem Weg. Sie waren ganz warm.

»Emil, hör auf.«

Mehrfach setzte sie zu den Worten an, doch mit seinem Kuss sperrte er sie in ihren Mund ein, nur ein Nuscheln kam heraus, wurde immer leiser. Sie versuchte, ihn zurückzustoßen, erreichte zwar, dass er seine Lippen von den ihren löste, jedoch blieb er auf ihr liegen.

»Es ist das letzte Mal, dass wir uns sehen«, sagte er rau. »Dass wir uns ...«

»Was?«, rief sie. »Dass wir uns hassen? Dass wir uns lieben?« Bei ihm hatte beides immer so nah beisammengelegen. Nur gleichgültig waren sie einander nie gewesen. »Was willst du denn von mir?«, fragte sie wieder.

Weiterhin fiel ihm keine Antwort ein, er blickte so durchdringend, so begehrlich auf sie herunter, als hoffte er, dass eine solche in ihren Augen stünde, senkte wieder seine Lippen auf die ihren, um sie zu küssen, noch fordernder, als würde sich die Antwort dahinter verstecken. Er fand keine Antwort, aber auf Widerstand traf er auch nicht länger. Sie öffnete die Lippen, ließ zu, dass ihre Zungen sich trafen, sein Atem sich mit ihrem vermischte, sein Hunger den ihren anstachelte.

Sie wusste jetzt, was er wollte. Sie wusste, was sie wollte.

Nur ein Mal noch.

Nur ein Mal noch sich diesem Strudel überlassen, der nicht verhängnisvoll war, weil er sie in kein Nichts mitriss, sondern in ein Alles. Nur ein Mal noch Nähe auskosten, dem eigenen Körper, oft so hart, so verkrampft, die Hingabe gestatten. Nur ein Mal noch wissen und fühlen, dass man lebte und liebte, nur ein

Mal noch diese große Leere mit etwas füllen, das überraschte, berauschte, entzückte. Nur ein Mal noch jenen Bannkreis überschreiten, den sie zwischen sich und jeden Mann, der nicht Levi war, gezogen hatte. Emil war auch nicht Levi. Aber Emil war der Mann, den sie lange vor Levi geküsst und begehrt hatte.

Kurz lösten sich seine Lippen von ihren, er starrte sie wieder an oder immer noch, nur nicht mit Emils Augen. Die waren grau und hart wie Stahl. In diesem Blick war nichts grau, nichts hart.

»Damals... damals wäre es so einfach gewesen, glücklich zu werden«, sagte er beklommen. »Ich bin ja so ein Idiot gewesen.«

»Damals war nichts einfach. Damals hatte jeder von uns so viele Vorstellungen von einem glücklichen Leben. Jetzt... jetzt ist alles einfach. Jetzt geht es nicht ums Glück, jetzt geht es nur darum, sich zwischen einem Richtig und einem Falsch zu entscheiden.«

Sie log. In den vergangenen Jahren hatte es in ihrem Leben tatsächlich nur ein Richtig und ein Falsch gegeben, aber in diesem Augenblick gab es etwas dazwischen, dieses Verlangen, Emil wieder und wieder zu küssen. Es war zu wenig. Auch einmal noch eng an ihn gepresst dazuliegen war zu wenig, die Kleider von seinem Körper zu zerren und gleichsam die eigene Seele zu entblößen, sämtliche Gedanken und Worte zu verjagen und sich den Empfindungen zu überlassen, den kleinen Tod vor dem großen zu sterben und zu merken, dass der große erbärmlich war, weil er nur ein schwarzes Nichts zu bieten hatte, keine Sterne, keine Unendlichkeit.

Auch danach hatte sie noch nicht genug. Sie blieb in seinen Armen liegen. Sie wollte nur einmal noch schlafen, beschützt, behütet, ohne Angst vor Albträumen...

Sie nickte ein, und erst als sie benommen hochfuhr, wusste sie – dieser letzte Aufschub, dieses Feilschen um ein paar unbeschwerte Momente, dieses sture Ringen um Leben und Liebe war vorbei. Und zurückgeblieben war nur wieder grimmige, kalte Entschlossenheit.

»Ich muss nun gehen.«

Sie merkte erst, dass sie ins Nichts sprach, als sie sich aufrichtete, sah, dass sie nicht mehr in Emils Armen lag. Eine Gänsehaut überzog ihren Körper, der eben noch geglüht hatte. Sein Teil des Bettes war leer, seine Kleidung fort. Hastig schlüpfte sie in ihre, sagte sich ebenso hastig, dass er sie wohl nicht hatte gehen sehen wollen, sie als Schlafende in Erinnerung behalten, nicht als Todgeweihte. Dann erst gewahrte sie, dass nichts mehr auf dem Boden lag.

Kein Bogen Papier, kein Briefcouvert, kein Setzkasten, keine Kopie des Flugblatts.

Es lag auch nicht auf dem Nachtkästchen, nicht auf dem Küchentisch, nicht auf dem Herd. Es lag nirgends, wo sie danach suchte. Es war verschwunden… Emil war verschwunden. Nein, Emil war gegangen, und das mit einem anderen Ziel, als nur um vor ihrem Anblick zu fliehen.

Sie stürzte auf das Wohnzimmerfenster zu, blickte hinaus, doch die Bieberstraße war menschenleer, vergeblich rief sie seinen Namen. Sie stürzte zur Tür, wollte sie aufreißen, aber Emil hatte hinter sich abgesperrt. Wieder rief sie seinen Namen, rief noch mehr.

»Du Idiot! Du Narr! Mach das nicht! Das kannst du doch nicht tun!«

Sie schlug gegen die Tür, bis ihre Hände brannten, das Holz blieb ebenso intakt wie das Schloss. Sie war eingesperrt, und wer immer ihr irgendwann die Tür öffnete – es würde nicht Emil sein. Sie hämmerte nicht mehr, sondern kratzte am Holz, irgendwann streichelte sie nur darüber. Ohne Unterlass beschimpfte sie Emil als Idioten, als Narr, am Ende flüsterte sie nur noch seinen Namen.

Sie befragten ihn wieder und wieder. Sie schrien ihn wieder und wieder an. Sie hielten eine Lampe in sein Gesicht, das Licht stach wie ein Messer in seine Augen, doch jedes Mal, wenn er sie zusammenkniff, traf ihn ein Schlag in den Nacken. Sie schlugen ihn nicht nur dort, sie schlugen ihn fast überall und zugleich nirgendwo. Denn wo sie ihn auch treffen konnten, ihm Schmerzen zufügen – Felicitas war zuerst dort gewesen, mit ihren Fingerkuppen, mit ihren Lippen. Sie hatte nicht nur seinen Mund geküsst, sondern auch die Narbe an seinem Oberarm, die so lange geschmerzt hatte. Der Schmerz war zerplatzt, Funken waren über ihn gerieselt, selbst jetzt erschauderte er noch, wenn er daran dachte. Die Fäuste konnten ja doch nur die Haut treffen, allein ihre Küsse hatten es vermocht, bis in sein Innerstes vorzudringen, dieses Beben heraufzubeschwören, das über das erbärmliche Zittern der Angst so erhaben war. Er fühlte sich selbst dann noch unverwundbar, als sie seinen verletzten Arm umdrehten, daran zerrten. Wie von weit her hörte er sich zwar ächzen, aber gestöhnt hatte er lauter, auf ihr, unter ihr, neben ihr, in ihr.

Irgendwann ließen sie seinen Arm los, leblos baumelte er an seinem Körper. Er fiel auf einen Stuhl, kurz stach wieder das Licht der Lampe in seine Augen, dann wurde diese etwas weggedreht. Vor ihm saß nicht länger einer der Männer, die ihn verhört, die ihn drangsaliert hatten.

»Tiedemann!«, rief Grotjahn. »Erklären Sie sofort, dass das Unsinn ist! Niemals hätten Sie sich zu solchen verbrecherischen Taten herabgelassen. Sie sind alles, nur kein Verräter. Widerrufen

Sie Ihr Geständnis! Erklären Sie, dass Sie diese Aussage nur gemacht haben, um Ihre Frau zu schützen.« Emil blickte ihn an. Sein rechtes Auge begann langsam zuzuschwellen, aber noch konnte er genug erkennen. Dass Grotjahn aufgelöst war, wie er ihn nie zuvor gesehen hatte, erschüttert... und ärgerlich. In seiner Hand hielt er ein Blatt Papier, wahrscheinlich die Mitschrift seiner Aussage. »Nun sagen Sie schon etwas! Machen Sie den Mund auf! Widerrufen Sie!«

Emil rührte sich kurz nicht. Dann hob er seinen gefühllosen Arm an, bis die Hand auf der Tischplatte zu liegen kam, umfasste sie mit der anderen.

So hatte er auch Felicitas' Hand gehalten, als sie geschlafen hatte. Er lächelte sanft.

»Himmel, Tiedemann!« Grotjahn drosch mit der Faust auf den Tisch. »Das ist doch nicht möglich! Sie machen nicht seit Monaten bei dieser... Sache mit. So sehr kann ich mich nicht in Ihnen getäuscht haben. Jemand wie Sie tritt und spuckt nicht auf alles, was uns heilig ist.«

Grotjahn sprang auf, japsend, schlug mit der Faust auf die Tischplatte, brüllte noch mehr Beschimpfungen, Beleidigungen. Speicheltröpfchen flogen durch den Raum. Emil wusste, ein paar trafen sein Gesicht, seine Hände. Aber er spürte sie nicht, sah dem anderen ruhig beim Toben zu. Es war so einfach. Genauso einfach, wie Felicitas gesagt hatte. Richtig. Falsch. Richtig. Falsch.

Grotjahn war sichtlich erschöpft, sank in sich zusammen, rief kläglich: »Sie waren so etwas wie ein Sohn für mich... besonders jetzt, da Willy gefallen ist... Ich habe Sie gefördert... ich habe Sie beschützt. Was Sie getan haben... was Sie behaupten, getan zu haben, fällt doch auch auf mich zurück. Verdammt!« Er kämpfte sich wieder hoch. »Ich kann nicht mehr lange bleiben.

Wenn Sie jetzt nicht widerrufen, wenn Sie jetzt nicht sagen, dass Sie nur Ihre Frau schützen wollen, dann ist Ihr Schicksal besiegelt. Dies ist die letzte Möglichkeit, sich anders zu entscheiden.«

Er rang die Hände, blähte sich auf, auch das Jetzt blähte sich kurz auf, ehe es zu einem dieser glanzlosen Momente verkam, die sich aneinanderreihten, ohne Spuren zu hinterlassen. Nicht auf seiner Seele, nicht auf dieser Welt. Es war doch alles längst entschieden.

Grotjahn spuckte und geiferte noch mehr, war am Ende völlig entkräftet. Er wankte zur Tür, hielt sich am Rahmen fest, drehte sich ein letztes Mal um.

»Ich kann es Ihnen nicht ausreden, sagen Sie mir nur... warum?« Er schluckte schwer. »Warum?«

Auch jetzt wäre es so einfach gewesen zu schweigen. Aber da war plötzlich die Gewissheit, dass er den anderen nicht wortlos gehen lassen durfte. Sie waren einander zu lange verbunden gewesen, um ihn nun gegen sein Schweigen anrennen zu lassen.

Emil löste seine Hände voneinander, hielt sich an der Tischplatte fest, zog sich hoch.

Grotjahns Mundwinkel zuckten. »Haben Sie es sich anders überlegt? Werden Sie Ihre Aussage widerrufen?«

Schwindel stieg in Emil hoch, erreichte jedoch nicht seinen Kopf. Seine Gedanken waren klar. »Nein«, erwiderte er. »Nein, das werde ich nicht tun. Denn ›... handeln sollst du so, als hinge von dir und deinem Tun allein das Schicksal ab der deutschen Dinge, und die Verantwortung wär' dein‹.«

»Wie...«, brach es heiser aus Grotjahn hervor, seine Miene war erst fassungslos, dann hasserfüllt, »...wie können Sie solch edle Worte in den Dreck ziehen?«

»Andere als ich haben sie in den Dreck fallen lassen, und dort sind sie nicht nur schmutzig geworden, sie sind gebrochen. Aber es gibt Menschen, die sich nach den Scherben bücken, sie einsammeln und versuchen, sie wieder aneinanderzufügen.«

Er setzte sich erneut, verschränkte seine Hände ineinander, sie waren nicht länger taub, auch seine Lippen waren es nicht. Er lächelte freundlich.

Grotjahn keuchte auf, ehe er ohne ein weiteres Wort hinausstürmte.

Dezember

Als Anneliese die Wohnung in der Bieberstraße betrat, konnte sie kaum glauben, in welchem Zustand sie sie vorfand.

»Ich dachte früher, dass sich jemand wie ich nie in einem Gefängnis wiederfinden würde. Und als ich dann dort war, dachte ich, ich käme nie wieder frei. Aber von allen Dingen erscheint es mir am unwahrscheinlichsten, dass du für mich aufräumst, putzt und kochst«, versuchte sie mit heiserer Stimme zu scherzen.

Felicitas hatte bis jetzt Distanz gewahrt, half ihr nun den Mantel auszuziehen, auch die Schuhe. Schnee haftete daran. Er war in diesem Jahr schon sehr früh gefallen und schon grau, bevor er auf den Straßen liegen blieb.

»Was das Essen betrifft, muss ich dich gleich enttäuschen«, sagte sie. »Es gibt kaum Kartoffeln, weil die Ernte so mager ausgefallen ist, dafür Mengen an Schmalz, da die Mastschweine vorzeitig abgeschlachtet wurden. Das, was Bratkartoffeln hätten werden sollen, ist wohl eher ein fettiger Brei.«

Anneliese musste an die dünne Scheibe Brot denken, die sie in Fuhlsbüttel jeden Tag um Viertel vor sechs morgens erhalten hatten, genau eine halbe Stunde, nachdem sie geweckt und in die Waschbaracke geführt worden waren, wo sie sich mit eiskaltem Wasser gewaschen hatten. Die Margarine, die es dazu gegeben hatte, war fast immer ranzig gewesen, der Käse am Wochenende steinhart. So wenig wie das Frühstück hatte sie die Suppe am Abend satt gemacht, die die Gefangenen nach einem langen Tag in der Munitionsfabrik bekamen.

»Ich bin so hungrig, ich würde alles essen«, murmelte sie, aber mit den Worten stieg eine Woge der Übelkeit hoch. Sie presste hastig eine Hand auf den Mund, um ein Würgen zu unterdrücken. »Vielleicht ist es besser, erst mal etwas zu trinken.«

»Kaffee?«

Erinnerungen an den leicht bitteren Geschmack stiegen in ihr hoch. Erinnerungen an einen noch bittereren Tag. Sie war nicht sicher, ob sie jemals wieder Kaffee trinken konnte... ohne Paul. Wieder würgte sie.

Später machte Felicitas ihr Tee, gab sich selbst Cognac hinein, woher sie diesen auch hatte. Anneliese verneinte, als sie ihr etwas davon anbot. Sie rührte in ihrer Tasse, die Hand zitterte. Als sie die Tasse zum Mund führen wollte, zitterte sie noch stärker. Felicitas hielt den Blick starr auf die Tischdecke gerichtet. Sie war fleckig, nicht gebügelt, ein Zeichen dafür, dass doch noch die alte Felicitas vor ihr saß. Anneliese strich über die Falten, stellte die Untertasse auf einen besonders großen Fleck, ein Zeichen dafür, dass doch noch etwas von der alten Anneliese in ihr steckte.

»Erzähl mir... erzähl mir von den anderen.«

Felicitas wich weiterhin ihrem Blick aus, aber sie berichtete schonungslos, was sie wusste. Dass nicht nur nach und nach alle aus ihrem Kreis verhaftet worden waren – Heinz Kucharski, Gretha Rothe, Hans Leipelts Schwester und seine Mutter –, sondern auch die, die nur lose mit ihm in Verbindung standen: Dr. Schwedler, Felix Jud und...

»...Erna Stahl«, brachte sie nach einem kurzen Schweigen hervor, »auch Erna Stahl ist im Gefängnis.«

»Die Lehrerin?«, fragte Anneliese entsetzt. »Die, die damals den Lesekreis initiiert hat? Aber sie war später nie bei den Diskussionsrunden dabei, und sie hat erst recht nichts mit den Flugblättern zu tun.«

Felicitas hob nun doch den Blick, die sumpfigen Augen vermochten nicht den Bodensatz ihrer Seele zu verbergen, die Schuldgefühle, die so tief saßen. »Heinz Kucharski hat sie während seiner Verhöre offenbar erwähnt und dass sie mit ihren ehemaligen Schülern nicht nur verbotene Literatur gelesen, auch das Kurzwellenprogramm der BBC gehört hat. Sie... sie wurde der geistigen Brandstiftung angeklagt, als Verführerin der Jugend und aalglatte, berechnende Frau bezeichnet. Ich weiß nicht, warum Heinz das getan hat. Vielleicht wurde er gefoltert oder in eine Dunkelzelle gesteckt oder...«

Sie brach ab. All das hatten womöglich auch Paul und Emil erlitten. Aber anders als Kucharski mussten diese bis jetzt geschwiegen haben, sonst wäre Anneliese nicht soeben entlassen worden. Felicitas wiederum war zwar mehrmals verhört worden, die Beweise gegen sie hatten indes nicht für eine Inhaftierung gereicht. Offenbar war ihr Name einer der wenigen gewesen, die Kucharski nicht ins Spiel gebracht hatte. Oder dieser Maurice Sachs, von dem sie mittlerweile wussten, dass er ein von der Gestapo eingeschleuster Spitzel gewesen war.

Felicitas nahm schnell einen Schluck Tee, Anneliese presste dagegen erneut ihre Hand auf den Mund. Sie konnte das Würgen unterdrücken, nicht das Schluchzen.

»Dass nicht nur Paul all das auf sich genommen hat... dass auch... dass auch Emil...«, stammelte sie.

Es war das Erste, was Felicitas ihr erzählt hatte, als sie sie in Fuhlsbüttel abgeholt hatte. Aber bis jetzt hatte sie ihr nur anvertraut, was er getan hatte, keine Erklärung für das Warum geboten. Anneliese konnte sich keine vernünftige denken, Felicitas konnte das wohl ebenfalls nicht, als sie nun aufstand, umherging, die Hände zu Fäusten ballte.

»Ihnen allen wird der Prozess gemacht«, sagte sie leise. »Und den meisten droht das Todesurteil. Wir können nur hoffen, dass der Krieg vorbei ist, ehe die Urteile verkündet werden.«

Ihre Fingerknöchel traten weiß hervor.

Anneliese erhob sich, trat zu ihr.

»Emil... Emil hat das alles nicht verdient. Er war keiner von uns. Er hatte nichts mit alldem zu tun. Er... er war immer ein standhafter Nazi.«

Felicitas wich zwar Annelieses Blick aus, aber sie ließ sich von ihr an sich ziehen. »Das war er nicht... nicht mehr. Und bedenke: Er wusste, was er tat, als er sich der Taten bezichtigte, die dir und mir vorgeworfen wurden. Er kannte die Konsequenzen. Seine Entscheidung kannst du nur ehren, wenn du dafür dankbar bist, nicht, wenn du damit haderst.«

Das Zittern in der Stimme verriet, wie schwer ihr das selbst fiel. Und auch Anneliese wartete vergebens auf das warme Gefühl der Dankbarkeit, auf tiefen Respekt. Dass Emil für ihre Taten büßte, war schwer genug. Noch verwirrender und schmerzhafter war der Gedanke, dass sie ihm all die Jahre Unrecht getan hatte, als sie ihn für einen schlechten Ehemann gehalten hatte, der – mochte er auch ehrliches Bedauern dafür empfunden haben – unfähig gewesen war, sie zu lieben.

»Warum nur hat er sich ausgerechnet auf diese Weise zu mir bekannt?«

Felicitas hob den Blick. Ihr rechtes Augenlid zuckte, und hinter den Schuldgefühlen, der Angst, dem Unbehagen, witterte Anneliese noch etwas. Sie konnte es allerdings nicht benennen.

»Er hat sich nicht zu dir bekannt«, erwiderte Felicitas. »Zu sich selbst hat er sich bekannt, zu dem Mann, der er gern gewesen wäre... der er endlich sein kann.«

Welcher Mann war das? Ein Narr, ein Träumer... ein Held?

Sie und Felicitas umarmten sich unvermittelt – so lange, so inniglich, so fest, bis Anneliese nicht mehr wusste, ob das Beben, das durch ihren Körper lief, ihres war oder das der Freundin.

»Du hast recht gehabt«, murmelte sie, »wir waren zu leichtsinnig... zu tollkühn... wir haben zu viele in unseren Kreis aufgenommen.«

»Und wenn es nicht zu viele waren, sondern zu wenige?«, fragte Felicitas verzagt. »Wenn das, was wir getan haben, sinnlos war?«

Anneliese hielt sie weiterhin ganz fest. »Es war vielleicht nicht genug, aber es war auch nicht... nichts. Wer weiß, wer zum Nachdenken gebracht wurde, als er das Flugblatt gelesen hat? Wer weiß, wem es Mut macht, wenn er davon erfährt? Du hast oft gesagt, das größte Geschenk, das dir in deinem Leben gemacht wurde, sei die Chance gewesen, dich zu bilden. Du... und all die anderen... ihr habt bewiesen, wozu Bildung befähigt.«

»Bildung!«, selten hatte Anneliese Felicitas in diesem abfälligen Tonfall eine der Grundsäulen ihres Lebens benennen hören. »Gebildet sind nicht nur wir. Grotjahn ist ein Doktor der Philosophie, und er war nicht der einzige Lehrer, der einzige Schulleiter, der sich bedingungslos in den Dienst dieser Verbrecher gestellt hat.«

»Aber ich«, fiel Anneliese ihr ins Wort, »ich bin erst aufgewacht und habe mich euch erst angeschlossen, als ich die Welt der Bücher für mich entdeckt habe.«

»Du bist schon mit einem Korb voller Essen zur Moorweide gegangen, ohne dass du einen Satz von Dostojewski gelesen hattest. Es kommt aufs Herz an.«

»Auch«, sagte Anneliese, »es kommt *auch* aufs Herz an, aber nicht nur. Mit Kopf, Herz und Hand müsse man lernen und lehren, sagen die Reformpädagogen. Mit Kopf, Herz und Hand kann man Widerstand leisten. Und das ... das haben wir versucht.« Sie zögerte kurz, ehe sie wiederholte: »Es war vielleicht nicht genug, aber es war auch nicht ... nichts.« Felicitas' Beben ließ nach. Eine Weile verharrten sie schweigend, dann löste sich Anneliese aus der Umarmung. »Und jetzt werde ich die Bratkartoffeln probieren«, verkündete sie.

»Kommen Sie! Kommen Sie schnell!«

Levi ließ die Brotrinde fallen, an der er gekaut hatte, folgte dem Jungen aus der Baracke. Dort wäre er beinahe über zwei Streithähne gestolpert, die auch dann nicht aufhörten, sich zu prügeln, als er empört rief: »He! Was ist denn hier los?«

Er sah, dass es zwei der höchstens zwölf- oder dreizehnjährigen Jungen waren, die er regelmäßig unterrichtete, doch in ihrer Unbeugsamkeit und Rohheit glichen sie Männern. Sie gaben sich den Anschein, als hätten sie nie von der Macht der Worte erfahren, nur von der Macht der Fäuste. Das hier war keine harmlose Rangelei, die höchstens zu einem blauen Auge führen würde. Ein Kampf auf Leben und Tod schien es vielmehr zu sein, der zudem mit unlauteren Mitteln geführt wurde. Nicht nur, dass sie mit Knien und Fäusten überallhin stießen und boxten, wo der andere kurz einen Schwachpunkt bot, selbst als der eine auf dem Boden lag und sich dort krümmte, drosch der zweite weiter zu.

»Adamus!«, stieß Levi aus. Er erkannte den Jungen, der ihn

damals zu Hammann gelotst hatte, kaum wieder. »Schluss jetzt!«, fügte er leiser hinzu.

Laut zu schreien wagte er nicht, um die SS nicht aufmerksam zu machen, doch Adamus hockte sich nun auf Jakub, legte seine Hände um dessen Hals und begann zuzudrücken, bis nur mehr ein gequältes Japsen zu hören war.

Levi ersparte sich ein weiteres »Schluss jetzt!«, packte den Jungen an seiner Häftlingsuniform, wollte ihn zurückziehen. Der Stoff am Kragen riss, nur dem Willen zu töten war nicht so leicht beizukommen. Es mussten ihm zwei andere Jugendliche zu Hilfe kommen, bis sich die Hände des Wüterichs endlich vom Hals seines Opfers lösten. Erst war Levi ihnen dankbar, dann gewahrte er, dass sie Adamus den Arm verrenkten, sodass nun der gequält aufschrie.

»Seid ihr wahnsinnig geworden?«, rief Levi. »Wir werden andauernd geschlagen! Warum müsst ihr euch auch noch gegenseitig das Leben zur Hölle machen?«

Er starrte in lädierte, verschlossene Gesichter. In keinem war so etwas wie ein schlechtes Gewissen oder Mitleid zu lesen.

Levi unterdrückte ein Seufzen. Ihr Leben war ja längst die Hölle. Und in der Hölle war kein Platz für Großmut. Es gab Gerüchte, wonach es im Jugendblock schon zu weitaus schlimmeren Gewaltexzessen gekommen war. Einmal, so hieß es, sei einem Jungen, der ein Stück Brot gestohlen hatte, ein regelrechter Prozess gemacht worden – der mit einem Todesurteil geendet hatte. Für Levi war das bisher eine Geschichte aus dem Reich der Legenden gewesen, doch als ihm jetzt Blicke trotzten, die fast so kalt wie die der SS-Wachmannschaft waren, ahnte er, dass es wahr sein konnte.

»Abgesehen davon, dass ihr euch wie Kameraden verhalten

solltet, dürft ihr nicht auffallen! Was, wenn euch einer der...« Er schwieg vielsagend und erreichte zumindest, dass Jakub, der sich mittlerweile aufgerappelt hatte, verlegen auf den Lippen zu kauen begann und Adamus seinen Blick senkte.

»Warum... warum habt ihr euch überhaupt geprügelt?«

Eine Weile blieb das Scharren von Füßen die einzige Antwort. Schließlich murmelte Adamus: »Der da hat behauptet, dass wir hier nur mit den Füßen voran wieder rauskommen. Dass wir alle verrecken werden.«

Schon ballte er wieder die Fäuste.

»Du schlägst nicht noch einmal zu«, sagte Levi streng. »Ich weiß, wie schwer es ist, die Hoffnung zu bewahren, und wie wütend es macht, wenn ausgerechnet ein Gefährte sie einem zu nehmen droht. Aber genau das sind die anderen Knaben im Block für dich – Gefährten, nicht Feinde. Es ist normal, dass es manchmal Streit gibt. Es ist nicht normal, sich wie die SS zu verhalten.« Er erhoffte sich ein Nicken, doch Adamus rührte sich nicht, seine Miene war ausdruckslos. Levi unterdrückte ein Seufzen, wandte sich sodann an Jakub. »Ich weiß, warum du denkst, dass alles sinnlos ist.«

Eigentlich war es nichts, was man dachte. Man fühlte es. Man fühlte den Hunger, weil die Essensrationen immer wieder gekürzt wurden. Man fühlte die Kälte, weil die Kleidung aus Zellwolle auch über Nacht nicht trocknete. Man fühlte, wie man langsam abstumpfte, weil man zu oft gesehen hatte, wie andere ausgepeitscht oder gehängt wurden, in Einzelhaft irrewurden oder beim Einsatz in Strafkompanien den Tod fanden.

»Und doch«, sagte er und fühlte nun auch Trotz, diese Bereitschaft zum Widerstand, »und doch haben wir erst verloren, wenn wir aufgeben. Hoffnung ist so ein karges Gut wie Essen, aber es gibt einen Unterschied. Das Essen teilt man uns zu, die Hoffnung können wir dagegen selbst am Leben erhalten.«

Er blickte von einem Gesicht zum nächsten, glaubte etwas aufflackern zu sehen, deutete schließlich auf die Baracke hinter ihnen – früher die Isolierbaracke, jetzt der Kinderblock 8, der zwar von Stacheldrahtzaun umgeben war und trostlos wie alle Baracken wirkte, der aber dennoch ein Hort des Lebens war. Seit einigen Wochen sorgten die Kameraden vom Lagerschutz unter Lebensgefahr dafür, möglichst viele Jugendliche vor dem Transport in Vernichtungslager zu bewahren, indem sie die SS davon zu überzeugen versuchten, sie für leichte Arbeitskommandos auszubilden. Wilhelm Hammann und er selbst setzten wiederum alles daran, in diesem Block eine illegale Schule aufzubauen, wo die Jungen mehr lernen sollten, als bloß zu schuften und sich zu ducken. Sie vervielfältigten Bücher und Zeitungsartikel, sie schrieben Listen mit den wichtigsten Deutschvokabeln, sie bestachen, trieksten, bettelten, opferten Brot, um wenigstens Toilettenpapier als Schreibmaterial zu bekommen. Mit den wenigen Instrumenten, die sie auftreiben konnten, lehrten sie sie zu musizieren – manchmal hatte es in den vergangenen Monaten sogar heimliche Aufführungen in den Baracken gegeben, so hatte sich jüngst eine polnische Jugendgruppe zu einem Streichquartett zusammengefunden. Und wenn es Abend wurde, gesellten sie sich regelmäßig zu einem Grüppchen Jungen, um sie aus dem Gedächtnis in Literatur und Philosophie, Geschichte, Geografie und anderen Fächern zu belehren, mit ihnen Gedichte auswendig zu lernen.

»Den Kinderblock 8«, fuhr er fort, »den Kinderblock 8 gibt es nur, weil sich das illegale Lagerkomitee dafür starkgemacht hat. Und warum hat es das getan? Weil es einem Kodex folgt. Dieser

Kodex gilt für alle Häftlinge hier, auch für euch. Kann ihn mir jemand sagen?« Die Jungen schwiegen, aber ihre Blicke waren nicht mehr ganz so kalt, starr, leer. »*Ihr dürft euch nicht aufgeben und sollt mit den Kameraden um euer Leben kämpfen*«, zitierte Levi die Worte, nachdem sich keiner gemeldet hatte. »*Ihr sollt keine Unterschiede zwischen Kameraden machen und allen helfen!*«

Er sagte es einmal, er sagte es zweimal, zumindest bei einigen erntete er ein Nicken.

Doch Adamus, der so brutal zugeschlagen hatte, fragte plötzlich niedergeschlagen: »Aber wozu? Wozu das alles? Vielleicht hatte Jakub recht und ich unrecht. Vielleicht ist es besser, wir sterben schnell als quälend langsam.«

Levi blickte sich um. Er fühlte sich ja auch stets verfolgt – nicht nur von den Blicken der SS, ebenso von Misstrauen, von Angst und Resignation.

»Du willst wissen, warum wir diesen Block eingerichtet haben? Warum wir euch nicht nur praktische Dinge beibringen und die deutsche Sprache, sondern weitaus mehr?«

Er zögerte, die Antwort zu geben, denn alles, was ihm auf den Lippen lag, klang ein wenig pathetisch: Weil wir an das Licht glauben und daran, dass ein winziger Funke die Nacht erglühen lassen kann. Weil wir an den Geist glauben, an Bildung, an Literatur, an Menschenwürde. Weil wir deswegen dem Bösen widerstehen.

Doch diese Worte waren zu schön für einen Ort wie Buchenwald. Und Schönes überlebte hier nicht, sog sich alsbald mit Dreck voll.

Was, überlegte er deshalb, würde wohl Wilhelm Hammann sagen, den die Jungen gutmütig Alterchen nannten? Erst unlängst hatte er Levi einen Ratschlag gegeben. »Es genügt nicht zu sagen, dass wir noch Menschen sind«, hatte er ihm erklärt. »Wir müssen es ihnen beständig zeigen, indem wir dem Gestürzten aufhelfen, dem Hungernden ein Stück Brot abgeben. Auch dass wir an Freiheit glauben, lässt sich mit mehr als hehren Worten beschwören. Man zeigt es, indem man manchmal zum Himmel hochblickt, nicht nur auf den Boden starrt, dem Zwitschern von Vögeln lauscht, nicht nur dem Gebrüll der SS, den Geruch vom Frühling wahrnimmt, nicht nur den Gestank von Elend.«

Allerdings war es bis zum Frühling noch weithin.

»Du willst wissen, warum wir das alles tun?«, fragte er noch einmal, betrachtete die Gesichter der Kinder. »Weil wir stärker sein müssen als sie, weil wir überleben müssen, um eines Tages ein Zeugnis ablegen zu können über dieses Unrecht.« Wieder scharrten die Jungen ungeduldig mit den Füßen. »Und dass es ein Unrecht ist, sehen ja nicht nur wir so«, fuhr Levi eifrig fort. Er trat auf Adamus zu, an dessen Hals noch Würgemale zu sehen waren und dessen Gesicht sich gerötet hatte, packte ihn an den Schultern. »Kannst du dich nicht daran erinnern, wie erst vor wenigen Wochen ein Gerücht die Runde gemacht hat?« Einmal mehr erntete er lediglich ein Schulterzucken. »Als man davon hörte, haben die Häftlinge applaudiert und einander freudig umarmt!«, rief Levi. Der Junge schwieg weiterhin, Levi beugte sich zu ihm hinunter. »Das Gerücht besagte, dass in München eine Gruppe Studenten Flugblätter verteilt und zum Widerstand aufgerufen hat. Das ist doch ein Zeichen dafür, dass nicht alle Deutschen hinter dem Führer stehen, dass man auch anderswo noch weiß, was Recht und was Unrecht ist.«

Er fühlte, wie ein Beben durch Adamus ging, aber er unterdrückte es schnell und stieß hervor: »Diese Studenten wurden doch hingerichtet.«

»Das Flugblatt ist trotzdem nicht tot ... Es ist nach Hamburg gelangt, von Hamburg in die Schweiz, von der Schweiz nach England ...«

Es tat weh, den Namen der Heimatstadt auszusprechen. Es tat weh, Erinnerungen aufblitzen zu sehen, von Hamburg ... von Felicitas. Die Bilder verblichen, er sah nur deutlich Adamus' Gesicht vor sich, seltsam zerrissen zwischen Sehnsucht und Misstrauen, zwischen Rührung und Härte, suchte auch Jakubs Blick. »Ich kann nicht versprechen, dass wir alle überleben werden. Jedoch dass etwas von uns überleben wird. Dass es etwas gibt, das man nicht töten kann.«

»Was?«

Wieder kamen ihm so viele hehre Worte in den Sinn. Keines genügte. Am Ende tat er nichts anderes, als beide Jungen an sich zu ziehen, sie zu umarmen, ihnen alle Wärme zu schenken, die er aufbringen konnte. Jakub ergab sich seiner Umarmung, Adamus versteifte sich.

»Und jetzt«, sagte Levi, »jetzt gebt euch die Hände. Jetzt beweist, dass ihr nicht nur Gefangene, nicht nur Schicksalsgenossen seid, sondern Brüder.«

Der Ton, der Adamus' Mund entfuhr, klang wie ein Schluchzen, doch seine Miene wurde noch kälter. Kurz rang er mit sich, dann stieß er grimmig aus: »Darauf könnt ihr lange warten.« Er riss sich von Levi los, stürmte davon.

Traurig und beklommen sah Levi ihm nach. Von allen Jungen, die er bislang in den Lagern unterrichtet hatte, war Adamus ihm als der wissbegierigste, der intelligenteste erschienen. Es schmerzte ihn, dass er sich ausgerechnet der heutigen Lektion widersetzte. Allerdings tröstete es ihn, dass die anderen Jungen, die zunehmend bewegt gelauscht hatten, Jakub aufmunternd auf die Schulter klopften, ehe sie zurück zur Arbeit gingen. Und als nur mehr sie beide zurückblieben, murmelte Jakub: »Ich glaube immer noch, dass wir alle zugrunde gehen werden. Aber wenn du und Hammann, wenn ihr es so wollt, sag ich's nicht mehr laut.«

1945

April

Drei, vier, fünf«, zählte Emil, »sechs, sieben, acht.« Die Stimme klang immer gepresster, die Liegestütze, die er auf dem winzigen Fleckchen zwischen Klappbett und Fenster machte, erfolgten immer schneller. Er konnte nicht damit aufhören. »Neun, zehn, elf.«

Von dem anderen Klappbett kam ein Stöhnen. Der Mann hatte bis jetzt reglos dort gelegen, die Decke über den Kopf gezogen, nun schimpfte er: »Können Sie nicht etwas leiser zählen, Tiedemann?«

Emil zählte leiser, aber hörte nicht auf. »Zwölf, dreizehn, vierzehn.«

»Wann haben Sie endlich genug?«

Emil richtete sich nur auf, um dem anderen mit unwirscher Geste die Decke vom dürren Lieb zu ziehen. »Und wann haben Sie genug davon, nutzlos herumzulungern? Wann werden Sie sich endlich zusammenreißen, Löwenhagen?«

Paul lachte auf. »Nutzlos, das ist gut. Den Nazis nützt es doch am meisten, wenn ich liege, und das unter der Erde.«

Emil schnaubte, machte nun ein paar hektische Kniebeugen. »Vieles ist hier unerträglich«, stieß er zwischen den Zähnen hervor, »aber die größte Prüfung ist zweifellos, dass ich mit Ihnen eine Zelle teilen muss. Da wäre ich ja lieber im Trakt C 1 untergebracht.«

Jeder wusste, dass sich in diesem Trakt von Fuhlsbüttel die Einzelzellen befanden, wohin unter anderem jene gebracht wurden, die beim Essenholen unerlaubt sprachen. Nicht nur, dass man dort oft wochenlang in absoluter Dunkelheit eingesperrt war – manche wurden ans Bett gekettet und waren den Schlägen der Wachmannschaften dadurch schutzlos ausgeliefert.

Paul machte kurz Anstalten, sich die Decke wieder über den Kopf zu ziehen, überlegte es sich aber wohl anders und richtete sich auf. Er saß nicht mit geradem Rücken da, wie Emil übellaunig feststellte, sondern so gekrümmt, als bestünde sein Körper aus Gummi.

»Man übersteht die Haft nicht, wenn man sich derart gehen lässt wie Sie«, schnaubte er ihn an.

Zu seiner Überraschung hob Paul den Kopf. »Wieso siezen Sie mich eigentlich, Tiedemann? Als ich noch Ihr Schüler war, haben Sie das ja auch nicht getan. Erinnern Sie sich daran, wie Sie mich einmal, als ich nicht parieren wollte, in den Schwitzkasten genommen haben?« Sein Lächeln wurde regelrecht provokant, obwohl es die Augen nicht erreichte.

»Glauben Sie mir, das würde ich auch jetzt liebend gern tun«, entfuhr es Emil.

Er machte weitere Kniebeugen, weitere Liegestütze, zählte diesmal nicht mit. Egal, wie viele es waren, er würde so lange durchhalten, bis es schmerzte, bis seine Arme zitterten, vor allem der verletzte. Irgendwann würde er mit dem Gesicht voran auf den kalten Betonboden prallen, das Bewusstsein verlieren, Pauls Stimme nicht mehr hören. Schlimm genug, dass sie sich seit einem Monat eine Zelle teilten – er wollte nicht auch noch vertraulich mit ihm reden, Erinnerungen heraufbeschwören, Gefühle bekennen, Ängste teilen. Doch der andere hörte einfach nicht zu quatschen auf.

»Warum machen Sie sich die Mühe, Ihren Körper zu trainieren? Wir werden sowieso sterben.« Jeglicher Spott war aus Pauls Stimme geschwunden.

Emil blieb unschlüssig stehen. In der ersten Woche, die sie zusammen in Fuhlsbüttel verbracht hatten, hatte der ehemalige Schüler ihn noch unaufhörlich provoziert. In der zweiten Woche war er verstummt, in der dritten hatte er wieder zu reden begonnen, allerdings nur, um seiner Hoffnungslosigkeit Ausdruck zu verleihen.

Emil war nicht entgangen, dass er mehrere Kassiber erhalten hatte, kleine Nachrichten von Freunden, die in die Wäsche eingenäht worden waren. Auf diese Weise hatte Paul erfahren, dass Reinhold Meyer, der Juniorchef der Agentur des Rauhen Hauses, den man nicht lange nach ihm verhaftet hatte, schon im November gestorben war. Er war nicht hingerichtet worden, jedoch einer Krankheit erlegen, gerüchteweise Diphterie.

Paul schien auch jetzt an ihn zu denken. »Die letzten Wochen, da wir uns in Freiheit begegnet sind, trug Reinhold stets ein Gedicht bei sich«, murmelte er plötzlich. »*Weiße Rose* heißt es. Es ist von Hermann Hesse. ›Deine kleine Seele wirbt ängstlich um das Namenlose, und sie lächelt, und sie stirbt mir am Herzen, Schwester Rose.‹«

Emil hatte nie etwas von Hesse gelesen, er hatte auch keine Ahnung, wie man die Zeilen zu deuten hatte. Ein Wort dagegen verstand er gut – ängstlich.

»Die Angst ist ein Gift, Löwenhagen«, murmelte er. »Lassen Sie nicht zu, dass es Ihre Seele durchdringt.«

Der andere schien ihn nicht zu hören. »Reinhold ist nicht der Einzige von uns, der längst tot ist. Einige wurden schon hingerichtet, auch Hans Leipelt, der das sechste Flugblatt in München verteilt und dann nach Hamburg gebracht hat, und ...«

»Das sind doch nur Gerüchte.«

»Wenn Gerüchte schlecht sind, sind sie immer wahr. Wussten Sie übrigens, dass Leipelt alles getan hat, um das Leben seiner Freundin zu retten, dass er sämtliche Schuld auf sich genommen hat?«

Langsam hob Emil wieder den Blick. Er sah Paul zweifelnd an. Weil er sich immer noch nicht erklären konnte, warum er Annelieses und Felicitas' Taten auf sich genommen hatte? Weil er das für idiotisch hielt oder für heldenhaft?

Für ihn selbst war es weder das eine noch das andere, es war eine Selbstverständlichkeit wie die Liegestütze, die er machte. Wobei er seine Übungen unterbrach, stattdessen Paul am Arm packte und ihn hochzog.

»Wir müssen doch nur noch ein bisschen durchhalten!«, rief er eindringlich. »Man hört auch gute Gerüchte, und die sind gewiss ebenfalls wahr. Dass die britischen Truppen den Rhein überschritten haben, dass sie mittlerweile schon in Osnabrück sind, dass die Amerikaner Wetzlar und Gießen besetzt haben, die Rote Armee an Oder und Neiße steht.«

Pauls Körper blieb schlaff, seinen Worten aber fehlte die Härte nicht. »Dass Deutschland von feindlichen Mächten überrollt wird, hält jemand wie Sie, der so tapfer in Russland gedient hat, für ein gutes Gerücht?«

Emil fragte sich, wie viel Anneliese damals von seinen Berichten über die Front mitbekommen und ob sie mit Paul darüber gesprochen hatte.

»Wenn der Krieg vorbei ist, können sie uns keinen Prozess mehr machen«, sagte er knapp. »Und ohne Prozess können sie uns nicht hinrichten.«

Unwillkürlich spannte Paul sich an, entriss ihm den Arm, erhob sich sogar, wenn auch etwas wacklig. »Als ob die Nazis nur die erschießen würden, denen sie vorher den Prozess gemacht haben. Im Osten haben sie den Kindern, Frauen, Alten jedenfalls keinen Prozess gemacht. Sie gehören doch gleichfalls zu jenen, die ...«

»Sprechen Sie nicht über Dinge, die Sie nicht verstehen.«

»Das haben Sie zu Anneliese auch gern gesagt – dass sie nichts versteht. In Wahrheit haben Sie sie nie verstanden.«

Emil hatte nicht übel Lust, Paul die Hände um den Hals zu legen und zuzudrücken, stattdessen begnügte er sich mit einem Stoß gegen die Brust. »Sie sprechen immer noch von meiner Frau.«

»Pah! Sie ist genauso gut meine Frau wie Ihre. Sie wissen doch von unserer ... Affäre.«

Emil hatte es nicht gewusst, er hatte es nur geahnt. Er hatte überdies nicht gewusst, ob der Gedanke daran Ärger, Hass, Enttäuschung oder Gleichgültigkeit auslöste. Paul Löwenhagen war ihm jedenfalls nicht gleichgültig, war es noch nie gewesen. Rote Wut, die es in dieser grauen Welt, in seiner grauen Seele eigentlich nicht mehr gab, zerplatzte, und dann legte er seine Hände doch um Pauls Hals und drückte zu, und der lachte, wie er damals gelacht hatte, als er noch sein Schüler gewesen war. Das Lachen klang so schön, weil es lebendig war, und es klang hässlich, weil er es nicht erwidern konnte. Schon wurde ein Keuchen daraus, ein Stöhnen, dann riss es ab.

Als das Klirren eines Schlüsselbundes ertönte und die schwere Eisentür aufgestoßen wurde, ließ Emil Paul abrupt los.

»Mitkommen!«

Emil fuhr herum, sah den Wärter kaum, immer noch war alles wie unter einem roten Schleier verborgen. Trotzdem konnte er sofort fühlen, dass sie nicht zum Früh- oder Abendappell abgeholt wurden oder für jene eine Stunde, die sie im Hof verbringen durften. Obwohl er der Angst zu widersagen versuchte, rammte sich diese wie eine Faust in seinen Bauch. Allerdings war sein Bauch ja muskulös, so schnell knickte er nicht ein. Er blieb wie erstarrt stehen, während der Wärter einen Befehl verlas, ihnen danach bedeutete, die Stiefel anzuziehen.

Paul hatte sich zwar erhoben, machte aber keine Anstalten, sich nach den Stiefeln zu bücken. »Lassen wir sie doch für andere Gefangene da. Wenn wir am Galgen baumeln, brauchen wir kein Schuhwerk.«

»Wir werden nicht am Galgen baumeln«, hielt Emil dagegen. »Wir kommen ins Gerichtsgefängnis Stendal. Von dort werden wir an den Volksgerichtshof in Hamburg...«

»Still!«, brüllte der Wärter.

Paul zuckte nur noch mit den Schultern, griff endlich nach den Stiefeln, auch Emil schwieg.

Für diesen Tag hatte er sich gewappnet, und in gewisser Weise hatte er sich sogar nach ihm gesehnt. Dann würde endlich etwas geschehen. Dann musste er nicht mehr nur warten, Liegestütze machen, ins Nichts starren. Dann konnte er seine Aussage bekräftigen.

Ja, er war schuldig an der Vorbereitung zum Hochverrat in Tateinheit mit Wehrkraftzersetzung, Feindbegünstigung und Rundfunkverbrechen.

Ja, er war schuldig an der Verbreitung jüdisch-bolschewistischer Ideen durch die Veranstaltung von Leseabenden.

Ja, er war schuldig an der Verteilung von dafür geeigneten Büchern staatsfeindlicher Tendenz.

Ja, er gehörte zu jenem Kreise Intellektueller mit staatsverneinender Einstellung.

Das waren zwar alles Lügen, aber keine Lüge war, womit sich die Worte übersetzen ließen.

Ja, ich liebe Felicitas, und ich bekenne mich zu ihr und dieser Liebe.

Die Worte sagte er sich immer wieder, als sie durch die Gänge von Fuhlsbüttel gingen, als sie wenig später in eine Grüne Minna gestoßen wurden, als sich diese in Fahrt setzte, sie ständig vor Straßensperren stehen blieb. Seine Welt war immer noch rot – nicht länger vor Wut, sondern weil durch die Ritzen der Fahrzeugtür ein warmes Licht drang.

Er streckte seinen Kopf in die Richtung, spürte, wie sich seine Lippen zu einem Lächeln verzogen, auch dieses warm wie das Licht. Leider blieb der Wagen einmal mehr stehen, diesmal so abrupt, dass er nach vorn kippte, sein Kopf mit Pauls zusammenstieß. Ausgerechnet. Das schrille Lachen, das der junge Mann ausstieß, ließ sein Lächeln schwinden.

»Ich verstehe Sie einfach nicht, Tiedemann«, rief Paul »Warum tun Sie das alles für Anneliese? Sie haben sie doch nie geliebt, haben sie vernachlässigt, für dumm gehalten. Und nun nehmen Sie ihre Taten auf sich, lassen sich dafür vor Gericht stellen, sich gar dafür aufknüpfen!«

Aus dem fragenden Blick wurde ein misstrauischer. Und Emil glaubte noch etwas zu lesen – einen Anflug von Neid, weil er Paul, der jedes Verhör durchgehalten und sowohl Annelieses als auch Felicitas' Namen reingewaschen hatte, die Rolle des Helden streitig machte.

Nun war er es, der ein schrilles Lachen ausstieß. »Das alles tue ich doch nicht für Anneliese. Ich tue es für...«

Kurz war er nicht sicher, was sein Bekenntnis unterbrochen hatte. Ob der neuerliche Ruck, so heftig, dass er nicht nur erneut gegen Paul krachte, sondern sich die Tür öffnete und sie aus dem Wagen geschleudert wurden. Ob jenes durchdringende Pfeifen, das seine Ohren schier platzen ließ, von allen Seiten kam... nein, von oben. Ob von dem Geschrei, von dem er nicht sicher war, ob er, Paul oder die Männer, die den Wagen begleiteten, es ausstießen. Ob jene Schüsse eines Tiefffliegers, die auf die Grüne Minna einprasselten.

Die Welt war nicht mehr rot, ganz kurz war sie schwarz, dann grau. Und plötzlich wurde sie braun und grün. Er lag auf... Waldboden. Lag nicht einfach nur da, sondern rollte darüber, ganz schlaff, willenlos, bis etwas Hartes ihn aufhielt. Das Harte war ein Baumstumpf.

»Paul!«, brüllte er, als er sich aufrappelte. »Paul!«

Nie hatte er den anderen mit seinem Vornamen angeredet, doch der schien es gar nicht zu bemerken. Der junge Mann war nicht weit von ihm entfernt liegen geblieben, setzte sich ebenfalls auf, blickte sich um. Durch Baumkronen, aus deren Ästen kaum grüne Triebe sprossen, fiel spärliches Licht, sprenkelte den Boden.

»Dass ich noch den Wald sehe, bevor ich sterbe...«, murmelte er ergriffen.

Emil spürte erst jetzt, dass Erde in seinen Mund geraten war. Sie schmeckte würziger, intensiver als alles, was er in den vergangenen Monaten gegessen hatte.

Paul hatte sich wieder zurückfallen lassen, und kurz war die Versuchung groß, es ihm gleichzutun. Aber dann spuckte er die Walderde aus, blickte sich um, sah die zwei Wachtmänner, die den

Wagen gelenkt hatten, nun hinter diesem in Deckung gehen. Sie lebten beide, hielten ihre Gewehre, warteten offenbar darauf, dass die Tiefflieger zurückkamen. Doch als er hochblickte, sah er nur Bäume, die im sachten Frühlingswind wogten, kein feindliches Flugzeug. Ein paar Sekunden, bestenfalls eine Minute würde es dauern, bis den Männern aufging, dass keine Gefahr mehr drohte, sie ihre Fahrt fortsetzen konnten.

Er packte Paul an den Schultern, riss ihn hoch. »Dort hinten ... siehst du, wie dicht die Bäume dort stehen? Lauf dorthin ... versteck dich.«

Ein Ruck ging durch den Körper des anderen. »Wir fliehen?«

»Du fliehst. Ich lenke sie ab.«

»Warum? Du bist der Schnellere.«

»Aber du bist der Jüngere.« Paul starrte ihn schweigend an, Sekunden vergingen, wertvolle Sekunden, jeder einzelne Herzschlag dröhnte wie ein Schuss in ihm. Emil drehte sich kurz um, sah die Männer immer noch geduckt hinter dem Wagen, versetzte Paul einen Stoß. »Mach schon!«, zischte er.

Paul hielt nach dem ersten Schritt inne. In seiner Miene stand jener Trotz, mit dem er ihn als Schüler zur Weißglut getrieben hatte. »Wir fliehen gemeinsam oder gar nicht.«

Wieder zerplatzte etwas in Emil. Es war keine Wut, dazu war das Gefühl viel zu kalt. Seine Hände waren auch kalt, aber gelenkig. Schon nahm er Paul in den Schwitzkasten, zerrte ihn mit sich, schon waren sie tief ins Dickicht vorgedrungen. Und als Paul sich immer noch nicht dort verkriechen wollte, schlug Emil ihm ins Gesicht, sodass Paul taumelte, das Gleichgewicht verlor, zu Boden ging. Kurz blieb er liegen, war danach geistesgegenwärtig genug, um sich wieder aufzurappeln. Er warf Emil einen letzten Blick zu, und diesmal las er keinen Trotz darin, nur Dankbarkeit.

»Zumindest das hier ... das tue ich für Anneliese«, sagte Emil noch.
Paul begann zu laufen, verschwand im Unterholz, er selbst begann auch zu laufen, jedoch in die andere Richtung, wo ein offenes Feld lag und die SS-Männer ihn gut würden sehen können.
Er hob den Blick zum Himmel, so nackt ohne die Baumkronen, ohne die Tieffflieger, ohne eine Sonne, die wärmte. Aber er brauchte keine Sonne, keine Wärme, um zu wissen: Der Tag ist gut, der Tag ist groß, der Tag hat sich gelohnt.

Levi kämpfte um die Aufmerksamkeit der Kinder, doch er fühlte genau, dass sie nicht bei der Sache waren. Das lag nicht nur daran, dass es spätabends war und sie alle mit der Müdigkeit kämpften. Es hatte mit jenem Wort zu tun, das sie erst am Tag zuvor gelernt hatten und das unaufhörlich die Runde machte.
Koniec wojny.
Kriegsende.
Waren die Geschwister dieses Wortes Hoffnung und Freiheit oder vielmehr Tod und Vernichtung?
Er verzichtete jedenfalls, ihnen weitere deutsche Worte beizubringen, begnügte sich damit, sie die wichtigsten SS-Kommandos zu lehren. Eigentlich war dies eine Lektion, die die meisten Kinder von Buchenwald längst hinter sich hatten.
Doch seit Wochen gab es täglich Neuzugänge, die man erst wieder mit den Gesetzen im hiesigen Lager vertraut zu machen hatte. Immer mehr Jugendliche kamen auf Evakuierungstransporten aus Auschwitz und Groß-Rosen zu ihnen, und Wilhelm Hammann hatte neben dem Block 8 einen weiteren Kinderblock eingerichtet, den Block 66. An die vierhundert Kinder und Jugendliche lebten nun insgesamt in Buchenwald.

Die Neuzugänge sprachen nie über das, was hinter ihnen lag. Und gewöhnlich wurde auch darüber geschwiegen, was vor ihnen lag. Doch an diesem Abend richtete sich ihr Blick immer wieder zum Eingang der Baracke. Die Neuen wagten nicht, Fragen zu stellen – jene, die schon seit Jahren in Buchenwald lebten, kannten diese Scheu nicht.

»Werden sie uns alle erschießen?«, fragte Adamus.

Levi rang nach der richtigen Antwort.

»Nein«, erwiderte Jakub, »sie werden uns zwingen, das Lager zu verlassen, und uns so lange durch den Schnee treiben, bis wir alle tot umfallen.«

Die beiden hatten sich nicht wieder verprügelt, doch wann immer einer seine Meinung bekundete, widersprach der andere, und die Blicke, die sie einander zuwarfen, waren stets voller Feindseligkeit und Verachtung.

Levi hätte gern bekräftigt, dass sie alles tun würden, um sie vor der SS zu schützen. Allerdings wollte er keine leeren Versprechungen abgeben. Die Gespräche sämtlicher erwachsenen Häftlinge drehten sich schließlich ebenfalls nur noch um eine Frage: Werden sie uns liquidieren oder evakuieren?

Beides war ein sicheres Todesurteil, und es waren zwar alle entschlossen, sich niemals freiwillig für den Bahntransport zu melden – wohin man sie auch bringen würde, es konnte nur schlimmer werden –, aber Widerstand war wohl zwecklos, wenn mit Maschinengewehren bewaffnete SS-Kolonnen die Evakuierung gewaltsam vornehmen würden.

Er beschloss, bei dem zu bleiben, was sie mit Sicherheit wussten. »Die alliierten Armeen sind im Osten und im Westen immer tiefer in das Reichsgebiet eingedrungen, befinden sich nun kurz vor Weimar.«

»Aber zwischen uns und den Alliierten stehen dreitausend bewaffnete SS-Leute«, erklärte Jakub. »Sie haben das Lager umstellt. Und sie haben vom nahegelegenen Flugplatz Nohra Tiefflieger zur Vernichtung des Lagers angefordert.«

Levi hörte dieses Gerücht nicht zum ersten Mal, weigerte sich aber, ihm Glauben zu schenken. »Erst vor wenigen Tagen haben drei polnische Kameraden einen telegrafischen Sender gebaut und in Betrieb gesetzt«, sagte er schnell. »Und damit haben wir Kontakt zu den Alliierten aufgenommen und sie um Hilfe gebeten. Die Antwort erfolgte umgehend. In englischer Sprache ließ uns die US-Armee wissen: *KZ Buchenwald aushalten. Wir eilen Euch zu Hilfe. Stab der 3. Armee.*«

Er versuchte, begeistert zu klingen, doch Jakub schüttelte finster den Kopf. »Der Sender wurde mittlerweile vernichtet, weil man Angst hatte, die SS könnte ihn entdecken.«

Bevor Levi etwas einwenden konnte, kam ihm Adamus zuvor. »Was nicht heißt, dass die Botschaft der Alliierten nicht dennoch gilt.«

»Willst du dich wirklich auf sie verlassen? Nicht lieber selbst kämpfen?« Jakub klang nahezu höhnisch.

Adamus reckte sein Kinn. »So wie du vielleicht? Wenn man glaubt, dass alles umsonst ist, dann kann man gleich sterben. Warum sitzt du überhaupt noch im Warmen, anstatt dich in den Schnee zu werfen oder noch besser in den elektrischen Zaun? Aber vielleicht fehlt's dir gar nicht an Hoffnung, nur an Mut.«

»Nennst du mich etwa einen Feigling?«

»Beweis mir doch, dass du keiner bist!«

Schon sprangen beide auf, schon ballten sie beide ihre Fäuste. Hastig trat Levi dazwischen. »Genug!«, rief er ungehalten.

Er war nicht sicher, ob er allein es geschafft hätte, die beiden Streithähne zu beschwichtigen. Aber während diese sich noch wutentbrannt anstarrten, öffnete sich die Tür der Baracke. Obwohl Wilhelm Hammann einen Schwall Kälte mitbrachte, zauberte das Erscheinen des Mannes, der so oft zum Scherzen aufgelegt war, ein Lächeln auf die Gesichter vieler Kinder. Jakub und Adamus waren davon zwar weit entfernt, sie wirkten dennoch nicht länger nur wütend, auch etwas verlegen. Keiner wollte nachgeben, erst als Hammann ihnen einen strengen Blick zuwarf, ließen sie endlich die Fäuste sinken.

»Mit euch befasse ich mich später«, erklärte er mit deutlich mehr Grimm als ihm zu eigen war, »jetzt muss ich mit Levi sprechen… allein.«

Levi hatte kein gutes Gefühl dabei, die Kinder unter sich zu lassen, aber als sich Jakub und Adamus wieder auf den Boden setzten, folgte er dem anderen nach draußen.

Außerhalb der Baracke war es stockfinster, das Tuch der Nacht spannte sich erstickend dicht über die Welt. Trotzdem konnte Levi fühlen, dass Wilhelm Hammann nicht einfach nur besorgt war, sondern regelrecht verzweifelt. Und dass das nicht allein mit Adamus' und Jakubs Streitlust zu tun hatte.

»Ich fürchte, die Nerven aller sind bis aufs Äußerste gespannt und…«

»Wem sagst du das«, unterbrach Hammann ihn und stieß ein Seufzen aus. »Es sind ja nicht nur die Jungen. Auch die Mitglieder des Lagerkomitees gehen sich ständig gegenseitig an die Gurgel.«

»Hat es immer noch keine gemeinsame Entscheidung treffen können?«

Seit Tagen waren heftige Diskussionen im Gange, die das illegale Lagerkomitee tief gespalten hatten. Die einen drängten darauf, nicht zu warten, bis sie von den Alliierten befreit wurden, sie wollten schon zuvor den Aufstand wagen. Andere waren strikt dagegen, etwas zu tun, was die SS provozieren und ihr solcherart einen Vorwand verschaffen könnte, sie umzubringen. Dass das auch bedeutete, den Hinrichtungen weiterhin tatenlos zuzusehen, war für sie unvermeidlich, für die Gegenpartei unerträglich. Und dass die SS mittlerweile kaum mehr Zeit für Exekutionen fand, waren doch viele Mitglieder damit beschäftigt, ihre Flucht vorzubereiten, Raubgut zu sammeln und Personalpapiere zu stehlen, damit sie sich später unter fremden Namen würden ausweisen können, hatte sie einer Lösung nicht näher gebracht. Die einen verkündeten immer noch düster, dass die SS ihnen ein Abschiedsgeschenk in Form eines Kugelhagels machen würde, weswegen sie sofort losschlagen müssten. Die anderen pochten darauf, Ruhe und Ordnung zu wahren, bis die Befreier nahten.

»Eine Entscheidung ist noch nicht gefallen«, sagte Hammann leise. »Aber die SS hat beschlossen, die jüdischen Kinder von den nichtjüdischen zu trennen und zu evakuieren.«

Dies war immer ihre schlimmste Befürchtung gewesen. »O mein Gott«, entfuhr es Levi. »SS-Oberführer Pister hat doch sein Ehrenwort als Offizier gegeben, dass nicht evakuiert würde.«

»Und wie viel kann man auf so ein Ehrenwort geben?«, rief Hammann aufgebracht. »Erst jüngst wurden sechsundvierzig Häftlinge auf Züge verladen, weil diesen vorgeworfen wurde, heimlich Widerstand zu leisten.«

»Evakuierung heißt nichts anderes als ... Tod.«

»So ist es. Und deswegen müssen wir etwas dagegen tun. Wir müssen es verhindern. Die Kinder wiederum müssen sich ein Vorbild an den Erwachsenen nehmen.«

Levi wusste, worauf Hammann anspielte. Zwei Tage zuvor hatten alle Juden in Buchenwald von den restlichen Lagerinsassen – ob Kriegsgefangene oder politische Häftlinge – abgesondert werden sollen, doch diese hatten sich entschieden, sie nicht ans Messer zu liefern. Schon zuvor hatten sich die Juden den Stern von den Jacken gerissen, nun waren auch ihre Nummern und Kommandos getauscht worden, und die Blockältesten hatten sämtliche Karteikarten vernichtet. Als sie auf den Appellplatz gerufen wurden, war dort niemand erschienen, sie hatten sich versteckt – ob im Häftlingskrankenrevier, im Schweinestall oder unter den Fußböden der Baracke.

Die SS hatte sich auf die Suche gemacht, diese aber aufgegeben, als sie keinerlei Unterstützung von den Gefangenen erhalten hatte.

»Wir können die Kinder verstecken«, schlug Levi eifrig vor.

Hammann schüttelte den Kopf. »Ich fürchte, dafür gibt es nicht genug Platz. Was nicht heißt, dass wir untätig geblieben sind. Wir haben in der Häftlingsstube auf den Namenslisten anstelle des Wortes ›Jude‹ das Wort ›Ungar‹ eingesetzt. Wenn die Kinder morgen auf den Appellplatz gerufen werden und sich die jüdischen Kinder melden müssen, darf niemand vortreten. Wer immer angesprochen wird, muss erklären, dass er Ungar ist.«

»Es genügt aber nicht, dass sich die jüdischen Kinder nicht melden. Auch die anderen müssen dichthalten.«

Obwohl er sein Gesicht nicht sah, konnte Levi spüren, wie Hammann nickte. »Und deswegen müssen wir sie unbedingt auf Solidarität einschwören. Wir müssen sie überzeugen, in jedem Fall den Mund zu halten und niemanden zu verraten, selbst wenn die SS die Wahrheit aus ihnen herauszuprügeln versucht. Und dann müssen wir beten, dass die SS-Männer vorschnell aufgeben. Immerhin erhoffen sich viele mildernde Umstände, wenn sie den Amerikanern in die Hände fallen.«

Levi hörte leisen Zweifel in Hammanns Stimme, und dieser wurde in ihm selbst wach. Würden die Jugendlichen und Kinder etwas schaffen, das selbst für Erwachsene eine Herausforderung war? Waren nicht viele längst zu verroht, um mehr als den eigenen Vorteil im Blick zu haben? Hatte er in den vergangenen Jahren nicht immer wieder darum kämpfen müssen, den letzten Funken Menschlichkeit in ihnen am Leben zu erhalten?

Levi stand wie betäubt da. Die nächtliche Stille wurde vom fernen Dröhnen und Pfeifen der Kampfflugzeuge zerrissen.

»Vor einigen Monaten«, hörte er sich sagen, »habe ich mich dem Volksfrontkomitee angeschlossen. Du weißt, es hat sich im letzten Jahr konstituiert, nicht nur mit dem Ziel, den Befreiungskampf im Lager zu unterstützen, auch die Vision eines künftigen Deutschlands zu entwerfen, an dessen Aufbau wir nach der Befreiung mitarbeiten wollen. Ich habe regelmäßig mit den Lehrern diskutiert, die die sogenannte Erziehungskommission gebildet haben.«

»Ich weiß«, sagte Hammann, »es ging um schulpolitische Sofortmaßnahmen nach Kriegsende, um die Frage, wie sich Unterrichtsstoffe vom Nationalismus und Imperialismus reinigen lassen, um den künftigen Umfang von Religions- und Sportunterricht oder um die philosophisch-pädagogische Prüfung, der sich jeder Lehrer unterziehen sollte.«

»Ich habe mir so viele Gedanken darüber gemacht, wie es sein würde, wenn ich wieder ein richtiger Lehrer wäre. Aber ... aber ein richtiger Lehrer, das war ich wohl nur hier.« Er hielt kurz inne. »Heute und hier wird sich zeigen, ob ich auch ein guter Lehrer war, ob unsere illegale Schule ihren Zweck erfüllt hat und ob wir den Kindern wirklich etwas beigebracht haben, und zwar nicht nur Deutsch und handwerkliche Fähigkeiten, sondern

Menschen zu bleiben und der Rohheit und Gewalt nicht nachzugeben.«

Hammann wandte sich ab. »Ein Lehrer setzt alles daran, seine Schüler bestmöglich auf ihre Prüfung vorzubereiten, aber ablegen müssen diese sie selbst. Komm jetzt. Lass uns die letzte Gelegenheit, die wichtigsten Punkte zu wiederholen, nutzen. Danach müssen wir vertrauen, dass jeder das Beste daraus macht.«

Als sie hineingehen wollten, sahen sie Adamus auf der Türschwelle stehen. Obwohl er kein Wort hervorbrachte, konnte Levi fühlen, dass er alles gehört hatte … oder zumindest das meiste. Kaltes Mondlicht fiel auf sein Gesicht, das deswegen noch bleicher als sonst wirkte. Levi entging das Beben nicht, das den Körper des Jungen schüttelte. Sie zitterten ja ständig alle in der Kälte.

»Jakub«, stieß Adamus aus, »Jakub ist auch Jude.«

Levi war fast nie um Worte verlegen, aber plötzlich war er nicht sicher, was er sagen sollte. Von Hammann, der eben noch so entschieden erklärt hatte, sie müssten die Jungen auf grundlegende Werte einschwören, kam ebenfalls kein Wort. Und ehe sie sich gefasst hatten, wandte sich Adamus bereits ab, betrat wieder die Baracke. Als Levi ihm folgte, sah er, dass er geradewegs auf Jakub zuging. Dieser spannte sich an, schien sich vor einem Angriff zu wappnen – ob er nun in Form von giftigen Worten oder Faustschlägen erfolgte. Doch Adamus ließ sich einfach nur neben ihm auf den Boden fallen, und im nächsten Augenblick legte er ihm die Hand auf die Schulter. Jakub versteifte sich noch mehr, zeigte damit, wie unangenehm ihm die Berührung war, aber er schüttelte den Arm nicht ab.

Adamus' Blick richtete sich auf Levi, und anders als sonst war kein Trotz darin zu lesen, kein Aufbegehren, kein Grimm.

Hammann begann den Kindern zu erklären, was am kommenden Morgen passieren würde, und Levi ahnte indes: Kein Wort von ihnen beiden würde nur annähernd so viel Gewicht haben wie Adamus' schlichte Geste.

Mai

Felicitas stand in der Klasse, und das allein war keine Selbstverständlichkeit. Bis in den April hinein hatte es Angriffe gegeben, wenn auch nicht mehr so schlimme wie während der Operation Gomorrha, und eine Bombe hatte die Alsterschule nur um Haaresbreite verfehlt. Dass noch ein paar Kinder auf den Bänken saßen, war ein fast noch größeres Wunder, weil man die älteren mittlerweile zum Kriegsdienst einberufen und die kleineren aufs Land verschickt hatte. Und es saßen Mädchen und Jungen nebeneinander, war Koedukation doch mittlerweile das geringste Problem der Nazis.

Wie sie sie unterrichten sollte, war Felicitas allerdings schleierhaft. So viele Hefte und Schulbücher waren verbrannt, so etwas wie einen Lehrplan gab es nicht mehr, wenn Verordnungen vom Ministerium kamen, bekundeten sie nur noch, welcher Stoff als entbehrlich galt, sodass am Ende kaum mehr etwas übrig geblieben war. Außerdem schaffte sie es nicht, die Aufmerksamkeit auf sich zu ziehen. Wild riefen die Kinder durcheinander, immer wieder wurde darüber gesprochen, wie am Tag zuvor, dem 1. Mai, um 22:45 Uhr, im Radio plötzlich Trommelwirbel zu hören gewesen war.

»Noch bevor es verkündet wurde, hat meine Tante Monika

schon gerufen, der Führer ist gefallen«, erzählte Karlheinz wieder und wieder, halb sensationslüstern, halb ungläubig.

Sein Sitznachbar Fritz war dagegen den Tränen nahe, und er schämte sich ihrer nicht, sondern schnäuzte sich laut und vernehmlich. Prompt brandete Tuscheln auf, und auch andere erzählten, wie Eltern und Verwandte erschüttert Hitlers Heldentod kommentiert hatten.

»Redet doch nicht alle gleichzeitig!«, ermahnte Felicitas sie, hatte damit aber nur wenig Erfolg.

Selbst wenn die Kinder verstummt wären – so etwas wie Stille gab es nicht mehr. Knapp zwei Wochen zuvor hatte die britische Armee die Elbe bei Lauenburg erreicht und am Tag darauf mit der Beschießung Hamburgs begonnen. Ständig hörte man das Grollen von der Front, Artilleriegranaten, die in Harburg, im Hafen, den Elbvororten und den Vierlanden einschlugen. Jagdflieger kurvten im Tiefflug über die Stadt, beschossen Fahrzeuge und Fußgänger. Und das alles, so wurde gemunkelt, war lediglich ein Störfeuer, der eigentliche Angriff stehe noch bevor.

Auch darüber begannen die Schüler nun aufgeregt zu tuscheln, und aus ihrer Ungläubigkeit und Verwirrung wurden Entsetzen und nackte Angst.

»Werden wir nun alle sterben, weil wir den Krieg verloren haben?«, rief Karlheinz.

Fritz hatte mittlerweile die Tränen geschluckt. »Wenn wir den Krieg tatsächlich verloren haben, dann *werden* wir nicht sterben, dann *müssen* wir sterben.«

Felicitas machte eine beschwichtigende Geste, aber erneut überschlugen sich die Stimmen der Kinder, und schon machte ein schlimmes Gerücht die Runde, wonach Hamburg nach Befehl des Führers zur Festung und bis zum Äußersten verteidigt werden sollte, dass dieser Kampf bis zur Kampfunfähigkeit geführt werden müsste und die Hamburger nicht mal kapitulieren dürften, wenn die starken Bomberverbände anrückten, die die Alliierten südlich von Harburg bereits in Stellung gebracht hatten. Das würde das endgültige Todesurteil der Stadt bedeuten.

»Hat dieser Befehl nach dem Tod des Führers überhaupt noch Geltung?«, rief eines der Mädchen.

»Warum denn nicht? Der Führer mag gefallen sein, Deutschland aber lebt«, rief Fritz und klang trotz allem ungemein stolz.

Nach dem, was man auf den Straßen hörte, war Hamburgs Reichsstatthalter Kaufmann nicht stolz, sondern verzweifelt und hatte sich bislang geweigert, die Hafenanlagen zu zerstören und solcherart dem Feind zuvorzukommen. Aber damit war die Vernichtung Hamburgs nicht ausgeschlossen.

»Mein Vater sagt, dass Kaufmann längst Verhandlungen mit den Briten anstrebt«, warf ein Mädchen ein.

»Das ist doch Unsinn«, entfuhr es Karlheinz verdutzt.

»Nein, das ist Verrat«, brüllte Fritz.

»Ja, willst du, dass unser schönes Hamburg vollends zerstört wird?«, entgegnete das Mädchen unerwartet stur. »Es ist ohnehin fast nichts mehr von der einstigen Pracht übrig geblieben… Der Hauptbahnhof ist fast abgebrannt, die Uni am Dammtor auch, ebenso das Justizgebäude am Sievekingplatz. Und von allen Kirchen der Innenstadt steht nur noch die Petrikirche.«

»Was macht es schon, dass unser schönes Hamburg zerstört ist? Es geht doch nicht um Schönheit, es geht um Stärke, um Treue, um…«

»Das Rathaus steht noch, obwohl die Turmspitze bedrohlich wankt. Mein Vater sagt, solange es noch nicht eingestürzt ist, besteht Hoffnung.«

»Hoffnung auf was? Hoffnung auf Sieg?«

»Hoffnung auf Überleben.«

»Das deutsche Volk hat es im Falle einer Niederlage nicht verdient zu überleben.« Fritz' Faust krachte auf den Tisch, Karlheinz folgte dem Beispiel, auch Leopold tat es ihnen gleich und ebenso Christian, obwohl der zuvor Felicitas einen zögerlichen Blick zugeworfen hatte.

Müdigkeit brannte in Felicitas' Augen. Ein Schmerz, der beim Aufstehen nur sachte gepocht hatte, wanderte vom Rücken in die Hände und Beine.

Sie versuchte dennoch, möglichst viel Kraft in ihre Stimme zu legen. »Ruhe jetzt! Was morgen passieren wird, kann niemand sagen, hier und heute lernen wir.«

Kurz waren die Kinder tatsächlich still, doch im nächsten Augenblick wurde die Tür aufgerissen.

Otto Matthiessens Hitlergruß blieb nachlässig, als wäre sein Arm zu schwer, um ihn ordentlich zu heben und zu strecken. Aber er zählte entschlossen die Namen etlicher Jungen auf, die sofort mitzukommen hatten.

Felicitas unterdrückte ein Seufzen. »Was ist denn nun schon wieder? Müssen sie Trümmer beseitigen? Oder werden jetzt schon Kinder zum Bau von Panzersperren herangezogen?«

In den vergangenen Tagen hatte sie gesehen, wie Alte und Frauen den sogenannten inneren Verteidigungsring vorbereitet hatten, und war erschüttert gewesen.

»Nein«, sagte Otto, »die Jungs werden zum Volkssturm abkommandiert.«

Im letzten Oktober war die Bildung des deutschen Volkssturms bekannt gegeben worden, was bedeutete, dass alle waffenfähigen Männer im Alter von sechzehn bis sechzig Jahren, selbst Kriegsversehrte, ab sofort eingezogen wurden. Seitdem waren regelmäßig Schüler der Alsterschule ins Wehrertüchtigungslager nach Elmshorn geschickt worden, wo sie drei Wochen lang von Unteroffizieren die erste Infanterieausbildung erhielten und danach einem Truppenverband zugeteilt wurden. Einige wurden mit scharfen Waffen ausgestattet, doch die reichten nicht für alle, und es gab auch zu wenige Uniformen.

»Ich wusste nicht, dass du, der du Physik unterrichtest, es nicht mehr so mit Zahlen hast«, sagte Felicitas schärfer, als es ihr eigentlich zustand. »Diese Jungs hier sind noch keine sechzehn Jahre alt, sie sind erst vierzehn und …«

»Hamburg muss bis zur letzten Patrone und bis zum letzten Mann verteidigt werden«, fiel Otto ihr ins Wort. Er wirkte auf einmal unendlich müde.

»Und wo genau siehst du hier einen Mann?«, rief Felicitas schrill.

Otto ging nicht darauf ein. »Sie müssen hinter den Barrikaden Stellung beziehen und den feindlichen Vormarsch stoppen.«

Felicitas ahnte, dass sie sich mäßigen sollte, aber sie schaffte es nicht. Als die Jungen sich erhoben, stellte sie sich vor Otto in den Türrahmen, sodass kein Durchkommen war.

»Barrikaden? Von wegen! Ein paar Trümmer sind es, aus denen verbogene Stahlträger ragen. Kürzlich habe ich sogar einen zerbeulten Gasherd gesehen. Und so etwas soll britische Panzer aufhalten?«

»Befehl ist Befehl.« Nicht nur, dass seine Stimme noch tonloser wurde, er machte unwillkürlich einen Schritt zurück.

»Meine Schüler werden nicht verheizt, meine Schüler haben jetzt Unterricht und …«

»Der Krieg ist der wahre Unterricht!« Nicht Otto hatte ihr

widersprochen, sondern Fritz. Er stand vor ihr, zwar einen halben Kopf kleiner, nichtsdestotrotz mit vor Stolz vorgerecktem Kinn. Ihn allein hätte sie vielleicht noch aufhalten können, aber hinter ihm reihten sich andere ein und nickten zu allem, was er in pathetischem Tonfall vortrug. »Der Führer hat noch für dieses Jahr den Sieg prophezeit, und am Glauben an den Sieg halten wir unermüdlich fest. Wenn jeder deutsche Mann nur einen einzigen Engländer abschießt, ist der Sieg unser. Und wenn alle Feiglinge, die eine weiße Fahne aus ihren Häusern gehängt haben, erschossen werden, erst recht. Falls wir doch untergehen, dann soll der Feind nur noch Tote finden und verbrannte Erde. Lasst uns jetzt in den Kampf ziehen.«

Noch umklammerte Felicitas den Türrahmen. Doch als Fritz einen energischen Schritt auf sie zukam, machte sie sich plötzlich winzig, wich unwillkürlich zur Seite, so hilflos fühlte sie sich.

Wie von weit her hörte sie Ottos Stimme. »Lass sie...«

Und dann lag sein Arm auf ihrer Schulter, dann stürmten die Schüler nach draußen, ein Lied auf den Lippen, das sie bestimmt hundertfach gehört hatte, und das ihr dennoch fremd war. Irgendwann ging es in ein Rauschen über.

Als sie zurück zum Katheder wankte, hatte sie das Gefühl, über Trümmer zu steigen.

»Werden wir ein Gedicht lernen?«, fragte eine Schülerin.

Richtig, die Mädchen waren noch da, die Mädchen konnte sie unterrichten. Aber ihr fiel kein Gedicht ein, auch ihr Verstand glich einer Trümmerhalde. Ein Ton entfuhr ihr, der wie ein Kichern klang.

»Es hat doch keinen Sinn...«

Sie war nicht sicher, ob sie es laut gesagt oder nur gedacht hatte, jedoch, dass sie die Wahrheit nicht länger leugnen konnte, wie sie es in den letzten Monaten und Jahren eisern versucht hatte.

Es hatte keinen Sinn mehr zu unterrichten, auch keinen Sinn zu hoffen, dass Hamburg kapitulierte und der Krieg vorbei war. Es gab nichts mehr zu retten, keine heile Stadt, keine heile Kinderseele.

»Der Unterricht«, hörte sie sich sagen, »der Unterricht ist für heute vorbei.«

Fragende Blicke waren auf sie gerichtet, aber sie wiederholte die Worte nicht, wartete auch nicht ab, ob die Mädchen sich fügten.

Sie ließ ihre Schultasche liegen, nahm nur ihre Jacke und lief hinaus. Schon hatte sie den Schulhof erreicht, holte tief Luft. Natürlich atmete sie nur Staub und Asche ein, es gab ja kein Fleckchen mehr, das nicht verpestet war.

Das Rauschen in ihren Ohren war etwas abgeebbt, stattdessen vernahm sie Stimmen.

Als sie den Kopf hob, sah sie nicht nur jene Schüler, die gerade aus den Klassen geholt worden waren, zudem eine Schar noch jüngerer, höchstens zwölfjähriger. Die Resignation erstickte die Empörung – nicht aber das Erstaunen, als sie erkannte, dass diese sich nicht etwa in Reih und Glied aufstellten, sondern wild durcheinanderliefen. Manche blickten verstört auf den Boden, andere schrien, einige weinten stumm. Und weit und breit war keine ordnende Macht, die erklärte, was sie zu tun hatten. Der einzige Mann, der sich auf dem Schulhof befand, war Pastor Rahusen, der Religionslehrer. Was macht er denn hier?, dachte Felicitas. Hat man ihn etwa auch zum Volkssturm abkommandiert?

Eben drängte er sich an den Jungen vorbei, erreichte sie. »Wissen Sie es schon?«

»Dass man nun selbst die Kinder in den Krieg schickt...«

»In welchen Krieg?«, unterbrach er sie. Wieder stieg ein Kichern in ihr hoch, ein Geisterlaut, Abglanz ihres fröhlichen Gelächters von einst. Aber schon fuhr Pastor Rahusen fort: »Reichsstatthalter Kaufmann hat erklärt, dass es sinnloses Blutvergießen zu vermeiden gilt. Wir müssen unserem Deutschtum zwar treu bleiben, doch Hamburg soll trotzdem kampflos übergeben werden.«

Sie begriff die Worte nicht. Sie hatte sie ersehnt, erhofft, sich gewünscht, jetzt ergaben sie keinen Sinn. Was immer Pastor Rahusen hinzufügte, es ging wieder in ein Rauschen über, doch irgendwann hielt er ihr ein Blatt Papier vors Gesicht.

»Das da wurde gerade am Gänsemarkt aufgehängt. Es ist der Aufruf zur Kapitulation. Ich habe ihn abgeschrieben, um den Schülern Bescheid zu sagen.«

Sie konnte nicht lesen, solange er das Blatt in den Händen hielt, weil die vor Erregung zitterten. Sie konnte auch nicht lesen, als sie es in ihre Hände nahm, denn die zitterten ebenso. Erst Minuten später gelang es ihr, Buchstaben zu Worten zu verbinden und Worte zu Sätzen.

Hamburger! Nach heldenhaftem Kampf, nach unermüdlicher Arbeit und grenzenlosen Opfern, ist unser Volk dem an Zahl und Material überlegenen Feind ehrenvoll unterlegen. Der Feind schickt sich an, das Reich zu besetzen, und steht vor den Toren unserer Stadt. Er schickt sich an, Hamburg auf der Erde und aus der Luft mit einer ungeheuren Übermacht anzugreifen. Für die Stadt und ihre Menschen bedeutet dies Tod und Zerstörung. Das Schicksal des Krieges kann nicht mehr gewendet werden, der Kampf aber in der Stadt bedeutet ihre sinnlose, restlose Vernichtung. Mir gebieten Herz und Gewissen, unser Hamburg, seine Frauen und Kinder davor zu bewahren.

Sie las die Sätze, sie murmelte sie, sie hörte sie aus dem eigenen Mund und später noch mal aus dem Rahusens, aber sie verstand sie immer noch nicht, sie fühlte sie nicht. In ihrer Brust regte sich weder Erleichterung noch Genugtuung oder Freude, da war nur ein schwarzes Loch.

Fritz weinte bitterlich, andere Jungen begannen ebenfalls zu schluchzen, wieder andere beschimpften Kaufmann als Verräter, stachelten einander an, dass sie weiterkämpfen sollten, doch noch Barrikaden bilden.

»Wir müssen sie davon abhalten, irgendeinen Unsinn zu machen!«, rief Rahusen. »Wir müssen sie trösten, ihnen beistehen. Wir müssen den Unterricht aufrechterhalten, wir müssen...«

Weiterhin regte sich kein Gefühl, und gerade deshalb konnte sie der grenzenlosen Enttäuschung dieser Knaben nichts entgegensetzen.

»Es hat doch keinen Sinn zu unterrichten«, murmelte sie. »Es gibt nichts mehr zu retten.«

Sie drückte Rahusen das Blatt Papier in die Hand. »Ich gehe jetzt nach Hause«, verkündete sie.

Und dann drängte sie sich an den schluchzenden, verzweifelten, tobenden Jungen vorbei und ließ die Alsterschule hinter sich, ohne sich auch nur einmal umzudrehen.

Anneliese wollte gerade mit ihrem Korb am Arm die Wohnung verlassen, als sich Felicitas ihr entgegenstellte. »Du willst jetzt noch hinausgehen?«, rief sie. »Weißt du nicht, welcher Tag heute ist?«

Natürlich wusste Anneliese das. Selbst jenen, die sich in Kellern verkrochen hatten, weil sie ihre Häuser verloren hatten, war wohl nicht entgangen, dass der 3. Mai 1945 jener Tag war, an dem der Einmarsch der Briten beginnen würde. Sie hatte im Radio den letzten Aufruf des Reichsstatthalters gehört, der den Krieg zur nationalen Katastrophe für sie alle und zu einem Unglück für Europa erklärt hatte. »Mögen dies alle erkennen, die Verantwortung tragen«, war die blecherne Stimme durch die Wohnung geschallt, ehe er mit einem pathetischen Ausruf die Rede beendet hatte: »Es lebe Hamburg, es lebe Deutschland.«

Anneliese machte trotzdem keine Anstalten zurückzuweichen. »Das Ausgangsverbot gilt erst ab heute Mittag um eins, bis dahin habe ich noch Zeit.« Und als Felicitas sie zweifelnd betrachtete, fügte sie rasch hinzu: »Die Dauer des Ausgangsverbots wird von der Disziplin der Bevölkerung abhängig gemacht, aber ich bin nicht sicher, ob man auf diese zählen kann. Umso wichtiger ist es, dass wir genügend Vorräte für die nächsten Tage haben. Ich bin bald zurück.«

»Der Verkehr wird schon um zwölf Uhr eingestellt«, sagte Felicitas.

»Es fahren ja sowieso kaum Straßenbahnen, ich bleibe in der Nähe.«

Endlich machte die Freundin Platz, und als Anneliese wenig später die Straßen entlangeilte, immer wieder über Trümmer kletterte, stellte sie fest, dass sie nicht die Einzige war, die die vorerst letzte Gelegenheit zum Einkaufen nutzte oder – wie man es seit Monaten beobachten konnte – in Ruinen nach brauchbaren Holzteilen und Türen suchte.

Nicht erst bei diesem Anblick ging Anneliese auf, warum es ihr so wichtig war, auf Beutezug zu gehen. Es trieb sie nicht allein die Angst vor Hunger an, denn mit einem knurrenden Magen hatte sie zu leben gelernt. Es war vielmehr die Angst vor dem Nichtstun, der es ihren Sorgen erlauben würde, sich auf ihr niederzulassen wie die lästigen schwarzen Fliegen, die ständig um ihren Kopf schwirrten.

Nein, nein, wollte sie den Fliegen am liebsten zurufen, ich bin keiner der vielen verwesenden Leichname, wie ihr sie am liebsten habt, ich lebe noch, ich laufe noch.

Und solange sie lebte und lief, konnte sie sich einreden, auch Paul und Emil täten es.

Nun gut, gerade in den zurückliegenden Wintermonaten war das Laufen nahezu unmöglich gewesen ob der vielen Löcher in ihren Schuhsohlen, der eisigen Kälte, der steifen Glieder. Und doch war sie auf der Suche nach Kohlen und Trümmerholz stundenlang durch die Stadt gezogen, hatte eigenhändig einen Ofen gebaut, indem sie mehrere Blechstücke zusammengelötet und mit einem Regenrohr versehen hatte. Nicht dass dieser Abzug dicht war, ihre Kleidung hatte ständig wie die eines Schornsteinfegers gestunken, aber mit dem Gestank war Wärme gekommen.

Seit einiger Zeit mussten sie nicht mehr heizen, und obwohl der Frühlingsduft nicht von süßer Schwere erfüllt wurde wie vor den Bombardierungen, war es doch angenehm, die laue Luft auf nackter Haut zu spüren. Nur nach Lebensmitteln hielt sie vergebens Ausschau, an drei Läden wurde sie sofort weitergewunken.

Anneliese gab nicht so schnell auf, hastete weiter. Sie sah Kinder, die zwischen den Trümmern stakende Vögel jagten, es zumindest versuchten – meist waren die Vögel zu schnell oder die Kinder zu langsam. Sie war auch zu langsam. Als sie den nächsten Laden erreichte, verließ diesen gerade die letzte Kundin, danach wurde die Tür verriegelt.

Kurz war sie so enttäuscht, dass sie kaum Augen für die Frau hatte. Doch als die zögerlich stehen blieb, Annelieses Blick auf ihr Gesicht fiel, grau und spitz, erkannte sie sie. Ihr Blick ging tiefer, richtete sich auf die zwei Kohlköpfe, die die andere in den Armen hielt, beschützend fast, wie man Kinder hielt. Obwohl sie schrumpelig waren, erfasste Anneliese blanke Gier, und als die Frau ihren Namen sagte, nicht vorwurfsvoll und verächtlich, wie sie es erwartet hätte, besiegte diese Gier sämtlichen Stolz.

»Gibst du ... gibst du mir einen ab?«, fragte sie Carin Grotjahn, die so lange ihre Freundin gewesen war.

Es war ein Fehler, sich der Gunst der anderen auszuliefern.

»Du wagst es, mich um etwas zu bitten?«, stieß diese schrill aus.

Die Arme legten sich noch fester um die Kohlköpfe, die Lippen wurden schmal. Auch die Augen wurden schmal, wenngleich Anneliese nicht entging, dass sie rot gerändert waren. Weil sie um den gefallenen Sohn weinte? Um den Führer? Oder um Hamburg?

Anneliese straffte die Schultern. »Hast du nicht immer gesagt, dass die deutsche Frau auch in größter Not mit einer anderen teilt?«

»Sie teilt mit einer anderen deutschen Frau, ich sehe hier keine.«

Speicheltröpfchen trafen Anneliese. Sie rochen säuerlich, rochen nach Hunger ... nach Verbitterung. Weitere geifernde Sätze folgten. Was für eine Schande, die die Hamburger auf sich luden, weil sie sich weigerten, ihre Stadt bis zum letzten Blutstropfen zu verteidigen. Was für eine Schande, die Emil für sein Volk darstellte.

Nun kehrte der Stolz zurück – Stolz auf ihren Mann. Bis zu diesem Tag konnte Anneliese sich nicht erklären, warum er ihre Taten auf sich genommen hatte. Aber sich zu ihm bekennen, das konnte sie.

»Was habt ihr denn vorzuweisen, außer Toten und Ruinen?«, entgegnete sie scharf. »Hamburg hätte nicht nur seine Schönheit und Freiheit verloren, auch seine Seele, wenn es nicht Männer wie Emil gäbe.«

Kurz weiteten sich die zusammengekniffenen Augen. Carin starrte sie nicht nur hasserfüllt an, auch suchend, als gälte es in ihrer Miene zu lesen, was Schönheit war, was Freiheit, was eine Seele. Aber am Ende nährten jene Worte doch nur ihre Bitterkeit.

»Du hast ja keine Ahnung, was er Waldemar damit angetan hat. Er trauert seitdem, als hätte er nicht nur *einen* Sohn verloren, zudem einen zweiten.«

»Das Wichtigste ist, dass Emil sich nicht selbst verloren hat.«

Die Worte ergaben für die andere wohl keinen Sinn. Auch Annelieses versöhnliche Geste deutete Carin falsch. Als sie ihr die Hand auf die Schulter legen wollte, wich die andere kreischend zurück, als wollte sie sie schlagen... oder ihr die Kohlköpfe stehlen.

»Ich geb dir keinen ab, von mir kriegst du nichts!«

Sämtliche Gier auf den Kohl war ohnehin entschwunden. Geh weg mit deinem Kohl, geh weg mit deinem Unverständnis und deinem Hass!

Aber just als sich noch mehr bittere Worte über sie ergossen, kam eine Frau die Straße entlang. Mit einer Hand zog sie einen Schubkarren, an der anderen hielt sie ein kleines Kind. Zwei etwas ältere Kinder stolperten ihr nach, kaum des Gehens mächtig, hohlwangig, mit weit aufgerissenen dunklen Augen. In ihnen stand noch größere Gier auf den Kohl. Nur die Mutter war zu schwach für die Gier, zu schwach auch zum Betteln. Sie warf Carin lediglich einen flehentlichen Blick zu. Und so fest diese die Kohlköpfe eben umschlungen hatte – Anneliese entging nicht, wie sich ihr Griff etwas lockerte, und im nächsten Moment landeten die beiden Kohlköpfe in der Schubkarre.

Carin sah nicht die Kinder an, nicht die dürre Mutter, sie sah Anneliese an, und stillschweigend trafen sie das Einverständnis, dass die vier es noch nötiger hatten als sie. Beide nickten sie kurz, erklärten damit, dass sie sich nie wiedersehen wollten. Doch über jener Kluft schwebte immerhin das dankbare Lächeln der jungen Frau, ehe diese mit ihren drei Kindern rasch weiterging.

Auch Anneliese hastete davon, suchte nach etwas zu essen, hatte bis zur Mittagszeit einen Laib Brot an sich gebracht. So wie er aussah, war er wohl weniger aus Mehl, als vielmehr aus Gips gebacken worden, aber zumindest würde er die leeren Mägen füllen. Sie lief nun immer schneller, nicht von Sorgen, Gedanken, Erinnerungen verfolgt, nur von der Angst, dass sie zu spät nach Hause kommen würde. Die Straßen waren nun menschenleer. Und war da nicht aus der Ferne das Rasseln von Panzerketten zu hören?

Sie keuchte, als sie endlich ihr Ziel erreichte. Unwillkürlich presste sie das Brot an sich – sie hatte Brot, sie hatte ein Zuhause, sie hatte Felicitas, die ihr, kaum dass sie ihr die Tür geöffnet hatte, in die Arme fiel.

»So erleichtert musst du nun auch nicht sein, mich wiederzusehen«, brachte Anneliese atemlos hervor. »Es ist ja nicht so, dass es mich an die Front verschlagen hat und ...«

Sie brach ab, gewahrte verspätet, dass Felicitas ihr nicht aus Erleichterung in die Arme gefallen war, sondern weil ihre Beine nachgegeben hatten. Und auch, dass über ihr Gesicht Tränen liefen.

Anneliese konnte sich nicht erinnern, die Freundin jemals so aufgewühlt gesehen zu haben. Sie löste die Hände von ihr, legte das Brot ab.

»Ausgerechnet jetzt, da die Briten kommen und der Krieg für uns vorbei ist, weinst du?«

»Ich weine doch nicht wegen den Briten.«

Felicitas' Stimme schien nicht aus der Tiefe ihrer Brust zu kommen, war der Weg dorthin doch anscheinend abgesperrt. Vor Entsetzen? Vor Trauer? Oder doch vor Freude und Glück?

Alles glaubte sie zugleich in ihrem Gesicht zu lesen, einander abwechselnd, als würde das Licht einer Glühbirne gegen abgrundtiefe Dunkelheit anflackern.

»Felicitas…«

Der Hunger, das lange Laufen, die jähe Furcht – es war alles zu viel. Anneliese fühlte, wie nun auch ihre Füße nachgaben, wollte sich gegen den Türstock lehnen. Aber warum war der Türstock plötzlich so weich? Sie fuhr herum, sah, dass hinter ihr ein Mann stand. Genau genommen war er nicht weich, dazu waren Gesicht, Hände, Beine zu knöchrig. Erkennen konnte sie ihn dennoch, sehen, dass er lächelte, genauso lächelte wie Felicitas, glücklich und schmerzvoll zugleich.

»Paul«, stieß Anneliese aus, und dann lag sie in seinen Armen.

Seine Brust war ebenfalls knöchrig, die Schultern, an die sie sich klammerte, schienen regelrecht zerbrechlich zu sein, und doch, sie musste ihn berühren, musste wieder und wieder seinen Namen sagen, um zu glauben, dass er wirklich da war, wirklich lebte.

Wie von weit her hörte sie, wie er alles erzählte. Dass er sich während eines Tieffliegerangriffs aus der Grünen Minna, die ihn zum Prozess bringen sollte, hatte befreien können. Wie er sich erst im Wald versteckt hatte, dann in ein Lager der Briten geflohen war. Wie er dort lange Verhöre über sich hatte ergehen lassen müssen, ehe sie ihn freigelassen hatten und er heimkehren konnte.

»Heim zu dir«, schloss er lächelnd, »heim zu euch.«

Anneliese wandte sich wieder Felicitas zu. Die Freundin wirkte, als hätten Paul und sie ihr alle Erleichterung und Freude weggenommen, während für sie nur ... Trauer übrig blieb.

»E... Emil...«

Es war nicht Anneliese, die den Namen stammelte, sondern Felicitas. Sie war es auch, die erzählte, dass Emil tot war, dass er sich geopfert hatte, damit Paul fliehen konnte.

Dann lag Anneliese wieder an Pauls knöcheriger Brust, klammerte sich an ihn, und auch Felicitas stand plötzlich ganz nah bei ihnen. Sie hielten einander fest, schienen miteinander zu verwachsen, konnten sich nicht voneinander lösen, so wie Freiheit und Tod etwas war, das sich nicht voneinander lösen ließ. Anneliese fühlte, wie auch sie selbst nun weinte.

Es war schon früher Abend, als sie sich immer noch oder schon wieder umarmten. Sie standen nicht mehr im Wohnungsflur, sondern am offenen Fenster, sahen zu, wie verspätet der Einmarsch der britischen Truppen erfolgte. Lange Kolonnen von Panzern mit fremden Zeichen fuhren an ausgeglühten Mauern entlang, die Geschützrohre der stählernen Kolosse drohend auf Ruinen gerichtet. Ihnen folgten Militärlastwagen und Jeeps, die randvoll mit Soldaten waren, erdbraune Gestalten, den Stahlhelm im Nacken, die Maschinengewehre im Anschlag. Stundenlang dauerte es, bis sie die Stadt in Besitz genommen hatten, in all der Zeit sprachen Felicitas, Paul und sie kein Wort. Auch sonst war keine Stimme zu hören, nur Motorengeräusch und die Klänge eines Dudelsacks, da eine schottische Militärkapelle, deren Mitglieder weiße Kniestrümpfe und karierte Röcke trugen, einem Panzer folgte.

So also klang das Ende dieses langen, schrecklichen Krieges.

September

Felicitas hatte sich in ihr Zimmer verkrochen. Noch einige Wochen zuvor wäre das kaum aufgefallen, denn da war es den Hamburgern täglich nur wenige Stunden lang erlaubt gewesen, die Wohnung zu verlassen. Anfang August hatte der Oberkommandierende der britischen Besatzungszone jedoch erklärt, dass sich das deutsche Volk bis jetzt gut, ruhig und arbeitsam verhalten hätte, weswegen ihm größere Freiheiten zugestanden würden.

Obwohl die Sperrstunde nach hinten verlegt worden war, die Straßenbahnen länger fuhren und Besatzungssoldaten uneingeschränkt mit Deutschen reden durften – bislang hatten sie sich nur an Kinder bis zu zehn Jahren wenden können –, zog Felicitas es vor, die Wohnung nicht zu verlassen. Die große Welt fand fast nur in Form einer Stimme Einlass in ihre kleine. Seit ein paar Wochen besaßen sie einen Detektorapparat, mit dem man den Rundfunk abhören konnte, und manchmal gesellte sich Felicitas zu Anneliese und Paul, wenn diese davorsaßen. Nur an ihren aufgeregten Diskussionen beteiligte sie sich nicht.

»Macht dir nicht auch Angst, dass die Russen Anspruch auf einen Teil von Hamburg erheben?«, hatte Anneliese vor einiger Zeit gefragt.

Felicitas hatte nur mit den Schultern gezuckt. Die Freude, als nach dem Ende der Konferenz von Potsdam feststand, dass dieser Kelch an ihnen vorübergehen würde, hatte sie auch nicht geteilt.

Sie lehnte stets ab, wenn Anneliese sie drängte, mit ihr spazieren zu gehen oder gemeinsam zum Schwarzmarkt, sie las nie, auch nicht in Levis Notizbuch, und als es jetzt an der Tür klopfte, reagierte sie gar nicht erst.

Die Tür öffnete sich trotzdem, Anneliese erschien im Rahmen.

Felicitas hätte sich am liebsten das Kissen über den Kopf gezogen. »Du musst deine kargen Rationen nicht mit mir teilen«, sagte sie, »ich habe keinen Hunger. Wenn etwas übrig bleibt, gib es Paul.«

»Du hast Besuch.«

Felicitas richtete sich auf, und ihr Blick weitete sich überrascht, als sie die Frau erkannte, die hinter Anneliese erschien und der diese nun Platz machte. Helene hatte ihr zwar schon berichtet, dass Erna Stahl die Haft gut überstanden hatte und schon im Frühjahr nach Hamburg zurückgekehrt war, aber anders als diese hatte Felicitas sich nicht aufraffen können, die Lehrerin zu besuchen. Nun war Erna Stahl ihr zuvorgekommen.

Betroffen starrte Felicitas sie an. Dass sie abgemagert wie sie alle war, war ob der dürftigen Essensrationen kein Wunder. Aber auch ihre Haare waren schütter geworden, ließen sich kaum in einem Knoten zusammenhalten und waren ergraut.

»Wir werden alle nicht jünger«, stellte Erna Stahl lakonisch fest. Ihre Stimme gab nichts von dem Schrecken preis, dem sie in den vergangenen Jahren ausgesetzt war.

Nachdem Heinz Kucharski in langen Verhören vom Lesekreis berichtet hatte, war sie angeklagt worden, Jugendliche in Gewissenskonflikte getrieben und im staatsfeindlichen Sinne verführt zu haben. Von Helene wusste Felicitas, dass sie bis Oktober 1944 in

Fuhlsbüttel inhaftiert gewesen und danach nach Cottbus verlegt worden war. Anfang 1945 war die Anklageschrift beim Volksgerichtshof verfasst worden, und der sollte im April 1945 in Bayreuth tagen. Doch der Prozess war nicht mehr zustande gekommen, da Erna Stahl schon davor von den Amerikanern befreit worden war.

Auch andere hatten das Glück gehabt, dass ihre Prozesse nicht mehr begonnen hatten oder Todesurteile nicht mehr vollstreckt worden waren – Traute Lafrenz, Heinz Kucharski und Felix Jud.

Einige aber hatten nicht überlebt. Nicht Hans Leipelt, der hingerichtet worden war, nicht Reinhold Meyer, der in der Haft gestorben war, nicht Gretha Rothe, die wie Erna Stahl von Cottbus nach Bayreuth verlegt werden sollte und auf dem Weg dorthin schwer an Tuberkulose erkrankt war.

Felicitas erhob sich. »Es ist ... es ist so schrecklich, was Ihnen und den anderen widerfahren ist.«

Erna Stahls Blick war umwölkt, sie machte dennoch eine wegwerfende Bewegung. »Was ist mir denn schon widerfahren? Ich bin zurück in Hamburg, das ist das Einzige, was zählt. Was wiederum die anderen anbelangt ...« Sie atmete tief ein, ehe sie betroffen hinzufügte: »Leider trifft es immer die Guten.«

»Sie gehören auch zu den Guten! Und Sie haben sich noch nicht einmal daran beteiligt, als wir die Münchner Flugblätter verteilt haben, im Gegenteil, Sie haben mich eindringlich davor gewarnt. Kucharski hätte Sie niemals denunzieren dürfen und ...«

Diesmal folgte eine noch entschiedenere Geste. Die harte Miene verriet, wie sehr es ihr zugesetzt hatte, dass sie den Nazis ausgerechnet von einem ehemaligen Schüler ausgeliefert worden war und wie wenig sie es als Entschuldigung gelten ließ, dass er nur Zeit zu schinden versucht hatte. Da er so viele Namen ins Spiel gebracht hatte, war der Prozess hinauszögert worden.

»Lassen Sie uns nicht mehr darüber reden.«

Felicitas verzichtete gern darauf, Kucharskis Namen in den Mund zu nehmen, aber über die Vergangenheit schweigen wollte sie nicht.

»Helene hat gesagt, dass Sie mit einem Todesurteil gerechnet haben«, sagte sie niedergeschlagen.

Erna Stahls Miene wurde ausdruckslos. »Ich habe die Hoffnung nie verloren, dass die Amerikaner rechtzeitig kommen würden. Und es gab Lichtblicke. Wissen Sie, da war ein großes Fenster, durch das man in den Hof sehen konnte… da waren Kameraden… und man fand immer wieder Menschen, die Kraft gaben. Man denkt, alles ist aus, und dann singt ein Mitgefangener ein Largo von Händel.« Ihre Hände zitterten leicht, die Lippen, die sich zu einem schmerzlichen Lächeln verzogen hatten, auch. »Aber ich bin nicht hier, um über mich zu schwatzen. Kommen Sie bitte mit mir!«

Obwohl sie nur ein Schatten ihrer selbst war – die Stimme war die einer erfahrenen Lehrerin, die es gewohnt war, vor einer Klasse zu stehen. Felicitas konnte sich dem energischen Befehl nicht widersetzen, stellte die Füße auf den Boden. Als sie sich zu erheben versuchte, wurde ihr jedoch schwindlig, und sie ließ sich wieder aufs Bett fallen.

»Wozu?«

Erna Stahl trat näher, sah auf sie herunter. Felicitas glaubte leise Verachtung in ihrer Miene zu lesen, obwohl eine Frau wie sie zu weise war, um sie offen zu zeigen.

»Sobald ich Anfang Juni nach Hamburg zurückgekehrt bin, habe ich mich beim Rektor der Schule im Alstertal gemeldet, wo ich vor meiner Verhaftung unterrichtet habe.«

Felicitas zuckte mit den Schultern. »Wozu?«, fragte sie wieder.

»Am 6. Mai wurde doch beschlossen, dass der Schulunterricht vorerst nicht wieder aufgenommen wird.«

»Aber wenn die Schulen wieder geöffnet werden, stehe ich bereit. Kommen Sie jetzt endlich mit.«

Diesmal klang es, als spräche sie mit einer besonders unfolgsamen Schülerin. Danach wandte sie sich ab, und mehr noch als ihre Worte spornte Felicitas das dazu an, sich zu erheben. Trotz ihrer dürren Gestalt schritt Erna Stahl so fest aus, so entschlossen. Und trotz aller Lethargie wohnte zu viel Stolz in Felicitas, als dass sie ihr bloß hätte nachsehen wollen.

Schon im Treppenhaus bereute sie es. Als sie draußen im Freien zu ihr aufschloss, noch mehr. Und als sie nach einer kurzen Wegstrecke das Ziel erahnte, verlangsamte Felicitas ihren Schritt.

Erna Stahl warf ihr einen flüchtigen Blick über die Schulter zu. »Was ist? Haben Sie Angst, in einen Bombentrichter zu fallen?«

Das war in der Tat keine geringe Gefahr. Obwohl unaufhörlich mit Kippwagen Trümmer beseitigt wurden, in der Innenstadt sogar die Elefanten vom Tiergarten Hagenbeck für Aufräumarbeiten herangezogen wurden, war Hamburg immer noch eine zerstörte Stadt, deren Wunden noch lange nicht vernarbt waren. Doch Erna Stahl stieg gekonnt über die breiten Risse in den Bürgersteigen, wich den graugrünen Lastwagen der Engländer aus, die die Straßen entlangschepperten, und Felicitas folgte ihr widerwillig, als haftete sie wie ein Schatten an der anderen.

Wenig später hatten sie die Alsterschule erreicht. Oder vielmehr das Gebäude, das einst die Schule gewesen war. Die Wände des Hauptgebäudes standen noch, vom Dach fehlte ein Teil, Fenster gab es keine mehr. Es war ein trauriger Anblick, wenn auch nicht so trostlos wie der vieler anderer Ruinen.

Erna Stahl war vor dem Tor zum Hof stehen geblieben, begann leise zu sprechen. »Wissen Sie, dass sich in England schon vor dem Kriegsende deutsche und englische Pädagogen sowie Sozialarbeiter getroffen und überlegt haben, wie man das deutsche Schulsystem wieder erneuern könnte, wie man angemessene Bildungsmöglichkeiten ohne Rücksicht auf Einkommen, gesellschaftliche Stellung und Konfession schaffen könnte, wie sich demokratische Schulkonzepte entwickeln ließen?« Felicitas schüttelte den Kopf. »Die fertigen Pläne liegen sozusagen schon in den Schubladen«, fuhr Erna Stahl fort, »und die Besatzungsmächte werden sie gern aufgreifen. Sie haben sich die Demokratisierung des deutschen Bildungs- und Erziehungswesens zum Ziel gesetzt.« Ein ungläubiges Lachen entfuhr Felicitas. »Nun gut«, gab Erna Stahl zu, »manche Ziele mögen unerreichbar sein. Die Entlassung sämtlicher Lehrer, die dem Nationalsozialismus gedient haben, lässt sich bestimmt nicht bewerkstelligen. Die Kommissionen der britischen Militärregierung, die die Eignung künftiger Lehrer überprüfen, achten vor allem auf die leistungsmäßige Eignung und fragen lediglich nach der politischen Meinung, anstatt ein Leumundszeugnis zu verlangen. Ich denke, ein Großteil der Lehrkräfte wird rasch entbräunt, wie man so sagt. Umso wichtiger ist es, dass wenigstens die Unterrichtsmaterialien – insbesondere die Schulbücher – gründlich überprüft und aussortiert werden. Und noch wichtiger ist es, dass es genügend Lehrer gibt, an deren demokratischer Gesinnung kein Zweifel besteht.« Sie sah sie eindringlich an. »Wir brauchen Lehrer«, erklärte sie. »Wir brauchen Bildung. Wir brauchen ... Sie.«

Dies waren die Augen der alten Erna Stahl – wach, neugierig, fordernd. Und kurz fühlte sie, wie auch die alte Felicitas erwachte, die ihr Leben in den Dienst der Bildung gestellt hatte.

Doch dann fiel ihr Blick auf die Ulme, die vor der Alsterschule stand und von der so viele geknickte Äste hingen. Das Laub auf dem Boden, das viel zu früh gefallen war, wirkte verfault.

»Wozu?«, stieß sie wieder aus.

Erna Stahl packte sie am Oberarm, aber das tat nicht einmal weh, waren doch all ihrer Glieder wie taub. »Das fragen Sie noch?«, rief sie empört.

Felicitas wehrte sich nicht gegen den Griff. »Ja«, erwiderte sie. Aus ihrer Stimme klangen neben Müdigkeit auch Ärger und Trostlosigkeit. »Ja, das frage ich mich. Wozu sollen wir uns Mühe geben? Wozu so tun, als gäbe es ein Heilmittel gegen dieses Gift? Wozu sollen wir glauben, der Kampf gegen den Ungeist hätte sich gelohnt? Ich dachte, die Bildung wäre die schärfste Waffe gegen die Gleichgültigkeit, gegen die Dumpfheit, gegen die Bosheit, jetzt weiß ich, dass sie versagt hat ... Wir alle haben versagt. Kurz nach Kriegsende habe ich einmal die Wohnung verlassen. Ich habe einige meiner Schüler getroffen, mit ihnen gesprochen. Wie empört sie mir berichtet haben, dass im Radio nun täglich über die Verbrechen in den KZs berichtet würde, dass sogar behauptet werde, viele deutsche Soldaten seien Kriegsverbrecher. Eine Märchenstunde haben sie das genannt, es als üble Verleumdung abgetan, behauptet, dass Hitler dergleichen nie zugelassen hätte.«

»Gewiss, aber ...«

Felicitas entzog ihr nun doch den Arm. »Sie haben über Bilder von Truman und Churchill gelästert, Letzterer mit einer Zigarre im Mund. Wie Verbrecher würden sie aussehen, und sie wären ja auch die wahren Verbrecher, ganz anders als wir, die ehrenwerten Deutschen. Die verruchten Tommys würden alles in den Schmutz ziehen wollen, nicht einmal vor unseren Helden haltmachen.

Lügen würden sie, nichts als lügen. Und wenn ich vor einer Klasse stehen würde, wenn ich sagen würde, was ich denke und glaube, dann würden sie auch mich der Lüge bezichtigen. Sehen Sie sich doch um! Es ist alles kaputt, und damit meine ich nicht nur die Häuser. Wozu sollte man das leugnen? Wozu, wozu, wozu?«

Sie schrie, als sie das Wort wieder und wieder ausstieß. Es schmerzte in der Kehle, weil sie schon so lange nicht mehr ihre Stimme erhoben hatte. Es brannte in den Augen, obwohl keine Tränen kamen. Wozu sollte sie auch weinen?

Erna Stahl machte keine Anstalten, sie noch einmal zu packen, stattdessen machte sie eine weit ausholende Bewegung.

»Ich wollte, ich könnte Sie in ein herrliches, strahlendes Haus führen, das in schönster Landschaft liegt, könnte Ihnen Wärme und lauter glänzende Dinge bieten, eine Welt, in der es sich leicht und unbeschwert leben lässt. Nun, ich kann es nicht, ich kann Ihnen auch in Zukunft dergleichen nicht versprechen. Sie werden es schwer haben, wir alle werden es schwer haben. Wir werden unerträglichen Belastungen ausgesetzt sein. Wir werden in engen, kalten, kargen Räumen arbeiten und oft hungern müssen. Die traurigen Trümmer unserer Stadt sind nur ein schwaches Sinnbild für das unabsehbare Elend, in das unser Volk gestürzt ist. Es gibt aber noch ein Gefühl, das sich selbst in dieser Zeit entwickeln kann – und ich weiß, Ihnen ist dieses Gefühl nicht fremd. Ich mag es nicht einmal Hoffnung nennen, vielleicht ist es nur Trotz, gleichwohl ist es stark. ›Verborgen ist das Ziel, das zur Vollendung führt, doch ahnend wird's in treuer Brust gespürt.‹«

Felicitas wusste nicht, wen Erna Stahl zitierte, aber sie konnte nicht leugnen, dass die Worte schön klangen. Zu schön, um sie zu glauben. Wieder stieß sie ein Lachen aus.

»Noch erkennen wir den Sinn nicht, wenn wir fortfahren zu

tun, was wir tun müssen, wir erahnen ihn nur«, rief die Lehrerin energisch. »Und Sie erahnen ihn auch. Wir müssen lernen, zu unserem Schicksal Ja zu sagen. Nur wo Gräber sind, gibt es Auferstehungen, nur aus dunkler Nacht bricht der helle Morgen an. Ich bin nicht mit Ihnen hierhergekommen, um Ihnen zu sagen, dass Sie unterrichten *müssen*. Ich bin hierhergekommen, um Ihnen zu sagen, dass Sie unterrichten *dürfen*. Ganz gleich, was geschehen ist, was hinter uns liegt, was wir getan haben, was wir bereuen mögen – den Deutschen ist es gestattet, noch zu lehren und zu lernen. Es gibt kein Allheilmittel, aber ich weiß, dass wir nicht mit den Achseln zucken dürfen. Dass wir als Lehrer vom Schicksal an diesen Platz gestellt wurden und uns mit all unseren Kräften dieser Aufgabe widmen müssen, uns durch nichts lähmen lassen dürfen. Dass wir an die Macht von Bildung glauben müssen, weil sie die Welt zwar nicht augenblicklich in ein Paradies zu verwandeln imstande ist, aber dennoch einer der vielen Schritte in ein besseres Leben darstellt.«

Während sie sprach, rückte sie mit ihrem Gesicht ganz dicht an ihres heran. Felicitas konnte ihre Wärme spüren, mehr noch… ihr Feuer. Dieses Feuer war ihr eigentlich nicht fremd, und doch war da diese Taubheit, diese Kälte in ihr.

»Der Blutzoll… er… er war zu hoch…«, stammelte sie. »Wissen Sie noch, als Sie mich damals hier vor der Schule abgefangen haben? Wie Sie mich gewarnt haben? Mich eindringlich daran gemahnt, dass ich das Leben ehemaliger Schüler nicht riskieren dürfe, dass ich als Lehrerin Verantwortung trüge? Ich habe nicht auf Sie gehört, und nun…«

»Und nun sind viele tot, und Sie fragen sich, ob es das alles wert war.«

»Es ist ja nicht nur das. Ich bin mir damals so mutig vorgekommen, so unverwundbar. Gewiss, ich wusste zu jeder Zeit, dass mir der Tod drohte, aber der Tod machte mir keine Angst. Das glaubte ich zumindest. Als dann die Verhaftungen begannen, war ich ganz und gar nicht mehr mutig. Ich wollte mich zunächst stellen, ja, als Emil Tiedemann jedoch an meiner statt die Schuld auf sich nahm, habe ich nichts dagegen gemacht. Ich habe mir eingeredet, dass ich seinen Willen ehren würde, wenn ich schweige, seine Liebe, die Wahrheit ist aber, dass ich am Ende schlichtweg zu feige war, mich zu dem zu bekennen, was ich war ... sein wollte.«

»Vielleicht war es nicht feige, sondern vernünftig. Wen würde es denn lebendig machen, wären auch Sie gestorben?« Mich, dachte sie. Mich würde es lebendig machen. Ich würde mich dann nicht mehr wie tot fühlen. Aber eigentlich fühlte sie sich in diesem Augenblick nicht tot. Etwas begann sich in ihr zu regen, das nicht erloschen war, nur gelähmt. »Ich werde über Sie kein Urteil fällen«, fuhr Erna Stahl fort, »ich weiß nur eines: Gerade im Angesicht der Toten dürfen wir nicht aufgeben. Wir sind es nicht nur uns selbst und unseren Schülern, wir sind es ihnen schuldig weiterzumachen. Es ist in ihrem Sinn, wenn wir auf diese Welt Liebe bringen, nicht immerzu den Hass, wenn wir den Geist bringen und den Ungeist nicht siegen lassen, wenn wir die Wahrheit bringen und uns der Lüge entgegenstellen. Sie fühlen sich schuldig, weil Sie leben, und von dieser Schuld kann ich Sie nicht freisprechen. Aber fühlen Sie sich nicht schuldig, wenn Sie künftig lehren werden, denn das ist womöglich das Einzige, womit Sie sich das Recht auf das Leben erwerben, womit Sie Buße für das tun können, was Sie falsch gemacht zu haben glauben.« Felicitas entging nicht, dass auch Erna Stahl zunehmend erschöpft wirkte. Und doch war da noch jenes Feuer in ihr, als sie sie erneut an der Schulter packte, ihr ins Ohr raunte: »Mehr noch als je zuvor müssen Goethes Worte gelten: ›Allen Gewalten zum Trutz sich erhalten, nimmer sich beugen, kräftig sich zeigen. Rufet die Arme der Götter herbei.‹«

Goethes Worte waren irgendwie zu groß für diesen winzigen Funken, der in Felicitas zu tanzen begann. Nein, nicht zu tanzen, die Tänzerin in ihr gab es nicht mehr. Aber er wurde vom Herbstwind hochgewirbelt.

»Ich soll wirklich wieder Lehrerin sein?«

Erna Stahl löste sich von ihr. »Nein«, sagte sie, »nicht einfach nur Lehrerin. Rektorin, das müssen Sie sein, Sie müssen die Alsterschule leiten! Ich habe Beziehungen, ich kann mich für Sie einsetzen. Gewiss haben Sie gehört, dass der bisherige Schulleiter Otto Matthiessen zu alt für das Amt ist, auch nicht unbelastet genug.«

»Einst... einst habe ich mir genau das gewünscht.«

Zwischen dem Einst und dem Jetzt stand nicht einfach nur ein halbes Leben. Da standen so viele Tote. Von allen am deutlichsten sah sie Emils Gesicht, auch er einst ein Schulleiter der Alsterschule. Was würde er zu ihr sagen? Mach es besser? Mach es anders?

Emil war allerdings einer, der stets mit Worten gegeizt hatte. Wahrscheinlich würde er nur sagen: »Mach es.«

»Ich denke darüber nach«, murmelte Felicitas. »Jetzt wäre ich gern kurz allein.«

Sie wusste, sie musste die Entscheidung nicht sofort treffen, aber sie wollte es nicht aufschieben.

Sie wusste ebenso, dass sie die Entscheidung auch zu Hause treffen konnte, kein Ort schien hingegen besser geeignet als die Alsterschule. Sie trat auf das Gebäude zu. Die Tür hing schräg in der Verankerung, sie musste nur einmal dagegentreten, dann gab sie nach. Ein Quietschen hallte durch leere Gänge. Der Boden war voller Schutt, Asche und Laub, die Wände waren voller Löcher, in den Klassen war es entweder stockdunkel, weil Bretter vor die zersplitterten Fenster genagelt worden waren, oder kalt, weil es keine Bretter gab.

Es war keine Schule, es war ein Grab.

Und doch: Die meisten Bänke mochten zwar fehlen, weil man die leer stehende Schule geplündert hatte, auch die Katheder, selbst die Schwämme, mit denen die Tafel sauber gewischt worden war, und die Kreide waren nicht mehr da. Aber hier gab es noch ein halb volles Tintenfass, dort noch einen Stuhl, der zwar umgefallen war, den man jedoch wieder aufstellen konnte.

Ob er stabil genug war, darauf zu sitzen, wollte sie nicht ausprobieren. Sie wollte herumgehen, wollte nach einer Antwort suchen, auf die Frage, was sie tun sollte, nach Erinnerungen, auch schönen. Einst hatte hier schließlich ein freier Geist gewohnt, war getanzt, gelacht, experimentiert worden. Konnte sie noch das Echo hören, wenn sie hartnäckig genug lauschte?

Sie strengte sich an, aber noch die schönste Melodie, die ihr in den Sinn kam, wurde von hässlichen Lauten übertönt. Es genügte nicht, die Alsterschule zu betreten, sie musste einen Ort finden, der nur für das Schöne stand, das Bewahrenswerte, das Wiederhergestellte.

Wann bin ich in dieser Schule am glücklichsten gewesen?, fragte sie sich.

Bilder stiegen vor ihr auf. Wie sie damals im Turnsaal vom Barren gefallen war und Emil sie aufgefangen hatte. Wie sie sich im Lehrerzimmer dem Kollegium präsentiert hatte, das die Zustimmung für ihre Anstellung hatte geben müssen. Wie sie in jener denkwürdigen Geschichtsstunde Paul dazu gebracht hatte, in seiner Rolle als Kaiser Heinrich vor ihr, dem Papst, auf die Knie zu gehen.

Lebhaft waren diese Bilder, wenn auch flüchtig. Keines der Ereignisse ragte besonders heraus. Aber dann stieg eine weitere Erinnerung in ihr hoch. Ihr fiel ein, dass sie an den Ort, wo sich dieses Ereignis zugetragen hatte, keine hässlichen Erinnerungen verfolgen würden, weil sie später nie wieder dorthin zurückgekehrt war.

Sie kletterte über Trümmer und Bretter, schob eine kaputte Tür beiseite, stand schließlich in jener Kammer, in der die Karten für den Geografieunterricht aufbewahrt worden waren. Die Karten waren allesamt verschwunden. Wahrscheinlich hatte man sie, als das Papier knapp geworden war, zerschnitten und die Rückseite zum Schreiben verwendet. Aber es gab hier noch etwas anderes, etwas, das man nicht zweckentfremden konnte, nicht beschreiben, verheizen oder essen.

Der Globus war noch heil. Der Globus, an dem sie damals nervös gedreht hatte, als sie auf die Entscheidung des Kollegiums gewartet hatte.

Sie stürzte darauf zu, drehte ihn erneut, presste ihn sodann an sich wie das Köpfchen eines Kindes. Tränen stiegen in ihr auf. Ja, der Globus war noch heil. Der Globus behauptete, dass die Welt nicht zersprungen war. Vielleicht war das eine Lüge, die Welt lag doch in Trümmern, vielleicht auch die Wahrheit, weil sich die Welt weiterdrehte. Der Krieg war vorbei, eine Zukunft wartete. Und sie musste ihr entgegengehen, sie anpacken und gestalten.

Sie stellte den Globus wieder ab, drehte ihn noch schneller, und sie selbst drehte sich ebenfalls, wenn auch etwas ungelenkig. Das war kein Tanz, wie die alte Felicitas ihn beherrscht hatte, so wie diese würde sie nie wieder tanzen können, aber sie bewegte sich, was schon viel war, und in Bewegung bleiben, das durfte sie, das musste sie.

»Denkst du wieder darüber nach, auf die Samoainseln auszuwandern?«

Die Stimme traf sie unvorbereitet. So laut wie sie gekeucht hatte, hatte sie die nahenden Schritte übertönt. Der Globus drehte sich weiter, aber sie erstarrte.

Damals war sie auch überrascht worden – von einer Gestalt, die im Türrahmen erschienen war und von der sie, weil das Licht auf den Rücken gefallen war, zunächst nur Konturen wahrgenommen hatte. Erst als er näher getreten war, hatte sie das Gesicht des Mannes gemustert, das Haar, das ihm in die Stirn gefallen war.

Jetzt war da kein Haar mehr, das ihm in die Stirn fallen konnte. Jetzt schien da auch kein Mann vor ihr zu stehen, nur der Schatten eines solchen. Seine Stimme klang nicht wohltönend, sondern heiser. Aber er sprach von den Samoainseln.

Felicitas blinzelte.

»Levi?«

Es musste ein Irrtum sein, sie hatte sich in ihren Erinnerungen verloren, ein überreizter Geist spielte ihr einen Streich.

Aber dieser Schatten von einem Menschen kam auf sie zu. Er war ausgezehrt, aus Fleisch und Blut. Eigentlich ging er nicht, er würde nie wieder gehen können, nicht so wie früher. Er wankte, humpelte, und ob nun aus Fleisch und Blut oder nicht – wenn sie ihn an sich pressen würde wie den Globus, würde er zerbrechen. Dennoch wusste dieser Mensch da nicht nur wie Levi, dass sie einst von den Samoainseln gesprochen hatten, dieser Mensch hatte seine Augen.

»Levi!«

Das war alles, was sie hervorbrachte.

Der Globus drehte sich langsamer, blieb stehen, sie beide blieben stehen, die Zeit blieb stehen. Irgendwo in weiter Ferne stieg eine Frage in ihr hoch: Warum ist er hier? Irgendwo in weiter Ferne kam eine Antwort. Er musste sie gesucht haben, auf das zerstörte Haus getroffen sein, war danach zur Alsterschule aufgebrochen, in der Hoffnung, hier von ihrem Verbleib zu hören.

Sie konnte nichts sagen, nichts denken, nur sehen konnte sie, mit den Augen fühlen. Sie fühlte so viel Dunkelheit, sie fühlte so viel Schmerz, sie fühlte Ohnmacht und Tod und Hunger und Kälte, sie fühlte Unrecht. Aber sie fühlte noch etwas anderes.

Er hatte nicht einfach nur überlebt, er lebte. Er war nicht mehr der Alte, aber einiges von dem Alten war geblieben, eine Seele, rauchfadendünn wie er. Er war ein Mensch, kein Schatten.

»Wie...?«, brach es aus ihr hervor.

Er konnte vieles noch nicht sagen. Erst später erfuhr sie, dass er erst in Sachsenhausen, dann in Buchenwald inhaftiert gewesen war, dass sich die SS, als der Schlachtenlärm näher gerückt war, von dort zurückgezogen hatte, dass zu dem Zeitpunkt, da die amerikanischen Panzer das Lager erreicht hatten, am Turm neben dem Eingang schon die weiße Fahne gehisst und etliche der Stacheldrahtzäune durchschnitten worden waren.

Jetzt stammelte er nur immer wieder: »Kinder... Kinder... sie haben zusammengehalten... sie haben niemanden verraten... sie haben sich brüderlich verhalten, wie wir es sie gelehrt haben... gerettet... Adamus... Jakub... alle... alle gerettet...«

Hatte er die Kinder von Buchenwald gerettet? Oder sie ihn?

Vielleicht traf beides zu.

Und dann standen sie wieder stumm voreinander, und diesmal war die Stille nicht von Ehrfurcht über das Wunder erfüllt, ihn zu sehen, auch von Verlegenheit. Sie wagte kaum zu atmen, aus Angst, dass jede noch so kleine Bewegung die falsche sein könnte. Und er, der so viele Kräfte an den Tag gelegt haben musste, um die Kriegsjahre zu überstehen, brachte keinen weiteren humpelnden Schritt mehr zustande. Er streckte allerdings die Hand aus, ließ den Globus kreisen, die Welt drehte sich weiter, die Zeit schritt voran, Felicitas fand die Sprache wieder.

»Ich werde auch jetzt nicht auf die Samoainseln auswandern. Die Schulen werden bald wieder geöffnet, und ich… ich möchte die neue Rektorin der Alsterschule werden.«

Oktober

Anneliese blickte verstört auf die gräuliche Masse in der Schüssel. »Das darf doch nicht wahr sein!«, stieß sie aus.

Felicitas lugte ihr über die Schulter. »Sieht aus wie Mörtel«, stellte sie lakonisch fest. »Hast du auch Ziegelsteine anzubieten?«

Anneliese vermutete, dass der Kuchen, den sie aus diesem Teig backen wollte, die Konsistenz eines solchen haben würde. Sie prustete los, weil das eigentlich komisch war, doch im nächsten Augenblick schossen ihr Tränen aus den Augen.

»Aber, aber«, kam es von Felicitas. »Heile Wände sind im Zweifel wichtiger als saftige Kuchen.«

»Ich wollte dir trotzdem so gern einen Kuchen backen! Wie damals, als du nach Hamburg aufgebrochen bist, um dort zu unterrichten. Du hast mir erzählt, dass du den Butterkuchen an deinem ersten Schultag als Stärkung mitgenommen hast und...«

»An diesem ersten Schultag ist mir von Grotjahn gekündigt worden, so schön sind die Erinnerungen daran also nicht, dass man sie wiederbeleben müsste«, erklärte Felicitas, und als sie sah, dass ihr, Anneliese, noch mehr Tränen über die Wangen liefen, fügte sie rasch hinzu: »Wenn ich die Wahl hätte, würde ich auch lieber Papier oder Schulbücher statt Kuchen bekommen.«

Anneliese kramte nach einem Taschentuch, schnäuzte sich. »Ich habe mir solche Mühe gegeben, die Zutaten aufzutreiben.«

»Das weiß ich doch.«

Wusste die Freundin es wirklich?

Anneliese konnte sich nicht erinnern, dass Felicitas sie einmal zur Tauschzentrale an der Lübecker Straße oder dem großen Schwarzmarkt in der Talstraße begleitet hatte, wo Menschen in Torwegen, Treppenhäusern und Hauseingängen beisammenstanden und sich zuflüsterten: »Butter? Zigaretten? Tabak?«

Wer gut informiert war, wusste, dass sich der Schwarzmarkt längst auf den Goldbekplatz in Winterhude ausgedehnt hatte, man sogar beim Bahnhof Hamburg Dammtor und in der Michaelisstraße Nescafé, Cadbury-Schokolade und Kaugummi bekommen konnte, vorausgesetzt, man hatte etwas dafür zu bieten: ein altes Fahrrad, ein Stück Stoff, einen Laib Brot.

Anneliese hatte am Tag zuvor ein paar Schuhe gegen Haferflocken und Butter getauscht, doch beides war beim Rühren verklumpt.

»Und wenn du noch mehr Wasser hineingibst?«, schlug Felicitas vor.

Anneliese ließ die Hand sinken. »Selbst wenn der Teig brauchbar wäre, wir haben schon wieder kein Gas.«

Damit, dass die Strom- und Gasversorgung streng rationiert war und beides maximal eine Stunde pro Tag funktionierte, konnten sie leben. Das Problem war, dass die entsprechenden Zeiten im *Hamburger Nachrichtenblatt* aufgelistet waren, sie dies aber oft erst viel zu spät in die Hände bekamen.

Felicitas tauchte ihren Zeigefinger in den Teig, führte ihn an ihre Lippen, verzog diese zwar kurz angewidert, aber machte dann doch übertrieben: »Mhmm!«

»Mach mir nichts vor.«

»Wie wär's, wenn du mir zum Frühstück Suppe statt Kuchen kredenzen würdest?«

»Du sollst dich auch nicht über mich lustig machen.«

Felicitas hatte sich sämtlichen Teig vom Zeigefinger geschleckt. »Das würde ich nie machen, ich weiß doch, dass wir es allein dir zu verdanken haben, noch nicht verhungert zu sein.«

»Hast du gehört, dass Hamburgs Krankenhäuser voller Menschen sind, die an Hungerödemen leiden?«, fragte Anneliese betroffen. »Dass sich bei manchen eiternde Furunkel im Nacken bilden, ist offenbar ebenfalls eine Folge von Mangelernährung.«

»Oder von Läusen und Bettwanzen«, warf Felicitas ein.

»Jedenfalls ist es ein Zeichen dafür, dass die Menschen auf dem Boden liegen und einfach nicht auf die Beine kommen.«

»Du bist mir eigentlich fast ein wenig zu viel auf den Beinen.«

»Das nützt mir aber nichts, solange ich nicht richtig ... kochen kann.«

Mit einer wütenden Bewegung schob Anneliese die Schüssel mit dem Teig von sich. Sie wusste, es war lächerlich, derart über einen missratenen Kuchen zu klagen. Sie sollte dankbar sein, dass Felicitas wieder unterrichten würde, dass Paul überlebt hatte, dass Levi zurückgekehrt war. Und wenn sie sich über etwas empören konnte, so nicht über den Mangel an Zutaten, sondern darüber, dass sich auf dem Schwarzmarkt in der Talstraße auch um militärische Entlassungspapiere feilschen ließ, mit denen sich ehemalige Nazis eine neue Existenz erkauften.

Aber wenn sie ehrlich war, ging es ihr gar nicht ums Kochen und den Mangel an Zutaten, und Felicitas schien das zu spüren. Obwohl kaum mehr Zeit blieb, sich fertig zu machen, nahm die Freundin ihre Hand und zog sie zu den beiden Stühlen am

Küchentisch. An dem einen war das vierte Stuhlbein nur notdürftig angenagelt, sodass er stets wackelte, der andere war so niedrig, dass man fast auf dem Boden saß.

»Ich kann nicht nur nicht richtig kochen«, brach es aus Anneliese hervor. »Ich kann nicht richtig ... leben.«

In Felicitas' Miene glomm Verständnis auf. »Man lebt doch auch, wenn man sich nicht ständig darüber freut und dankbar ist und lacht. Man lebt, wenn man atmet und den nächsten Schritt tut und eine Stunde Schlaf findet, ohne finstere Träume, und einem anderen ins Gesicht sieht und fühlt, ich bin nicht allein.«

»Wenn es nur das wäre ...«, entfuhr es Anneliese.

»Was ist es dann? Willst du auch wieder unterrichten? Hauswirtschaftslehrerinnen werden dringend gesucht.«

»Die Besatzungsmacht duldet doch keine Doppelverdiener. Und Paul will so schnell wie möglich heiraten. Er arbeitet ja jetzt für die britische Militärregierung, muss als Beauftragter für die Aussonderung unerwünschten Schrifttums alle Buchhandlungen kontrollieren und aussortieren und ...«

»Und du ... du willst es nicht?«, unterbrach Felicitas sie. Anneliese witterte den leisen Zweifel nicht zum ersten Mal. Manchmal fühlte sie sich von Felicitas beobachtet, wenn sie mit Paul zusammen war, spürte ihre Verwunderung, die unausgesprochene Frage, was sie und Paul zusammenhielt. Bis jetzt hatte sie vermieden, sich einzumischen, aber als Anneliese nichts sagte, fuhr die Freundin fort: »Du solltest nichts tun, wohinter du nicht stehst. Keiner würde dir einen Vorwurf machen, wenn du feststellst, dass das, was dich mit Paul verbindet – erst der Wunsch, verbotene Literatur zu lesen, später der Widerstand –, nicht für eine Ehe reicht.«

Wieder kam aus ihrem Mund ein Prusten, und wieder wurde

ein Schluchzen daraus, aber als Felicitas ihre Hand noch fester drückte, entzog sie sie ihr.

»Das ist es doch nicht«, rief sie. »Sieh dir an, auf welchen Stühlen wir sitzen! Passen sie zusammen? Nein! Aber wir sitzen trotzdem beieinander. Und wackeln sie? Ja! Sie brechen trotzdem nicht unter unserem Gewicht zusammen.«

»Willst du deine Liebe zu Paul mit einem klapprigen Stuhl vergleichen?«

Das neuerliche Prusten klang nahezu hysterisch. »Ich will sagen, dass wir keinen Anspruch auf etwas stellen sollten, was durch und durch heil geblieben ist – denn das gibt es in unserer Welt nicht mehr. Doch auch Kaputtes kann man gut gebrauchen. All die Wunden, die uns zugefügt wurden, all die Narben, die zurückgeblieben sind, ändern nichts daran, dass Paul und ich zusammen glücklicher sind, als jeder es für sich allein wäre.«

»Und dennoch bist du dir nicht sicher, ob du ihn heiraten willst.«

»Nein, ich bin mir nicht sicher, ob ich ihn heiraten *darf*!« Neue Tränen kamen, und mit ihnen sprudelten Worte hervor. »Ich bin mir nicht sicher, ob ich mit ihm lachen darf. Ob ich endlich seine Einladung annehmen darf, mit ihm tanzen zu gehen. Du weißt ja, die meisten Lokale sind für Deutsche gesperrt, nur die Briten dürfen sie betreten, aber es gibt ein paar Cafés in der Innenstadt, dort tanzt auch unsereins zu amerikanischer Musik, vor allem zum Swing. Am Dammtor soll demnächst eine Tanzschule eröffnen, das Kino Harmonie wird ebenfalls wieder aufmachen. Paul will unbedingt, dass wir dorthin gehen, uns unterhalten lassen, uns amüsieren, die Sorgen vergessen, den Hunger vergessen. Und das möchte ich ja auch, möchte es so sehr, aber... aber...«

»Du glaubst, es ist dir verboten.« Eben waren die Worte noch wie von selbst aus ihr hervorgesprudelt, nun versiegten sie wie die Tränen. Sie wich Felicitas' Blick aus, die unruhig hin und her zu rutschen begann. Der Stuhl knarrte, Felicitas' Stimme dagegen war leise, als sie einen Namen aussprach. »Emil.«

Der Name hallte von den Wänden wider. Im Schweigen, das folgte, wuchs ihr schlechtes Gewissen, ihr Unbehagen, Gefühle, die wie eine verdorbene Zutat noch das köstlichste Gericht ruinierten.

»Er... er ist für mich gestorben«, presste sie hervor.

Felicitas saß nun ganz steif da, das Knarren verstummte. »Und jetzt denkst du, du müsstest auch sterben... oder dürftest zumindest nicht leben... nicht lieben. Du denkst, dass du dafür büßen musst, weil er deine Taten auf sich genommen hat.«

Anneliese zuckte mit den Schultern, senkte den Kopf, wieder folgte Schweigen. »Er... er ist für mich gestorben, und dabei hat er mich noch nicht einmal geliebt«, murmelte sie irgendwann. »Ich glaube, er wollte wiedergutmachen, dass er mich so oft enttäuscht hat. Und das hat er ja tatsächlich. Aber deswegen hat er doch nicht den Tod verdient, und...«

»Rede dir nicht so einen Unsinn ein«, fiel Felicitas ihr unmissverständlich ins Wort.

Anneliese blickte verwirrt hoch. Felicitas' Blick war brennend wie nie auf sie gerichtet, und in ihrer Miene sah sie die eigenen Schuldgefühle gespiegelt.

»Du denkst, Emil hat mich doch geliebt?«, fragte sie, nicht sicher, ob sie sich eine Bestätigung erhoffte, die sich wie ein farbenfroher Schleier über ihre Erinnerungen legen würde, oder ob sie sich davor fürchtete, weil sich dann ein grauer Schleier über ihre Zukunft mit Paul gesenkt hätte.

Felicitas schüttelte den Kopf so heftig, dass ihr ganzer Körper bebte, selbst der Stuhl wackelte.

»Ich hätte es dir schon viel früher sagen müssen. Spätestens am Tag deiner Entlassung... nein, schon Jahre zuvor, noch vor deiner Hochzeit... Bereits, als du nach Hamburg kamst, als du Emil kennengelernt hast. Ich hätte es dir sagen müssen, dich warnen müssen, ich hätte...«

Da war kein Schleier, weder ein farbenfroher noch ein grauer. Ganz nackt stand sie vor ihr, die Wahrheit. Eine Wahrheit, die sie plötzlich erkannte, die sie vielleicht schon seit langer Zeit erahnt, mit sich herumgetragen hatte, nein, an der sie schwer geschleppt hatte. Eine Wahrheit, die Felicitas aussprechen wollte, aber die sie als Erstes benannte.

»Emil ist gar nicht für mich gestorben«, sagte Anneliese gedehnt, »sondern... für dich. Er hat deinetwegen alle Schuld auf sich genommen. Er hat sich schon früher auf deine Seite gestellt. Hat dich vor Grotjahn beschützt, hat vertuscht, was deine Stelle gefährden könnte, war deinetwegen erst bereit, Elly aufzunehmen, und später, sie wieder herzugeben. Er... er hat sich dir verpflichtet gefühlt. Er hat... er hat...«

Er hat dich geliebt, setzte sie in Gedanken hinzu.

Kurz tat dieser Gedanke unendlich weh. Kurz fiel das, woran sie so schwer schleppte, auf sie selbst zurück. Kurz hatte sie Angst, sie würde davon erdrückt werden, darunter zerbrechen. Allerdings musste sie den Schmerz, der plötzlich ihre Kehle zusammenzog, diesen Druck auf der Brust, nicht zu ihrem machen. Sie musste sich nicht daran klammern, sie musste der Verbitterung, die da in ihr hochstieg, nicht nachgeben, sie musste die Vorwürfe, die ihr in den Sinn kamen, nicht aussprechen, sie musste der Enttäuschung, die eigentlich längst verjährt war, nicht neues Leben einhauchen.

»Anneliese...« Sie sah, wie Felicitas um Worte rang, keine fand, ihr nur Tränen in die Augen schossen. Ihr selbst war dagegen nicht länger zum Weinen zumute, auch nicht zum Fragen, zum Nachbohren, zum Überraschtsein, zum Empörtsein. Sie erhob sich langsam, ging zu ihrem Teig, befolgte Felicitas' Rat und fügte etwas Wasser hinzu. Sie knetete den Klumpen, er schien nun etwas weicher zu sein, nicht mehr ganz so klebrig. »Anneliese …«

»Du musst mir später alles erzählen«, sagte sie leise, »oder nein, nicht alles … nur das Wichtigste. Aber jetzt gehst du zur Schule, um zu unterrichten, während ich den Kuchen backe, und wenn es kein Gas gibt, dann macht das nichts. Wir haben ja noch den Ölofen, als Brennmaterial kann man den Rückstand nehmen, der bei der Gewinnung von Rapsöl übrig bleibt. Er ist schwarz und fettig, sieht aus wie verbranntes Kommissbrot, er knistert furchterregend, wenn er verbrennt, und er stinkt scheußlich. Aber er erzeugt eben auch Wärme … vielmehr Hitze. Ich glaube nicht, dass es ein guter Kuchen wird. Ich bin nicht sicher, ob es überhaupt ein Kuchen wird. Irgendetwas wird es dennoch werden, und wir werden es zusammen essen, und es wird uns nicht schmecken, aber es wird uns satt machen.«

Sie hörte Felicitas schwer atmen. Obwohl es schon spät war, machte sie keine Anstalten, die Küche zu verlassen.

Hatte sie denn nicht verstanden, was sie ihr sagen wollte? Dass sie ihr, egal, was sie beichten würde, verzieh? Dass sie Emil verzieh?

Felicitas schien es nicht recht glauben zu können. »Es tut mir leid, es tut mir so unendlich leid. Ich dachte, wenn ich sie missachten, wenn ich sie verschweigen würde, verlören die Gefühle ihre Macht. Die, die ich für ihn gehegt habe. Die, die er für mich gehegt hat. Es war ein Irrtum, ich habe …«

»Du hast viel falsch gemacht«, fiel Anneliese ihr ins Wort. »Ich auch. Und er hat es erst recht. Aber wir haben nicht *alles* falsch gemacht. Und was er am Ende richtig machen konnte, konnte er nur... deinetwegen. Er konnte sterben, weil er die Liebe kannte. Und wir können leben, weil wir die Liebe kennen. Paul und ich. Du und Levi.« Der Teig warf Blasen, als sich Felicitas langsam erhob, hinter ihr stehen blieb. Anneliese drehte sich zu ihr um, suchte ihren Blick, las wieder oder immer noch Zweifel darin, ein schlechtes Gewissen. Es blieb keine Zeit, all das endgültig zu zerstreuen. Energisch packte sie sie an den Schultern und schob sie aus der Küche. »Nun geh schon, deine Schüler warten, wir sprechen später weiter. In den nächsten Stunden wirst du vor allem eines sein – eine Lehrerin.«

Als Felicitas endlich gegangen war, sie sich wieder der klebrigen Masse zuwandte, noch mehr Wasser hineinschüttete, war sie vor allem eine Kuchenbäckerin.

Wobei es nicht ums Kuchenbacken ging. Es ging darum, noch aus dem Mickrigsten etwas Brauchbares herauszuholen, aus dem Wenigen etwas mehr zu machen, aus dem Mangel etwas Fülle zu ziehen, dem fad Schmeckenden etwas Würze zu verleihen, nicht zu trauern, wenn man etwas nicht bekam, sondern sich an dem zu erfreuen, was man hatte.

So wollte sie kochen. So wollte sie leben.

Als Felicitas nach dem ersten Schultag heimkehrte, traf sie Anneliese nicht in der Küche an.

Auf dem Heimweg hatte sie sich so viele Worte zurechtgelegt, Erklärungen, Rechtfertigungen. Sie wusste nicht, ob diese ihr langes Schweigen jemals wiedergutmachen konnten. Sie wusste nicht, ob sie den sachten Schmerz vertreiben würden, den seit geraumer Zeit ein anderes Versäumnis in ihr wachrief. Längst wollte sie nicht nur jenen Tag wiederholen, da Anneliese nach

Hamburg gekommen war, Emil kennengelernt und für ihn zu schwärmen begonnen hatte. Sondern auch jene Nacht, da sie sich mit Emil ins Hamburger Nachtleben gestürzt und ihn mit ihrer ungestümen, fordernden Art verschreckt hatte. Wäre sie seiner Zurückhaltung, seiner Scheu nicht bloß mit kaltem Spott und Überheblichkeit über ihren freizügigen Lebensstil begegnet, es wäre vielleicht alles anders gekommen.

Gut möglich allerdings, dass ihr Schicksal schon vor ihrem ersten Tanzschritt unweigerlich festgestanden hatte. Und dass es nichts nutzte, sich über vergangene Anfänge den Kopf zu zerbrechen, wenn der jetzige Neubeginn doch alle Kräfte erforderte.

Sie fand Anneliese auch nicht im Wohnzimmer oder im Schlafzimmer, ebenso wenig Paul, nur den Kuchen, den sie gebacken hatte, fand sie – einen flachen, harten Fladen, von dem sie nur mit aller Kraft ein Stück abbrechen konnte. Aber nachdem sie eine Weile darauf kaute, bekam sie eine vage Ahnung von Süße, und es tat gut, den Klumpen zu schlucken, zu fühlen, wie er durch ihre Kehle wanderte, den leeren Magen erreichte, wie sich dort Wärme ausbreitete, das stete Knurren abebbte.

Sie bezwang ihre Gier, noch mehr in sich hineinzustopfen, betrat mit einem weiteren Stück ihr Zimmer, in dem sie seit einiger Zeit nicht mehr allein lebte.

»Sieh nur, Anneliese hat versucht zu backen und ...«

Sie brach ab. Wann immer sie in den letzten Wochen den Raum betreten hatte, hatte sie Levi zusammengekauert auf der Matratze liegend vorgefunden. Oft hatte er seine Knie angezogen, die Beine mit den Armen umschlugen, den Kopf dazwischen versenkt. Der Anblick hatte sie jedes Mal aufs Neue erschüttert, zumal sie nicht wusste, was sie sagen sollte, erst recht nicht, was sie tun könnte. Das Verlangen war so groß, sich zu ihm zu legen, ihn zu umschlingen, zu halten und zu wärmen, die Albträume zu vertreiben, die ihn auch heimsuchten, wenn er wach war, ja, gerade dann, ihn so lange auf den Nacken zu küssen, bis er sich zu ihr umdrehte, und dann die Lippen auf seinen Mund zu pressen. Doch immer hatte sie etwas davon abgehalten, und sie hatte sich deshalb meist damit begnügt, alle Decken, die sie hatten, über ihm auszubreiten.

Jetzt lag er nicht auf der Matratze, jetzt saß er am Tisch, hielt mit einer Hand einen Stift. Und sie entdeckte auch, was da aufgeschlagen vor ihm lag.

»Dein Notizbuch!«, rief sie begeistert.

Nachdem er heimgekommen war, hatte sie es ihm zurückgegeben, doch er hatte weder den Anschein gemacht, sich darüber zu freuen, es wiederzuhaben, noch etwas damit anfangen zu können. Die letzten Wochen hatte es unbeachtet in einer Schublade gelegen. Und jetzt...

»Welches Gedicht liest du?«

Anders als all die Fragen, die sie ihm seit seiner Rückkehr gestellt hatte – wie geht es dir, was ist dir widerfahren, wie wird es weitergehen, mit dir, mit uns? –, kam ihr diese ganz selbstverständlich über die Lippen.

Er blickte hoch, die Hand umkrampfte den Stift, aber ein vages Lächeln umspielte seinen Mund, versonnen wie früher.

»Erzähl mir von deinem ersten Schultag«, forderte er sie auf.

Sie zögerte. So groß ihre Scheu war nachzubohren, so wenig wollte sie ihn mit eigenen Sorgen belasten. Doch als er ermutigend nickte, fühlte sie, dass er es wirklich wissen wollte – und auch sie selbst wollte von ihrem Zwiespalt der Gefühle berichten. Er begleitete sie seit dem Morgen.

Da war so viel Freude, erneut als Lehrerin, nein, als Rektorin die Alsterschule zu betreten. Und zugleich so viel Zweifel, ob man dieses Gebäude bereits wieder eine Schule nennen konnte. Der Anblick der Panzer, die im Schulhof standen, war verstörend, und als sie die Aula betrat, erblickte sie mehr englische Soldaten als Schüler und Kollegen. Offenbar sollten diese überwachen, ob hier tatsächlich ein neuer Geist wehte, der den braunen Dunst vertrieb.

Eine hohlwangige, sichtlich hungrige, verstörte Schar sang mit brüchiger Stimme diverse Lieder, sie selbst hielt eine Rede, in der sie den Neuanfang beschwor. Recht mitreißen konnte sie die Kinder aber damit nicht. Als sie die Aula verließen, hörte sie einen Jungen halb missmutig, halb resigniert murmeln: »Wenn einer den Krieg verloren hat, muss er nach der Pfeife des Siegers tanzen.«

Nach der Eröffnungsfeier, die diesen Namen nicht verdiente, wurden die Klassen aufgeteilt, auch sie selbst würde eine übernehmen, gab es doch nicht genügend Lehrkräfte, die es ihr möglich gemacht hätten, sich ausschließlich den Rektoratspflichten zu widmen. Die Kinder saßen mit verwirrtem Gesichtsausdruck hinter ihren Pulten, als wüssten sie nicht recht, wie sie in die Schule geraten waren.

»Müssen wir wirklich alles vergessen, was man uns über unseren geliebten Führer beigebracht hatte?«, fragte ein Mädchen sie mit großen Augen, in denen Tränen glänzten.

Felicitas ahnte, dass die Liebe zum Führer sich mindestens so hartnäckig in den Herzen hielt wie der Geruch von Asche und Staub in den Räumen.

»Es geht nicht ums Vergessen«, murmelte sie, »es geht darum, weiter zu leben, weiter zu lernen … Neues zu lernen.«

Das Erste, was sie am Morgen lernten, war, den Lehrer nicht mit dem Hitlergruß, sondern einem herzlichen »Guten Tag« zu empfangen. Sie musste es dreimal wiederholen, bis es saß, und auch dann stand so viel Unverständnis in den Augen der Kinder, als wäre »Guten Tag« eine besonders schwierige Lateinvokabel.

Wenig später wurde der Unterricht schon wieder abgebrochen, galt es doch, bei notwendigen Reparaturarbeiten mitzuhelfen. Als Felicitas die Kinder in den Raum führte, der einst das Lehrerzimmer gewesen war, und aus dem es nun Trümmer zu räumen galt, begegnete sie Pastor Rahusen, der auch künftig für den Religionsunterricht zuständig sein würde.

»Wir haben kaum Bücher, wir haben kaum Hefte, und wir haben kaum Lehrer.«

Felicitas konnte ihm die Mutlosigkeit nachfühlen, dennoch erklärte sie entschlossen: »Dann müssen wir eben ohne Bücher unterrichten, nämlich allein aus dem Gedächtnis. Statt die Kinder in Hefte schreiben zu lassen, nutzen wir die Ränder von Zeitungspapier. Und solange es an Lehrern mangelt, müssen sich die Schüler in Selbstbeschäftigung üben und die Größeren uns dabei unterstützen, die Kleineren zu belehren. Irgendwie wird es gehen... muss es gehen.«

Aus dem flüchtigen Lächeln las sie etwas wie Dankbarkeit, der Zweifel war jedoch größer. »Aber wenn der Winter kommt... Haben Sie gesehen, wie die Kinder gekleidet sind? Die meisten laufen in Fetzen herum. Wenn es kalt wird, werden sie schrecklich frieren.«

»Also werden sie ein paar Stunden lang nicht in Chemie, Physik, Geschichte und Latein unterrichtet werden, sondern lernen, sich Schal und Mütze zu stricken. Und alle halbe Stunde lassen wir sie aufstehen und Kniebeugen machen. Wenn es nicht anders geht, können wir den Unterricht auch auf drei Tage beschränken und sie die restlichen Aufgaben zu Hause erledigen lassen.«

In Pastor Rahusens Blick standen immer noch Zweifel. Auch dort würden die Kinder frieren, und selbst wenn nicht: Es gab so vieles, das den Schulalltag erschwerte. Der Verkehr kam immer wieder zum Erliegen, der Typhus griff um sich, es gab kaum Medikamente.

Aber ehe er etwas sagen konnte, klatschte Felicitas in die Hände, und die Kinder begannen, den Schutt wegzuräumen. »Sie tun, was man ihnen sagt«, erklärte sie, »und das noch nicht einmal ungern. Darauf kann man ebenso bauen wie auf Mauerresten.«

Als sie die Worte nun gegenüber Levi wiederholte, klangen sie noch entschlossener. Es war nicht nur leichter, sie zu sagen, auch leichter, sie zu glauben, solange er nicht gekrümmt auf der Matratze lag, stattdessen mit einem Stift in der Hand vor seinem Notizbuch saß, wieder oder immer noch versonnen lächelte. Allerdings wagte sie es weiterhin nicht, näher zu treten, und das zu tun, was sie sich so inständig wünschte – ihre Arme um seine Schultern zu legen, ihn an sich zu pressen, ihn zu küssen. Auch in den Nächten wahrte sie immer Distanz. Selbst einen Schritt auf ihn zuzumachen fühlte sich irgendwie verboten an.

»Welches Gedicht liest du?«, fragte sie erneut. Er antwortete nicht, wandte sich ab, und sobald sie sein Lächeln nicht mehr sah, spürte sie umso deutlicher die Kälte im Raum. Die Kinder konnten im Winter Kniebeugen machen, aber würde auch er das schaffen? »Willst du nicht ebenfalls wieder unterrichten?«, fuhr sie fort. »Wie gesagt, Lehrer fehlen, und ...«

»Ich gelte doch als Kommunist. Als solcher darf ich nicht unterrichten.«

Es war dies eine nicht minder große Ungerechtigkeit wie die Tatsache, dass ein großer Teil der Lehrerdienstwohnungen immer noch von entlassenen Nazilehrern bewohnt wurde, die zwar keine

Erlaubnis bekamen zu unterrichten, aber auch nicht von dort vertrieben wurden.

»Du hast dich ja nur als Kommunist ausgegeben, um im Lager zu überleben, das lässt sich klären. Erst kürzlich haben die Besatzer die Gleichstellung der Juden mit den Deutschblütigen angeordnet und...«

»Das gilt nur auf dem Sektor Ernährung.«

»Ich bin sicher, es findet in anderen gesellschaftlichen Bereichen ebenfalls Anwendung und...«

»Und wenn ich gar nicht unterrichten will?«, unterbrach er sie ein zweites Mal.

»Du hast doch gesagt, allein das Unterrichten habe dir in den Lagern das Leben gerettet... das Seelenheil.«

»Es ist aber etwas anderes, gegen den Tod zu kämpfen, als für das Leben«, er zögerte kurz, fügte erlöschend leise hinzu: »Und es ist etwas anderes, polnische Kinder zu unterrichten, ungarische, tschechische, als... deutsche.«

Er wandte sich ihr wieder zu, kein Lächeln umspielte mehr seinen Mund, seine Augen, immer so wissend, immer randvoll mit der Liebe zu Büchern, zu ihr, glichen leeren dunklen Löchern.

Hilflos rang sie die Hände. »Du musst ja nicht unterrichten«, beeilte sie sich zu sagen, »es genügt, wenn ich es tue. Nimm dir alle Zeit, dich der Literatur zu widmen.«

»Und wenn ich mich der Literatur nicht widmen will? Zumindest nicht der... deutschen?«

Trotz ihrer Scheu konnte sie nicht anders, als doch dicht an ihn heranzutreten. Ihr entging nicht, dass er unmerklich zusammenzuckte, als gälte es, sich vor einer Attacke zu schützen, und deswegen hütete sie sich, ihn zu berühren. Aber sie sah nun, was er mit Notizbuch und Stift gemacht hatte. Er hatte nicht einzelne

Sätze markiert oder Gedichte und Zitate hinzugefügt, er hatte auf einer leeren Seite etwas gemalt. Wobei man es nicht wirklich malen nennen konnte. Da war eine Fülle schwarzer Striche, und sie musste ganz genau hinsehen, um zu erkennen, dass sie Menschen darstellen sollten ... Nein, lediglich Hüllen von Menschen, die von einem ebenfalls schwarzen Strudel verschluckt wurden.

Bis jetzt hatte er kaum etwas vom Lager erzählt, sich meist auf die Zeit nach der Befreiung aus Buchenwald beschränkt, hatte von den hellen, bequem eingerichteten Räumlichkeiten gesprochen, in denen sie untergebracht gewesen waren, dem guten Essen, das sie von der amerikanischen Kommandantur bekommen, den Ärzten und Pädagogen, die sich um sie gekümmert hatten, vor allem um die Jugendlichen. Er hatte ihr anvertraut, wie schwer es ihm gefallen war, sich von seinen Zöglingen zu verabschieden, zumal er nicht darauf zählen konnte, dass sie in ihre Heimat oder zu einer noch lebenden Familie zurückkehren würden, nur hoffen, dass ihnen alles, was er ihnen beigebracht hatte, auch weiterhin Mut und Kraft verlieh, sie mit dem Geist der Brüderlichkeit erfüllte. Aber in die dunklen Räume seiner Seele hatte er sie nie eintreten lassen, hatte sie vielmehr schon lange von deren Schwelle verjagt.

»Man ... man hat uns geraten, es aufzuschreiben ...«, murmelte er. »Und wenn wir es nicht aufschreiben könnten, dann sollten wir es zeichnen ...«

So grauenhaft das Bild war – sie konnte ihren Blick nicht davon abwenden. Je mehr sie hinter den wirren Strichen erkannte, desto deutlicher erkannte sie in den Schatten von Menschen auch Levi.

Doch plötzlich schlug er das Büchlein zu, sagte mit einer Stimme, die klang, als würde man mit einem Messer über einen Blechnapf kratzen: »Allen Gewalten zum Trutz sich erhalten, nimmer sich beugen, kräftig sich zeigen. Rufet die Arme der Götter herbei.‹«

Obwohl sie froh war, dass er auf die alte Gewohnheit zurückgriff, zu jeder Gelegenheit die deutschen Dichter zu zitieren, obwohl es sie eigentlich berührte, dass er dieselben Worte wählte wie Erna Stahl, verkrampfte sich etwas in Felicitas' Bauch. Er zitierte diese Worte nicht... er spuckte sie aus. Er wählte sie nicht aus... er wählte sie ab.

»Schiller?«, fragte sie, obwohl sie wusste, dass die Zeilen von Goethe stammten.

Er zuckte mit den Schultern. »Ich weiß es nicht. Es ist mir gleich. Die deutsche Literatur ist mir gleich. Ich will mich ihr nicht länger widmen.«

»Aber...«

Sie wollte einwenden, dass er vor allem anderen immer ein Deutschlehrer gewesen war. Doch sie wagte es nicht, ihm vorzuschreiben, was er zu sein hatte.

Mit zitternden Händen schlug er eine weitere Seite des Notizbuchs auf, die unbeschrieben war, und begann Strich an Strich zu fügen. Diesmal schien er gar nichts zeichnen zu wollen, sondern nur die weiße Fläche in eine schwarze zu verwandeln. Als Felicitas darauf starrte, vermeinte sie, dass sich auch ihre Zukunft, die sie sich so ersehnte, jenen Neuanfang, den sie so verzweifelt herbeiredete, in ein schwarzes Nichts verwandelte. Aber selbst wenn er in dieser Schwärze gefangen war – sie musste sich beharrlich vor Augen halten, dass es nicht unmöglich war, wieder zusammenzufinden, wieder glücklich zu werden. Einst hatte es Jahre gedauert, bis sie erkannt hatte, wie sehr sie ihn liebte. Was zählten jetzt ein paar Jahre, bis er wieder bereit war, der Liebe Einlass in sein Leben zu gewähren? Bis dahin musste sie stark sein – für ihn, für ihre Schüler, für ihre Kollegen, für Paul, für Anneliese. Nun gut, für Anneliese nicht, die war selbst stark.

»Sieh nur«, sagte sie leise, »Anneliese hat heute Morgen Kuchen gebacken, er schmeckt gar nicht mal so übel.«

Levi hörte nicht auf, Strich um Strich zu zeichnen, aber mit der anderen Hand brach er ein Stück ab, führte es zum Mund. Sie tat es ihm gleich, und wenn sie auch nicht länger miteinander sprachen, so aßen sie doch miteinander, und das war immerhin ein Anfang.

1947

Juli

Anneliese riss die Tür auf. »Gut, dass du endlich da bist!«

Obwohl sie kaum verharrte, um Felicitas genauer in Augenschein zu nehmen, spürte sie doch, wie sich in deren Miene Verwunderung ausbreitete.

»Endlich?«, fragte sie mit Blick auf die Uhr. »Ich bin so pünktlich wie nie.«

Das musste auch Anneliese zugeben. Seit einem Jahr lebten Levi und Felicitas in einer winzigen Lehrerdienstwohnung, und Felicitas stattete ihr mindestens einmal in der Woche einen Besuch ab. Anneliese neckte sie damit, dass sie das nicht tat, um ihre Freundin zu sehen, sondern ihr kleines Patenkind – jedenfalls kam sie meist mindestens eine Stunde später, als sie sich angekündigt hatte, und brachte jedes Mal dieselbe Ausrede hervor: dass sie so viel in der Schule zu tun hätte.

Sie sah ihr die Unpünktlichkeit nach. Mehr Kopfzerbrechen bereitete ihr, dass sie es auch jedes Mal hinauszögerte heimzugehen. Nachbohren, woran das lag, wollte sie aber nicht. Felicitas hatte nur ein einziges Mal beklagt, dass Levi und sie eher nebeneinanderher lebten und nicht miteinander, danach immer nur bekräftigt, dass es ihnen gut ging, und an diesem Tag lag Anneliese ohnehin viel Dringlicheres auf der Seele.

»Du kannst dir nicht vorstellen...«, setzte sie an.

Felicitas war mittlerweile über die Schwelle getreten. »Ist etwas passiert?«

Als die Freundin sie packte, konnte Anneliese ihrem Blick nicht länger ausweichen und nicht verbergen, dass Tränen über ihre Wangen liefen. Warum sie aber auch immer weinen musste, wenn sie sich aufregte! Und warum sie zu allem Überfluss so atemlos war, dass ihr die Worte fehlten, um Felicitas zu beschwichtigen!

Schon stürmte diese in jenes kleine Zimmer, das sie selbst lange bewohnt hatte und das mittlerweile jenen Zweck erfüllte, den Anneliese ihm schon seit Ewigkeiten hatte geben wollen. Sie stieß jedoch nicht auf ihre Patentochter – nur auf ein leeres Kinderbettchen.

»Emilie!«, rief Felicitas entsetzt.

Die alte Felicitas wäre nicht so schreckhaft gewesen, ging es Anneliese durch den Kopf.

Die alte Felicitas hätte auch nicht viel mit einem kleinen Kind anfangen können. Dass Anneliese und Paul ein gutes Jahr nach Kriegsende eine Tochter bekommen hatten, betrachtete aber nicht nur Anneliese als Wunder, Felicitas konnte gleichfalls nicht aufhören, dieses Wunder zu bestaunen. Leider konnte sie ebenso wenig aufhören, sich ständig Sorgen zu machen.

Obwohl Emilie wie ein ganz normal entwickeltes Kind ihre ersten Zähnchen bekommen, die ersten Schritte gemacht und schon das erste Wort gesagt hatte, beklagte sie, dass die Kleine zu wenig essen würde und zu viel friere. Anneliese war diese Sorge gewiss nicht fremd, sie brauchte all ihre Kräfte, um die Familie wohlbehalten durch eine Zeit zu bringen, die immer noch eine des Darbens, des Mangels war, aber manchmal musste sie über Felicitas' übertriebene Ängste lachen.

Jetzt war ihr nicht zum Lachen zumute, sie konnte lediglich endlich sagen: »Emilie geht es gut, Paul besucht mit ihr Helene.«

Felicitas fuhr zu ihr herum. Sie wirkte nicht mehr ganz so besorgt, doch Anneliese entging nicht, dass der übliche Zweifel an Pauls Vaterqualitäten in ihrer Miene stand. Felicitas, von der Anneliese erwartet hatte, dass sie sich frühestens in deren Schulalter für die Kleine interessieren würde, konnte Emilie mit ungewohnter Sanftheit stundenlang in ihren Armen wiegen, Paul war der Ungeduldige. Er hätte sie am liebsten in die Luft geworfen, kaum dass sie das Köpfchen heben konnte, und war nicht minder begierig, ihr das Tanzen beizubringen und Unsinn mit ihr zu machen. Anneliese vermied es, ihn allzu lange mit ihrem gemeinsamen Nachwuchs allein zu lassen, allerdings wusste sie, dass Emilie bei Helene, die ihr als Frauenärztin im Klinikum Eppendorf auf die Welt geholfen hatte, in guten Händen war. Sie wusste ebenso, dass Emilie für Helene, die nur für ihre Arbeit zu leben schien und ihr mit mehr Ernsthaftigkeit nachging, als eine Frau von nicht mal dreißig Jahren an den Tag legen sollte, das Gleiche war wie für Felicitas und sie. Ein Wunder. Ein Zeichen der Hoffnung. Ein Grund, aus dem das Weiterleben nicht nur etwas war, das man erkämpfen, ertrotzen musste, nein, dessen man sich erfreuen konnte.

»Was ist es dann?«, fragte Felicitas, und als sie sah, dass die Tränen mittlerweile zum Versiegen gekommen waren, fügte sie nunmehr eher trocken hinzu: »Ist wieder mal ein Kuchen angebrannt?«

»Beinahe. Aber Gott sei Dank habe ich den Ofen schon abgestellt, bevor... bevor...«

»Bevor was?«

»Ich habe Besuch«, sagte Anneliese, und anstatt die Neuigkeit feierlich zu verkünden, ruinierte sie alles, weil sie prompt wieder aufschluchzte.

Schon hastete Felicitas an ihr vorbei in das Wohnzimmer und sah nun selbst das Mädchen, das dort am Tisch saß. Eigentlich war es mit seinen dreizehn Jahren kein Mädchen mehr, sondern ein Fräulein, ziemlich groß gewachsen und mit ersten weiblichen Rundungen, die sich unter einem etwas streng anmutenden blauen Kostüm abzeichneten. Die Frisur – die weichen Locken waren kinnlang geschnittenem Haar gewichen – ließen sie ebenfalls älter wirken, und ihr Blick, wach und neugierig, war der einer Erwachsenen. Umso befremdlicher war deshalb, dass sie in den Armen eine Puppe hielt.

Felicitas starrte erst diese an, betrachtete dann das Mädchen, blickte wieder zur Puppe.

»Viktoria!«, rief sie schließlich. »Die Puppe heißt Viktoria, nicht wahr?« Etwas zögerlich erhob sich das Mädchen, trat auf Felicitas zu und reichte ihr die Hand. Anneliese hatte die Hand nicht genommen, sie war ihr um den Hals gefallen, Felicitas jedoch nahm sie, schüttelte sie wie betäubt. »Und du bist Elly …«, brachte sie beklommen hervor. »Elly Freese.«

Anneliese konnte nicht anders, als wieder in Tränen auszubrechen, obwohl es doch so viel zu erzählen gab.

Soeben hatte sie von Elly erfahren, dass diese erst vor wenigen Stunden in Hamburg angekommen war und ihr erster Weg sogleich zu ihr geführt hatte. Dass sie sie – anders als sie es all die Jahre befürchtet hatte – in der fernen Schweiz nicht vergessen hatte. Dass Anneliese erst in diesem Augenblick das Gefühl hatte, dass der Krieg wirklich vorbei war.

Aber Elly beantwortete Felicitas' unzählige Fragen ohnehin selbst, und es war so schön, ihre Stimme zu hören. Sie hatte zwar wenig mit der des Kindes gemein, das sie damals hatte gehen lassen müssen, deren Festigkeit verriet dennoch, dass sie zu einem willensstarken, selbstbewussten Menschen herangereift war.

Nicht dass sie nur Schönes berichten konnte. Sie vertraute Felicitas auch den frühen Tod ihrer Mutter Elise an, die in der Schweiz nie recht angekommen war. Sonderlich nah hatte sie ihr allerdings nie gestanden, deutlich enger verbunden war sie ihrer Tante Henriette, die im Exil einen deutschen Emigranten geheiratet und mit ihm das Heimweh nach Hamburg ebenso geteilt hatte wie den Wunsch nach einer Rückkehr.

»Und du... du wolltest auch heimkehren«, stellte Felicitas fest.

Das Schulterzucken verriet, dass für Elly Hamburg eine fremde Stadt war, keine Heimat. Sie bekundete, mit wie viel Bedauern es sie erfüllt hatte, dass sie sich von ihrer Schulklasse in Zürich hatte verabschieden müssen.

»Aber Anneliese«, sagte sie leise, »Anneliese wollte ich unbedingt wiedersehen.«

Anneliese zog sie einmal mehr an sich, umarmte sie inniglich, versenkte ihr Gesicht in ihrem Haar. Als sie die Augen schloss, konnte sie sich kurz einreden, dass Elly doch noch ein Kind war... ihr Kind. Und obwohl sie wusste, dass sie es nicht war, nie sein würde, sie sie auch gleich erneut würde gehen lassen müssen, tröstete sie sich damit, dass sie wiederkommen würde, um sie zu besuchen. Sie würde Emilie kennenlernen, ihr vielleicht Viktoria überlassen, wenn sie etwas älter war, sie würde Puppenkleider für sie anfertigen, vorausgesetzt, dass sie noch stricken und häkeln konnte. Und selbst wenn nicht – Elly würde für sie das sein, was Emilie für Felicitas war: Weit mehr als nur ein Patenkind, ein Zeichen der Hoffnung, das sie mit dem Leben versöhnte.

»Du wirst deine Schulkameradinnen nicht lange vermissen und

hier sicherlich neue finden«, sagte Felicitas eben. »Willst du nicht die Alsterschule besuchen, wo dein Vater so lange unterrichtet hat, sogar Schulleiter gewesen ist? Ich bin sicher, es wäre in seinem Sinne, und wir brauchen dringend Schüler.«

Anneliese war nicht entgangen, dass Elly schmerzlich zusammengezuckt war, als Felicitas ihren Vater erwähnt hatte. Das Mädchen war bei seinem Tod zu klein gewesen, um sich an ihn zu erinnern, aber sie hatte sicher viel von Oscar Freese, seinem Einsatz für die Reformpädagogik und seinem tragischen Ende gehört. Würde Elly ausgerechnet jene Schule besuchen wollen, aus der die Nazis ihn am Ende verjagt hatten?

»Wie kannst du jetzt von der Schule reden?«, mischte sich Anneliese mahnend ein.

Doch Elly erklärte entschieden: »Ich möchte gern so bald wie möglich in die Schule gehen. Und ich würde sehr gern die Alsterschule besuchen. Eines Tages ... eines Tages möchte ich selbst Lehrerin werden.«

Für Anneliese hätte es keinen großen Unterschied gemacht, wenn Elly Schornsteinfegerin als Berufswunsch angegeben hätte, aber ihr entging nicht, wie beglückt Felicitas lächelte, selbst später noch, als sie Zichorienkaffee tranken und Kuchen aßen, der immer noch fade schmeckte, wenn er auch mittlerweile die Konsistenz eines echten Kuchens hatte.

Erst als es Abend wurde, Felicitas verkündete, sie müsse nun heim, und Anneliese sie zur Tür begleitete, sanken die Mundwinkel, und ihr Blick wurde ruhelos.

»Ich bin sicher, dass sich auch Levi freut, dass es Oscar Freeses Tochter gut geht«, murmelte Anneliese. »Er hat ihn sehr geschätzt.«

»Gewiss«, erwiderte Felicitas geistesabwesend.

»Wie ... wie geht es ihm?«, wagte Anneliese jene Frage zu stellen, um die sie meist verlegen herumschlich.

»Besser«, erwiderte Felicitas schnell, seufzte dann, fügte zögerlich hinzu: »Zumindest nicht schlechter.«

»Er braucht eben noch Zeit ...«

Mit der Zeit war es schließlich auch leichter geworden, dass sie beide über Levi sprachen, obwohl Anneliese ihn damals an Carin Grotjahn verraten hatte, leichter, Emils Namen auszusprechen, obwohl Felicitas damals ihre Freundschaft verraten hatte. Allerdings war sich Anneliese nicht sicher, ob das, was sie beide sich mit Großmut und Geduld und festem Willen zurückerobert hatten – die Fähigkeit über das zu reden, was schmerzte –, auch Felicitas und Levi vergönnt war.

Den größten Gefallen, den sie Felicitas machen konnte, war, so zu tun, als wäre die Hoffnung auf Besserung nicht vermessen.

»Es wird sich fügen«, sagte sie bestimmt.

An dem Tag, da Elly zurückgekommen war, konnte sie daran glauben – und Felicitas, das fühlte sie, tat das kurz ebenso.

Levi hatte die Zeilen in sein Notizbuch geschrieben, Wort für Wort. Jetzt las er, Wort für Wort. Er fühlte es, Wort für Wort. Die Bilder stiegen vor ihm auf, es waren grässliche Bilder. Aber er wagte es, sie anzusehen, ohne jenen Zwang, sich ducken zu müssen, ohne peinigendes Gefühl. Er konnte sie ertragen. Die Gedanken, die in diese Zeilen eingeflossen waren, glichen seinen, doch während ihn die eigenen Gedanken meist erschreckten, empfand er deren Spiegelbild auf schöne Weise hässlich, auf hässliche Weise schön, oh, es machte nichts, dass sich beides nicht klar voneinander trennen ließ.

Er strich über die Seite, die er beschrieben hatte, die erste seit

Jahren, liebkoste sie beinahe, wie er früher Bücher liebkost hatte, fühlte Ergriffenheit, wie er sie lange nicht empfunden hatte. Obwohl sich diese rasch mit Trauer mischte, war es eine andere Art von Trauer.

Bislang hatte er vor allem um eine Vergangenheit getrauert, jetzt plötzlich war es die Zukunft, die er vermisste. Dass diese sich im grauen Nebel verbarg, hatte ihm kaum etwas ausgemacht, denn Nebel tat nicht weh, war nicht gefährlich. Doch als er jetzt einen Lichtstreifen erahnte, sich jener vermeintlich erloschene Wesensteil langsam aufrichtete, da fühlte er, was ihm in den vergangenen Jahren alles gefehlt hatte.

Als er Schritte hörte, bedeckte er unwillkürlich das Notizbuch mit seiner Hand. Doch Felicitas, die in die winzige Wohnung stürmte – früher hätte er das einzige Zimmer als Loch bezeichnet, nach Sachsenhausen und Buchenwald war es für ihn ein Schloss –, war ohnehin blind für das, was er gerade tat.

»Du kannst dir nicht vorstellen, was passiert ist«, brach es aus ihr hervor. »Ich war bei Anneliese, und sie hatte Besuch, und es war niemand anderes als ...«

Sie hielt inne. Er hatte die Hand weggenommen, sich zu ihr umgedreht, und sie schien etwas in seinem Gesicht zu lesen, das ihre Welt veränderte. So wie er etwas gelesen hatte, das seine Welt veränderte.

Leuchteten seine Augen? Oder glänzten Tränen darin?

Was immer bei Anneliese geschehen war, war jedenfalls vergessen. Mit einem Lächeln trat sie auf ihn zu, und obwohl sie wie stets vor ihm stehen blieb, es nicht wagte, so selbstverständlich wie früher die Arme um seine Schultern zu legen, spürte er, wie beglückt sie war.

»Du ... du hast etwas in dein Notizbuch geschrieben?«, fragte sie aufgeregt. Die Scheu vor seinem Körper konnte sie nicht überwinden, dagegen die Scheu vor dem Büchlein. Sie beugte sich über ihn, nahm es vom Tisch, erkannte mehr. »Du... du hast ein Gedicht abgeschrieben?«

Fast zwei Jahre lang hatte er nichts gelesen. Fast zwei Jahre lang hatte er nichts geschrieben. Fast zwei Jahre lang hatte er jedes Mal, wenn sie ihm vorschlug, ihm wenigstens etwas vorzulesen, abwehrend die Hand gehoben. Das Einzige, was er sich vortragen ließ, waren englische Vokabeln, die er nachgesprochen und sich eingeprägt hatte.

»Ja«, sagte er. »Ich habe ein Gedicht abgeschrieben.«

Sie hob den Blick, starrte eine Weile in sein Gesicht. Er wusste, was sie suchte – den alten Levi, der schöne Literatur liebte. Er wusste auch, sie würde ihn nicht finden. Aber vielleicht gab es einen neuen Levi zu entdecken, einen, der auch Literatur liebte, weil es neben der alten neue gab und diese auf hässliche Weise schön und auf schöne Weise hässlich war.

»Das Gedicht stammt aus der Feder von Nelly Sachs«, murmelte er. »Auch eine... Überlebende.«

Felicitas nahm das Notizbuch, begann leise vorzutragen.

»›Wir Geretteten, aus deren hohlem Gebein der Tod schon seine Flöten schnitt, an deren Sehnen der Tod schon seinen Bogen strich – unsere Leiber klagen noch nach, mit ihrer verstümmelten Musik.‹«

»Nein«, unterbrach er sie plötzlich. Er hatte die Worte lesen können, sie fühlen, sie vor sich sehen. Sie auch noch zu hören war zu viel. Zumindest, wenn sie sie aussprach. Er erhob sich, wie immer etwas langsam, gebrechlich, nahm das Notizbuch aus ihrer Hand, trug selbst das Gedicht weiter vor.

»›Wir Geretteten, immer noch hängen die Schlingen für unsere

Hälse gedreht vor uns in der blauen Luft – immer noch füllen sich die Stundenuhren mit unserem tropfenden Blut. Wir Geretteten, immer noch essen an uns die Würmer der Angst. Unser Gestirn ist vergraben im Staub.‹«

Es war nun leichter, die Worte zu vernehmen, die eigene Stimme. Und nicht nur diese, auch das Echo jener Stimmen, die verstummt waren.

»Es ist schön und schrecklich zugleich«, murmelte sie.

»Es sagt die Wahrheit«, erwiderte er, »meine Wahrheit.«

»Ach, Levi.«

Hin und wieder hatte er in den letzten Jahren gedacht, dass er ihr irgendwann alles erzählen konnte, dass er irgendwann das Gefühl abzustreifen vermochte, sie lebten in zwei Welten, unendlich weit voneinander entfernt. Er hatte sich gesagt, dass sie gemein hatten, in all der Zeit Lehrer geblieben zu sein, und manchmal hatte das genügt, um sich ihr nah zu fühlen, sogar mutig genug, um sie zu umarmen, um sie zu küssen. Zwei-, dreimal hatten sie sogar versucht, miteinander zu schlafen, obwohl er Lust und Schmerz nicht voneinander unterscheiden konnte.

Jetzt wusste er plötzlich, dass es nicht helfen würde, wenn er alles erzählte und sie alles begriff. Eine Sache sähen sie doch anders. Sie war überzeugt, dass es ihn zu ihr zurückbringen würde, wenn er endlich wieder schrieb und las. Er dagegen wusste, dass es das Gegenteil bewirkte.

»Ich hatte so lange Angst, dass du deine Liebe zur Literatur verloren hast, aber jetzt weiß ich, sie war nur verschüttet«, rief sie freudig. »Du ... du wirst wieder lesen, du wirst wieder Lehrer sein.«

»Ja«, sagte er. »Ja, ich werde wieder Lehrer sein.«

Der Kummer, von dem sie noch nichts ahnte, schnürte seine Kehle zusammen.

»Wir werden gemeinsam unterrichten, komm doch zurück an die Alsterschule. Wir können jeden Lehrer brauchen, das weißt du ja.«

Er wusste es. Er wusste ebenso, dass sie auch künftig allein mit Hunger, Kälte, so vielen Rückschlägen würde zurechtkommen müssen und dass sie es schaffen würde, weil sie stark war.

»Ja«, sagte er, »ich werde wieder Lehrer sein. Ich habe sogar eine Stelle angenommen.«

Ihr entging nicht länger, wie niedergeschlagen seine Stimme klang, sie bemerkte zudem, dass er ihrem Blick nicht standhielt, sich abwandte, Runden zog, wie er es oft tat, die Füße über den Boden schleifend. Jetzt starrte er allerdings nicht mit leisem Zweifel darauf, ob das wirklich seine Glieder waren, er starrte auf das Gedicht, das er abgeschrieben hatte. In seinen Füßen wohnte immer noch nicht viel Kraft, aber seine Gedanken waren nicht mehr gelähmt, auch nicht die Sehnsucht, endlich herauszufinden, was von seinem Leben übrig geblieben war und ob seine Zukunft mehr als nur ein winziges Fleckchen inmitten von Stacheldraht und Mauern sein würde, vielmehr ein großes, weites Feld, das vielleicht sogar Frucht bringen könnte. Aber da war außerdem die Einsicht, dass er dieses Feld ohne Felicitas würde betreten müssen.

»Die anderen Häftlinge von Buchenwald... sie haben kurz nach der Befreiung einen Schwur geleistet. Auf dem Appellplatz haben sie gestanden und erklärt: ›Die Vernichtung des Nazismus mit seinen Wurzeln ist unsere Losung. Der Aufbau einer neuen Welt des Friedens und der Freiheit ist unser Ziel.‹ Ich habe nicht mitgesprochen. Ich habe diesen Worten nicht getraut, ich war so unendlich müde. Ich dachte mir, ich hätte genug getan, ich könnte mir nicht auch noch diese Verantwortung aufbürden. Das Weiterleben würde ohnehin ein Kampf sein, wie könnte ich da noch den für eine bessere Welt ausfechten.« Er hielt inne, hob seinen Blick. So fragend wie sie ihn anstarrte, begriff sie nicht, worauf er hinauswollte. »Es ... es leben kaum noch Juden in Hamburg, aber ein paar eben doch noch. Das American Joint Distribution Committee, du weißt, die Hilfsorganisation amerikanischer Juden, hat auf dem Kösterberg in Blankenese ein Kindererholungsheim eingerichtet. Bis zu hundert Kinder werden dort betreut und erhalten Unterricht, vor allem in hebräischer Sprache.«

»Und du wirst diese Kinder unterrichten?«

»Ja, ich werde wieder Lehrer sein«, sagte er ein drittes Mal. »Ich werde die jüdischen Kinder unterrichten, und dann werde ich den jüdischen Kindern folgen, ob nach Palästina oder nach Amerika, jedenfalls an einen Ort, wo ich weiter jüdische Kinder unterrichten kann, nur keine deutschen. Ich werde wieder Lehrer sein, aber nie wieder ein ... Deutschlehrer. Wenn ich künftig Deutsch sprechen werde, dann nur, um Nelly Sachs zu zitieren, nicht Goethe, nicht Schiller.«

Und wieder zog er Kreise, und wieder schleiften seine Füße über den Boden, und wieder las er aus dem Gedicht vor.

»Wir Geretteten bitten euch: Zeigt uns langsam eure Sonne. Führt uns von Stern zu Stern im Schritt. Lasst uns das Leben leise wieder lernen. Es könnte sonst eines Vogels Lied, das Füllen des Eimers am Brunnen unseren schlecht versiegelten Schmerz aufbrechen lassen und uns wegschäumen. Wir bitten euch: Zeigt uns noch nicht einen beißenden Hund – es könnte sein, es könnte sein, dass wir zu Staub zerfallen. Vor euren Augen zerfallen in Staub.‹«

Felicitas stellte sich ihm in den Weg. Sie streckte ihre Hand aus, berührte seinen Arm, nun fühlte er wieder beides, die Lust und den Schmerz, nun konnte er beides unterscheiden. In ihren Augen stand ein Leuchten, weil sie spürte, dass wieder Stärke in ihm wohnte. Und in ihren Augen standen Tränen.

»Ich dachte, wir gehören zusammen«, stieß sie aus.

»Aber ich als Lehrer gehöre nicht mehr nach Deutschland.«

»Ich könnte mit dir gehen, ich könnte mir dir leben, überall. In Palästina, Amerika, auf den Samoainseln.«

»Nur Lehrerin könntest du dort nicht sein, und du als Lehrerin gehörst sehr wohl nach Deutschland.«

Er sah ihr an, dass sie widersprechen wollte. Er sah ihr an, wie verzweifelt sie Erinnerungen an flüchtige Glücksmomente in den letzten beiden Jahren beschwor. Es hatte sie durchaus gegeben: Als sie kurz nach Emilies Geburt den Säugling betrachtet hatten, als sie einmal im Morgengrauen Kaffee getrunken und die Sonne hatten aufgehen sehen, als diese ihn plötzlich geblendet und er die Hand vor die Augen gehoben hatte, ein Zeichen dafür, dass er die Wärme wirklich spürte. Doch sie begriff wohl langsam, dass es für ihn wichtiger war, seinen Platz auf dieser Welt zu finden als Glück. Und dass er diesen Platz nicht in der gleichen Welt wie sie finden konnte.

Der Versuch, ihn umzustimmen, blieb aus. Sie ließ seine Hand los, nahm das Büchlein, und diesmal ertrug er es, die Worte aus ihrem Mund zu hören.

»›Was hält denn unsere Webe zusammen? Wir odemlos Gewordene, deren Seele zu Ihm floh aus der Mitternacht, lange bevor man unseren Leib rettete. In die Arche des Augenblicks. Wir Geretteten, wir drücken eure Hand, wir erkennen euer Auge – aber zusammen hält uns nur noch der Abschied, der Abschied im Staub hält uns mit euch zusammen.‹«

Die Worte waren traurig, aber als sie sich lange schweigend

anblickten, fühlte er, dass zumindest die Trauer – anders als ihre Pläne, anders als ihre Zukunft – eine gemeinsame war.

»Damals«, sagte sie leise, »damals im November '38, als du fliehen musstest... da wusste ich, dass wir uns lange nicht sehen würden. Aber ich wusste auch, dass unsere Geschichte nicht zu Ende sein würde. Geh, versprich mir nur, dass sie das auch jetzt nicht ist.«

Er konnte es nicht versprechen, er konnte gar nichts mehr sagen, es schreiben, das konnte er jedoch. ›Lasst uns das Leben leise wieder lernen‹, hatte Nelly Sachs geschrieben.

Lass uns irgendwann das Lieben leise wieder lernen, schrieb er in sein Büchlein, ehe er es ihr als sein Abschiedsgeschenk überreichte.

Felicitas wusste, wie wichtig dieser Tag war, dennoch konnte sie sich kaum auf das konzentrieren, was vor ihr lag. Zu übermächtig waren die Erinnerungen daran, wie sie wenige Stunden zuvor Abschied von Levi genommen hatte.

»Ich bin sicher, Sie werden die richtigen Worte finden«, riss eine Stimme sie aus den Gedanken.

Sie zuckte zusammen, blickte hoch in Erna Stahls Gesicht. Sie hatten sich vor Schulbeginn zum Frühstück getroffen, und Erna Stahl hatte sie danach zur Alsterschule begleitet. So aufmunternd die Lehrerin sie nun ansah – Felicitas musste sich eingestehen, dass sie sich über besagte Worte noch keine Gedanken gemacht hatte.

Am vorherigen Abend hatte sie nicht einmal gewusst, was sie zu Levi sagen sollte, wie er da vor ihr gestanden hatte, mit einem Mantel, obwohl es Sommer war, mit einem kleinen Koffer, obwohl er kaum etwas besaß, zu ihr Adieu sagte, obwohl sie ihn so sehr liebte. Sie hatte ihn entschlossen umarmt, ihn aber ebenso entschlossen wieder losgelassen.

Sie hatte ein »Adieu« nicht über ihre Lippen gebracht. Auch »Leb wohl« wollte sie nicht sagen. Ein »Auf Wiedersehen« wäre ihr wiederum zu vermessen erschienen. Am Ende hatte sie sich mit einem »Pass auf dich auf« begnügt, und er hatte es erwidert, ehe er sich abgewandt hatte, langsam davongegangen war... in sein neues Leben, während sie im alten zurückblieb.

Erna Stahl hatte sie allerdings nicht anvertraut, was hinter ihr lag. Zu schmerzhaft war es, daran zu rühren.

»Sie müssen immer daran denken, dass die Zeit langsam dafür reif ist.«

Felicitas nickte, obwohl sie sich schwertat, der Zeit zu trauen. Eigentlich war ihr danach, Minute um Minute, Stunde um Stunde dafür zu verfluchen, weil sie sich zwischen das Jetzt und jene Augenblicke drängten, da sie noch mit Levi zusammen gewesen war. Allerdings musste sie künftig nicht nur ohne ihn leben. Sie wollte auch *für* ihn leben. Wollte alles daransetzen, dass anderen sein Schicksal erspart würde.

»Ich weiß«, sagte sie. Die erste Gedenkstunde für die Mitglieder der Weißen Rose war zwar schon kurz nach dem Krieg abgehalten worden. Aber bis man auch in den Schulen darüber sprechen konnte, musste noch mehr Zeit vergehen. »Ich frage mich nur, ob der rechte Zeitpunkt wirklich schon gekommen ist.«

Sie sah, wie Erna Stahl ein Seufzen unterdrückte und umso entschiedener die Hände auf ihre Schultern legte. »Sie haben es geschafft, Ihr Kollegium zu einen – das ist die Grundvoraussetzung für das Gedeihen echter Erziehungsarbeit. Sie werden es nun auch schaffen, Ihren Schülern behutsam das Wirken dieser Widerstandskämpfer nahezubringen.«

Felicitas war auf vieles, was sie in den letzten zwei Jahren geleistet hatte, stolz. Es trafen sie kaum noch skeptische Blicke wie in den ersten Wochen, nachdem sie das Amt der Schulleiterin übernommen hatte. Und es gab kaum noch Beschwerden der Besatzungsmacht, weil der Stoff mancher Lehrer zu nahtlos an jene Inhalte anschloss, die die Nazis vorgegeben hatten. Die Schulbibliothek hatte aufgestockt werden können, und ihnen stand deutlich mehr Papier zur Verfügung. Dennoch war jeder Tag ein Kampf gegen Mutlosigkeit, Misstrauen, Verbohrtheit, und viele winzige Siege änderten nichts daran, dass es anstrengend war, diesen Kampf zu führen.

»Ich weiß, hinter uns allen liegen böse Jahre«, fuhr Erna Stahl fort, »aber die gegenwärtige Situation ist kein undurchdringliches Dunkel, keine tote Finsternis. Wir haben die Wahl, wir können uns entscheiden – nämlich für die Hoffnung auf eine bessere, eine gütigere Zeit.«

Schon wieder wurde die Zeit ins Spiel gebracht, aufgeladen mit der Verheißung eines Neunfangs. Felicitas misstraute der Zeit weiterhin, jedoch nicht dem Neuanfang.

»Und gerade deswegen«, murmelte sie, »müssen wir über die Widerstandskämpfer sprechen.«

»Nicht einfach nur sprechen«, sagte Erna Stahl, »zu ihnen hinblicken, aufblicken, in tiefer Dankbarkeit dafür, dass es sie gab, dass sie mit ihrer Unbeirrbarkeit und Lauterkeit in einer Zeit der Lüge das Bild des Menschen gerettet haben.« Als sie die Hände zurücknahm, kämpfte Felicitas um ein Lächeln. »Ich weiß«, wiederholte Erna Stahl, »ich bin nicht weltfremd. In so vielem sind die Nazis noch lebendig – in Neid, Machtgier, Rohheit und Schlimmerem. Aber ich weiß auch von der Kraft, der einzigen, die das Gegengewicht hält. Haben Sie Mut zur Arbeit. Werfen

Sie alle Müdigkeit und Resignation ab, all die Freudlosigkeit und Enttäuschung. Damit dürfen wir nicht vor unsere Kinder treten. Solange Kinder da sind, gibt es eine Zukunft. Lassen Sie uns nur immer bewusst machen, dass wir den schönsten Beruf haben, den es gibt. Ja, lassen Sie uns auch der Vergangenheit gedenken – im richtigen Rahmen. Und ich finde, den haben Sie geschaffen.«

»Nein«, berichtigte Felicitas sie, »wir beide haben ihn geschaffen.«

Sie hatten lange Gespräche geführt, viel diskutiert. Wenige Wochen zuvor hatten die Hamburger Behörden eine Gedächtnisfeier für die Geschwister Hans und Sophie Scholl verordnet, an der sich alle neunten bis elften Klassen beteiligen sollten. Doch die meisten Lehrer waren der Aufgabe nicht gewachsen gewesen. Während eines lahmen, nichtssagenden Aktes hatten sie Phrasen gestammelt, die Schüler waren nicht berührt gewesen.

Es sei keine Zeit für Feiern, hatte Erna Stahl hinterher erklärt, keine Zeit für Heldenverehrung. Man müsse die jungen Leute viel behutsamer an die Ereignisse heranführen, sie im Unterricht einfließen lassen, mit einem Thema verknüpfen, das die Schüler packe und zu eifrigen Diskussionen führe.

Und so hatten sie gemeinsam eine entsprechende Unterrichtsstunde erarbeitet, in der anhand der *Apologie des Sokrates* gezeigt werden würde, wie wichtig es manchmal war, der Staatsmacht zu trotzen und an eigenen Überzeugungen festzuhalten. Auch der Philosoph war vor dem athenischen Volksgericht der Verführung der Jugend angeklagt worden, doch in seiner Verteidigungsrede hatte er erklärt, dass er durchaus ein gesetzestreuer Bürger war, hingegen die Justiz ihre Prinzipien verriet. Dass jemand so konsequent zu seinen Idealen stand, für sie sogar furchtlos in den Tod ging – man hatte ihn zum Tod durch den Schierlingsbecher verurteilt –, würde die Schüler beeindrucken und die Atmosphäre schaffen, um die Lebenswege von Menschen zu betrachten, die nach Sokrates' Vorbild gehandelt hatten.

»Denken Sie immer daran, dass wir nicht nur den Verstand ansprechen müssen, auch das Herz.«

»So wie wir nicht nur mit dem Verstand unterrichten, sondern mit dem Herzen«, murmelte Felicitas, und plötzlich wusste sie, dass sie das konnte. Und dass sie ihren Schmerz um Levi nicht zu leugnen, aber zu verwandeln imstande war.

Eben hatten sie die Alsterschule erreicht, und sie nahmen voneinander Abschied. So zügig Felicitas danach auf das Gebäude zuschritt, kurz davor blieb sie stehen. Nicht alle Spuren des Krieges waren mittlerweile beseitigt, immer noch hatten viele Fenster keine Glasscheiben, immer noch gab es Löcher im Dach und Risse im Mauerwerk. Aber mittlerweile hatten sie eine neue Turnhalle einweihen können, und die Schüler schlichen nicht geknickt und mit eingezogenem Kopf über den Hof wie in den ersten Nachkriegsjahren, sie hüpften munter, stießen einander an, lachten und sangen. Nur ein Mädchen schritt würdevoll auf den Eingang zu, den Kopf selbstbewusst erhoben.

»Elly!«, rief Felicitas und schloss zu dem Mädchen auf, »ich hatte gar nicht mehr im Kopf, dass heute dein erster Tag an der Alsterschule ist.«

»Tante Henriette wäre es zwar lieber gewesen, dass ich erst nach den Sommerferien einsteige, aber ich wollte keine Zeit versäumen. Ich habe dich als Geschichtslehrerin. Was werden wir heute durchnehmen?«

Die *Apologie des Sokrates*, dachte Felicitas. Wie man den Mut findet, zu den eigenen Überzeugungen zu stehen, selbst wenn der Tod droht. Dass diesen Mut auch Münchner Studenten aufgebracht haben und später tapfere Hamburger. Dass deren Entschlossenheit von Erinnerungen an einen Lesekreis genährt wurde, in dem die Liebe zur Literatur und zu humanistischen Bildungsidealen gepflegt und am Leben erhalten worden ist. Dass man dort in Freiheit diskutieren und denken konnte und deshalb später bereit war, für diese Freiheit zu kämpfen.

Am Ende sagte sie nur: »Lasst uns das Denken leise wieder lernen.«

Ihr entging Ellys verwunderter Blick nicht, aber sie wollte ihr diese Worte nicht auf dem Hof erklären. Sie winkte sie mit sich, und gemeinsam betraten sie die Alsterschule.

Historische Anmerkung

Ich bin nicht nur das Kind von zwei Gymnasiallehrern, sondern habe einst selbst Lehramt studiert. Und obwohl ich diesen Beruf nie ausgeübt habe, reizte es mich schon seit Langem, einen Roman über eine Lehrerin zu schreiben. Bis vor Kurzem fehlte allerdings der letzte Funke, der aus der vagen Idee eine endgültige Geschichte erstehen ließ.

Gewiss, als ich tiefer in die Thematik einstieg, stieß ich auf viel Interessantes. Sei es die Reformpädagogik, deren bahnbrechende Ideen in den Zwanzigerjahren des vergangenen Jahrhunderts insbesondere an vielen Hamburger Schulen mit so viel Enthusiasmus umgesetzt wurden, oder das jähe Ende dieser Schulversuche, als die nationalsozialistische Bildungspolitik das Gegenteil von all ihren Prinzipien diktierte, zu denen die tiefe Liebe zum Kind, der Glaube an seine freie Entwicklung, die Koedukation und eine ganzheitliche Erziehung gehörten. (Sollten Sie übrigens Einblicke in meine umfangreiche Recherche zum Thema erhalten wollen oder sich weitere Lektüreanregungen wünschen, besuchen Sie mich auf meiner Homepage www.juliakroehn.at).

Berührt hat mich, dass zwar viele, aber nicht alle Lehrer ihre Überzeugungen verrieten und zu Handlangern des Regimes wurden. Manche leisteten Widerstand und starben im KZ, andere blieben in diesen Lagern selbst unter unmenschlichen Bedingungen Lehrer: Ob nun ein Franz Bobzien im KZ Sachsenhausen oder ein Hermann Wilhelm Hammann im KZ Buchenwald – sie retteten nicht nur das Leben vieler Kinder und Jugendlicher, sie retteten auch ihr Menschenbild.

Obwohl mich diese Geschichten sehr beeindruckt haben und ich sie deshalb später im Handlungsstrang von Levi eingebaut und zu würdigen versucht habe – ich wusste erst, dass ich meinen Lehrerinnenroman nicht einfach nur schreiben konnte und wollte, nein, schreiben musste, als ich auf ein Buch über Erna Stahl stieß, jener überzeugten Reformpädagogin der Lichtwarkschule, die 1935 die Schule verlassen musste und an die Oberrealschule für Mädchen im Alstertal versetzt wurde. Sie schuf mit ihrem daraufhin initiierten Lesekreis für ihre ehemaligen Schüler und Schülerinnen so etwas wie die geistige Grundlage für die Hamburger Weiße Rose.

So vertraut ich mit der Geschichte von Sophie und Hans Scholl, Alexander Schmorell, Kurt Huber, Christoph Probst und so vielen anderen mehr war, die ich als nichts Geringeres als die Helden meiner Jugend bezeichnen möchte – bis jetzt war mir nur vage bekannt, dass die Münchner Widerstandsbewegung in Hamburg ihre Fortsetzung fand und auch dort das dritte sowie sechste Flugblatt verteilt wurde, dass man über achtzig an diesem Kreis beteiligte Personen verfolgte, fünfzig vor Gericht gestellt wurden und viele von ihnen ihren Einsatz mit dem Leben bezahlten.

Dass nicht mehr darüber bekannt ist, liegt sicher auch daran, dass dieser Hamburger Kreis keine festgefügte Gruppe mit klar formulierter Zielsetzung war – eher eine unübersichtlichere Gruppierung von Freunden und Kollegen, die selbst nie auf die

Idee gekommen sind, sich als Hamburger Weiße Rose zu bezeichnen, obwohl sie in der Geschichtsforschung so genannt werden.

Was sie jedenfalls alle geeint hat – ob Buchhändler wie Felix Jud und Reinhold Meyer, ob das sogenannte Musenkabinett, bestehend aus Künstlern und Intellektuellen, ob jene Ärzte und Medizinstudenten des Klinikums Eppendorf, die sich als *Candidates of humanity* bezeichneten, ob einzelne Familien wie die Familie Leipelt oder eben die ehemaligen Schüler von Erna Stahl, zu denen Traute Lafrenz, die Überbringerin des dritten Flugblatts zählte – es war die Liebe zur Literatur und das Festhalten an humanistischen Bildungsidealen.

Ich habe es mir zur Aufgabe gemacht, mit diesem Buch an jene Menschen zu erinnern. Selbige hat mich allerdings nicht nur mit großem Respekt erfüllt, auch mit gewissen Skrupeln, da ich trotz allem einen Roman verfasst habe, der nicht nur von der Rekonstruktion historischer Ereignisse, auch von starken Gefühlen, Dramatik, Liebesgeschichten lebt. Das Letzte, was ich aber wollte, war, die Lebensgeschichten der Mitglieder der Hamburger Weißen Rose leichtsinnig zu verbiegen und sie mir auf eine zu übergriffige Art anzueignen. Von daher habe ich mich relativ früh dazu entschlossen, ihre Geschichte vor allem aus der Perspektive fiktiver Protagonisten zu erzählen, das heißt, die realen Ereignisse und zeitlichen Abläufe zwar so akkurat wie möglich darzustellen, die historischen Persönlichkeiten dagegen nur am Rande auftauchen zu lassen. Letzteren – das gilt insbesondere für Erna Stahl – habe ich überwiegend Worte in den Mund gelegt, die sich anhand von späteren Reden oder Zeugenaussagen rekonstruieren ließen.

Natürlich hätten eine Traute Lafrenz, ein Karl Ludwig Schneider, ein Reinhold Meyer und andere verdient, viel stärker in den

Fokus gerückt zu werden, und natürlich ist es bedauerlich, dass im Roman bei Weitem nicht alle Namen der Beteiligten genannt werden konnten – Frederick Geussenhainer, Elisabeth Lange, Dr. Curt Ledien, Margarete Mrosek, die durch Hinrichtung oder unmenschliche Haftbedingungen den Tod fanden, sucht man zum Beispiel vergeblich. Zudem ist es ein schmaler Grat, fiktiven Figuren Verdienste realer Personen zuzuschreiben. Aber am Ende war meine Scheu, die Biografie dieser Menschen unnötig zu trivialisieren, ausschlaggebend für diese Entscheidung. Es ging mir auch weniger darum, einzelnen Widerstandskämpfern ein Denkmal zu setzen, sondern vielmehr das geistige Fundament darzustellen, das die Voraussetzung für diese Bewegung war. Um Widerstand zu leisten, bedarf es meines Erachtens nämlich nicht nur eines starken Willens, sondern ein eben solches – und dieses Fundament ist nichts, was einfach vom Himmel fällt, man muss es sich Ziegelstein um Ziegelstein erarbeiten: durch intensive Lektüre anspruchsvoller Bücher, durch Austausch und Diskussion, durch die Bereitschaft, sich stetig weiterzubilden und den Intellekt herauszufordern.

Das korreliert wiederum mit meiner tiefen Überzeugung, dass Literatur, humanistische Bildung und eine Pädagogik, die das Kind und seine Bedürfnisse von klein auf würdigt, der beste Impfstoff gegen Nationalismus, Rassismus und Menschenverachtung sind.

Während des Schreibens habe ich mich oft an eine alte Dame erinnert, die ich vor nunmehr über zwanzig Jahren, zurzeit meines Volontariats am Holocaust Memorial Museum in Washington, kennengelernt habe. Sie war eine Wiener Jüdin und Lehrerin, die in den Dreißigerjahren emigrieren musste, die aber – nicht zuletzt aufgrund dieser Erfahrung – nie aufgehört hat, mit Leidenschaft zu unterrichten und sich unermüdlich für die Bildungschancen sozial schwacher Kinder einzusetzen. Ich kann mich leider nur noch an ihren Vornamen erinnern, Maria, dennoch fühle ich bis heute deutlich, wie die über Neunzigjährige meine Hand fest drückte. »Vergessen Sie niemals«, sagte sie mir, nachdem ich ihr anvertraut hatte, Lehramt zu studieren, »Bildung ist das Allerwichtigste.«

Schon damals hätte ich diesen Satz nicht abgestritten, aber er war mir in seiner ganzen Tiefe und Tragweite noch nicht bewusst, zumal ich gerade beschlossen hatte, nicht als Lehrerin zu arbeiten, sondern einen anderen Berufsweg einzuschlagen. Mittlerweile weiß ich, dass man auch als Schriftstellerin eine Art (Geschichts-)Lehrerin sein kann, und als solche möchte ich Felicitas' Abwandlung von Nelly Sachs' Appell weiterspinnen.

Lasst uns das Denken nie verlernen.

Julia Kröhn